DRYAS

Erika Leiblich

Carola Kupfer,
Wolfgang Schröck-Schmidt

»Nichts ist eine Kleinigkeit bei Hofe«

Gefährliche Intrigen im Mannheimer Schloss

Ein historischer Roman

Dryas Verlag

PEFC
PEFC/04-31-0880

Das für dieses Buch eingesetzte Papier ist ein Produkt aus nachhaltiger Forstwirtschaft.

1. Auflage 2009

Herausgeber: Dryas Verlag, Mannheim

Umschlaggestaltung: Rosa Segerer, Segerer Design
Umschlagbilder: Kurpfälzisches Museum, Heidelberg / Stadtarchiv, Mannheim
Herstellung: Gabriel A. Neumann, Heidelberg
Druck: Strauß GmbH, Mörlenbach
Korrektorat: Julia Kaufhold, Goldfinch Books, Hamburg

Bibliografische Information
der Deutschen Bibliothek:
Die Deutsche Bibliothek verzeichnet diese Publikation in der Deutschen Nationalbiografie, detaillierte bibliografische Daten sind im Internet über http://dnb.ddb.de abrufbar

ISBN: 978-3-940855-15-2
www.dryas.de

Wir bedanken uns für die freundliche Unterstützung
durch die Heinrich-Vetter-Stiftung.

HEINRICH – VETTER – STIFTUNG

Carola Kupfer,
Wolfgang Schröck-Schmidt:

»Nichts ist eine Kleinigkeit bei Hofe«
Gefährliche Intrigen im Mannheimer Schloss

Prolog

Als der Mord an einem sonnigen Tag im Juni 1764 passierte, verwandelte sich der sonst so geregelte Alltag des kurfürstlichen Hofs in seiner Schwetzinger Sommerresidenz für kurze Zeit in einen summenden Bienenstock. Immerhin waren der Messerattacke zwei äußerst angesehene Höflinge zum Opfer gefallen: Dominik Pierron, der hoch geschätzte Kammerdiener seiner Durchlaucht, des Kurfürsten der Pfalz Carl Theodor persönlich sowie der kurfürstliche Chirurg und Leibarzt Franz Bechtler. Das unerhörte Ereignis betrübte nicht nur seine Durchlaucht selbst, sondern beschäftigte die Höflinge wochenlang, indem laufend neue Theorien entwickelt wurden, wie es zu der Tat kommen konnte. Dass dabei natürlich auch pikante Halbwahrheiten, Gerüchte und peinliche Details aus den kurfürstlichen Schlafgemächern in Umlauf gerieten, verärgerte wiederum vor allem Ihre Durchlaucht, die Kurfürstin Elisabeth Auguste, die sich – vermutlich nicht ganz zu Unrecht – als Opfer diverser Verleumdungen wähnte.

Dabei war die Faktenlage an sich eindeutig: Der Kurfürst war eines Morgens in seinem Schwetzinger Prunkbett aufgewacht und hatte sich unwohl gefühlt. Pierron, der eilends herbeigerufene Kammerdiener, wurde wie so oft damit beauftragt, Leibarzt Bechtler für einen Aderlass in Carl Theodors Schlafgemach zu bringen – doch dieser war an jenem Morgen gar nicht bei Hofe. Da ein kränkelnder Kurfürst umgehend ärztlichen Beistand benötigte, empfahl der diensteifrige Kammerdiener einen Kollegen Bechtlers, den Wundarzt Doktor Heinrich de Winter, der, welch ein Zufall, sofort verfügbar war. Der nichts Böses ahnende Kurfürst willigte ein, machte es sich für den nachfolgenden

Aderlass in seinen Kissen bequem und befand sich bereits wenige Minuten später in zufriedenstellender ärztlicher Behandlung. Der Hof hatte wieder einmal zum Wohle seines Herrschers funktioniert.
Und vermutlich hätte Carl Theodor jenes temporäre Unwohlsein, das einen viel beschäftigten Souverän eben manches Mal befiel, auch sofort wieder vergessen – wäre nicht der an den Hof zurückgekehrte Leibarzt Bechtler wenige Tage danach und für die meisten Hofleute aus heiterem Himmel mit einem kurfürstlichen Dolch auf den überraschten Kammerdiener losgegangen, um zunächst ihn, und dann sich selbst ins Jenseits zu befördern. Das Ganze passierte in aller Öffentlichkeit an der Marstalltafel und mitten am Tag, was den Vorfall noch erstaunlicher machte.
Durch den Doppelmord hatte der Kurfürst nicht nur zwei enge Vertraute verloren, sondern zudem ein ernsthaftes Problem: Denn die Angelegenheit war mit der feierlichen Beerdigung Pierrons, der Benennung seines glücklichen Nachfolgers und dem Verscharren des Mörders und Selbstmörders Bechtler in ungeweihter Erde keinesfalls beendet. Im Gegenteil: Seine Kurfürstliche Durchlaucht pflege des Nachts nackt im Schlosspark zu flanieren, ebenso wirr erschien wie die Vermutung, irgendwo im Schwetzinger Schloss läge ein Schatz begraben. Dennoch – einige Gerüchte sollten sich über viele Jahre halten ...

Kapitel 1

Mannheim im März 1761

„Gelobt sei Maria, er hat's überlebt." Bechtler stürmte zur Tür herein. Mit einem energischen Schwung nahm er seinen schweren Umhang von den Schultern und überließ ihn Breuer, seinem Hausdiener. „Johanna, es geht ihm heute schon viel besser. Auch die Herren Kollegen sehen die Krankheit als überwunden an." Seine Worte hallten durch das Foyer des modernen Stadthauses.

„Dann war er also doch nicht vergiftet?", wollte Johanna wissen und eilte erleichtert die breite Holztreppe hinunter. Ihr Vater war zwei Tage und Nächte ununterbrochen bei Hof gewesen und sie hatte sich bereits ernsthaft Sorgen gemacht. Denn stieß dem Kurfürsten etwas zu, konnte ihr Vater trotz seiner guten Stellung als Hofchirurg und Leibarzt nicht davon ausgehen, auch weiterhin in Amt und Würden zu bleiben. Er hatte viele Neider – und die Gunst eines nachfolgenden Kurfürsten wäre ihm keinesfalls sicher. So war das eben bei Hofe.

„Papperlapapp, du sollst nicht immer alles nachäffen, was in den Quadraten[1] getratscht wird!" Bechtler zog unwillig die Augenbrauen zusammen und rieb sich dann sein müdes Gesicht. „Ruhe, Aderlass und Gebete haben Seine Kurfürstliche Durchlaucht vor dem Tode bewahrt", hörte Johanna ihn hinter seinen Händen murmeln. Erstaunt musterte sie ihren Vater. Machte er ein Späßchen, war er jetzt unter die Kirchgänger gegangen oder einfach nur völlig übermüdet? Normalerweise betonte er nämlich stets und überall, dass er

---

1 Die Stadt Mannheim wird 1684 auf einem Schachbrett neu konstruiert. Es gibt keine Straßennamen, dafür werden die Häuserblöcke als sogenannte. „Quadrate" alphabetisch gezählt und die einzelnen Häuser durchnummeriert.

bei Krankheit und Heilung weder an Gottes Zorn noch an dessen Beistand glaubte – was ihm schon manches Mal einigen Ärger eingebracht hatte.
„Wie dem auch sei, er wird wieder gesund und du hast ihm geholfen", stellte sie zufrieden fest. Sie wusste, dass ein Lob aus ihrem Mund ihren Vater immer freute und war sich zudem sicher, dass sie recht hatte. Wie oft hatte er dem Kurfürsten schon beigestanden, wenn dieser sich wieder einmal üppigen Gelagen hingegeben hatte, nach heimlichen Stelldicheins im Schwetzinger Schlosspark eine unschön triefende Nase beklagte oder einfach nur schlechter Stimmung war. Die Kirche sprach in solchen Situationen von Strafen für Völlerei, Hurerei oder fehlender Frömmigkeit – ihr Vater hingegen half mit Kräutern, Pillen und Tränken.
„Prächtig, prächtig", erklang in diesem Moment eine sonore Stimme von oben in das Foyer hinein. Die Hand zum Gruß erhoben verbeugte sich Bechtlers Bruder Philipp übertrieben ehrfurchtsvoll, während er die oberen Stufen der breiten Treppe hinunterschritt. „Vielleicht halfen ihm aber auch ein paar von meinen Pillen, das Totenbett wieder zu verlassen?" Lachend schwang er sich auf halber Höhe über das Geländer, um mit einem fulminanten Satz vor Johanna und ihrem erstaunten Vater zu landen.
„Philipp, welch eine Überraschung, wann bist du in Mannheim angekommen? Hast du die Schnellkutsche genommen oder bist du zu Pferde?" Franz Bechtler freute sich aufrichtig, die Überraschung war gelungen.
„Zu Pferde natürlich, damit's schnell ging", antwortete Philipp grinsend. „Du weißt doch: Bei schlechten Nachrichten ist der Hoftratsch besonders eilfertig." Und er fügte etwas leiser hinzu: „Ich habe gestern vom Befinden Seiner Kurfürstlichen Durchlaucht erfahren und mir gedacht, dass du vielleicht Hilfe brauchst."

Philipp war Hofapotheker in Heidelberg und arbeitete eng mit seinem Bruder in Mannheim zusammen. Franz umarmte seinen Bruder herzlich und Schulter an Schulter verschwanden die beiden Männer im hinteren Kabinett. Johanna hatten sie völlig vergessen. Kopfschüttelnd blickte sie den Brüdern hinterher und musste dennoch lächeln. Die beiden waren zusammen einfach unschlagbar.
„Breuer, wend Er sich gen Keller und hol Er eine gute Flasche vom alten Buhl und zwei der grünen Gläser aus dem neuen Frankfurter Schrank. Die beiden wollen bestimmt auf das Wohl des Kurfürsten Carl Theodor anstoßen." Dienstfertig wollte sich Breuer schon auf den Weg ins Gewölbe machen, als er sich noch einmal fragend umwandte. Johanna klatschte ungeduldig in die Hände. „Ja, ja, Er hat richtig gehört, nur zu!" Sie wusste, warum Breuer gezögert hatte. Einen edlen Tropfen wie den des Deidesheimer Reichsgrafen von Buhl trank man auch im Hause Bechtler nicht alle Tage. Aber heute, entschied Johanna, war so ein Tag. Mit einem „Stets zu Diensten, gnädigstes Fräulein" verschwand Breuer daraufhin in der kleinen Tür unter dem Treppenhaus in den Keller.
Kurze Zeit später brachte Johanna das Tablett mit der Karaffe und den beiden Gläsern ins kleine Kabinett, das ihr Vater als Arbeitszimmer nutzte. Die Brüder saßen einander gegenüber, die Köpfe zusammengesteckt, und unterhielten sich leise. Johanna erkannte sofort, dass sie Geheimnisse austauschten, konnte aber nur wenige Worte verstehen. Doch das Wenige reichte, um ihr Herz höher schlagen zu lassen, denn „Giftlattich" und „Lactucarium" waren für die junge Frau eindeutige Indizien dafür, dass ihr Vater vorhin tatsächlich nicht ganz ehrlich gewesen war. Da Johanna als Tochter eines Medicus mit vielen Kräutern, Heilmitteln und Pillen vertraut war, konnte sie sich die angebliche Krankheit

Seiner Kurfürstlichen Hoheit durchaus zusammenreimen. Giftlattich, das wusste Johanna, wuchs in den Rheinauen und war leicht mit gewöhnlichem Lattich zu verwechseln. Die getrockneten Blätter hatten eine große Wirkung, die – richtig eingesetzt – bestimmte Krankheiten heilen konnten. Nur zuviel davon war fatal und führte schnell zu Kopfschmerzen, Schweißausbrüchen und Schwindel bis hin zum Herzstillstand.

Neugierig hakte Johanna nach: „Lactucarium? Hat damit nicht auch angeblich das arme Kräuterweiblein gearbeitet?"

Erschrocken blickten Philipp und Franz auf. „Johanna!" Ihr Vater schüttelte den Kopf. „Wie kannst du einfach so hier herein platzen? Ich habe dir schon so oft gesagt, dass du immer anklopfen sollst – und auch Madame Guinant ermahnt dich immer wieder!"

Schuldbewusst stellte Johanna das Tablett mit der Weinkaraffe und den Gläsern auf dem Arbeitstisch ab. „Ich habe doch geklopft!", flunkerte sie unschuldig.

Aus dem Augenwinkel heraus nahm sie wahr, dass ihr Onkel gegrinst hatte, als der Name der Haushälterin gefallen war. Philipp wusste natürlich, dass Madame Guinant mit der vorwitzigen Johanna seit vielen Jahren um Erziehung, Anstand und Benehmen rang. Franz Bechtler hatte die gebürtige Französin engagiert, als er frisch verwitwet mit seinen beiden Töchtern nach Mannheim gezogen war. Johannas ältere Schwester Amalie kam von Anfang an blendend mit der kinderlosen und – wie Johanna fand – leider auch humorlosen Haushälterin klar. Johanna hingegen geriet immer wieder mit ihr aneinander, da sie nach Ansicht Madame Guinants zu viel hinterfragte, immer alles wissen wollte und sich vor allem für alles interessierte, was mit dem Beruf ihres Vaters zu tun hatte. Und das war auch an diesem Abend nicht anders.

Sie startete einen neuen Versuch: „Vater, du weißt doch, ich meine das Kräuterweiblein, das im vergangen Frühjahr vor dem Neckartor hingerichtet worden war. Die Alte, die den Uhrmacher Andres mit Giftlattich vergiftet haben soll."
Natürlich wusste Bechtler ganz genau, wovon seine Tochter sprach. Die nicht allzu sehr trauernde Witwe hatte kurz danach den Bruder des Verstorbenen geehelicht, um das lukrative Uhrengeschäft weiter zu führen – und es war tatsächlich Giftlattich gewesen. Nur, davon war Bechtler überzeugt, stammte dieser nicht vom alten Kräuterweiblein, sondern von der Ehefrau des Uhrmachers. Aber das war eine ganz andere Geschichte.
„Johanna, wir haben etwas Wichtiges zu besprechen", begann ihr Vater diplomatisch. Er wollte seine Tochter nicht verletzten.
„Also doch!" Johanna stemmte die Fäuste in die Hüften und schaute die beiden Brüder herausfordernd an. „Stimmt's, man hat versucht, ihn zu vergiften. Und wer war's diesmal?"
Seufzend wechselte Franz Bechtler einen Blick mit seinem Bruder. „Sie ist halt eine echte Bechtler, Franz", sagte dieser lächelnd. „Lass sie hier, sonst erfährt sie nur wieder Falsches von der Straße. Oder noch schlimmer", fügte er lakonisch hinzu, „von eurer Haushälterin".
Johanna lachte schallend und auch ihr Vater konnte sich ein Grinsen nicht verkneifen. Philipp stand mit Madame Guinant ebenfalls auf Kriegsfuß und hatte nie verstanden, dass sich sein Bruder einen solchen Hausdrachen in die eigenen vier Wände geholt hatte. Immerhin schlief die Haushälterin nicht im Hause Bechtler, sondern kehrte abends stets zu ihrem bemitleidenswerten Mann zurück.
„Also gut, setz dich." Johanna jubilierte innerlich, ihr Vater gab sich geschlagen. Verschwörerisch blinzelte

Onkel Philipp ihr zu, ohne seine Hilfe hätte das wohl nicht geklappt. Warnend hob ihr Vater den Finger: „Aber nichts darf nach außen dringen, mein Kind. Das Arztgeheimnis, du weißt Bescheid."
Johanna nickte eifrig. Selbstverständlich würde kein Wort ihre Lippen verlassen. Sie neigte ohnehin nicht zum Tratsch – und schon gar nicht, wenn es um gefährliche Angelegenheiten des Hofes ging. Und das schien hier der Fall zu sein. Sie griff nach einem Stuhl, schob ihn an den Tisch, schenkte den Männern Wein aus der Karaffe in die edlen Gläser und lauschte mit angehaltenem Atem den Worten ihres Vaters:
„Eindeutig, Philipp, wenn ich nicht sofort zur Stelle gewesen wäre, dann ..."
„Dann was? Du meinst ...?"
„Ja. Diesmal hätte er es nicht überlebt. Es war verdammt gut gemacht. Und er kann sich nicht erinnern, wann das Gift in seinen Körper gekommen sein könnte. Es war alles wie immer. Keine besonderen Vorkommnisse."
Philipp hob erstaunt die Augenbrauen: „Kein Fest, kein Trinkgelage, keine fremden Besucher, nichts?"
„Nein. Im Gegenteil. Ein Tagesablauf wie immer. Das feierliche Lever[2], dann eine Tasse warmen Kakao, ein kurzes Frühstück mit der Kurfürstin, Besprechungen im großen Kabinett, am Nachmittag ein kleines Hofkonzert, dazwischen irgendwann ein paar Süßigkeiten und dann abends nach dem Theater das große Bankett."
„Ts, ts, ts." Philipp schnalzte mit der Zunge. „Dann war es wohl doch eine Strafe Gottes. War er wirklich nicht in der Kirche?"

---

2 Das Lever (frz. lever = aufstehen) ist ein Morgenempfang im Schlafzimmer des Hochadels. Es wird vor allem im 17. und 18. Jahrhundert zelebriert und ist besonders durch die französischen Könige in Versailles bekannt geworden.

Johanna kicherte leise in sich hinein. Ihr Onkel hatte immer schon ein loses Mundwerk, außerdem sympathisierte er heimlich mit den Lutheranern, das hatte er ihr irgendwann einmal gestanden. Und über die seiner Meinung nach übertriebene Frömmigkeit am katholischen Hof zu Mannheim pflegte er gern zu spotten; allerdings nur im Kreise der Familie.
„Nein, war er nicht." Franz Bechtler runzelte die Stirn. „Aber er hatte angeblich ein geheimes Treffen in seinem versteckten Kabinett hinter der Privatbibliothek. Das hat mir zumindest Pierron zugeraunt."
„Pierron? Traust du dem etwa?" Philipp schaute seinen Bruder verblüfft an. „Seit wann denn das?" Es war ein offenes Geheimnis, dass Franz Bechtler und der Kammerdiener des Kurfürsten kein besonders freundschaftliches Verhältnis pflegten.
„Nein, natürlich nicht." Johannas Vater seufzte. „Genau genommen glaube ich sogar, dass Pierron mit der Angelegenheit etwas zu tun hat. Es ist so ein Gefühl ..."
„Was?" Philipp war aufgesprungen und Johanna starrte ihren Vater mit offenem Mund an. „Wie meinst du das?"
„Psst, nicht so laut!" Franz senkte die Stimme und verfiel ins Flüstern, sodass Johanna und Philipp ganz nah an ihn heranrücken mussten, um ihn zu verstehen.
„Ich weiß nicht. Aber ich spüre, dass sich etwas tut bei Hofe. Etwas Ungutes für Seine Kurfürstliche Durchlaucht. Seit die Kurfürstin schwanger ist und ein leiblicher Thronfolger in Sicht, wird der Kurfürst verdächtig oft krank. Zu oft, finde ich." Er machte eine kurze Pause, rieb sich gedankenverloren das Kinn und fuhr dann fort: „Dieser Pierron, der macht irgendeine gemeinsame Sache mit Christian, dem Herzog von Zweibrücken, das spüre ich. Und Pierron weiß, dass ich etwas weiß. Also belauern wir uns bei Hofe, es ist

ziemlich verzwickt. Immerhin ist der Herzog noch Thronfolger, solange kein leiblicher Erbe da ist. Und der Kurfürstin geht es gar nicht gut, das sehe ich als Arzt sofort. Sie ist mit ihren Ärzten nicht gut beraten, da stimmt etwas nicht."

„Um Gottes Willen!" Philipp schlug entsetzt die Hände über dem Kopf zusammen. „Nicht auszudenken, wenn dem Kind etwas passiert! Wer kümmert sich denn um die Kurfürstin?"

„Genau weiß ich es nicht." Bedauernd schüttelte Franz Bechtler den Kopf. „Soweit mir zugetragen wurde, sind es Ärzte aus dem Umfeld von Heinrich de Winter. Immerhin soll Algardi dabei sein, der kann wenigstens etwas. Aber wer weiß bei Hofe schon, was Wahrheit und was Gerücht ist."

„De Winter?" Jetzt mischte sich auch Johanna in das Gespräch ein. „Ist das nicht dieser Wundarzt, dessen Allheilmittel der Aderlass ist?" Sie rümpfte die Nase – als Tochter eines modernen Arztes konnte sie über solche Methoden nur lachen.

„Ja, genau der. Und ich glaube sogar ..." – doch weiter kam Johannas Vater nicht, da es energisch an der Tür klopfte. Erschrocken blickten alle zu Breuer, der seinen Kopf in das Kabinett hereinsteckte.

„Ja, was gibt's?" Sichtlich verärgert über die Störung stand Franz Bechtler auf und ging zur Tür.

„Ein Bote vom Hofe, mein Herr." Breuer wirkte ein wenig beunruhigt.

„Und? Dann führe Er ihn in das Behandlungszimmer. Worauf wartet Er noch?" Ungeduldig fuhr Bechtler seinen Kammerdiener an, der unwillkürlich den Kopf einzog und wieder verschwand.

„Wartet bitte kurz hier. Möglicherweise gibt es Neuigkeiten. Und hoffentlich sind es gute!" Franz Bechtler schloss die Tür hinter sich und ließ seine Tochter mit

ihrem Onkel allein im Arbeitskabinett zurück. Sprachlos blickten ihm beide hinterher, ehe Philipp das Wort ergriff:
„Was für ein Tag, meine liebe Nichte, eigentlich solltest du davon ja gar nichts wissen!"
„Aber Onkelchen, du kennst mich doch: Ich fühle mich besser, wenn ich um die Arbeit und die Gedanken vom Vater weiß. So kann ich besser auf ihn aufpassen!" Johanna lächelte verschmitzt.
„Du bist unglaublich – aber so mögen wir dich, Johannalein." Philipp musterte seine Nichte liebevoll. „Sag, was war das vorhin für eine Geschichte mit dem Kräuterweiblein? Warum weiß ich davon nichts?"
„Ach Onkel, wahrscheinlich hat der Vater dir nichts erzählt, weil es wieder einmal eine von diesen schrecklichen Hinrichtungen war. Du kennst doch Vaters Einstellung dazu."
Philipp nickte schweigend. Dann erzählte Johanna ihm die Geschichte der armen Alten, die irgendwo hinter Friedrichsfeld in einer Hütte gelebt hatte. Warum sie ausgerechnet den Andres umgebracht haben sollte, wie dessen Frau behauptet hatte, konnte sich zwar niemand so recht erklären, doch unter der peinlichen Befragung durch die Henkersknechte hatte das arme Weiblein schließlich gestanden, dem wieder einmal betrunkenen Uhrmacher in einem Getränk den getrockneten und geriebenen Giftlattich verabreicht zu haben. Besonders dieses Detail an der Geschichte hatte Johanna sehr erstaunt, denn Giftlattich war ziemlich bitter – und so betrunken konnte nicht einmal der Andres sein, um das nicht zu schmecken! Im Zuge der peinlichen Befragung kam außerdem heraus, dass eben jenes Kräuterweiblein auch für den einen oder anderen Kindstod in Mannheim verantwortlich gewesen sein soll, was sich Johanna wiederum schon eher vorstellen

konnte. Immer wieder fand man tote Neugeborene vor den Toren der Stadt; manchmal sogar noch Föten. Und da Schwangerschaften für viele Frauen aus ganz unterschiedlichen Kreisen oft alles andere als gewünscht waren, lag es auf der Hand, dass sich die verzweifelten Frauen an ein kundiges Kräuterweiblein wandten. Leider oft viel zu spät – das wusste Johanna –, sodass aus dem frühzeitigen Abbruch der Schwangerschaft, der lediglich einige Tage Unwohlsein mit sich brachte und am Hofe recht verbreitet war, im Nachhinein ein Kindsmord wurde. Und Kindsmord war nun einmal eines der schlimmsten Verbrechen, dessen sich ein Mensch schuldig machen konnte – insbesondere in den Augen des Kurfürsten, der selbst immer noch auf einen Erben warten musste.

Franz Bechtler war damals keinesfalls von der Schuld des Kräuterweibleins überzeugt – weder was die angeblichen Kindsmorde noch was den Tod des Uhrmachers betraf – und er hatte seiner Empörung über die seiner Meinung nach ungerechte Verurteilung in seinem Kabinett lautstark Ausdruck verliehen. Allerdings nur dort und nicht bei Hofe, denn Carl Theodor war bei beiden Themen empfindlich und nur der leiseste Verdacht führte bei ihm zu großer Aufregung. Auch damals bei dem Kräuterweiblein: Der Kurfürst hatte sogar höchstpersönlich an der öffentlichen Hinrichtung teilgenommen – und mit ihm natürlich der gesamte Hofstaat mit Kutschen und allem Prunk, doch wohl auch, weil zur gleichen Zeit der Freiherr von Bürgenröther wegen Mordes an seiner Frau gehenkt wurde.

Johanna erinnerte sich aus zwei Gründen gut an diesen Tag: Erstens hatte ihr Vater darauf bestanden, dass seine beiden Töchter der Hinrichtung fernblieben, obwohl jeder, der in Mannheim Rang und Namen hatte, zu dem Ereignis erschienen war. Da Johanna

genau wie ihr Vater Hinrichtungen hasste, war sie ihm aufrichtig dankbar dafür gewesen, dass er zumindest auf diese Weise seinen Protest gegen das vermutlich ungerechte Urteil ausgedrückt hatte. Ihre Schwester Amalie hingegen wollte das Schauspiel auf keinen Fall verpassen und hatte es tatsächlich geschafft, sich heimlich aus dem Haus zu schleichen und dem schrecklichen Ereignis beizuwohnen. Für Amalie waren das arme Kräuterweiblein, der brutale Freiherr und der Mord an dem alten Uhrmacher Andres dabei völlig nebensächlich; ihr ging es ausschließlich um das gesellschaftliche Ereignis. Denn Hinrichtungen in Anwesenheit des Kurfürsten waren etwas ganz Besonderes und eine ideale Gelegenheit, gesehen zu werden, in schönen Kleidern Aufmerksamkeit zu erwecken und möglicherweise mit wichtigen Persönlichkeiten in Kontakt zu kommen. So sah das zumindest Amalie und mit ihr fast der gesamte Hofstaat – anders konnte sich Johanna den aufgeputzten und dem Anlass ihrer Meinung nach völlig unangebrachten Auftritt vieler Höflinge und Hofdamen nicht erklären.
Durch ihre Schwester hatte Johanna dann auch eine detaillierte Beschreibung von der Hinrichtung des Kräuterweibleins erhalten, wobei sich Amalie wie so oft eher mit den schönen Kleidern der Damen und Spekulationen über neue Skandale beschäftigt hatte, als mit dem grausamen Akt. Ungeduldige Nachfragen Johannas hatten sie schließlich den schrecklichen Tod der Alten beschreiben lassen:
Nachdem das Kräuterweiblein unter dem Gejohle des Mobs und Pöbels auf einem Holzwagen vom Gefängnis über die Breite Straße durch das Neckartor hindurch zum Richtplatz gekarrt worden war, hatte man die Arme auf einem Holzpodest an einem Stuhl festgebunden und ihr die Augen verbunden. Scharfrichter Bastian

aus Dürckheim hatte schon zum Schlag ausholen wollen, da war die Augenbinde des Weibleins verrutscht und hatte ihren angstvollen Blick preisgegeben. „Muss ich nun doch noch einmal das Elend der Welt sehen? Ach, dahinten fließt der Neckar“, hatte die Delinquentin daraufhin ausgerufen und manchem der Zuschauer war es eiskalt über den Rücken gelaufen. Doch der Henkersjunge war schnell wieder zur Tagesordnung übergegangen, hatte die Binde ordentlich fest gezogen und dem Scharfrichter zugenickt. Dieser blickte daraufhin zum Hauptmann der Garde und trennte den Kopf mit einem mächtigen Hieb ab. Das Blut schoss in einem dicken Strahl aus dem Rumpf, was mit einem teils entzückten, teils entsetzten Aufschrei des Publikums quittiert worden war. Doch bevor sich der Pöbel in Bewegung setzen konnte, war im Podest eine Klappfalle vom Henkersknecht geöffnet worden, in der der leblose Rumpf samt Stuhl verschwand. Die Kurfürstliche Durchlaucht hatte nämlich zuvor angeordnet, es auf jeden Fall zu verhindern, dass sich die Volksmenge auf das Blut der Hingerichteten stürzen könne. Die Gefahr bestand durchaus – dachten doch viele, das Blut einer hingerichteten Hexe wirke vorbeugend gegen die Pest. Da es bei vorherigen Hinrichtungen aus solchen Gründen zu Tumulten gekommen war, die in allgemeine Prügeleien auszuarten drohten, hatte Carl Theodor eine strenge Order erlassen, wie es bei Hinrichtungen zu halten sei. Und dazu gehörte seit neuestem eben auch die Klappfalle.

„Deine Schwester hat dir all das erzählt?“ Kopfschüttelnd starrte Philipp Bechtler seine Nichte an. „Und Franz hat nicht gemerkt, dass Amalie bei der Hinrichtung war?“

„Nein.“ Johanna schaute ihre Onkel schuldbewusst an. „Ich glaube, das Ganze hat ihn sehr beschäftigt.“ Sie erinnerte sich an das gemeinsame anschließende

Essen, an dem auch Breuer und Madame Guinant teilgenommen hatten. Wortlos löffelten damals alle ihren Eintopf, ehe die Haushälterin festgestellt hatte, wie gut es war, dass die alte Hexe endlich ihrer gerechten Strafe zugeführt worden sei. Denn wie konnte es nur passieren, dass jemand kleine, unschuldige Kinder tötete? Dem Freiherrn von Bürgenröther, oh ja, dem gönnte sie ebenfalls den Tod, es war doch nur gut, dass auch die Obrigkeit gerichtet wurde. Die arme Frau, er soll ja seit Jahren eine Geliebte niederen Standes gehabt haben.
Franz Bechtler war daraufhin abrupt aufgestanden und hatte sich entschuldigt. Nach dem Essen war Johanna zu ihm in die private Bibliothek neben dem Speisezimmer geschlüpft, wo sie ihn zuvor auf und ab gehen gehört hatte. Ohne seine Wanderung entlang der bis unter die Decke voll gestopften Bücherregale zu unterbrechen, hatte er sofort angefangen, seiner Tochter einen Vortrag zu halten: „Du musst wissen, mein Kind, wir alle sind Kinder Gottes und wir alle sind Kinder der Natur. Und wir leben hier in Mannheim in einer Stadtgemeinschaft, in der offensichtlich nicht alle die gleichen Interessen verfolgen." Dann folgte eine bedeutungsschwangere Pause, ehe er schwer seufzte und fortfuhr: „Weißt du eigentlich, wie viele Mädchen und junge Frauen Jahr für Jahr in Not geraten? Das geht so schnell – und gerade die einfachen Mädchen können sich der Avancen edler Herren doch nicht erwehren, ohne Nachteile für ihre gesamte Familie fürchten zu müssen, nicht wahr? Es ist traurig, aber wahr: Würden wir uns um die gefallenen Mädchen besser kümmern und ihnen neuen Lebensmut, Arbeit und Brot geben, sie vielleicht doch noch verheiraten, dann wären solche Leute wie das Kräuterweiblein nicht nötig. Ja, ja, wäre die Ordnung in Mannheim besser, könnte man auch

den Henker entlassen. Ich sag es immer wieder – jeder Täter ist zugleich auch zu einem guten Teil Opfer."

„So freimütig hat er zu dir gesprochen?" Philipp Bechtler blickte seine Nichte erstaunt an. „Dein Vater vertraut dir wirklich sehr, mein Kind."

„Ja", fuhr Johanna nachdenklich fort, „und abends hat er mir dann vom Kurfürsten erzählt."

Fragend hob Philipp die Augenbrauen. „Vom Kurfürsten? Was denn?" Johanna berichtete von dem Gespräch unter vier Augen, in dem es um Gerechtigkeit und Gesetz, um die Grausamkeit vieler Menschen und die Person Carl Theodors ging, von dem Bechtler stets viel gehalten hatte. „Unser Kurfürst hat das Zeug zum großen Staatsmann", pflegte ihr Vater immer wieder zu sagen. „Leider sind zu viele Menschen in seiner unmittelbaren Nähe, die kein Interesse an seinen Ideen haben." Dass Franz Bechtler damit nicht nur Christian IV. Herzog von Zweibrücken meinte, sondern auch Dominik Pierron, den unsympathischen Kammerdiener Carl Theodors, war offensichtlich.

„Wieso mögen sich Vater und Pierron eigentlich nicht? Weißt du, was dahinter steckt?" Johanna ergriff die Gelegenheit beim Schopf, solange der Vater nicht im Raum war. Der Bote vom Hofe schien ja einiges mit ihm zu besprechen zu haben – und diese Zeit konnte man nutzen. Wann hatte sie schon die Möglichkeit, so ungestört und offen mit ihrem Onkel zu plaudern?

„Du neugieriges Ding!" Philipp trommelte unwillig mit den Fingern auf dem Tisch herum – doch er tat nur so streng, das wusste seine Nichte.

„Bitte! Ich verrate dich auch nicht", bettelte Johanna weiter. Sie wollte endlich genauer wissen, worum es bei der Abneigung Ihres Vaters gegenüber Pierron ging, die wohl auf Gegenseitigkeit beruhte. Johanna hatte sogar manchmal den Eindruck, dass Franz Bechtler

und der kurfürstliche Kammerdiener eine Art Kleinkrieg gegeneinander führten. Nur warum das so war, hatte sie bislang nicht herausfinden können – galt doch gerade Pierron als ein treuer Diener seines Herren, der stets zu Diensten immer etwas mehr tat, als von ihm erwartet wurde. Seine Position bei Hofe war praktisch unantastbar, da er das uneingeschränkte Vertrauen des Kurfürsten genoss. Und in einer solchen Stellung – so erschien es zumindest Johanna – stand auch Franz Bechtler als Hofmedicus und intimer Kenner sämtlicher Befindlichkeiten der kurfürstlichen Familie, wenngleich er sich auch nicht ständig in der unmittelbaren Nähe seines Herren aufhielt, wie Pierron.
Über Pierron selbst wusste Johanna nur wenig. Es hieß, dass er sogar eine Frau hatte, die allerdings niemand kannte. Seine Eltern und Großeltern hatten im Dienst der Zweibrücker Herzöge gestanden; seine Mutter soll die Amme der jüngeren Schwester der Kurfürstin, Franziska Dorothea, gewesen sein. Pierron selbst war wortkarg und zurückhaltend – nicht einmal außerhalb des Hofes erzählte er viel über sich. Dafür schien seinen kleinen, stets aufmerksamen Augen nie etwas zu entgehen, seinen unangenehm stechenden Blick unter halb geschlossenen Lidern hatte Johanna schon häufiger mehr gespürt als tatsächlich gesehen. Wahrscheinlich war auch das eine Qualität, die einen guten Kammerdiener auszeichnete, denn nichts war wichtiger für den Kurfürsten, als immer genau zu wissen, was um ihn herum vorging, wer gerade welche Intrige spann und welcher neue Skandal sich gerade anbahnte. Doch dass der Kurfürst Pierron stets um sich haben konnte, verstand Johanna nicht. Denn der Kammerdiener stank aus dem Mund. Und nicht nur das: Ihm fehlte ein Frontzahn, was dazu führte, dass sein Speichel beim Sprechen sichtbar Fäden zog. Es war ekelhaft, ihm bei einer

Unterhaltung ins Gesicht zu schauen, wie konnte der Kurfürst das nur tagtäglich ertragen?
Pierron trug stets einen violetten Seidenfrack mit aufgesetzten Taschen und farbigen Seidenstickereien auf Revers, Stehkragen und Armaufschlägen. Darunter blitzte eine cremefarbene ärmellose Weste aus Seidenatlas hervor. In der dazu passenden eng geschnittenen Culotte, einer modischen Kniehose, klapperte er auf seinen Halbschuhen, in denen grüne Wollstrümpfe steckten, im Hintergrund einer Behandlung im Kabinett des Kurfürsten umher. Pierron hatte winzige Füße, was zu einem merkwürdig unmännlichen Gang führte. Am Böffchen[3] trug Pierron eine auffallende Brosche mit einem Januskopf. Sein schütteres schwarzes Haar war streng nach hinten gekämmt, wobei sich eine schlohweiße Strähne hell vom übrigen Haarschopf abhob. Franz Bechtler hatte seiner Tochter irgendwann erzählt, dass alle männlichen Pierrons diese Haarsträhne besaßen, warum auch immer. Außerdem hatte Pierron eine schlechte Haut, einen leicht näselnden Tonfall und eine eher helle Stimme, die all seine äußeren Unzulänglichkeiten auch noch betonte. Insgesamt, da musste Johanna ihrem Vater zustimmen, war Pierron also eine eher unangenehme Erscheinung und sie konnte die Abneigung ihres Vaters durchaus nachvollziehen.
„Also gut." Philipp gab sich geschlagen. Er konnte Johannas bittendem Blick einfach nicht widerstehen – außerdem würde sie es früher oder später vermutlich ohnehin erfahren. Vor Johannas Neugier war einfach nichts sicher!
„Dein Vater hat recht, vorsichtige Zurückhaltung im Umgang mit Pierron zu pflegen", begann er und strich

3 Ein gebundenes Halstuch, das im 18. Jahrhundert in Mode war.

dabei nachdenklich mit seinem rechten Zeigefinger über den Rand seines Weinglases. „Genau genommen beruht das schwierige Verhältnis der beiden auf ihrer gemeinsamen Vergangenheit mit dem Kurfürsten." Was ihren Vater betraf, wusste sie natürlich um die besonderen Umstände, die dazu geführt hatten, dass Bechtler Carl Theodor bereits als jungen Herzog und designierten Erben vom damaligen Kurfürsten Carl Philipp kennengelernt hatte.

„Ja, ja", nickte Johanna ungeduldig. „Die Geschichte, wie Vater und Seine Kurfürstliche Durchlaucht sich näher kamen, habe ich schon oft gehört." Damals hatten die Brüder Franz und Philipp gerade ihr Studium in Heidelberg beendet. Philipp war in der Stadt am Neckar geblieben, um dort als Apotheker zu wirken, während es Franz zurück nach Darmstadt zog, wo seine Jugendliebe Anna auf ihn wartete. 1740 trat er durch Vermittlung seines späteren Schwiegervaters, der dort Obristjagdmeister war, als Arzt in den Dienst von Landgraf Ludwig, heiratete, gründete seinen ersten Hausstand und bekam mit seiner Frau ein Jahr später Amalie, Johannas Schwester. Kurz danach muss es gewesen sein, dass er vom Landgrafen Ludwig in seiner Funktion als Medicus auf eine große Jagd in Kranichstein mitgenommen wurde. Es war ein bedeutendes Ereignis, zu dem sogar Seine Durchlaucht der Kurfürst Carl Philipp von der Pfalz höchstpersönlich erschienen war – und für den jungen Arzt sicherlich eine große Ehre. Das Jagdschloss Kranichstein lag gut eine Stunde zu Pferde östlich zwischen Darmstadt und Messel. Es war ein großer, altehrwürdiger Gutshof mit einem repräsentativen Schloss und einem riesigen, von einer Mauer eingezäunten Parforcegelände. Die Jagdgesellschaft stand schon im geräumigen Innenhof, als Franz mit dem Landgrafen auf Kranichstein eintraf.

Es waren sicher zweihundert Reiter in schmucker Uniform, die dort auf ihren Gastgeber warteten. Die Darmstädter trugen lange hellgrüne Mäntel, die kleine Pfälzer Delegation kam in Blau. Etwas abseits standen die Müller, die nicht nur in Hessen für die Fürsorge der Jagdhunde verantwortlich waren: Sie hielten an langen Leinen die laut bellende Meute in Schach. Alles wartete bereits ungeduldig auf den Landesherren, der eigentlich schon längst anwesend sein sollte. Mit einem lauten „Habt acht!" salutierten die Darmstädter, und der Landgraf von Hessen fuhr standesgemäß in einer mehrspännigen Kutsche ein. Man verbeugte sich, der Landesherr grüßte mit einem „Waidmanns Heil!" und bestieg sein Pferd. Er winkte der Jagdgesellschaft aufmunternd zu, das gleiche zu tun.

Daraufhin verschaffte sich der Obristjagdmeister Gehör. „Es wird angelegt auf Schwarzwild, Rotwild, Hasen, Füchse und Rebhühner, ausdrücklich sei gesagt, es werden keine anderen Vögel gejagt, verboten ist auf jeden Fall das Anlegen auf Schnepfen. Hochwild wird gestellt, von der Hundemeute angegangen, nur der Jagdherr, unser hochwohlgeborener Landgraf, hat das Recht auf den Fang. Die Jagd geht über drei Stunden, ab Schlag Mittag ist ‚Hahn in Ruh'. Das erlegte Wild ist sofort den Jagdhelfern anzuzeigen, damit es zur Strecke in den Schlosshof gebracht werden kann. Wir wünschen eine erfolgreiche Jagd, Waidmanns Heil!"

Im Schlepptau des Kurfürsten fiel Franz Bechtler damals ein eingeschüchtert wirkender, eher schmächtiger junger Mann auf: Seine Durchlaucht der Herzog von Sulzbach Carl Theodor, der damals knappe siebzehn Jahre alt war. Franz erkannte bereits nach wenigen Minuten, dass der junge Carl Theodor ganz im Gegensatz zu seinem Onkel, dem Kurfürsten, und allen anderen Höflingen im Gefolge keine Freude am Trubel der

Treibjagdvorbereitung zeigte. Im Gegenteil: Sein blasser Teint und der etwas gehetzte Gesichtsausdruck sprachen Bände und erweckten spontanes Mitleid von Bechtler. Es war ganz offensichtlich, dass der Thronerbe sich unwohl fühlte und Angst hatte. Während alle anderen aufgeregt schwatzten, Pferde und Geschirr gegenseitig begutachteten, Höflichkeitsbekundungen austauschten oder den mitgereisten Damen freundlich zuwinkten, stand Carl Theodor mit seinem prachtvollen Pferd ein wenig abseits und nestelte unentschlossen an einem Jackenknopf herum. Ein Jagdhelfer hielt sein Pferd, doch als das Tier plötzlich unwillig schnaubte und anfing zu tänzeln, sprang Carl Theodor erschrocken zurück und verfolgte mit angstvoll geweiteten Augen, wie der Knappe sein Pferd wieder beruhigte.
Plötzlich erschallten die Jagdhörner. Das war das Signal, die Treibjagd konnte beginnen. Der junge Kurfürst hatte bis dahin noch erhebliche Probleme mit seinem widerspenstigen Gaul. Während der Ansprache konnte er nicht aufsitzen und nun stand er als letzter neben seinem Pferd. Er musste endlich seinen Rappen besteigen und sich der bereits ungeduldig wartenden Jagdgesellschaft anschließen. Spätestens in diesem Moment wurde Franz Bechtler das Ausmaß von Carl Theodors Dilemma klar – schaffte er es doch nicht einmal, mit Hilfe seines Knappen den Rücken des Pferdes zu besteigen, ohne beinahe auf der anderen Seite wieder hinunter zu fallen! Verhaltenes Gelächter begleitete diesen traurigen Auftritt, doch mit hochrotem Kopf und unter größter Kraftanstrengung schaffte Carl Theodor es gerade noch, sich oben zu halten.
„Nun, da auch Er bereit ist", ertönte die laute Stimme des Kurfürsten über den Hof des Schlosses und er musterte seinen Erben in einer Mischung aus Unwillen und Aufmunterung, „können wir beginnen."

Ohne seinen Nachfolger auch nur eines weiteren Blickes zu würdigen, gab Kurfürst Carl Philipp seinem Pferd die Sporen. In einer großen Staubwolke entfernte sich der Tross aus dem Innenhof des Schlosses, vorweg preschten die hohen Herrn von Hessen und der Pfalz.
Franz Bechtler, der junge und in Sachen Treibjagd noch gänzlich unerfahrene Arzt, ritt unweit hinter dem jungen Herzog Carl Theodor im Staub des Jagdtrosses. Schon nach kurzer Zeit querfeldein fiel Bechtler, der sich mit seinem Pferd unauffällig hinter der Jagdgesellschaft hielt, auf, dass Carl Theodor nicht nur ein schlechter Reiter war, sondern dass er sich dabei vor Angst auf dem Rücken des Pferdes geradezu festklammerte. Kopfschüttelnd und mit einiger Sorge beschloss er, den jungen Mann im Auge zu behalten – schließlich handelte es sich um den Erben der Pfalz!
Die anderen schienen Carl Theodor vor lauter Jagdfieber unterdessen vergessen zu haben. Immer größer wurde der Abstand zwischen Carl Theodor und der Jagdgesellschaft des Kurfürsten. Und plötzlich, Franz traute seinen Augen nicht, fiel das Pferd des jungen Mannes auf einer Obstbaumwiese in einen leichten Trab, dann in langsamen Schritt, um kurz darauf einfach stehen zu bleiben. Carl Theodor sah sich kurz nach allen Seiten um, woraufhin Franz sich schnell hinter einer Hecke duckte, um nicht entdeckt zu werden. Doch der zukünftige Herrscher der Kurpfalz war ganz offensichtlich so erleichtert, dem Martyrium Dauerritt entkommen zu sein, dass er ihn vermutlich ohnehin nicht entdeckt hätte.
Franz hingegen steckte nun in einem erheblichen Dilemma: Denn um der Jagdgesellschaft weiter zu folgen und bei Bedarf Stürze oder Verletzungen zu behandeln, wie es seine Aufgabe war, hätte er

unmittelbar an Carl Theodor vorbei reiten müssen. Das wiederum wäre für beide peinlich gewesen, hätte der junge Mann doch sofort begriffen, dass er durchschaut worden war. Für einen anderen Weg fehlte Franz Bechtler jedoch die Ortskenntnis. Die einzige Möglichkeit bestand folglich darin, den jungen Mann einerseits zu passieren und dabei andererseits noch schwächer und unbeholfener zu wirken als jener, damit der zukünftige Herrscher sein Gesicht nicht vor einem jungen und gänzlich unbedeutenden Arzt verlor. Also glitt Franz vorsichtig vom Pferd, gab ihm einen heftigen Klaps auf den Hintern und trieb es so in zögerlichem Galopp auf die Obstbaumwiese. Dann wartete er einige Augenblicke, um wild gestikulierend und aufgeregt hinter seinem Pferd herzulaufen. Da das verdutzte Pferd auf die Rufe seines Reiters sofort hörte und gut erzogen unmittelbar stehen blieb, entwickelte sich die Situation nicht ganz so spektakulär und glaubwürdig, wie von Bechtler beabsichtigt – doch für den erstaunten Carl Theodor reichte es offenbar. Denn dieser saß mittlerweile einige Meter von seinem friedlich grasenden Gaul entfernt auf der Wiese und rieb sich mit schmerzverzerrtem Gesicht seinen Fuß.

„Oh Gott, hat Er sich verletzt?“ Mit besorgter Miene näherte Bechtler sich dem jungen Mann, der ihn aufmerksam und ein wenig misstrauisch musterte.

„Wer seid Ihr? Und was sucht Ihr hier?“ Carl Theodor schien alles andere als erfreut über den Zeugen seines vermeintlichen Jagdunfalls. Düster blickte er Bechtler entgegen.

Dieser verbeugte sich kurz und antwortete knapp: „Franz Bechtler, Medicus in Diensten von Landgraf Ludwig und heute für die Gesundheit der Jagdgesellschaft verantwortlich.“ Und ehe Carl Theodor etwas

erwidern konnte, kauerte Franz schon neben ihm im Gras, griff nach seinem Fuß, tastete kurz und stellte lakonisch fest: „Da haben Ihre Herzogliche Durchlaucht aber noch einmal Glück gehabt, gebrochen ist er nicht. Aber stark geprellt, sicher als Folge des Sturzes. Er kann auf keinen Fall weiter reiten."
Verblüfft starrte Carl Theodor den jungen Arzt an. Doch Franz redete schon weiter: „... hochlagern natürlich und kühlen. Am besten, wir bringen Ihre Durchlaucht direkt zurück ins Schloss. Und dann über Nacht einsalben mit Arnika und Weinblättern, dazu eine Tinktur aus Rosen ..." Doch weiter kam er nicht – vom Waldrand her erklang lautes Rufen.
„Da ist er ja!" Und dann nach einer kurzen Pause: „Um Himmels Willen, es ist doch hoffentlich nichts Ernsthaftes?"
Seite an Seite ritten der Kurfürst und sein Gastgeber Landgraf Ludwig herbei. Bechtler erhob sich eilig, um Bericht zu erstatten: „Nein, keine Sorge, Durchlaucht, der junge Herzog hat Glück gehabt. Bei dem Sturz in vollem Galopp, das hätte auch schief gehen können."
„Ach ja?" Misstrauisch musterte der Kurfürst erst den jungen Arzt und dann seinen Erben. „Er ist gestürzt? Hier mitten auf der Wiese ohne Hindernis?"
Carl Theodor wurde feuerrot im Gesicht und brachte kein vollständiges Wort hervor. Franz kam ihm zur Hilfe: „Ein Hase, Durchlaucht, ein aufgeschreckter Feldhase und das Pferd seiner Herzoglichen Gnaden scheute. Ein schwerer Sturz, doch es ist glücklicherweise nur der Fuß."
„Wir bringen ihn sofort zurück", griff nun der Landgraf in das Gespräch ein. „Eine Trage", brüllte er in das mittlerweile herbeigekommene Gefolge, „und zwar schnell! Ihre Herzogliche Durchlaucht Carl Theodor ist verletzt."

Und so kam es, dass Franz Bechtler kurze Zeit später auf einer Bank vor dem Jagdschloss neben dem jungen Erben saß und sich mit ihm angeregt unterhielt. Dabei erfuhr Bechtler unter anderem, dass sich im letzten Jahr während einer Treibjagd ein Hirsch durch den Hof in ein Treppenhaus des Schlosses verirrt hatte – verfolgt von der gesamten Jagdgesellschaft. Lachend schilderte der junge Carl Theodor dem gebannt lauschenden Bechtler vom Kreischen der Damen, die angesichts des völlig verängstigt rasenden Hirsches in die Kabinette flüchteten, vom Drängeln der Jagdgesellschaft auf den Treppen, da niemand etwas verpassen wollte – und vom vermeintlich rettenden Sprung ins Freie, der dem Hirsch im ersten Stock über eine Terrassenbrüstung gelang, jedoch nur zum traurigen Ende des Tieres auf dem gepflasterten Innenhof führte.
Den Fuß hatten sie beide schnell vergessen, aber ihr gemeinsames Interesse an der Wissenschaft entdeckt. Geprägt vom gerade erst abgeschlossenen Studium an der Heidelberger Universität legte Franz Bechtler dem jungen Herzog seine Vorstellungen einer modernen Medizin dar, während Carl Theodor über die Gründung von Wissenschaftsakademien und einer Kunstsammlung philosophierte. Er hatte knapp zwei Jahre an den Universitäten in Leiden und Löwen studiert und war dort ebenfalls neuen Ideen begegnet, wenngleich er davon zurück am Mannheimer Kurfürstenhof unter der strengen Führung des Kurfürsten nichts hatte. Dennoch: Franz Bechtler war angenehm überrascht, wie interessiert und aufgeschlossen der ansonsten introvertierte Carl Theodor plötzlich erschien – und der von der Jagd bis aufs Weitere befreite Herzog freute sich sichtlich, in dem nur wenige Jahre älteren Bechtler einen anregenden Gesprächspartner gefunden zu haben.

An dieser Stelle endete die Erzählung von Philipp Bechtler. Doch was hatte Pierron damit zu tun? Das war es doch, was sie interessierte. Johanna hakte noch einmal bei ihrem Onkel nach.
„Ganz einfach, liebe Nichte, er hat von Anfang an gestört!“ Philipp nahm einen tiefen Schluck Wein, schürzte ob des edlen Tropfens genüsslich die Lippen, schob die Flüssigkeit wie ein echter Kenner einige Male im Mund hin und her, schluckte und fuhr sich abschließend mit der Zunge über die Lippen. Dann holte tief Luft: „Dieser Pierron war schon damals lästig, musst du wissen. Denn als die beiden jungen Männer ins Gespräch vertieft auf der Bank saßen, war er es, der mit seinen kleinen hektischen Schritten um die Ecke klapperte, um den Thronfolger im Auftrag des Kurfürsten an die festliche Abendtafel zu rufen.“
„Aber das war doch nichts Außergewöhnliches, oder?“ Johanna blickte ihren Onkel fragend an. „Immerhin war Pierron doch damals schon Kammerdiener im kurfürstlichen Hofstaat.“
„Da hast du recht“, bestätigte Philipp, „aber sein Benehmen deinem Vater gegenüber war schon damals herablassend.“
„Wieso?“ Davon wusste Johanna gar nichts.
„Weil er deinen Vater vor dem Thronfolger nur mit einem abschätzenden Blick gemustert und mit den Worten ‚Wir benötigen Ihn nicht mehr. Er kann gehen‘ verabschiedet hat. Und ehe Franz sich versah, hatte Pierron ihm die Arzttasche in die Hand gedrückt und ihn beiseite geschoben.“
„Ja, und dann?“ Johanna kannte ihren Vater nur als selbstbewussten Arzt, der sich nicht so schnell einschüchtern ließ.
„Nichts und dann, mein Kind.“ Philipp zuckte mit den Schultern. „Er hat den jungen Herzog nur noch von

Weitem zu Gesicht bekommen, zu einem Gespräch ergab sich keine Gelegenheit mehr, was Franz natürlich sehr bedauert hat. Und du kannst wohl verstehen, dass Pierron für deinen Vater fortan ein rotes Tuch war, oder?"
Das konnte Johanna in der Tat. Aber sie hatte sich auch schon oft gefragt, warum der Kurfürst ihren Vater damals und auch später nie auf die offensichtlich vorgetäuschte Verletzung angesprochen hatte. Doch Franz Bechtler winkte stets ab – so weit würde die Vertrautheit zwischen einem hohen Herren und seinem Diener niemals gehen. Nicht einmal Jahre später, als Franz sich bereits lange am Mannheimer Hof des jungen Kurfürsten aufhielt, wurde irgendwann einmal diese Jagdgesellschaft auch nur erwähnt. Dass Carl Theodor seinen Retter nicht vergessen hatte, erfuhr dieser jedoch bereits zwei Jahre nach der Treibjagd in Kranichstein: 1742, also nur ein Jahr nach seinem Besuch beim Landgrafen von Darmstadt, war der alte Kurfürst Carl Philipp in Mannheim gestorben. Sein Nachfolger wurde der gerade einmal achtzehnjährige Carl Theodor, der kurz vor dem Tod des alten Kurfürsten noch dessen Enkelin Elisabeth Auguste geheiratet hatte. Mit ihr war Carl Theodor bereits seit zehn Jahren verlobt gewesen und der Kurfürst, der seinen Tod nahen fühlte, wollte diese Ehe noch unbedingt miterleben. Elisabeth Auguste war Carl Theodors direkte Cousine und vier Jahre älter als er, was sein immer noch schüchternes Wesen nicht gerade stärkte. Dennoch: Nach dem Tod seines Oheims begann der frisch gebackene Kurfürst erstaunlich selbstbewusst damit, den Hof zu verändern. Und so ließ er Franz Bechtler an den Hof rufen, der 1745 in Mannheim ankam – und dort wieder auf Pierron traf, den unfreundlichen Kammerdiener Carl Philipps, der von seinem Nachfolger im Dienst übernommen worden war.

Johanna seufzte. Warum verhielt Pierron sich nur so ablehnend – er stand doch viel besser bei Hofe als ihr Vater. Sie wollte ihren Onkel gerade dazu befragen, als sich die Tür öffnete und Franz Bechtler das Kabinett betrat. Erstaunt starrten Johanna und ihr Onkel ihn an: Sein Gesicht war ungewöhnlich gerötet und er fuhr sich mit einer fahrigen Bewegung durch sein Haar, ehe er sich schwer auf seinen Stuhl fallen ließ, der unwillig knarrte.
„Was ist passiert?" Philipp ergriff als erster das Wort. „Was wollte der Bote von dir? Gibt es Schwierigkeiten bei Hofe?"
„Nein, nein." Franz Bechtler winkte ab. „Dem Kurfürsten geht es gut." Er griff nach seinem Glas, drehte es in der Hand und fixierte gedankenverloren die bernsteinfarbene Flüssigkeit darin. „Und es wird sicherlich bald ein Fest zur Genesung Seiner Kurfürstlichen Durchlaucht geben."
„Ja aber ...", begann Johanna, doch ihr Vater unterbrach sie sofort.
„Für morgen früh ist schon ein Dankgottesdienst in der Schlosskapelle angesagt. Pater Seedorfer wird selbst die Predigt halten."
„Und es wird unsere Anwesenheit verlangt", vermutete sein Bruder zu Recht.
„Genau", bestätigte Franz Bechtler nickend.
Johanna erschrak. „Aber ich muss morgen früh ..." Der Arzt blickte seine Tochter streng an, die sofort verstummte. „Sehr wohl, mein Vater", hörte sie sich brav sagen, während sie innerlich aufgebracht auf ihrem Stuhl hin und her rutschte. Ausgerechnet morgen!
„Und jetzt, Herzblatt", fuhr ihr Vater unbeirrt fort, „schaust du bitte in der Küche nach Madame Guinant und besprichst das Abendessen mit ihr." Verärgert sprang Johanna auf. Auch das noch. Morgen der

Dankgottesdienst und jetzt Madame Guinant. Außerdem hatte sie den Eindruck, dass ihr Vater sie loswerden wollte. Weswegen war er nach dem Besuch des Boten vom Hofe so nervös? Er verschwieg doch etwas! Außerdem hasste sie es, wenn er sie mit ihrem alten Kosenamen ansprach. Herzblatt! Sie war siebzehn Jahre alt und eine erwachsene Frau. Wie oft hatte sie ihm dies schon gesagt.

„Meine Herren –", hochmütig hob sie ihren Kopf und stolzierte zum Ausgang. Gerade als sie die Tür etwas lauter als gewöhnlich schließen wollte, hörte sie Papier rascheln und ihren Vater sagen: „... dieser Brief dazwischen ..."

Johanna drehte sich noch einmal um und suchte den Blick ihres Vaters. Bedauernd hob Bechtler seine Schultern; normalerweise hatte er keine Geheimnisse vor Johanna. Bei Amalie, ihrer Schwester, war das etwas anderes, da sie sich für die meisten Dinge ohnehin nicht interessierte. Doch Johanna, seine stets interessierte und aufgeschlossene Tochter, zog er eigentlich immer ins Vertrauen.

„Entschuldige, mein Liebes, aber was wir noch zu besprechen haben, ist wirklich nicht für dich bestimmt. Glaube mir, es ist besser so." Und schon begann er, mit leiser Stimme auf seinen Bruder einzureden.

Johanna schloss mit einem kleinen, aber bestimmten Ruck die Tür und begann verärgert, auf ihrer Unterlippe zu kauen. Ihr Vater wollte offenbar nicht, dass sie ein weiteres Detail vom Hofe erfuhr, doch warum nur? Enttäuscht stapfte Johanna in die Küche, um sich dort unkonzentriert mit der geschäftigen Madame Guinant und dem Küchenmädchen über den abendlichen Speiseplan auszutauschen. Ehe die Haushälterin auf die Idee kommen konnte, Johanna mit einer Aufgabe oder häuslichen Pflicht zu betrauen, was sie gern und für

Johannas Geschmack viel zu oft tat, verließ sie die Küche wieder und eilte die breite Treppe hinauf, um sich in ihr Zimmer zurückzuziehen.
Über die große Treppe und eine weitere Stiege erreichte sie ihre Kammer unter dem Dach. Diese war mit einer weißen Baumwollbespannung ausgeschlagen, auf der bunte Blumen aufgedruckt waren. Ein kleiner Schreibtisch mit Tinte und Feder stand überladen mit verschiedenen Kladden und Papierstapeln vor dem Fenster. Mitten im Raum gab es einen Toilettentisch mit Spiegel, einer Puste[4] für Puder und ein Parfüm aus ungarischem Maiglöckchenöl. Johannas Schatz lagerte jedoch im Wandschrank: Bücher über Bücher. Johanna las und lernte für ihr Leben gern. Das war schon immer so gewesen und hatte dazu geführt, dass sie – ganz anders als ihre große Schwester – keine richtigen Freundinnen hatte. Denn immer wenn ihre Cousinen, die Mädchen aus der Nachbarschaft oder Amalie mit Puppen spielen wollten, zog Johanna es vor, Stunde um Stunde die Anatomiebücher ihres Vaters zu studieren. Dieser hatte zwar anfangs noch versucht, im Sinne seiner verstorbenen Frau für einen standesgemäßen weiblichen Umgang für seine jüngere Tochter zu sorgen, gab dann aber schon bald entmutigt auf. Johanna war anders – und eigentlich gefielen Franz Bechtler ihr Wissensdurst und ihr heller Verstand. So unterstütze er sie fortan bei ihren Studien, wo immer er konnte, und bedauerte es insgeheim, dass sie als Frau nicht in seine Fußstapfen treten durfte.
Übrigens sah Johanna das ganz ähnlich: Zu gern wäre sie Ärztin oder zumindest wie ihr Onkel Apothekerin geworden. Doch als Frau war ihr dieser Weg versperrt, und so hoffte sie, möglichst lange als Gehilfin ihres Vaters arbeiten zu können oder vielleicht irgendwann

4 Blasebalg.

einmal als Hebamme zu wirken. In Mannheim mehrten sich nämlich die Gerüchte, dass führende Wissenschaftler und hochrangige Persönlichkeiten eine Art Hebammenschule ins Leben rufen wollten, um die hohe Sterblichkeit bei Mutter und Kind in Zukunft zu reduzieren. Und das war – so fand Johanna wenigstens – ihre Chance, zumal sie darüber bereits mehrfach mit Doktor Anton von Mai diskutiert hatte, der im Hause ihres Onkels Philipp ein gern gesehener Gast war. Von Mai war auch ein Freund ihres Vaters und ein äußerst angenehmer Mensch, fand Johanna.
Im Moment drückte sie allerdings eine andere Sorge: der Dankgottesdienst. Wütend und mit fahrigen Bewegungen begann sie ihre Haare aufzustecken, als ein Steinchen an ihr Fenster prallte. Das war das verabredete Zeichen – Clemens! Sie rannte wieder hinunter ins Foyer, dann hinein in die Küche, schlich sich vorsichtig und unter dem wissenden Lächeln des Küchenmädchens an Madame Guinant vorbei, die praktischerweise gerade etwas im Kühlraum suchte, öffnete leise die Hintertür zum Innenhof und fiel ihrem geliebten Clemens sofort in die Arme.
„Ich komme nur auf einen Sprung vorbei", japste Clemens und versuchte, sich aus ihrer stürmischen Umarmung zu befreien. „Ich muss gleich weiter zur Probe."
„Heute?" Verblüfft ließ Johanna von ihm ab. Das war ja etwas ganz Neues!
„Ja, leider." Zerknirscht strich Clemens ihr eine Haarsträhne aus dem Gesicht, die sich bei ihrem Überfall gelöst hatte. „Wir haben morgen Nachmittag Musikalische Akademie am Hof und der alte Steinhauer will uns wohl vorab noch einmal sehen." Er gab ihr einen zärtlichen Kuss auf den Mund, den sie enttäuscht zu einer Schnute verzogen hatte. „Aber wir sehen uns ja morgen früh", schob er aufmunternd hinterher.

„Eben nicht!" Wütend stampfte Johanna mit dem Fuß auf. „Ich muss mit meinem Vater zur Frühmesse, die für die Genesung der Kurfürstlichen Durchlaucht anberaumt wurde." Fragend schaute Clemens sie an: „War er denn schon wieder krank? Wie heißt denn die galante Ursache?" Nun musste Johanna doch lachen. Sie liebte das freche Mundwerk und die oft recht freizügigen Gedanken ihres Verehrers – auch wenn er in diesem Fall offenbar Unrecht hatte. Doch kein Wort von dem, was sie im Kabinett ihres Vaters aufgeschnappt hatte, würde über ihre Lippen kommen. Nicht einmal bei Clemens, dem sie vertraute und den sie von ganzem Herzen liebte.

„Dann komm doch morgen wenigstens zu den Wendtlands", bettelte sie mit einem gekonnten Augenaufschlag, den sie bei ihrer Schwester abgeguckt hatte. „Ich habe morgen Abend wieder Gesangsunterricht. Und du hast dich dort schon länger nicht mehr blicken lassen."

Clemens lächelte sie warm an. Natürlich würde er kommen, sie sahen sich ohnehin so selten, obwohl er praktisch in der Nachbarschaft und nur wenige Quadrate weiter wohnte. Es wurde Zeit, dass er sich dem alten Bechtler erklärte. Vermutlich ahnte dieser ohnehin schon etwas, zuzutrauen war es ihm. Doch Clemens war mit seinen zwanzig Jahren noch recht jung. Als begabter Musiker hatte er bei Hofe zwar sein Auskommen, das jedoch kaum reichen würde, eine Familie zu gründen. Und inwieweit seine komplizierte Familiengeschichte ihm dabei hilfreich sein würde, wagte er noch nicht zu bedenken. Andererseits war Johanna auf dieses Thema bislang auch noch nie eingegangen, möglicherweise wollte auch sie noch warten. Er küsste sie hingebungsvoll.

„Ist da wer?", brummte der alte Breuer plötzlich durch die geöffnete Hintertür. Rasch löste Johanna sich aus

der Umarmung und eilte hinein. „Ich habe nur schnell die Katze gefüttert", log sie, während sie aus dem Augenwinkel noch wahrnahm, wie Clemens hastig durch das seitliche Hoftor in der Gasse verschwand.
Fröstelnd eilte Johanna durch die Küche hindurch wieder ins Haus zurück. Obwohl die Märzsonne schien, war es noch empfindlich kalt im schattigen Hof. In der Küche rupfte das Küchenmädchen summend ein Huhn, Madame Guinant rührte energisch in einem großen Topf herum und aus dem Kabinett des Vaters drangen nur leise die Stimmen der Brüder. Der alte Breuer war wohl in seiner Kammer unter der großen Treppe verschwunden. Ziellos strich sie im Foyer umher, rückte die Stühle zurecht, auf denen wartende Patienten während der Sprechzeiten sitzen konnten, richtete eine Vase auf dem Fensterbrett und pustete den gar nicht vorhandenen Staub vom Gesims der halbhohen dunkelgrünen Wandvertäfelung. Sie wusste nichts Rechtes mit sich anzufangen und ihre Gedanken kreisten wild um Clemens, ihren Vater, den Kurfürsten und sich selbst. Alles kam ihr auf einmal sehr verwirrend und anstrengend vor. Wie würde ihr Leben weiter gehen? Würde sie mit Clemens glücklich werden? In diesen Momenten vermisste Johanna ihre Mutter sehr. Wie schön müsste es sein, in Momenten der Ratlosigkeit von einer liebenden Mutter in den Arm genommen zu werden, die einem einfach das Gefühl gibt, dass alles gut wird. Doch eine neue Frau wollte Franz Bechtler sich nie ins Haus holen – zu groß war seine Liebe zu Anna gewesen. „Weißt du, Herzblatt", pflegte er seiner jüngeren Tochter zu sagen, „wenn man einmal so sehr geliebt hat, ist das Herz voll. Deine Mutter ist immer bei uns, hier ...", und dann klopfte er auf sein Herz, „... hier bei mir. Für eine andere Frau wäre es nicht schön bei uns." Und irgendwie konnte Johanna ihn verstehen – zumal sie auch ohne weibliche

Herrschaft im Haus gut klar kamen. Madame Guinant reichte voll und ganz, fand Johanna, mehr weibliche Erziehung als zukünftige Hausfrau und Mutter brauchte und wollte sie nicht!
Um ihren Kopf von den wirren Gedanken zu befreien, beschloss Johanna, spazieren zu gehen. „Ein Gang an die frische Luft bringt Klarheit", lautete auch Franz Bechtlers Devise. Zwei Stufen auf einmal nehmend eilte sie die Stiege zu ihrer Stube hinauf, griff nach einem leichten Wollüberwurf, hinterließ in der Küche eine kurze Nachricht für ihren Vater, falls er sie suchen würde, und nahm dafür wie so oft den missbilligenden Blick und die später zu erwartende Moralpredigt der Haushälterin in Kauf. Dann trat sie durch die Vordertür des Hauses in die Gasse.
Das Haus der Bechtlers befand sich in der Unterstadt Mannheims im Quadrat F 5,10[5]. Es war ein großes Eckhaus, das sich ihr Vater nur aufgrund der großzügigen Entlohnung seines Herren, dem Kurfürsten, leisten konnte. Zwar galten die Quadrate E, F und auch noch G als bessere Wohngegend für angesehene Bürger, so hochherrschaftlich wie in der Oberstadt, die mit den D-Quadraten südwestlich des Paradeplatzes begann und bis zu den A-Quadraten am Schloss führte, ging es hier jedoch nicht zu.
Die Stadt war 1684 nach den neuen Ideen des damaligen Kurfürsten Friedrich IV. auf einem Rastersystem geplant worden. Bis dahin hatte es in Mannheim Straßennamen wie in jeder anderen Stadt gegeben. Einige dieser Namen waren übrig geblieben: die Breite Straße, die vom Neckartor kommend direkt auf das Schloss zuführte, die Heidelberger Straße, auch Baumallee oder

5 Ein Stadtplan mit der damaligen Quadratzählung, die sich von der heutigen unterscheidet, ist im Anhang beigefügt.

Planken genannt, die das Heidelberger Tor mit dem Rheintor verband und dabei gleichzeitig die Ober- von der Unterstadt trennte – und natürlich die Fressgasse, die die E-Quadrate von den F-Quadraten trennte und deshalb so hieß, weil hier besonders viele Krämerläden zu finden waren. Gerade die älteren Bürger Mannheims lebten im Geiste noch mit den ehemaligen Straßennamen, bei Hofe war dies aber nicht gewünscht. Man gab sich modern – und dazu gehörten eben die Mannheimer Quadrate der Vorzeigestadt. Allerdings, dessen war Johanna sich sicher, würden einige Namen bleiben, da sie so bildlich waren: Die Baumallee hieß schließlich deshalb im Volksmund „Planken", da die Bäume in der Straßenmitte durch schmale Planken vor den Rädern der Kutschen geschützt wurden. Auch ein paar Plätze trugen noch den Titel ihrer tatsächlichen Funktion: So gab es einige Quadrate weiter östlich den Speisenmarkt, wo Johanna und das Küchenmädchen regelmäßig einkauften, den Paradeplatz in D 7, wo viele große Veranstaltungen stattfanden, oder die Kasernengasse einige Blöcke entfernt, wo ein Mädchen aus gutem Hause allerdings nichts zu suchen hatte, wie Johanna schon als kleines Mädchen von ihrem Vater zu hören bekam.

Das bechtlersche Haus gehörte zum Quadrat F im Norden der Stadt. Es lag in unmittelbarer Nähe zum Militärlazarett, dem katholischen Bürgerspital und schräg gegenüber der Lutherischen Kirche. Außerdem lag es auf halber Strecke zwischen der Mannheimer Hauptsynagoge in F 2,13 und dem jüdischen Friedhof in F 7 vor der St. Judas-Schanze der Stadtbefestigung. Dadurch kam es immer wieder vor, dass Johanna auf ihren Gängen durch die Stadt jüdischen Bürgern begegnete, die sich sonst von der Mannheimer Gesellschaft abgrenzten. Soweit sie wusste, wollten die

Mannheimer mit den Juden auch nicht allzu viel zu tun haben, das war hier nicht anders als an anderen Orten. Allerdings gab es gerade bei den Bechtlers immer wieder Berührungspunkte zur jüdischen Gemeinde: Zum einen war Franz Bechtler als einer von vier Ärzten im Stadtgebiet dazu verpflichtet, das nördliche Quadrateviertel der Stadt medizinisch zu betreuen und eine kostenlose Grundversorgung zu garantieren, was auch mit sich brachte, dass er manches Mal zu jüdischen Familien gerufen wurde. Zum anderen pflegte er sporadisch zu einem jüdischen Kollegen und zu dem Rabbi der Hauptsynagoge Kontakt, was bei Hofe natürlich niemand wusste. Johanna hatte davon vor ein paar Jahren Wind bekommen, als sie eines Nachts nicht schlafen konnte und beim Gang in die Küche auf der Suche nach einem Becher Milch Licht durch den Türspalt des väterlichen Kabinetts hatte hervorblitzen sehen. Neugierig war sie damals ohne anzuklopfen eingetreten und dabei auf einen Gast des Vaters gestoßen, der einen langen Bart trug und sie erschrocken anblickte. Am nächsten Tag hatte Franz seiner Tochter dann die Herkunft des nächtlichen Gastes – es war der Rabbiner – erklärt und Johanna hatte so erfahren, dass die Juden eine hohe wissenschaftliche, theologische und philosophische Kultur pflegten. Und das war auch der Grund, warum Franz Bechtler sich immer wieder mit dem Rabbi oder mit Moses Judt, dem Medicus der jüdischen Gemeinde, zum Gedankenaustausch traf.
Johanna liebte das stattliche Haus ihres Vaters, das dieser, als er 1745 in Mannheim eintraf, zu ausgesprochen günstigen Konditionen erwerben konnte. Das eigentlich Schöne am bechtlerschen Haus war seine Ecklage, die viel Licht in das Haus brachte. Der Eingang zeigte hinüber zu F 4 und gab quer über die Straßenkreuzung den Blick auf die Lutherische Kirche frei. Mit ihrem etwas

gedrungenen Turm und der schlichten, fast schon schmucklosen Fassade strahlte die Kirche Bescheidenheit und Gemütlichkeit aus und gab dem Platz gleichzeitig eine stille Würde. Ganz so unbedeutend, wie sie aussah, war die Kirche allerdings nicht: Immerhin hatte sie vor gut dreißig Jahren mit dem Preußenkönig Friedrich Wilhelm I. und seinem Sohn, dem späteren Friedrich dem Großen, schon hohen Besuch empfangen. Außerdem beherbergte sie bei aller Schmucklosigkeit im Innenraum die berühmte Stumm[6]-Orgel, ein Instrument, dessen himmlische Töne manches Mal bis hinüber zu den Bechtlers klangen. Johanna liebte Orgelkonzerte, insbesondere in der Lutherischen Kirche, die sie aus diesem Grund, ohne der lutherischen Gemeinde anzugehören, gern besuchte. Außerdem war der Weg quer über die Straßenkreuzung kurz und sie konnte auch zu Proben des Orgelmeisters schnell hinübereilen.
Auch im Inneren war das bechtlersche Haus kein typisches Mannheimer Bürgerdomizil. Das große Foyer war im Gegensatz zu den schmalen Fluren vieler Bürgerhäuser hell und freundlich. Es diente gleichzeitig als Treppenhaus und Wartezimmer für Patienten und hatte beinahe schon etwas Herrschaftliches. Im Erdgeschoss befand sich das Arztzimmer ihren Vaters, dahinter eine kleine Bibliothek mit der Naturaliensammlung, das Arbeitskabinett, die Küche und die Kammer von Breuer. Die Familie bewohnte das erste Stockwerk, wo es neben einem Speiseraum das Schlafgemach ihres Vaters sowie seine Privatbibliothek mit einer ausklappbaren Tischbettlade für Gäste gab. Die beiden Töchter lebten im Dachgeschoss und hatten dort helle,

---

6 Familie Stumm war eine Orgelbauerdynastie aus dem Hunsrück, die seit Generationen wohlklingende Instrumente baute.

freundliche Stuben mit Fenstern zum begrünten Innenhof. Amalie, ihre achtzehnjährige Schwester, war zurzeit allerdings nicht in Mannheim, sondern erhielt seit vergangenem Herbst bei einer Tante in Darmstadt den letzten Schliff für ihren Eintritt in die Gesellschaft.
Die Bechtlers wohnten für ihren einfachen Stand ungewöhnlich gehoben. Neben dem väterlichen Auskommen als Hofmedicus hatte dazu auch das Vermögen ihrer verstorbenen Mutter, Anna Bechtler, geborene Freiin von Rodenstein, beigetragen. Leider war sie kurz nach der Geburt von Johanna gestorben. Die von Rodensteins waren ein altes Adelsgeschlecht aus dem Odenwald und besaßen ein Schloss in Umstadt und ein Stadthotel[7] in Darmstadt.
Doch all das viele Geld, das Anna Bechtler mit in die Familie gebracht hatte, konnte den trauernden Witwer nach der Geburt Johannas nie über den Tod seiner geliebten Frau hinwegbringen. Denn die Verbindung von Franz und Anna Bechtler war eine Liebesheirat gewesen, das erzählte Johannas Vater gern und immer wieder. Großvater Bechtler, den Johanna nie kennengelernt hatte, war ein Schachfreund von Annas Vater, Balthasar Freiherr von Rodenstein, gewesen, und so hatten Franz und Anna sich bereits früh kennengelernt. Als irgendwann Liebe daraus wurde und dies auch vor den Eltern nicht mehr geheim zu halten war, hatten sich ausgerechnet die beiden schachbegeisterten Väter gegen alle Konventionen für diese Verbindung stark gemacht – möglicherweise um hier ein würdiges Erbe ihrer vielen gemeinsamen Abende am Kaminfeuer der von Rodensteins zu hinterlassen.

7 Mit ‚Hotel' bezeichnete man im 18. Jahrhundert keine Herbergen, sondern die Stadthäuser oder -paläste des gehobenen Bürgertums und Adels.

Johanna fand das gelungen, sah man vom traurigen Umstand ab, dass die von Rodensteins durch die Geburt der zweiten bechtlerschen Enkelin ihre jüngste von fünf Töchtern verloren hatten. Ihr Vater hatte dann das Trauerjahr mit seinen beiden Töchtern noch in Darmstadt unter der fürsorglichen Pflege der von Rodensteins verbracht – immerhin wusste er so die beiden süßen Mädchen in besten Händen seiner Schwiegermutter Josephina von Rodenstein, einer geborenen von Vathorst aus dem Rheinland.

1745 war Franz Bechtler dann für die Familie völlig überraschend einem Ruf von Kurfürst Carl Theodor an den Mannheimer Hof gefolgt. Der junge, gerade einmal zweiundzwanzigjährige Kurfürst führte dort einen lebendigen und modernen Hof, der Wissenschaftler, Künstler und andere bekannte Persönlichkeiten aus dem In- und Ausland magisch anzog. Auch Franz Bechtler konnte sich als frisch ernannter Hofmedicus dem besonderen Flair des kurfürstlichen Haushaltes nicht entziehen. So ging der zunächst tieftraurige Witwer nach und nach in seinen neuen Aufgaben auf und sicherte sich gleichzeitig eine wichtige Stellung und Ansehen bei Hofe. Dies ermöglichte ihm und seinen beiden Töchtern mit dem Erbe seiner verstorbenen Frau einen Lebensstandard, der in seinen Kreisen keinesfalls üblich war. Hinzu kam seine gesunde Abscheu gegen das übermäßige Kartenzocken und ein wohl angeborenes Grundverständnis für wirtschaftliches Haushalten, bei dem ihm Madame Guinant tatkräftig unter die Arme griff, was der Familie zugutekam. Allerdings hatte offenbar nur eine der Bechtlertöchter davon etwas mitbekommen: Denn während Johanna weder besonders eitel, prunksüchtig oder verschwenderisch war, liebte ihre ältere Schwester Amalie all jenen Tand, den der Vater so verabscheute. Von daher

war das Leben im bechtlerschen Hause ganz anders und viel ruhiger geworden, seit Amalie in Darmstadt weilte, wenngleich sie Johanna und ihrem Vater fehlte. Gerade jetzt wünschte Johanna sich ihre Schwester herbei, um ihre Seelenqual zu teilen.
Nach einem kurzen Blick auf die Lutherische Kirche und der Feststellung, dass gerade niemand an der Orgel übte, also auch kein Grund bestand hineinzugehen, wandte Johanna sich gegen ihre Gewohnheit nach rechts in Richtung Planken. Normalerweise wählte sie den anderen Weg durch die alte Fressgasse hindurch, um so unauffällig am Wohnhaus des Künstlers Verschaffelt in F 8 vorbeizukommen, wo ihr Clemens sein Zimmer hatte. Diesmal entschied sie sich jedoch für den direkten Weg zu Mannheims Prachtstraße mit der üppigen Baumbepflanzung.
Als sie in die Planken einbog, erschien es ihr, als sei halb Mannheim auf den Straßen unterwegs. Da Johanna sich normalerweise kaum Zeit nahm, grundlos durch die Stadt zu flanieren, fiel ihr der Trubel in der Stadtmitte meist gar nicht auf – zu sehr war sie dann mit einem Auftrag oder einem Ziel beschäftigt. Heute war es jedoch anders: Aufmerksam blickte sie um sich, grüßte hier und da freundlich, wenn bekannte Gesichter an ihr vorbeigingen, und wich dabei geschickt den Kutschen aus, die oft viel zu schnell die Prachtstraße entlangfuhren. Sie entschied sich spontan dafür, auf der linken Straßenseite zu bleiben. So konnte sie nicht nur die deutlich prachtvolleren Hausfassaden der beginnenden Oberstadt aus angemessener Entfernung betrachten, sondern auch die letzten wärmenden Strahlen der Sonne genießen, ehe diese hinter den hohen Häusern endgültig verschwand.
Da die jungen Bäume erst zarte Knospen zeigten, wirkte die Prachtstraße fast nackt und ließ den Blick

auf all ihre baulichen Schönheiten frei. Wieder einmal staunte Johanna über die Wohngebäude der oberen Mannheimer Gesellschaft. Die großen Fenster gaben bei vielen Anwesen von der Straße aus den Blick auf Säle mit getäfelten Decken des feinen ersten Obergeschosses frei und durch offen stehende Tore konnte man in traumhaft angelegte Innenhöfe mit Brunnen und vielen Pflanzen blicken. Das milde Mannheimer Klima in der Rheinebene eignete sich hervorragend für die Zucht südländischer Pflanzen, und viele Mannheimer, die es sich leisten konnten, investierten in entsprechende Zitrusbäume.

Nachdem sich Johanna mehrmals vor zu schnellen Kutschen in Hauseingänge drücken musste, um nicht überfahren oder verletzt zu werden, entschied sie sich, durch die Baumallee in der Mitte der Straße weiter zu flanieren. Immer wieder begegnete sie dabei bekannten Persönlichkeiten der Mannheimer Gesellschaft, die wie sie den beginnenden Frühling genossen: junge, reich ausstaffierte Frauen, die sich kichernd mit ihren Anstandsdamen austauschten, ältere Damen, die sich – soweit Johanna es den Wortfetzen, die zu ihr herüber drangen, entnehmen konnte – über die Unsittlichkeit der Jugend beklagten und junge Galane, die ganz offensichtlich auf Brautschau waren. Dass Johanna in ihrem unscheinbaren Tageskleid ihnen dabei nicht ins Auge fiel, war ihr nur recht.

Schon war sie auf Höhe des Achenbach'schen Caffeehauses, vor dem wie immer ältere Herren auf den Bänken an der Fassade saßen und dem lebhaften Treiben auf den Planken zum Qualm ihrer Tabakpfeifen folgten. Durch die hohen Fenster konnte Johanna erkennen, dass es auch im Inneren des Caffeehauses turbulent zuging. Als das neuartige Gasthaus vor einigen Jahren in der Stadt eröffnet worden war, hatte niemand so recht glauben wollen, dass sich ausgerechnet hier die Mannemer Sturköppe besonders gern zum Disput und politischen Austausch sowie zum Karten- und Billardspiel treffen würden. Doch weit gefehlt: Bereits nach kurzer Zeit war das Achenbach'sche Caffeehaus zum beliebtesten Treffpunkt von Großbürgertum, Militär, Regierungsangestellten, angesehenen Wissenschaftlern und Künstlern geworden. Auch Clemens und ihr Vater verkehrten hin und wieder dort – Clemens, wenn sein Gönner und Ziehvater, der Bildhauer Anton Verschaffelt, ihn mitschleppte und Franz Bechtler nur dann, wenn es sich nicht vermeiden ließ. Denn im Gegensatz zu vielen anderen wagte Johannas Vater die Unschädlichkeit von zuviel Tabak und dem daraus resultierenden Qualmschwaden zu bezweifeln. Einem Tässchen Kaffee, einer weiteren Mode dieser Zeit, war er hingegen nur selten abgeneigt. Mittlerweile hatte er deshalb dem Küchenmädchen beigebracht, einen anständigen Kaffee zu brühen.

Einen Häuserblock weiter ragte das Schild des Pfälzer Hofes weit in die Straße hinein. Der Gasthof mit einer Prachtfassade zum Paradeplatz und der zweiten zu den Planken war das berühmteste Gasthaus der Stadt. Wer etwas auf sich hielt, stieg hier ab – allerdings waren auch die Preise gesalzen, wusste Johanna. Man munkelte sogar, dass hier im Winter Brennholz extra kostete, was alles andere als gastfreundlich klang. Dennoch: Der Pfälzer Hof hatte unmittelbar am Paradeplatz eine zentrale Lage und die Zimmer waren gut ausgestattet. Besonders beliebt waren die Räume mit Blick auf den Paradeplatz und auf das neue Rathaus. Böse Zungen behaupteten, dass dies nicht nur wegen der Truppenaufmärsche und Prachtveranstaltungen der Fall war, sondern bei männlichen Gästen vor allem auch wegen der vielen Dirnen, die sich dort unerlaubt

herumtrieben, was dem Stadtkommandanten seit Jahren Kopfzerbrechen bereitete. Man redete zwar offiziell nicht darüber, doch jeder wusste es – und besonders pikant war die Situation dadurch, dass auf dem Platz ein großer und prachtvoller Brunnen stand, der ausgerechnet die „Allegorie der herrscherlichen Tugenden" zeigte, was immer wieder beschmunzelt wurde.
Johanna suchte im Vorbeigehen den Platz unauffällig nach Frauen jener Spezies ab, konnte jedoch keine entdecken. Allerdings wusste sie gar nicht so genau, wonach sie schauen musste – als gut behütete Tochter war sie bislang nicht mit gefallenen Frauen in Kontakt gekommen, nicht einmal an der Seite ihres Vaters bei Krankenbesuchen. Wahrscheinlich hatte er sie absichtlich nie mitgenommen, wenn er Dirnen verarzten musste, vermutete sie. Denn dass er häufiger stadtbekannte Etablissements besuchen musste, um schwangeren Frauen zu helfen, die versucht hatten, ihr Kind illegal loszuwerden, und davon schwer krank geworden waren, wusste sie aus seinen Erzählungen. Auch dass es peinliche Erkrankungen gab, die mit den Dirnen zu tun hatten, war ihr bekannt. Immer häufiger erwähnte ihr Vater sogar, dass diese Begleiterscheinungen unmoralischen Handelns durchaus auch in Hofkreisen vorkamen – doch mehr war nicht über seine Lippen gekommen, so sehr Johanna auch nachfragte.
Ihr Blick glitt an den Fassaden der ersten Oberstadt-Häuserreihe entlang, während sie zügig weiterging. Dabei achtete sie weder auf Passanten, noch auf ihre Füße, was dazu führte, dass sie an einer Baumwurzel hängen blieb und stolperte.
„Hoppla, hoppla, schöne Maid!" Erschrocken drehte Johanna sich um. Sie hatte das Herannahen der beiden Soldaten hoch zu Ross nicht bemerkt. Nun standen sie unmittelbar vor ihr und sahen nicht so aus, als wollten sie die junge Frau einfach so vorbeiziehen lassen.

Trotzdem raffte Johanna ihren Rock und versuchte, an den Reitern vorbeizueilen.
„Hey, hey, nicht so eilig", rief daraufhin der andere, „wohin des Weges?" und er lenkte sein Pferd so, dass Johanna der Weg abgeschnitten wurde. Das konnte ja heiter werden, hektisch blickte Johanna sich um. Keiner schien ihre missliche Lage zu bemerken, zumal die Sonne gerade hinter den Häusern versunken war und die Stadt in ein leises Zwielicht getaucht hatte. Was sollte sie nur tun?
„Wie heißt du, Mädel?", versuchte der erste wieder sein Glück, doch Johanna schwieg weiterhin. Genau genommen wusste sie auch gar nicht, wie sie sich verhalten sollte, in eine derartige Situation war sie zuvor noch nie gekommen. Vielleicht hätte sie doch nicht ohne Begleitung in die Stadt gehen sollen, ihr Vater und Madame Guinant hatten sie oft genug gewarnt. Doch nun war es zu spät. Sie wollte gerade dazu ansetzen, mit fester Stimme ein freies Geleit zu fordern, als einer der Reiter hektisch „Vorsicht!" zischte und sein Pferd herumriss. Der zweite tat es ihm nach, wobei sein Gaul gefährlich zu tänzeln begann, und er sichtlich Mühe hatte, sich aufrecht im Sattel zu halten. Johanna grinste innerlich erleichtert und eilte hastig in Richtung Unterstadt davon. Im Vorbeilaufen erkannte sie gerade noch, dass die beiden Soldaten diensteifrig einen Offizier hoch zu Ross grüßten, dann nahm die Dunkelheit der Gasse sie auf. Schnell machte sie sich auf den Heimweg, es war spät geworden.
Der Vorfall mit dem aufdringlichen Husaren erinnerte Johanna an eine Geschichte, die ihr Vater einmal vom Kurfürsten erzählt hatte. Da Carl Theodor ein ausgesprochen schlechter und ängstlicher Reiter war, der Auftritt hoch zu Ross aber zu den Repräsentationspflichten eines jeden Herrschers gehörte, hatte sein Onkel Carl

Philipp frühzeitig damit begonnen, den Reitkünsten seines Neffen und designierten Nachfolgers auf die Sprünge zu helfen. Flugs wurde in Schwetzingen – und damit fernab von den höhnischen Blicken der Höflinge und der Verwandtschaft – eine Reitschule eingerichtet, als der Knabe fünfzehn war. Im Zuge dieser Bauarbeiten und der Applanierung des Voltigierplatzes muss es jedoch zu erheblichen Unstimmigkeiten innerhalb der damit betrauten Hofkammer gekommen sein, da sich wie so oft der eine Höfling bei der Auftragsvergabe übergangen fühlte, während ein anderer sich in den Vordergrund spielte. Das Ende vom Lied war ein handfester Krach bei Hofe, den Carl Philipp nur durch ein herrschaftliches Machtwort beenden konnte – und der schlussendlich dazu führte, dass jeder bei Hofe, bis hin zum kleinsten Lakai, über die mangelnden Reitkünste Seiner Durchlaucht des Herzogs von Sulzbach informiert war. Wie oft Carl Theodor auf dem Schwetzinger Voltigierplatz später tatsächlich seine Runden drehen musste, wusste Johanna nicht; ein guter Reiter war jedoch nie aus ihm geworden.
Ihre Gedanken schweiften wieder zu Clemens. Ob er ein guter Reiter war? Vermutlich schon, da er aus einer angesehenen italienischen Familie stammte. Als Musiker hatte er allerdings kaum Gelegenheit auszureiten; außerdem achtete Clemens sorgsam auf seine gepflegten langen Pianistenfinger. Ihr Vater hingegen, das wusste Johanna, war ein ausgesprochen guter Reiter, ebenso wie sein Bruder Philipp.
Mittlerweile war Johanna wieder an der Lutherischen Kirche angekommen. Das Haus der Bechtlers gegenüber hatte durch das Licht der untergehenden Sonne einen warmen Anstrich bekommen und sah sehr behaglich aus. Johanna fühlte tiefe Dankbarkeit in sich, so ein sicheres und schönes Heim zu besitzen – ganz im

Gegenteil zu vielen anderen Menschen in dieser Stadt. Für sie war das bechtlersche Haus der Mittelpunkt ihres Lebens und so sehr sie sich auch bemühte: Vorstellen konnte sie sich ein anderes Leben an einem anderen Ort nicht – auch nicht mit Clemens. Dieses Haus war ihr Zuhause, warum sollte sie es jemals verlassen?
Unterdessen hatte der alte Breuer ihr die schwere Vordertür geöffnet und sie hineingelassen. Im Vestibül roch es verführerisch nach gebratenem Geflügel und Johanna bemerkte, dass sie Hunger hatte. Doch ein Blick auf die große Standuhr neben der Treppe verriet ihr, dass sie noch etwas Geduld haben musste. Außerdem war die Tür zum Kabinett ihres Vaters immer noch verschlossen und leises Gemurmel zeigte an, dass die beiden Brüder immer noch ins Gespräch vertieft waren. Nun, dann würde Philipp zumindest über Nacht bleiben, und das bedeutete ein kurzweiliges und interessantes Abendessen.
Langsam stieg Johanna die Treppen ins Dachgeschoss hinauf. Wie immer nahm sie den deutlichen Parfümduft wahr, der trotz geschlossener Tür aus Amalies Zimmer in den Gang drang. Amalie liebte Parfüm, vor allem mit intensivem Jasmin- oder Rosenaroma. Johanna konnte das nicht verstehen. Einen zarten Blütenduft wie Maiglöckchen oder Veilchen benutzte auch sie zu besonderen Gelegenheiten, doch die schweren Parfüms ihrer älteren Schwester fand sie plump und viel zu aufdringlich. Johanna wusch sich lieber gründlich und benutzte dazu eine herrliche Honigseife, die ihr Onkel selbst herstellte. Das allein reichte aus, um ihr im Alltag ein Gefühl vollendeter Sauberkeit zu geben – wozu also noch Parfüm?
Amalie sah dies natürlich völlig anders. Im Gegensatz zu ihrer Schwester waren ihr Mode, Schminke und Parfüm sehr wichtig – machten diese Dinge sie ihrer

Meinung nach doch zu einer noch attraktiveren Partie auf dem Heiratsmarkt. Johanna verdrehte bei solchen Feststellungen ihrer Schwester innerlich die Augen, doch Amalie war überzeugt von sich. Sie wollte möglichst bald einen gut situierten Mann heiraten, am liebsten mit einer respektablen Stellung bei Hofe oder im weiteren Umfeld, damit sie zumindest im Dunstkreis des Hofes verkehren könnte. So einfach war das jedoch nicht, denn obgleich Franz Bechtler zu den Vertrauten Carl Theodors gehörte und seine verstorbene Frau aus einem Adelsgeschlecht stammte, war die Familie nicht hoffähig. Hier traf man nur den Hochadel, wichtige Persönlichkeiten aus Politik, Wissenschaft und Gesellschaft – und manchmal gezwungenermaßen auch den Arzt.

Für Johanna war die Tatsache, nicht regelmäßig herausgeputzt wie ein Pfau bei Hofe erscheinen zu müssen, alles andere als ein Nachteil. Sie bedauerte ihre Schwester insgeheim, die verzweifelt versuchte, einen gesellschaftlichen Aufstieg zu ereichen. Allein das morgendliche Schminkritual mit weißem Reismehl, das mit einem Blasebalg auf Gesicht und Haare gepustet wurde, schreckte Johanna von derartigen Ambitionen ab. Wie konnte ausgerechnet Amalie, die mit ihren herrlichen blonden Locken doch die besten Voraussetzungen für aufmerksame Blicke besaß, einfach alles grau machen? Doch Amalie war unbelehrbar: Was bei Hofe modern war, imitierte sie stets – allen Bemühungen ihres Vaters und dem Spott ihrer kleinen Schwester zum Trotz.

Hinzu kam dann noch die unnatürliche und medizinisch zudem sehr bedenkliche Schnürung der Taille, die sich Amalie ebenfalls regelmäßig antat. Anfangs hatte Johanna ihr noch dabei geholfen, die Korsagen täglich enger zu ziehen, doch später, als sie wusste, welche

Schädigungen im Körper dadurch entstehen konnten, hatte sie sich schlichtweg geweigert. Also hatte Madame Guinant diese Aufgabe übernehmen dürfen – und nun erledigte dies wahrscheinlich eine Zofe der Tante in Darmstadt, wo Amalie sich gerade aufhielt.
Beim Gedanken an Tante Philippa von Rodenstein, die älteste Schwester ihrer verstorbenen Mutter, schnaubte Johanna unwillig und ließ sich rücklings auf ihr Bett fallen. Wie gut, dass dieser Kelch an ihr vorübergegangen war! Wochenlang hatte die Familie ihrem Vater in den Ohren gelegen, seine beiden Töchter doch gemeinsam für den letzten gesellschaftlichen Schliff nach Darmstadt zu schicken, um sie im Stadthotel von Rodenstein zu heiratsfähigen Damen ausbilden zu lassen. Das alles unter den strengen Augen von Tante Philippa – allein die Vorstellung war für Johanna ein Albtraum. „Träum nicht, Johanna!", „Sitz gerade, Johanna!", „Eine junge Frau läuft nicht die Treppe hinauf, sondern schreitet würdevoll!" oder „Steck deine Haare auf, Johanna, du siehst ja aus wie eine dahergelaufene Zigeunerin!" – nur allzu gut erinnerte sich Johanna an die ständigen Ermahnungen und kritischen Blicke ihrer Tante. Streng genommen war diese nämlich überhaupt nicht damit einverstanden, wie ihr Schwager Franz seine jüngere Tochter erzog, wenn man überhaupt von Erziehung sprechen konnte. Auch von Madame Guinant hielt sie nicht allzu viel, aber immerhin war sie Französin und die Mädchen lernten so ganz früh, sich fließend in der Sprache der besseren Gesellschaft auszudrücken. Tante Philippa hatte allerdings früh erkannt, dass Madame Guinant gegen Johannas Willen nur bedingt eine Chance hatte. In ihren Augen war Johanna aufmüpfig, neunmalklug, frech und nicht standesgemäß gekleidet – immerhin verkehrte ihr Vater bei Hofe. Wie sollte ihre Nichte so nur einen passenden Mann finden? Zumal Johanna

mit ihren dunkelblonden wilden Locken, dem stets zart gebräunten Teint, den dunkelgrauen Augen und einer Größe von gut einem Meter siebzig dem Schönheitsideal ihrer Zeit nicht entsprach. Außerdem hatte sie große Füße, Hände, denen man die tägliche Arbeit ansah, und einen großen Mund mit strahlend weißen Zähnen, der zum Leidwesen der Tante nie still stand und zu allem einen Kommentar abgeben musste. Doch Franz Bechtler hatte mit seiner Jüngsten Erbarmen und bestimmte irgendwann, dass Johanna in Mannheim bleiben durfte, um ihm zur Hand zu gehen. Eine bessere Assistentin konnte er sich ohnehin nicht vorstellen, doch das behielt er lieber für sich.

Amalie hingegen erwies sich in jeder Hinsicht als folgsame Schülerin. Sie wusste, worauf es in der Gesellschaft ankam, hielt sich stets zurück, bewegte sich anmutig, liebte Geselligkeit und Tanz und war für Tante Philippa eine perfekte Gesellschafterin. Sie lernte schnell, plauderte angenehm, wurde immer hübscher und konnte erste gesellschaftliche Erfolge für sich verbuchen. Tante Philippa war zufrieden und schrieb regelmäßig kleine Billets mit Erfolgsmeldungen nach Mannheim. Und Amalie fühlte sich so wohl in Darmstadt, dass sie sogar ein paar Monate länger blieb, als ursprünglich vereinbart. Bald war diese Zeit jedoch vorbei und beide Schwestern würden wieder unter dem Dach des bechtlerschen Hauses wohnen.

Johanna sah Amalies Rückkehr mit gemischten Gefühlen entgegen. Einerseits freute sie sich natürlich auf die vielen Geschichten, den Klatsch und Tratsch, den Amalie mit ihrer etwas hochnäsigen Stimme zum Besten geben würde. Amalie konnte köstlich erzählen, wenn es auf Kosten anderer ging – und sie war eine gute Beobachterin in Gefühlsdingen. Auch deshalb hatte Johanna sich manches Mal ihre Schwester vorzeitig zurück nach Mannheim gewünscht, sie hätte sicherlich einiges zu Clemens und all diesen Gefühlsverwirrungen zu sagen gehabt. Doch genau davor fürchtete sie sich gleichzeitig: Schließlich war Clemens in den Augen Amalies sicherlich keine erstrebenswerte Partie. „Pah, ein Musiker!“, hörte sie Amalie schon abschätzig schimpfen. „Wie will der denn einen standesgemäßen Haushalt führen?“ Was natürlich nicht ganz gerecht war, denn Clemens war nicht irgendein Musikus, sondern ein renommiertes Mitglied der Mannheimer Schule, dem bekanntesten und besten Orchester in ganz Europa. Und noch etwas nagte in Johanna: Was war, wenn Clemens sich in Amalie verliebte? Mit ihren goldblonden Locken, ihrer zierlichen Stupsnase, dem hellen Teint und der zarten, stark geschnürten Figur sah sie, das musste Johanna zugeben, allerliebst aus. Außerdem entsprach sie im Gegensatz zu Johanna dem Schönheitsideal vieler Männer, konnte sich anmutig bewegen und vor allem kokettieren! Johanna hatte sich schon immer gefragt, wie Amalie das mit dem Augenaufschlag und dem leichten Schmollmund machte, der stets dazu führte, dass sie das bekam, was sie gerade wollte. Und wenn es nun Clemens wäre? Würde auch er auf ihr kokettes Spiel hereinfallen?

Beunruhigt sprang Johanna vom Bett und lief zu ihrem kleinen Schminktisch mit dem ovalen Spiegel am anderen Ende ihrer Stube. Sie setzte sich auf den kleinen Hocker und öffnete einen der vielen Holzdeckel. Zum Vorschein kam neben allerlei medizinischem Gerät, einer getrockneten Grille und ein paar Lavendelzweigen ein Federhalter, ein kleines Tintenfass und – von ganz unten hervorgekramt – ein Tagebuch mit chinesischem Seideneinband, Johannas heimlicher Schatz. Das Büchlein hatte ihr der Vater vor ein paar Monaten geschenkt, damit sie sich Notizen zu Dingen

machen konnte, die ihr wichtig waren. Viel stand noch nicht darin – und das, was sie notiert hatte, hätte Franz Bechtler wohl kaum erfreut. Denn dieses Tagebuch handelte bislang fast ausschließlich von Clemens.
Nachdenklich blätterte Johanna zurück und überflog die von ihr eng beschriebenen Seiten. Ihre Handschrift war alles andere als leserlich, Tante Philippa hätte vermutlich die Hände über dem Kopf zusammengeschlagen. Doch die Darmstädter Verwandtschaft war weit weg und ihr Vater käme vermutlich nie auf die Idee, in Johannas privaten Dingen herumzuschnüffeln. Ihre geheimsten Erlebnisse, Gedanken und Wünsche waren also in Sicherheit. Und die Geschichte, wie sie Clemens kennen- und lieben gelernt hatte, ging ihrer Meinung nach nur sie selbst etwas an! Der erste Eintrag in diesem Buch erinnerte sie wieder an jenen denkwürdigen Tag ...
Clemens – wie aufregend hatte alles im letzten Herbst angefangen. Der Marktplatz war damals mit großen ledernen Tüchern abgespannt worden – ganz ähnlich, wie sie es von den großen eingestellten Jagden[8] aus dem Neckartal her kannte. Dahinter hatte man Laufstege angelegt, von wo aus das gemeine Volk dem kommenden Spektakel zuschauen konnte. An der Südseite hatte auf einer hohen Tribüne die höfische Gesellschaft Platz genommen. Unter dem blauen Jagdschirm hatte Johanna die Familie der Pfälzer Wittelsbacher erkannt: den Kurfürsten Carl Theodor und seine misslaunige und gut genährte Gattin Elisabeth Auguste, die – Johanna rechnete schnell nach – damals noch nicht schwanger gewesen sein dürfte, daneben stehend Friedrich,

8 Eingestellte Jagden sind Hetzjagden, die im 18. Jahrhundert sehr beliebt waren. Das Wild wurde dabei in abgezäunte (eingestellte) Areale getrieben und dort ohne Fluchtmöglichkeit gestellt.

der Herzog von Zweibrücken, mit der Schwester der Kurfürstin, Franziska Dorothea, und der Kurfürst von Mainz. Um sie herum schwänzelten wie immer zahlreiche Günstlinge.

Im Zentrum des Marktplatzes hatte sich die Jagdgesellschaft versammelt, deren Mittelpunkt Herzog Christian IV. von Zweibrücken mit seiner Frau Gräfin Forbach bildete. Johanna hatte die skandalträchtige Gräfin, die aufgrund ihrer zweifelhaften, nicht adeligen Herkunft nur eine morganatische[9] Ehe mit dem Herzog führte, damals zum ersten Mal gesehen und war ob ihrer Schönheit und ihres herrlichen Lachens sehr beeindruckt. Auch in ihrem schmalen Jagdkostüm mit den kniehohen Lederstiefeln machte sie eine hervorragende Figur. Doch, Johanna konnte gut verstehen, dass der Herzog die ehemalige Tänzerin zu seiner Frau erkoren hatte. Und es sollte auch nicht das letzte Mal bleiben, dass Johanna sich von ihrer besonderen Anmut überzeugen konnte.

Auf dem Boden hatten die Jagdhelfer zahlreiche Stangen ausgelegt, von denen jeweils zwei mit engmaschigen Netzen verbunden waren. Unter lautem Geschrei und Gejohle wurde dann ein schwerer Wagen in die Arena gezogen, der mit Tierboxen beladen war. Auf ein Zeichen von Carl Theodor öffneten sich alle Klappen der Kisten wie von Geisterhand und heraus sprangen etwa hundert Füchse, die geduckt und angstvoll wild über den Platz rannten. Johanna konnte die Begeisterung für eine solche Form der Jagd mitten in der Stadt nicht verstehen. Doch sie wusste, dass diese Vergnügungen bei Hofe einfach dazugehörten – auch ihr Vater musste dem Spektakel beiwohnen. Er stand

9 Eine Ehe, bei der einer der beiden Ehepartner von niedrigerem Stand war als der andere und die, da nur „zur linken Hand geschlossen", nicht gleichwertig war.

allerdings nicht wie seine jüngste Tochter am Fenster im Speisesaal der Bürgersfamilie Trautmann, bei denen Franz Bechtler nach einer erfolgreichen Behandlung eines Magengeschwürs des Hausherren häufiger zu Gast war, sondern war irgendwo unten im Getümmel verschwunden. Denn möglicherweise brauchte man seinen Beistand – schon manche Jagd war mit einem Unglück zu Ende gegangen.
Es waren die Freifrau von der Osten und Luise Freiin von Hacke, die unter lautem Jubel zuerst einen Fuchs im Netz fingen. Kaum hatte sich das arme Tier mit angstvollem Gewinsel in ihrem Netz verfangen, rissen sie ihre Stangen hoch und hielten diese geschickt beieinander, während sich das Tier immer wilder im Netz bewegte. Stolz liefen sie mit ihrer Beute zur Tribüne. Die Damen blickten sich an, nickten sich kurz zu und zogen dann mit einem heftigen Ruck die Stangen auseinander. In hohem Bogen flog der Fuchs heulend etwa drei Fuß über ihre Köpfe, um gleich wieder im Netz aufgefangen zu werden. Alles klatschte Beifall und rief „da capo!", noch einmal. Der Fuchs wurde noch drei-, viermal in der gleichen Art durch die Luft gewirbelt und war dann mit gebrochenem Genick geprellt[10]. Die Damen legten Ihre Stangen wieder zu Boden und warteten freudig erregt auf das nächste Opfer. Das Ganze hatte in kurzer Zeit etwas von einem Feuerwerk, bei dem halbtote Füchse jaulend durch die Lüfte flogen und sich den Hals brachen.
Johanna wollte sich gerade angeekelt von dem grausamen Schauspiel abwenden, als ihr Blick auf Freiin von der Loe fiel. Diese hatte gemeinsam mit ihrer Jagdpartnerin einen Fuchs nicht richtig aufgefangen, sodass sich dieser noch im Fluge im Oberschenkel der Jägerin durch den Rock hindurch verbeißen konnte.

10 getötet.

Durch die ungeheure Lautstärke war ihr Aufschreien nicht bemerkt worden. Sie strauchelte mit kalkweißem Gesicht und drohte, in die heulende Fuchsmeute zu stürzen. Und genau in diesem Moment kam Clemens ins Spiel: Als kühner Helfer sprang er über die Außenabsperrung und erwürgte mit geschickter Hand das Tier. Johanna verliebte sich sofort in ihn. Galant blieb er an der Seite der verletzten Hofdame, als Johannas Vater diese aus dem Jagdgeschehen heraus auf einer Bahre die drei Quadrate weiter ins bechtlersche Haus tragen ließ. Johanna hatte sich daraufhin hastig von ihren Gastgebern verabschiedet und war ihrem Vater mit der gemurmelten Entschuldigung „vielleicht werde ich gebraucht" unauffällig durch das Gedränge gefolgt. Doch zu Johannas Enttäuschung konnte sie den tollkühnen Retter im Foyer des Hauses nur kurz begrüßen und verlegen einige belanglose Worte mit ihm wechseln, da ihr Vater sie tatsächlich zur Verarztung der Bisswunde gut gebrauchen konnte. Und als sie endlich fertig waren, hatte Clemens das Haus bereits verlassen.
Das Gejammer der Hofdame hatte Johanna bis heute nicht vergessen. Sicher, die Wunde sah ziemlich schlimm aus und tat sicherlich auch weh, aber musste man deshalb so laut lamentieren? Während sie damals eine Paste aus frischen Weinrauten, Knoblauch, Salz, Weihrauch, Myrrhe, Wein und Essig anrührte, reinigte ihr Vater schimpfend – und ihrer Meinung nach alles andere als rücksichtsvoll – die Wunde. Vermutlich hatte er sich auch seinen Teil dazu gedacht und eine Art gerechte Strafe in der Verletzung gesehen. Johanna konnte ihn gut verstehen, wusste aber, dass er als Arzt so nicht denken durfte.
Unter zahlreichen Mitleidsbekundungen ihrer Begleiter verließ die Hofdame eine knappe Stunde später

das Haus, ihr Vater verschwand wieder im Getümmel auf dem Marktplatz und sie eilte nach oben in den Speisesaal, um vielleicht von dort aus Clemens in der Gasse zu entdecken. Doch so sehr Johanna sich auch bemühte – den rettenden Helfer konnte sie in der Menge nicht mehr ausmachen. Geknickt schlich sie Stunden später, als das Spektakel längst beendet war, in ihre Stube und kam erst wieder die steile Stiege hinunter, um gemeinsam mit ihrem Vater das Abendessen einzunehmen. Sie hatte gerade mit dem Nachtmahl begonnen, als es an der großen Tür im Foyer klopfte. Es war Clemens, der sich nach dem Befinden der verletzten Hofdame erkundigen wollte.

Kapitel 2

Mittlerweile war es in Johannas Kammer so dunkel geworden, dass sie die eng beschriebenen Seiten ihres Tagebuchs kaum noch entziffern konnte. Von der nahe gelegenen Turmuhr schlug es sechs Uhr, es konnte also noch dauern bis zum gemeinsamen Nachtmahl mit dem Vater und dem Oheim. Gewöhnlich wurde im Hause Bechtler gegen sieben Uhr gegessen – nicht zu früh, damit man etwas vom Tag hatte, aber auch nicht zu spät, damit die Mahlzeit nicht auf den Magen schlug. Auf diese Details legte Franz Bechtler viel Wert, zu Recht, wie sie fand. Auch Madame Guinant bestand auf den festen Zeiten, wohl vor allem deshalb, da sie im Anschluss ja auch noch ihren Mann bekochen musste, wie Johanna vermutete. War ihr Vater allerdings bei Hofe, geriet der Zeitplan meist durcheinander. Nie wusste man, wann er zurück kam; oft hörte Johanna das leise Knarren der hinteren Hoftür, die ihr Vater dann zu benutzen pflegte, erst in den frühen Morgenstunden. Trotzdem stand Franz Bechtler am Morgen danach stets freundlich und aufmerksam in seinem Arztzimmer, um Patienten zu versorgen – Johanna bewunderte ihn dafür sehr. Er musste eine unermüdliche Energie haben und seinen Beruf wirklich lieben.
Johanna reckte sich auf ihrem Stuhl, stand seufzend auf, griff nach den langen Zündhölzern neben dem leise bollernden Ofen und zündete die dicke Stumpenkerze in ihrer runden Deckenlaterne an. Abends war es noch recht frisch im Zimmer, sie war froh, dass Kathi, das Küchenmädchen, am späten Nachmittag noch einmal Holz nachgelegt hatte. Gedankenverloren griff sie nach einem kleinen tragbaren Kerzenleuchter mit einer hohen, schlanken Kerze und zündete auch diese an. Dann klemmte sie sich

ihr Tagebuch unter den Arm, ging hinüber zu ihrem Schreibpult vor dem Fenster und legte es dort ab, stellte die Kerze auf die hintere obere Ablage, unter der sich die Stifte verbargen, setzte sich und stützte ihren Kopf mit beiden Händen auf dem Schreibtisch ab. Die letzten Monate waren wie im Fluge vergangen. Nachdenklich zog sie die Stirn kraus und blickte aus dem Mansardenfenster in den nun schon fast ganz dunklen Himmel. Hie und da blitzte ein Stern auf, es würde eine klare, aber vermutlich kalte Nacht werden. So wie damals, als Clemens in ihr Leben getreten war. Gedankenverloren blätterte sie die nächsten Seiten des Tagebuches um. Sie hatte ihre Romanze mit Clemens in aller Ausführlichkeit ihrem kleinen Büchlein anvertraut, sodass sie nun beim Lesen fast das Gefühl hatte, die Gefühlsstürme des letzten halben Jahres noch einmal zu durchleben.
An jenem Abend, als Clemens so unerwartet das Abendessen von Vater und Tochter Bechtler unterbrochen hatte, war ein Stein ins Rollen geraten, der für Johanna nicht mehr aufzuhalten war. Ihr Vater hatte Clemens, den er als Kind einmal behandelt hatte und seither kannte, spontan hereingebeten, Breuer befohlen, noch ein Gedeck aufzulegen, und ihn zum Essen eingeladen. Madame Guinant war bereits gegangen und konnte so Franz Bechtler gar nicht erst darauf aufmerksam machen, wie unschicklich diese Einladung war. Vor lauter Aufregung hatte Johanna kaum einen Bissen heruntergebracht, was allerdings nicht weiter auffiel, da Clemens und ihr Vater sich angeregt unterhielten. Nur ab und zu spürte sie den forschenden Blick des jungen Mannes auf ihrem Gesicht, woraufhin sie den Kopf über den fast unberührten Teller senkte, damit er das Rot ihrer vor Verlegenheit brennenden Wangen nicht sah. Ansonsten hörte sie

aufmerksam zu, was die beiden Männer sich zu sagen hatten und musterte den jungen Besucher unauffällig. Da Clemens auf Nachfragen ihres Vaters während der Mahlzeit seine Lebensgeschichte erzählte und mit viel Temperament und hoch konzentriert die wichtigsten Geschehnisse zum Besten gab, hatte sie ausreichend Zeit, sein Aussehen, seine Gestik und vor allem die sympathische Mimik zu studieren.

Clemens Santorini war ein hoch gewachsener junger Mann mit geradezu aristokratischem Aussehen. Sein Kopf war mit üppigen schwarzen Locken bedeckt, die sich ungestüm in sein Gesicht kringelten. Darunter schauten intensiv-grüne Augen hervor, deren schwarzer Wimpernkranz fast schon mädchenhaft dicht war. Sein Blick war offen und freundlich und wenn er lachte, strahlten seine Augen noch heller und leuchtender, ein Eindruck, der durch seine dunklere Haut betont wurde. Unter einer schlanken, leicht gebogenen Nase bezauberte der Mund mit vollen Lippen, hinter denen sich – das fand Johanna besonders charmant – eine strahlend weiße Zahnreihe mit einer kleinen Zahnlücke im Oberkiefer verbarg. Später, bei einem ihrer zahlreichen heimlichen Treffen, erzählte Clemens ihr einmal, dass diese Zahnlücke für ihn von außergewöhnlichem Vorteil war: ließ sich durch sie hindurch doch besonders laut und anhaltend pfeifen. Einmal abgesehen davon war die Lücke auch ein Familienkennzeichen der Santorinis, und zwar seit Generationen.

Clemens war, das hatte Johanna schon beim ersten Anblick während der Fuchsjagd festgestellt, ausgesprochen gut gekleidet. Das sprach für ein zumindest solides Einkommen, das er als Musikus bei Hofe auch beziehen durfte. Er wirkte auf Johanna fast ein wenig eitel, was aber auch an seiner ungewohnten südländischen Ausstrahlung liegen konnte. Außerdem hatte

er einen ganz leichten Akzent bei der Aussprache, der diese Wirkung noch verstärkte.
Der junge Mann stammte aus Italien. Geboren 1740 in Florenz als einziger Sohn von Gaetano Santorini und seiner Frau Isabella, einer geborenen da Foti, wuchs er in angenehmen und vermögenden Verhältnissen auf. Denn sein Vater war ein in Florenz offenbar bedeutender Bankier gewesen, der sich um die Erbschaftsangelegenheiten der Familie Medici gekümmert hatte. Im Zuge dessen war er auch für die Rückgabe des Erbes der letzten Medici-Tochter verantwortlich, die den Pfälzer Kurfürsten Johann Wilhelm geheiratet hatte und dazu mit einer großzügigen Mitgift ausgestattet worden war. Dieses Erbe stand nach dem Tod des Kurfürsten Johann Wilhelm im Jahr 1716 der trauernden Witwe zu; die Preziosen und Goldstücke blieben jedoch aus unerfindlichen Gründen auf einer Bank in Frankfurt liegen. Die trauernde Witwe Anna Maria Louisa sah zunächst keine Möglichkeit, diesen Schatz zurückzubekommen, und reiste nach einiger Zeit nur mit ihrem Privatbesitz aus Düsseldorf und Schloss Bensberg zurück in die Toskana. Auf die drei großen Schmuckschatullen mit Juwelen, die Silbermöbel, das Silbergerät und eine Unsumme Bargeld wollte sie jedoch nicht auf Dauer verzichten. Aus der innerfamiliären Erbstreitigkeit wurde mit dem Tod von Anna Maria Louisa 1741 ein echtes Politikum: Denn als letzte ihrer Familie hatte die Medici-Tochter den gesamten Kunstbesitz der Familie der Stadt Florenz vermacht. Das wiederum gefiel den Habsburgern nicht, die zu der Zeit Landesherren der Toskana waren und die großartige Sammlung lieber in Wien gesehen hätten. Außerdem waren die Österreicher der Meinung, dass nun auch der sogenannte Medici-Schatz, also der noch in der Kurpfalz verbliebene Schmuck und das Bargeld

von Anna Maria, Bestandteil des Erbes sei. Was lag also näher, als einen vertrauenswürdigen Fachmann mit der Aufgabe zu betrauen? Im Hin und Her um die brisante Erbschaft gab es zahlreiche Verwicklungen, ehe die von der Verstorbenen gewollte Regelung zumindest teilweise in Kraft trat: Die Kunst blieb in Italien, ihr kostbarer Schmuck und ihr verbliebener persönlicher Besitz gingen an die Nachfahren Johann Wilhelms in die Kurpfalz. Eine immense Summe Geld aus diesem Erbe wartete ohnehin seit Jahren auf der Frankfurter Bank auf seine weitere Bestimmung.
Allerdings war es, das hatte Johanna irgendwann einmal von ihrem Onkel gehört, bei einigen Rückzahlungen Ende der vierziger Jahre nicht ganz mit rechten Dingen zugegangen: Zwar wurde ein nicht unerheblicher Teil der renommierten Kunstsammlung der letzten Medici tatsächlich der Stadt Florenz übergeben, doch einige Hauptwerke mit Darstellungen der von Anna Maria so geliebten griechischen Mythologie fehlten. Nie in Florenz angekommen war dabei angeblich eine drastische Jason- und Medea-Darstellung von Peter Paul Rubens, die der Künstler einst für die französische Königin und Regentin Maria de Medici, einer Vorfahrin Anna Marias, geschaffen hatte.
Da jedoch gleichzeitig die Pfalz großzügig mit dem beim Tode Anna Marias in Florenz befindlichen Einrichtungsgegenständen und Pretiosen aus ihrem persönlichen Besitz bedacht wurde, fühlten sich sowohl die Italiener als auch die Österreicher kurzfristig übervorteilt, sodass sich schnell der Verdacht ergab, der italienische Bankier Gaetano Santorini hätte auch in geheimen Kurpfälzer Diensten gestanden und einen gerechten Ausgleich jahrelang hintertrieben. Mit dem Geldsegen für die Pfalz soll dann das Schwetzinger Schloss und vor allem der prachtvolle Garten errichtet

worden sein, obwohl sich in der Sommerresidenz des Kurfürsten seit Jahren hartnäckig das Gerücht hielt, der Schatz sei in Wirklichkeit im Schlossgarten vergraben oder werde vom Kurfürsten heimlich versteckt. Nahrung erhielt dieses Gerücht übrigens ausgerechnet durch das persönliche Umfeld Carl Theodors: trugen doch die Kurfürstin und ihre beiden Schwestern zu jedem öffentlichen Anlass lange Tropfenperlen, die einst der Medici-Tochter gehörten und eindeutig Bestandteil des Medici-Vermögens waren.

Wie auch immer – Johanna war an jenem Abend sehr erstaunt zu hören, dass Clemens Santorini offenbar aus einer Familie stammte, die in der Politik schon einiges bewegt hatte. Und wenn sein Vater Gaetano tatsächlich unehrenhaft gehandelt hatte, konnte der Sohn ja schließlich nichts dafür. Außerdem hatte der Vater nicht allzu viel Zeit, einen zwielichtigen Einfluss auf den Sohn auszuüben, denn als Clemens gerade einmal acht Jahre alt war, fiel Gaetano einem Giftanschlag zum Opfer, der nie geklärt werden konnte. Die einen brachten den Tod des Florentiner Bankiers sofort mit den Medici in Verbindung, die ja seit Jahrhunderten des Giftmischens kundig waren, die anderen wiederum vermuteten den Mörder eher in Pfälzer Kreisen. Immerhin schienen beide Parteien einen Grund für ihren Unmut zu haben: die Italiener, da das Erbe auch Jahre später nicht vollständig heimgekehrt war, die Pfälzer, weil ihr oft als sagenhaft groß beschriebener Anteil seither als verschollen galt, zumal niemand gesicherte Informationen hatte, dass heimlich beiseite geschaffte Mittel möglicherweise doch in den Schwetzinger Neubau geflossen waren.

Wer auch immer schuldig am Tod Gaetanos war: Ein weiteres Opfer wurde seine Witwe, Clemens Mutter. Aus Gram stürzte Isabella Santorini sich kurze Zeit

nach dem unnatürlichen Ableben ihres Gatten vor den Augen ihrer Kammerzofe in den Hochwasser führenden Arno und wurde seither nicht mehr gesehen.
Clemens Santorini wurde also in einer Familie groß, in der es zeitweise alles andere als behütet und gemütlich zuging. Bei seiner Großmutter Lucrezia da Foti fand er in Florenz ein neues Zuhause, und sie war es auch, die zunächst den Ersatz der Mutter übernahm. Seinen Vater betrauerte er nicht allzu sehr, er hatte ihn nur selten zuhause erlebt, da Gaetano stets in der Pfalz weilte. Seine Nonna hingegen war und blieb bis heute ein wichtiger Angelpunkt im Leben von Clemens, das spürte Johanna, als er von ihr erzählte. Sie lebte noch immer in Florenz und war ganz offensichtlich eine zwar hoch betagte, aber stolze Frau mit hohen Idealen. Sie war es auch, die in Clemens die Liebe zur Musik geweckt hatte. Sie erzog dabei den Jungen im Sinne der Eltern weiter und zögerte daher auch nicht, ihn in die weite Welt zu schicken, als sich eine gute Gelegenheit dazu ergab.
Diese Gelegenheit kam bereits knapp ein Jahr nach dem Tod der Eltern in der Person des Peter Anton von Verschaffelt in Rom. Verschaffelt war 1748 nach Rom gereist, da er vom Vatikan den ehrenvollen Auftrag erhalten hatte, die durch Witterungseinflüsse massiv beschädigte Statue des Erzengels Michael auf der Engelsburg durch eine neue Skulptur zu ersetzen. Tatsächlich wurde die nach seinem Modell in Bronze gegossene neue Statue 1752 feierlich auf der Engelsburg aufgestellt, obwohl Verschaffelt zu diesem Zeitpunkt bereits in Mannheim lebte und den großen Moment folglich nur aus Erzählungen kannte.
Verschaffelt war mit seinen 38 Jahren bereits ein gefeierter Bildhauer und Künstler. 1737 hatte er in Rom die Bekanntschaft der bildschönen Bäckerstochter Giovanna Caterina gemacht, die er kurz darauf heiratete. Etwa

zu jener Zeit war er auch in die römische Accademia di San Luca[11] aufgenommen worden, was eine große Ehre bedeutete. Clemens Nonna zählte Verschaffelt zu ihrem weitverzweigten Bekanntenkreis, da sie mit seiner ersten Frau Giovanna Chicchiniere befreundet gewesen war. 1751 verstarb diese und hinterließ einen tief trauernden Witwer mit zwei kleinen Mädchen, Ursula und Sylvia.

Auch Clemens Santorini hatte die Donna Verschaffelt gut gekannt, zumal sie es gewesen war, die ihm zunächst fern von Italien ein kleines Stück Heimat bewahrte. Sie tröstete den kleinen Jungen auf der langen Reise ins ferne Mannheim hingebungsvoll, sang ihm italienische Lieder vor oder erzählte ihm Geschichten. Denn Clemens war von seiner geliebten Nonna kurzentschlossen nach Deutschland geschickt worden, um dort sein Glück als Künstler oder Musiker zu machen. Die Verschaffelts hatten einen Wohnsitz in Mannheim, wo unter den wohlwollenden Blicken des Kurfürsten Carl Theodors in den letzten Jahren ein neues Zentrum für Musik und Wissenschaft entstanden war. Für Clemens sollten sich so ungeahnte Möglichkeiten ergeben. Außerdem wollte die Nonna, dass ihr Enkel die deutsche Sprache und den Kurpfälzer Hof kennenlernte, um dann vielleicht irgendwann einmal den Tod ihres Schwiegersohnes Gaetano aufzuklären und so die Ehre der Familie wiederherzustellen.

All das ahnte der kleine traurige Junge natürlich noch nicht, als er im Sommer 1750 der holpernden Kutsche

---

11 Die Accademia di San Luca war eine Künstlervereinigung, der seit dem 16. Jahrhundert fast alle bedeutenden Künstler Italiens angehörten. Sie förderte gezielt Ausstellungen und die Ausbildung junger Künstler und öffnete sich seit dem 17. Jahrhundert auch ausländischen herausragenden Künstlern.

seiner neuen Heimat entgegenzuckelte. Die Verschaffelts wohnten opulent im Quadrat F 8, Haus Nummer 1 – eines der größeren Anwesen des Blockes. In wenigen Minuten war der Künstler in seiner privaten Zeichenakademie, die mit ihren lichtdurchfluteten Räumen im Quadrat F 6,1 lag. Johanna konnte sich gut daran erinnern, wie der berühmte Verschaffelt die herrlichen Räume vom Kurfürsten zur Verfügung gestellt bekommen hatte. Seither, so munkelte man, war ihre Durchlaucht selbst dort ein häufiger und gern gesehener Gast. Es hieß sogar, dass Carl Theodor plane, aus der privaten Akademie eine kurfürstliche Lehranstalt mit einer eigenen Antikensammlung zu machen, doch bislang war Verschaffelt Privatunternehmer, der sich so eine beträchtliche Anzahl an Gehilfen heranzog. Die hatte er auch dringend nötig – stieg die Zahl seiner Aufträge doch mit der Rückkehr nach Mannheim im Spätsommer 1750 sprunghaft an. Doch mit seiner Berufung zum Hofbildhauer zwei Jahre später war es mit dem beschaulichen Künstlerleben al Gusto vorbei. Als neuer Künstler im Dienste des Kurfürsten musste er sich nun um die Fertigstellung der noch fehlenden Skulpturen der Mannheimer Jesuitenkirche kümmern. Dass dabei die Zusammenarbeit Verschaffelts mit Oberbauleiter Nicolas de Pigage nicht immer ganz einfach war, wusste in Mannheim eigentlich jeder. Schon bei der Ausschmückung des Fassadengiebels am Bibliotheksbau des Mannheimer Schlosses, die auch unter der Leitung von de Pigage durchgeführt wurde, war es zu Spannungen zwischen den beiden Künstlern gekommen. Auch Clemens erzählte, dass beide sich als Konkurrenten sahen und auch so verhielten. Pigage sympathisierte mit den Ideen der Jesuiten, galt mit seiner vollendeten Konversation zu Kunst und Schönheit als angenehmer Höfling und war eine sehr gepflegte und

von den Frauen durchaus bevorzugte Gestalt. Nicht wenige Damen der Gesellschaft, aber auch jene, die unerlaubterweise auf dem Paradeplatz ihrem Metier nachgingen, sollen von ihm mit mehr als schöngeistigen Reden bedacht worden sein; allerdings hielt sich auch hartnäckig das Gerücht, er wäre jungen Knaben gegenüber nicht abgeneigt. Bewiesen wurde es nie.
Verschaffelt hingegen lehnte das konservative Gedankengut der Jesuiten aus Prinzip ab. Sein freier, der Wissenschaft zugeneigter Geist konnte sich mit der seiner Meinung nach dogmatischen Art der Jesuiten nicht anfreunden. Dennoch hatte er einen guten Stand bei ihnen: In Rom war er gut mit der Bruderschaft ausgekommen – und man hatte ihn sozusagen von allerhöchster Stelle nach Mannheim empfohlen. Dem konnte auch ein Pigage nichts entgegensetzen, sodass der Konflikt weiter schwelte.
Ganz schlimm wurde es, als Pigage vier Jahre zuvor den Auftrag erhalten hatte, den Neubau von Schloss Benrath bei Düsseldorf, den einstigen Sitz der kurfürstlichen Herrschaften, neu zu konzipieren – und ausgerechnet Verschaffelt die Order bekam, den dazu passenden Skulpturenschmuck für die vier Giebelreliefs der Schlossfassaden und die Löwenfiguren für den Garten zu liefern. Die Wogen der Empörung waren bis nach Mannheim geschwappt, der Zorn des Hofbildhauers muss immens gewesen sein.
Inmitten all dieser Querelen um die Arbeiten Verschaffelts wurde der Künstlerhaushalt des Meisters nach einer anfänglichen Gewöhnungszeit ein Heim für den kleinen Clemens. Der plötzliche Tod von Verschaffelts erster Frau Giovanna führte dazu, dass Clemens auch seinen jüngeren Ziehschwestern Ursula und Sylvia näherkam. Diese Entwicklung wurde Jahre später durch die erneute Heirat Verschaffelts mit der Französin

Marie Françoise de Mauroy, der Tochter eines Postmeisters, verstärkt. Als die elegante neue Hausherrin 1759 im Mannheimer Heim der Verschaffelts einzog, war es mit der Beschaulichkeit und vielen Freiheiten vorbei. Wo bislang Kammerzofen und Haushälterinnen mehr schlecht als recht für Zucht, Ordnung und Anstand gesorgt hatten, nahm nun eine verwöhnte und ein wenig hochnäsige Französin das Zepter in die Hand. Als gebürtige Pariserin konnte sie über die kurpfälzische Provinz natürlich nur die Nase rümpfen; nicht einmal bei Hofe traf sie annähernd auf französische Verhältnisse. Ihren Zorn über den gesellschaftlichen Abstieg, den sie persönlich nahm, ließ sie an den bereits vorhandenen drei Kindern im Hause Verschaffelt aus: An Clemens ging zu diesem Zeitpunkt das strenge Regiment vorbei – mit seinen neunzehn Jahren und der guten Stellung an der Mannheimer Schule hatte er selbst von Marie Françoise nichts zu befürchten. Doch die Mädchen taten ihm leid und er kümmerte sich, wann immer er Zeit hatte, liebevoll um sie. Erst als die Stiefmutter selbst noch zwei Kinder zur Familie beisteuerte – den ruhigen Maximilian und Louis, dessen Mundwerk nie stillstand, kehrte wieder Frieden im Hause Verschaffelt ein. Marie Françoise überließ die Erziehung den Haushälterinnen und Zofen und zog sich unzufrieden und immer dicker werdend in ihre Gemächer zurück.
Clemens hatte von Anfang an das Gefühl gehabt, dass Peter Anton Verschaffelt seine zweite Frau nicht liebte, sondern aus reiner Vernunft geheiratet hatte. Immerhin galt es, als Hofbildhauer einen großen Haushalt zu führen, renommierte Gäste zu bewirten und ein ordentliches und repräsentatives Haus zu besitzen. Außerdem war Marie Françoise in Repräsentationsangelegenheiten versiert, sprach die vornehme Sprache

des Hofes, wusste sich zu kleiden und sah zumindest anfangs noch recht adrett aus, was man vom eher grobschlächtig wirkenden Verschaffelt nicht sagen konnte. Doch das bereits damals beträchtliche Vermögen ihres Gatten dürfte der Französin über die Trauer, ihr geliebtes Paris zu verlassen, hinweg geholfen haben. Das Ganze war also eine für beide einigermaßen gewinnbringend arrangierte Ehe, bei der Liebe nicht zu erwarten war.
Dafür liebte Verschaffelt seine Kinderschar umso mehr: Stets hatte er ein offenes Ohr für die kleinen Nöte seiner beiden Mädchen, interessierte sich für die Lernfortschritte von Clemens, der zunächst von einem Hauslehrer in Deutsch und den wichtigsten Fächern unterrichtet wurde, und setzte sich sogar manches Mal zu den zur gehobenen Ausbildung gehörenden Klavier- und Gesangsstunden der drei größeren Kinder dazu. Dabei machte er zwischen Clemens und seinen beiden leiblichen Töchtern keinen Unterschied und behandelte alle gleich freundlich. Zu Clemens entwickelte Verschaffelt durch ein frühes Ereignis eine besonders enge Bindung, die bis in diese Tage gehalten hatte: Denn der kleine italienische Knabe wurde, gerade in Mannheim angekommen, schwer krank. Er bekam hohes Fieber und wurde immer schwächer, sodass Verschaffelt sich um seinen Zögling ernsthafte Sorgen machte. Damals war es Bechtler gewesen, der ein Sumpffieber vermutete und das Kind entsprechend behandelte. Glücklicherweise ging es dem Jungen bald wieder besser. Aus dieser Zeit, in der nur wenige Monate später Giovanna Verschaffelt unter den Händen einer unfähigen Hebamme verblutete, resultierte auch die Freundschaft zwischen Franz Bechtler und Peter Antonis Verschaffelt, von der Johanna selbstverständlich wusste und die auch Clemens bekannt war. Manches Mal hatte er

den Hofmedicus im Atelier des Hofbildhauers angetroffen: zu zweit oder auch in größeren Runden – stets vertieft in wissenschaftliche Erörterungen, Dispute, klugen Gedankenaustausch zu aktuellen Themen und manchmal auch freche Reden über die Zustände bei Hofe. Schon damals war Clemens aufgefallen, dass Bechtler ein besonders inniges Verhältnis zu seinem Ziehvater hatte – an einen Streit oder böse Worte konnte er sich zumindest nicht erinnern.
Das war bei anderen Besuchern des verschaffeltschen Ateliers ganz anders: Verschaffelt galt als Kauz, der oft abweisend und schroff auf andere wirkte – und dabei machte er vor hohen Titeln oder Ämtern nicht Halt. Unter seiner bissigen Art hatten schon neben Nicolas de Pigage, seinem Hauptopfer, Persönlichkeiten wie Hofkapellmeister Ignaz Holzbauer gelitten, den er einmal einen „Dirigenten der leichten Unterhaltung“ nannte, ebenso der Physikus und Hofastronom Christian Mayer, den er lapidar als „unseren Sternensammler“ tituliert hatte – und man munkelte sogar, dass er es eines Spätnachmittages gewagt hatte, den Kammerdiener Seiner Kurfürstlichen Hoheit, Dominik Pierron, in Anwesenheit von Carl Theodor als „Kunstbanausen“ zu bezeichnen, als jener sich wohlwollend über einen Bauplan Pigages geäußert hatte. Der damals ebenfalls anwesende Freiherr von Beckedorff, ein alter Freund Verschaffelts aus seiner flämischen Jugend, wollte damals gehört haben, dass der Lakai dem Hofbildhauer daraufhin leise Rache geschworen habe. Außerdem habe er dabei die Hand hinter dem Rücken zur Faust geballt.
Was auch immer wahr war oder ins Reich der Legenden um den schwierigen Bildhauer gehörte – eines war sicher: Der kleine Clemens Santorini wuchs in einer überdurchschnittlich gebildeten Männerwelt auf, in

der neben Künstlern und angesehenen Bürgern auch Philosophen wie Voltaire oder der berühmte Kunstsammler und Jagdphilosoph Graf Konrad von und zu Eltz[12] verkehrten. Letzterer war ein Cousin der von Beckedorffs, der regelmäßig aus Amberg in der Oberpfalz anreiste. Für einen kleinen italienischen Jungen war diese Welt allein durch Beobachtung und Zuhören spannend – und sie brachte ihm beruflich Glück. Wie so oft hatte Verschaffelt den elfjährigen Knaben eines Tages mit in sein Atelier und die Zeichenschule genommen, damit er den klugen Gesprächen der Erwachsenen lauschen konnte, um etwas zu lernen. Viel verstand Clemens damals nicht von den geschwollenen Reden und hitzigen Diskussionsbeiträgen der Gäste – und oftmals zog er sich irgendwann an das unscheinbare, aber gut gestimmte Hammerklavier[13] im hinteren Teil des Saales zurück, um zu üben und mit seinen auffallend langen Fingern vor sich hin zu klimpern. Was er damals noch nicht wusste: Er spielte für sein Alter ungewöhnlich virtuos und frei. Es war der Hofkapellmeister Ignaz Holzbauer höchstpersönlich, der den begabten Knaben sozusagen in flagranti entdeckte und dem verblüfften Verschaffelt ans Herz legte, ihm die Pianistenausbildung des Ziehsohnes zu überlassen. Unterstützung erhielt er dabei bereits

12 Als Jagdphilosoph war der Graf fast ausschließlich damit beschäftigt, kluge Gedanken zur Kultur und dem Sinn der Jagd in wohlklingende Worte zu fassen und damit seinen Dienstherren und die Nachwelt zu erfreuen.

13 Das Hammerklavier ist ein Nachfolger des Cembalos und ein Vorläufer des modernen Klaviers, das sich in seiner heutigen Form erst Anfang des 19. Jahrhunderts durchsetzen konnte. Um den Lesefluss nicht durch einen ungewohnten Begriff zu irritieren, wird in der Folge nur noch von Klavier beziehungsweise Piano die Rede sein.

wenige Tage später durch den Kurfürsten, dem von Holzbauer vom kleinen Wunderkind an den Tasten vorgeschwärmt hatte. Als Musikliebhaber und Förderer von jungen, talentierten Menschen sprach Seine Kurfürstliche Durchlaucht ein Machtwort und Clemens begann eine professionelle Ausbildung am Klavier. Es folgten harte, aber lehrreiche Jahre. Da er von Anfang an als heimliches Wunderkind gehandelt wurde, war ihm der Neid anderer Schüler und armseliger Klavierlehrer sicher. Doch er übte und lernte auf kurfürstlichen Befehl – und den galt es zu erfüllen, koste es, was es wolle. Da kannte auch Verschaffelt kein Pardon, bei dem Clemens sich manches Mal über die Härte und Ungerechtigkeit seiner Lehrer beschwerte.
Besonders schlimm empfand Clemens seinen ersten öffentlichen Auftritt 1752 zum Namenstag der Kurfürstin im Mannheimer Schloss: Er sollte als kleine Überraschung vorspielen, doch der Zwölfjährige verpatzte den Einsatz und versagte auf ganzer Linie. Die geladene Gesellschaft verdrehte die Augen und lachte hinter vorgehaltener Hand hämisch über das angebliche Wunderkind – und Clemens wollte nur noch weg. Weg vom Hof, weg von Mannheim und all den anstrengenden Menschen, weg aus der Kurpfalz und heim ins warme Italien, nach Florenz zur geliebten Nonna.
Wieder war es jedoch der Kurfürst, der sich für den Jungen stark machte: Selbst erst achtundzwanzig Jahre alt und dabei ein eher unsicherer introvertierter Herrscher, dafür musisch sehr begabt, konnte er das Dilemma des Jungen, dem Spott der Höflinge augesetzt zu sein, nachfühlen. Aus Mitleid bat er den völlig verängstigten Knaben nach dem verpatzten Auftritt zu einer Privataudienz, bei der er sich freundlich mit dem immer noch nicht perfekt deutsch sprechenden Knaben austauschte. Zum Abschluss schenkte Carl Theodor ihm eine Uhr

mit einer Jason-Darstellung darauf, die Clemens fortan in allen Ehren hielt. Und er nahm dem Knaben das Versprechen ab, weiterhin das Klavierspiel zu verfolgen – mit dem Ergebnis, dass Clemens schon wenige Jahre später zu den besten und renommiertesten Pianisten der Mannheimer Schule gehörte.

An diesem Punkt der Erzählung hatte Franz Bechtler an jenem aufregenden Abend das angeregte Tischgespräch unterbrochen und den jungen Gast gefragt, ob er einen Kaffee zum Dessert trinken möchte. Clemens hatte Johannas Vater erstaunt aber erfreut angestarrt, da es Kaffee in Privathäusern nur selten gab. Daraufhin hatte Bechtler seine Tochter in die Küche geschickt, um Kathi den Kaffee brühen zu lassen und denselben wieder hinauf ins Speisezimmer zu bringen.

Während Johanna sich auf den Weg hinunter in die Küche machte und schweigend das Prozedere des Kaffeeaufbrühens überwachte, kreisten ihre Gedanken weiterhin um Clemens Santorini und seinen Ziehvater Anton Verschaffelt. Verschaffelt war in Mannheim ein bekannter und hoch angesehener Künstler. Soweit Johanna sich erinnerte, war er der erste berühmte Mensch, der das Wort an sie gerichtet hatte. Vor einigen Jahren war in der Mittagszeit ein laut schimpfender Mann in das Foyer der Bechtlers gestürmt und hatte mit sonorer Stimme nach dem Hofmedicus gerufen. Johannas Vater hatte sich gerade zur Mittagsruhe in sein Schlafkabinett zurückgezogen und so war es an Johanna, die zufällig gerade aus der Küche kam, den Patienten in Empfang zu nehmen.

„Bist du seine Tochter?“, hatte der Mann sie angebellt und dabei ein großes, blutgetränktes Taschentuch um seinen linken Daumen gedrückt. „Dann hol mir den Bechtler!“, fuhr er mit harscher Stimme fort, nachdem sie verschüchtert genickt hatte. Schnell war Johanna

die Stiegen nach oben geeilt, um den Vater zu wecken. „Meld ihm den Verschaffelt!", klang es hinter ihr die Treppen hinauf, doch da war Franz Bechtler schon selbst aus dem Kabinett getreten. Er hatte daraufhin seine Tochter bei der Hand genommen, den ungehobelten Gast in aller Höflichkeit begrüßt und ihm seine jüngere Tochter formvollendet vorgestellt. Erst dann hatte ihr Vater sich dem verletzten Daumen des Bildhauers gewidmet, der aufgrund eines unpräzisen Hammerschlages schwer gequetscht war. An mehr konnte Johanna sich nicht erinnern – allerdings hatte Verschaffelt ihr zum Abschied freundlich über das Haar gestrichen und ihr etwas Nettes gesagt.
Seither hatte Johanna mit Interesse verfolgt, was Verschaffelt an Kunstwerken zustande brachte. Die Büsten und das Standbild des Kurfürstenpaares waren ihrer Meinung nach besonders gut gelungen, ebenso die Voltaire-Bildnisse und das Selbstbildnis. Ob Clemens das auch so sah?
Selbstverständlich interessierte Johanna sich auch für den ewigen Wettkampf zwischen Nicolas de Pigage und Verschaffelt – immerhin war im Mai vergangenen Jahres die Jesuitenkirche, ein Gemeinschaftswerk der beiden, vom Fürstbischof von Augsburg, Joseph Landgraf von Hessen-Darmstadt, den Heiligen Ignatius von Loyola und Franz Xaver geweiht worden. Da die Kirche gleichzeitig als Hofkirche genutzt werden sollte, war natürlich alles, was Rang und Namen hatte, auf den Beinen. Und immer wieder versuchten Höflinge und Bürger einen Blick auf den Kurfürsten und seine beiden Künstler zu erhaschen, um herauszufinden, welcher nun höher in der kurfürstlichen Gunst stand. Was für ein Spektakel – aber auch was für ein Bauwerk!
Johanna hatte sich die Kirche einige Wochen später in aller Ruhe mit ihrem Vater angeschaut und war schwer

beeindruckt gewesen. Diese Größe, diese vielen Bilder und Skulpturen, gab es überhaupt etwas Schöneres und Kostbareres? Wie Clemens das Bauwerk wohl gefiel – ob er auch die unglaubliche Leichtigkeit spürte, die einem im Kircheninneren befiel?

Unterdessen war der Kaffee für die beiden Herren fertig gebrüht und Johanna war mit dem Tablett in der Hand wieder hinauf in den Speisesaal gestiegen. In den verbleibenden wenigen Minuten tauschten ihr Vater und Clemens noch einige Nettigkeiten aus. Dann verabschiedete sich der junge Musiker artig vom Vater und von Johanna, wobei er ihr – so glaubte sie zumindest – dabei einen kurzen Moment zuzwinkerte. Die Folge war eine schlaflose Nacht, in der sie sich eingestehen musste, zum ersten Mal im Leben verliebt zu sein.

Doch nicht nur sie hatte an jenem Abend über ihre Gefühle gegrübelt, auch Clemens wälzte sich unruhig in seinem Bett in der kleinen Dachkammer im Hause Verschaffelt hin und her, wie er ihr später gestand. Auch er hatte sich verliebt und suchte nun verzweifelt nach Möglichkeiten, Johanna wiederzusehen. Da ihm nichts Besseres einfiel, war er zwischen den Proben tagelang am Haus der Bechtlers vorbeigeschlichen – in der heimlichen Hoffnung, Johanna könnte auf die Straße treten und er sich unauffällig zu ihr gesellen. Am vierten Tag endlich klappte es: Am frühen Morgen öffnete sich die große Tür des bechtlerschen Hauses und Johanna kam mit einem großen Korb in der Hand hinaus – allein. Die Tage zuvor hatte er sie zwar gesehen, doch leider stets in Begleitung von Madame Guinant, die mit strengem Blick über Johanna wachte. Doch dieses eine Mal hatte er Glück gehabt: Er folgte ihr auf dem Weg zum Speisemarkt mit einigem Abstand, bis er wagte, sie vor dem nächsten Häuserblock anzusprechen:

„Johanna Bechtler? Das ist aber eine Überraschung. So früh unterwegs? Wohin des Weges?"
Leider kamen die Worte nicht annähernd so ruhig über seine Lippen wie geplant und immer wieder geübt, sodass Johanna das Spiel natürlich sofort durchschaute. Ihr Herz hatte damals einen Sprung getan und vor lauter Aufregung wusste sie zunächst nicht, was sie sagen sollte. Doch als sie in Clemens schöne Augen blickte, die sie anstrahlten, war plötzlich alles ganz einfach: „Ich muss ein paar Einkäufe auf dem Speisemarkt erledigen – wenn Ihr wollt, könnt Ihr mich begleiten", hörte sie sich selbst zu ihrer Überraschung antworten. Und Clemens nahm ganz selbstverständlich ihren Korb und schlenderte neben Johanna her. Das Ende des ungewöhnlichen Einkaufes war eine heimliche Verabredung in den Rheinauen vor St. Judas am nächsten Mittag, wenn der Vater seinen Mittagsschlaf machte – und das gegenseitige Zugeständnis, sich beim Namen ohne all die Höflichkeitsbeweise anzureden. Clemens und Johanna – das klang gut.
Seither trafen die beiden sich regelmäßig mindestens einmal pro Woche – meist vor den Toren der Stadt, wo sich nur selten Mannheimer Kirchgänger hin verirrten, manchmal aber auch im Küchengarten der Bechtlers, wenn der Vater bei Hofe oder unterwegs und auch Breuer als Kutscher im Einsatz war. Von der Küche konnte man nicht in den Hof schauen, die Fenster der Wirtschaftsräume waren blind.
Bei ihren heimlichen Treffen kamen Clemens und Johanna sich im Laufe der Wochen immer näher – in Gesprächen, aber auch mit zarten Berührungen. Es war Clemens, der eines kalten Winternachmittags auf einer steinernen Bank vor dem Nordwall ihre eiskalte Hand nahm und zwischen seinen schlanken Fingern warm rieb. Und es war Clemens, der ihr dabei seine

Liebe gestand und sie zärtlich auf die Stirn küsste. Für Johanna war dies einer der aufregendsten Momente ihres Lebens gewesen – wie sehr hatte sie sich danach gesehnt! Clemens liebte sie und Johanna hätte die Welt umarmen können.

Doch nun gingen auch die vielen Schwierigkeiten und Hindernisse los, die ihre Liebe fortan begleiten sollten. Denn mit dem Jahreswechsel kam der Fasching und diverse Hoffeste, bei denen Clemens im Orchester zugegen sein musste. Außerdem hatte Johanna in den letzten Wochen immer wieder den prüfenden Blick ihres Vaters gespürt und eine unausgesprochene Frage stand im Raum, das fühlte Johanna ganz genau. Zu guter Letzt wurde Johanna in den ausklingenden Wintertagen auch noch krank – wahrscheinlich hatte sie sich bei einem der heimlichen Treffen mit Clemens verkühlt. Über eine Woche lag sie mit Fieber im Bett, wurde von Madame Guinant mit Tee und allerlei Süppchen versorgt und durfte nicht vor die Tür. Glücklicherweise konnte sie das Küchenmädchen Kathi in einem unbeobachteten Moment überreden, Clemens einen kurzen Brief ins Haus Verschaffelt zu bringen, sodass er wenigstens Bescheid wusste, warum sie sich nicht blicken ließ. Während ihrer strengen Bettruhe – da blieb Franz Bechtler eisern – vertrieb sie sich die Zeit mit Luftschlössern und Gedanken an Clemens. Wie sollte es mit ihnen und ihrer Liebe weitergehen?

Immerhin hatten sie nach Johannas Krankheit endlich eine Möglichkeit gefunden, ganz offiziell und in Gesellschaft aufeinanderzutreffen: Johanna hatte mit Gesangsunterricht begonnen. Franz Bechtler hatte auf ihr Begehren hin erstaunt die Augenbrauen hochgezogen – und ehrlich, wie er nun einmal war, hinterfragte er ihr Talent kritisch. Doch froh, dass sie überhaupt einmal daran dachte, sich wie eine gesellschaftsfähige junge Frau zu verhalten, hatte er schnell eingelenkt und ihr fortan erlaubt, einmal pro Woche bei Veronika Wendtland, der ehemaligen Kammersängerin und Gattin des bekannten Mannheimer Komponisten Hugo Wendtland, in der Oberstadt Gesangsunterricht zu nehmen. Madame Guinant war selbstredend entzückt und der festen Überzeugung, dass allein ihr positiver Einfluss zu der augenscheinlichen Bekehrung ihres Zöglings geführt habe. Johanna überließ sie ihren Träumen. Denn was weder Madame noch ihr Vater wussten, waren die Umstände dieser Gesangsstunden. Ganz bewusst hatte Johanna sich auf Vermittlung von Clemens zu einer Tageszeit eingeschrieben, bei der sich im Anschluss an ihre Stunde ganz unterschiedliche Musikfreunde der Stadt und vor allem die Mitglieder der Mannheimer Schule regelmäßig zu einer Art musikalischem Salon trafen, um sich über die neusten Stücke und Aufführungen auszutauschen. Ebenfalls verschwiegen hatte Johanna das kleine aber entscheidende Detail, dass zu diesen Treffen Männer und Frauen kamen. Und so gelang es Clemens und Johanna zumindest einige Wochen lang, sich regelmäßig und ohne Versteckspiel zu sehen, was beide sehr genossen.

Bei einem jener Treffen hatte Clemens seiner geliebten Johanna auch sein letztes Geheimnis offenbart, das mit der Geschichte seiner Familie zu tun hatte: Er wusste etwas über den verschwundenen Schatz der Medici. Johanna hatte ihm zunächst nicht geglaubt und lachend abgewinkt, als er immer wieder mit ein paar Andeutungen ihre Aufmerksamkeit auf das Thema lenken wollte – doch irgendwann merkte sie, dass er es ernst meinte: Clemens Santorini, ihr Musiker-Clemens, war tatsächlich davon überzeugt, aufgrund einiger höchst vertraulicher Informationen dem verschollenen Schmuck und

Geld des Medici-Erbes auf der Spur zu sein! Diese Informationen hatte er natürlich von seiner Nonna aus Italien, mit der er regelmäßig und verschlüsselt korrespondierte. Offenbar hatte Lucrezia da Foti von ihrem verstorbenen Schwiegersohn kurz vor seinem Tod ernst zu nehmende Hinweise auf den Verbleib des Schatzes erhalten. Die wichtigste Spur hatte mit einer Geschichte der antiken Mythologie zu tun: „Folge Jason und Medea in Schwetzingen!", hatte ihr Clemens Vater auf dem Sterbebett zugeraunt, ehe sein Mund mit dem vom tödlichen Gift schwarz verfärbten Lippen für immer verschlossen geblieben war. Da die Nonna sich zunächst keinen Reim auf diese letzte Aussage ihres Sohnes machen konnte und verständlicherweise auch niemanden aus seinem Umfeld fragen wollte, hat sie fortan ihrem Enkel immer wieder die tragische Geschichte von Jason, seiner Liebe zu Medea, dem grausamen Ende und dem Tod der gemeinsamen Kinder erzählt. Es dauerte nicht lange und Clemens kannte jedes Detail der Geschichte.

Wie klug, aber auch wie gefährlich es war, dass Clemens von den letzten Worten seines Vaters und der damit irgendwie zusammenhängenden Legende wusste, zeigte sich bereits in seinen ersten Jahren in Mannheim: Bei seinem peinlich misslungenem Auftritt im Mannheimer Schloss und dem anschließenden vertraulichen Gespräch mit dem jungen Kurfürsten waren ihm in dessen Kabinett die Wandteppiche aufgefallen.

„Das sind doch Jason und Medea!", hatte er spontan und erfreut ausgerufen – und zur größten Verwunderung des Kurfürsten nachgefragt: „Ist das in Schwetzingen?"

Kopfschüttelnd und milde lächelnd hatte ihn der Kurfürst darüber aufgeklärt, dass die kostbaren Wandbehänge aus Straßburg stammten, wo er sie jüngst erwerben konnte. Ob sie Clemens gefielen?

„Ja, sie sind sehr schön", hatte Clemens artig geantwortet und es nicht lassen können, noch laut nachzudenken: „Aber warum hat mir die Nonna immer erzählt, dass Jason und Medea nach Schwetzingen gegangen sind?"
In diesem Moment hatte sich eine Wandtür geöffnet und Dominik Pierron war leise ins Zimmer getreten. „Hat Er so etwas schon einmal gehört, Pierron?", hatte Carl Theodor daraufhin seinen Kammerdiener vergnügt gefragt. „Dieser junge italienische Pianist glaubt allen Ernstes, dass die Geschichte auf diesen Teppichen in Schwetzingen stattgefunden hat!"
Doch anstatt in schallendes Gelächter auszubrechen, war Pierron ganz blass um die Nase geworden und hatte nur etwas wie „... das Goldene Vlies in Schwetzingen? Lächerlich! ..." gemurmelt. Dann hatte er geschäftig etwas auf einer Anrichte hin und her geräumt und war nach einer Verbeugung ebenso schnell und leise wieder verschwunden, wie er gekommen war. Clemens wurde allerdings den Eindruck nicht los, dass ihn der Diener zuvor prüfend musterte.
Im Anschluss an das Gespräch hatte der Kurfürst ihm dann die Uhr geschenkt, die Johanna schon kannte – mit dem Jason-Bildnis auf dem Deckel. Und spätestens, nachdem Clemens seiner Nonna von dem Vorfall berichtet hatte und mit ihrer Antwort inständige Bitten, fortan vorsichtiger zu sein, in die Kurpfalz gesandt hatte, wusste er, dass irgendetwas an dieser Schwetzinger Geschichte dran sein musste. Ihm war nur noch nicht ganz klar, welches Detail ihm bislang entgangen war, doch mittlerweile teilte auch er die Überzeugung seiner Großmutter: Irgendwo in Schwetzingen befand sich zumindest ein Teil des weltberühmten Medici-Schatzes.
Johanna hatte bei Clemens aufgeregt gewisperten Worten eine Gänsehaut bekommen. Denn wenn ihr Liebster wirklich etwas von dem Schatz wusste, befand er

sich in großer Gefahr. Unruhig hatte sie sich damals im Salon der Wendtlands umgeschaut, ob auch niemand gelauscht hatte, doch keiner kümmerte sich um sie, alle waren in angeregte Gespräche vertieft.
„Und wie willst du erfahren, was wahr an dieser Geschichte ist?", hatte sie ihn beinahe atemlos flüsternd und mit klopfendem Herzen gefragt. Seine Antwort war klar und einfach: „Indem ich den Schatz in Schwetzingen suche."
„Und wo willst du suchen?". Johanna konnte seine Zuversicht nicht nachvollziehen.
„Im Schloss natürlich, jetzt im Sommer, wenn der Hof wieder umzieht." Und als er ihr ungläubiges Staunen sah, schob er hinterher: „Johanna, ich bitte dich, Jason und Medea in Schwetzingen – das ist eine Spur, die wir nur finden müssen!"
„Wir?" Hatte sie richtig gehört?
„Ja, wir. Natürlich nur, wenn du möchtest. Aber stell dir vor: Dann wären wir reich und könnten ein sorgloses Leben führen. Ich bräuchte nur zu spielen, was und wann ich will – und du könntest dir alle Bücher dieser Welt kaufen. Außerdem hätten wir dann viel mehr Zeit füreinander." Dann hatte Clemens sie mit seinem unwiderstehlichen Lächeln angestrahlt und sie vergaß wie so oft alles um sich herum.
Später auf dem Heimweg, auf dem Clemens sie an jenem Abend begleitet hatte, erfuhr sie noch ein weiteres, nicht ganz so angenehmes Detail der Geschichte: Ganz offensichtlich war ausgerechnet Dominik Pierron, der Kammerdiener des Kurfürsten höchstpersönlich, ebenfalls überdurchschnittlich an dem Verbleib des Schatzes interessiert. Ob im Auftrag Seiner Kurfürstlichen Hoheit oder aus privaten Interessen wusste Clemens nicht – er bemerkte nur, dass der spitznasige Höfling sich auffallend oft in seiner Nähe herumtrieb,

wenn er mit italienischen Musikerkollegen plauderte oder gerade wieder einmal eine Depesche von seiner Nonna erhalten hatte. Clemens war überzeugt davon, dass Pierron irgendwie an seine Post gelangte – in seiner Position bei Hofe hatte er vermutlich ausreichend Beziehungen, die ihm Briefschnüffelei erlaubten. Möglicherweise war es ihm auch gelungen, den einen oder anderen Brief seiner Nonna zu entschlüsseln, wer weiß. Ganz sicher bezüglich des ausgeprägten Interesses des Höflings an der Geschichte war Clemens sich spätestens, nachdem er erfahren hatte, dass Pierron als junger Mann Kontakt zu einem ehemaligen Diener der früheren Medici-Kurfürstin hatte. Dann wusste Pierron natürlich um den verschwundenen Schatz – und würde vermutlich auch jeder noch so kleinen Spur nachjagen. Und damit, darüber waren sich Clemens und Johanna einig, war Pierron automatisch ein gefährlicher Gegenspieler von Clemens. Doch davon hatte Johanna ihrem Vater bislang kein Sterbenswörtchen erzählt, da sie Clemens Stillschweigen geschworen hatte.
Eine laute Glocke klang durch das Haus und riss Johanna aus ihren Gedanken. Hastig klappte sie ihr Tagebuch zu und stopfte es zurück in die hinterste Ecke der Schublade. Wie lange hatte sie in Erinnerungen geschwelgt? Mindestens eine Stunde und sie hatte gar nicht gemerkt, wie die Zeit vergangen war. Schnell blies sie die Kerzen aus und eilte hinunter in das Speisezimmer. Ihr Vater mochte es gar nicht, wenn er beim Essen auf seine Töchter warten musste.
Wie erwartet saßen Franz und Philipp Bechtler bereits am Tisch, als Johanna undamenhaft in den Raum platzte.
„Entschuldigt die Verspätung ...", begann sie umständlich, doch ihr Vater winkte resigniert ab. „Spar dir die Ausrede, mein Kind – und setze dich. Wir haben Hunger."

Die Tafel, die fast den gesamten Raum einnahm, doch nur mit vier Stühlen besetzt war, wirkte im Schein der Kerzen auf den hohen Kandelabern fast schon hochherrschaftlich. Breuer hatte das beste Porzellan aufgelegt und der Wein funkelte in den hohen Gläsern. Auch an Johannas Platz stand ein halb gefülltes Weinglas, stellte sie erfreut fest. Das schien ein ganz besonderes Essen zu werden! Sie hatte gerade ihren Stuhl zurechtgerückt und sich hingesetzt, als sich die Tür öffnete und Madame Guinant mit dem Huhn auf einer großen Platte hereinkam. Dahinter folgte Kathi, die zwei Schüsseln und eine Sauciere auf einem Tablett balancierte. Schweigend stellten die beiden Hausangestellten das Essen ab.
„Danke, das wäre es für heute, Madame Guinant", beeilte sich Johannas Vater zu sagen, ehe die Haushälterin mit dem Vorlegen beginnen konnte. „Heute Abend helfen wir uns selbst. Sie dürfen Feierabend machen."
Ein wenig pikiert hielt die Französin inne, warf einen strafenden Blick auf das Weinglas neben Johannas Teller und verließ dann schwungvoll mit einem „Kathi, ab in die Küche!" den Speiseraum. Die drei Bechtlers waren endlich allein.
„Auf Ihre Durchlaucht, den Kurfürsten!" Franz Bechtler hob sein Glas. Johanna und Philipp taten es ihm nach.
„Und auf Ihre Durchlaucht, die Kurfürstin!", ergänzte Philipp. „Möge sie einen gesunden Thronfolger zur Welt bringen, damit der Kelch des Zweibrücker Glücksspielers an uns vorüber geht."
Johannas Vater begann schallend zu lachen und verschluckte sich dabei am Wein. Prustend griff er zur Serviette. „Philipp!", hustete er, „Wo bleibt bitteschön dein Respekt? Außerdem sitzt Johanna mit am Tisch!"
Diese blickte erst ihren Vater, dann ihren Onkel mit fragenden Augen an. „Wieso Glücksspieler?" Dass Christian,

der IV. Herzog von Pfalz-Zweibrücken, bislang der designierte Thronfolger war, wusste sie natürlich. Und dass sich um seine Person allerlei Geschichten rankten, war in Mannheim und nicht nur dort wohl auch jedem bekannt. Immerhin hatte der Herzog vor einigen Jahren eine Tänzerin geehelicht – jene Gräfin, die Johanna bei der eingestellten Fuchsjagd ob ihrer Schönheit aufgefallen war. Es hieß, sie wäre seit vielen Jahren seine heimliche Geliebte gewesen. Der Herzog hatte sie bei einem Besuch am französischen Hof, zu dem er engen Kontakt pflegte, kennengelernt. Marianne Camasse – so ihr bürgerlicher Name – war bereits als Sechzehnjährige in seinem Bett gelandet. Mittlerweile war sie Ende zwanzig, hatte ihm schon ein paar Kinder geboren und war sogar dank kurfürstlicher Gnade bei Hofe geduldet. Dazu musste sie jedoch erst in den Adelsstand erhoben werden, sodass sie nun als Gräfin Forbach in Mannheim für Furore sorgte. Von daher konnte man Christian Herzog von Zweibrücken zwar als Glückspilz bezeichnen – doch wieso Philipp ihn „Glücksspieler“ nannte, verstand Johanna nicht.

„Weil er im Lotto gewonnen hat, liebste Nichte“, erklärte ihr Onkel grinsend. „Und zwar den Hauptgewinn!“

„Wie bitte?“ Jetzt staunte Johanna nicht schlecht. „Den Hauptgewinn seiner eigenen Lotterie?“

„Jetzt erst einmal guten Appetit!“, unterbrach Johannas Vater das Gespräch. „Greift zu, ehe es kalt wird.“

Während Johanna und die beiden Brüder sich ihre Teller füllten, erläuterte Philipp seiner Nichte, wie es zum Hauptgewinn des Herzoges gekommen war.

„Das war so“, begann er mit wichtiger Miene. „Der Herzog wollte auch so ein schönes Porzellan wie unser Kurfürst haben. Noch feiner sollte es werden als das Frankenthaler Vorbild. Das neue Zweibrücker Porzellan sollte alles Bisherige in den Schatten stellen. Also baute Christian eine große Porzellanmanufaktur.“

„Zu groß“, fuhr Johannas Vater fort, „und nicht so erfolgreich. So geriet der Herzog leider in Zahlungsschwierigkeiten. Keiner wollte sein Porzellan. Also brauchte er Geld. Viel Geld.“
„Und wie kommt man heutzutage ganz schnell an viel Geld?“, griff Philipp den Faden auf. „Ganz einfach: Man veranstaltet eine Lotterie.“
Johanna schüttelte ungläubig den Kopf. Die Lotterie kannte sie natürlich, immerhin gab es auch in Mannheim ein eigenes Lotterie-Haus. Aber die Geschichte vom Herzog Zweibrücken war ihr neu. „Und was passierte dann?“ Neugierig blickte sie in die Runde.
„Nun, jeder Adlige und jeder Höfling in Zweibrücken musste Lose kaufen, am besten gleich mehrere. Was dann auch alle taten, da der Herzog es angeordnet hatte“, fuhr Johannas Vater fort. „Und so kam in sehr kurzer Zeit sehr, sehr viel Geld zusammen.“
„Tja“, ergänzte Philipp schmunzelnd, „und da passierte das kleine Wunder: Ausgerechnet das Los vom Herzog selbst – und er hatte nur ein einziges gekauft – wurde als Hauptgewinn gezogen. Muss man da nicht von einem Glücksspieler reden? Immerhin waren seine Zahlungsschwierigkeiten damit passé!“
Nun verstand Johanna die Anspielung ihres Onkels und musste auch lachen. „Aber nicht mehr lange“, kicherte sie frech, „denn bald ist er ja kein Thronfolger mehr, der Ärmste.“
„Obacht, Tochter, Obacht!“, mahnte ihr Vater sofort. „Eine Geburt ist kein Kinderspiel. Wer weiß, ob alles gut geht, die Kurfürstin sieht momentan krank aus, sie ist ja auch nicht mehr die Jüngste. Und dann könnte es ja auch ein Mädchen werden.“
„Niemals!“ Johanna ließ ihre Gabel sinken, ohne das Stück Huhn darauf in den Mund zu schieben. „Es heißt, es wird ganz sicher ein Junge!“

„Es heißt?“ Mit hochgezogenen Augenbrauen musterte Franz Bechtler seine Tochter streng. „Wer ist ‚es‘? Das klingt ja wieder einmal verdächtig nach Klatsch und Tratsch aus der Küche!“
Schuldbewusst senkte Johanna den Blick, ihr Vater hatte natürlich recht. Von Kathi wurde sie regelmäßig auf dem Laufenden gehalten, was in den Mannheimer Quadraten geredet wurde.
„Was spricht man denn sonst so über Ihre Kurfürstliche Durchlaucht?“, forschte Franz Bechtler weiter.
„Na ja“, murmelte Johanna sichtlich peinlich berührt, „dass es um die kurfürstliche Ehe nicht zum Besten stünde, da Seine Kurfürstliche Hoheit anderen Frauen hinterher schaut. Und dass bald ein Himmelszeichen kommt, das Unglück bringen soll.“
„Der Venus-Sonnen-Transit[14], darüber wird also auch schon geredet“, stellte Philipp bestürzt fest. „Diese verdammten Pfaffen!“
„Philipp!“, entfuhr es Johannas Vater, „sei vorsichtig mit dem, was du sagst!“
„Aber recht habe ich!“, konterte der Bruder. „Alles, was die Wissenschaft entdeckt oder was interessant ist, schreiben sie dem Teufel zu! Und das Volk glaubt ihnen auch noch.“
„Trotzdem, schweig stille“, beschwor Franz ihn. „Wer weiß, manchmal haben auch Wände Ohren.“
Das war Johanna allerdings völlig neu. Wollte ihr Vater damit andeuten, dass er sich in seinen eigenen Wänden nicht ganz sicher fühlte? Sie konnte es sich nicht vorstellen, schließlich gehörten Breuer und Madame Guinant fast schon zum Inventar des bechtlerschen Haushaltes und Kathi war eine treue Seele. Schweigend wartete sie ab, was die Brüder weiter erzählen würden.

---

14 Der Venus-Sonnen-Transit fand am 6. Juni 1761 statt und ist gut dokumentiert.

Und sie erfuhr einige interessante Dinge, wie zum Beispiel, dass die Kurfürstin ihr Kind in der Sommerfrische in Schwetzingen zur Welt bringen würde, wo der Hof sich wie jedes Jahr im Mai hinbegeben würde. Dort wollte der Kurfürst mit seiner hochschwangeren Gattin und einigen ausgewählten Höflingen auch den Venus-Transit am Himmel beobachten – Hofastronom Mayer würde dazu vor der Orangerie im Zirkel des Schwetzinger Schlosses eigens eine Empore aufbauen und diese mit Fernrohren ausstatten. Pater Seedorfer war gar nicht angetan von diesen Plänen und warnte in seinen Predigten in der Hofkirche immer wieder vor dem kosmischen Schauspiel, das ganz gegen die Lehre der Christlichen Demut wäre und verwies dabei auf den Turmbau zu Babel, bei dem Menschen auch versucht hatten, den Himmel zu erobern. Dabei wusste er natürlich ganz genau, dass diese Geschichte wenig mit dem Venus-Transit zu tun hatte – die Jesuiten benutzen lediglich den Volksglauben, um ihre Macht in Mannheim zu festigen.
„Aber was ist denn so verwerflich an diesem Venus-Transit?" Verständnislos fragte Johanna nach.
„Gar nichts, mein Kind, gar nichts." Ihr Vater seufzte. „Es ist die Angst der Menschen vor dem Unbegreiflichen, das hier ins Spiel gebracht wird. Wie so oft – und sehr bedauerlich."
Schweigend aßen sie eine Weile im Schein der Kerzen und man hörte nur das Schaben des Besteckes auf den Tellern. Doch plötzlich fiel Johanna etwas ein:
„Vater, du hast heute Mittag so eine merkwürdige Andeutung gemacht, als es um diesen Pierron ging. Irgendetwas von einer Verschwörung hast du gesagt. Und dann kam dieser Bote ..."
Bestürzt wechselten die Brüder einen Blick; offenbar hatten sie gehofft, dass Johanna den Vorfall vergessen

habe. Die Wahrscheinlichkeit, das hätten beide wissen müssen, war allerdings gering – Johanna vergaß nie etwas, das sie brennend interessierte und sie war von Natur aus neugierig.
„Nun ...", begann ihr Vater vorsichtig, „... so einfach ist das nicht." Dann gab er sich einen Ruck: „Herzblatt, ich kann dir nicht mehr sagen, es tut mir leid. Es ist besser für dich, glaube mir. Es ist bei Hofe möglicherweise etwas im Gange, doch ich bin mir selbst nicht sicher. Und solange du nichts darüber weißt, kann dich auch keiner fragen. Verstehst du?"
Das tat Johanna nicht wirklich, doch sie nickte ergeben. Heute Abend würde sie ganz sicher nichts mehr vom Vater erfahren, so gut kannte sie ihn. Doch bei nächster Gelegenheit ...
„Sag, Bruder, stimmt es, dass Freiin von der Loe jetzt auch bei Verschaffelt sitzt?", unterbrach Philipp ihre Gedanken. Schlagartig war Johanna wieder aufmerksam. Das war doch die elegante Hofdame, der Clemens damals beim Füchseprellen geholfen hatte. Und die, das hatte Clemens ihr gebeichtet, ihn immer ganz entzückend anlächelte, wenn sie sich bei Hofe über den Weg liefen.
„Ja, das tut sie", lachte ihr Vater, „und sie sieht genauso aus wie alle anderen." Er klopfte sich vor Vergnügen auf die Schenkel, während er Johannas unausgesprochene Frage beantwortete. „Weißt du, Herzblatt, dieser Verschaffelt ist ein frecher Hund. Er soll alle Hofdamen Ihrer Kurfürstlichen Hoheit aufs Trefflichste porträtieren – und weil er dazu keine Lust hat, haben seine Schüler die sechzehn Bildnisse bis auf ein paar Details in den Gesichtern vorbereitet. Kommt eine Hofdame zum Modellsitzen, verändert er ein wenig die Haarfarbe, gibt dem Gesicht ein paar typische Züge – und fertig!" Er beugte sich ein wenig

nach vorn und flüsterte ihr zu: „Mal sehen, wann das jemand bemerkt!"
Johanna grinste. Das gönnte sie der von der Loe! Und dieser Verschaffelt war ganz schön mutig. Kein Wunder, dass Clemens große Stücke auf ihn hielt! Ob er der Freiin im Atelier schon begegnet war? Erzählt hatte er zumindest nichts. Sie spürte leise Eifersucht in sich nagen und wischte die unangenehmen Gedanken weg. Außerdem machte sich der Wein in ihren Gliedern und ihrer Zunge bemerkbar, die sich schwerer als sonst anfühlte. Warm war es auch im Speiseraum geworden. Ihre Gedanken drohten schon wieder abzuschweifen, als Philipp anzüglich bemerkte: „Das mit den Hofdamen könnte doch glatt eine lustige Geschichte von Casanova sein, bei seinem Ruf."
Von Giacomo Casanova hatte auch Johanna bereits gehört – hinter vorgehaltener Hand, versteht sich. Im Salon der Wendtlands wurde seit einigen Wochen vom bevorstehenden Besuch des italienischen Schwerenöters gesprochen und insbesondere die Frauenwelt war sehr gespannt. Johanna konnte sich allerdings kaum vorstellen, dass Casanova ausgerechnet in Mannheim ein Abenteuer eingehen würde – zumal die schönste Frau, die Gräfin Forbach, in ihren Herzog Christian verliebt war, wie am ersten Tag. Und ob eine Freiin von der Loe mit ihrer wehleidigen Art seine Aufmerksamkeit erzielen könnte, bezweifelte sie. Außerdem war Casanova, so hieß es wenigstens, auf der Suche nach einer Anstellung in Kurpfälzer Diensten – wie zuvor schon am Württemberger Hof. Kennenlernen würde sie diesen Casanova eigentlich auch ganz gern, doch das war natürlich völlig unmöglich. Vielleicht würde er ja krank werden und auf Empfehlung des Kurfürsten den Hofmedicus konsultieren. Aber da gab es auch diesen Wundarzt Heinrich de Winter, der mit Pierron unter einer Decke steckte ...

„... kommt in den nächsten Tagen zurück, ja“, hörte sie ihren Vater bestätigen. Es musste von ihrer Schwester Amalie die Rede sein. Johanna zwang sich zur Aufmerksamkeit, was ihr zunehmend schwer fiel. „Ich denke, sie ist jetzt bereit für eine Ehe“, fuhr ihr Vater fort. „Interessenten gibt es auch schon.“
„Und?“, hakte Philipp nach. „Ernst zu nehmende Interessenten?“ Johannas Vater wiegte den Kopf. „Ich bin mir nicht sicher und werde bestimmt nichts überstürzen.“
„Gut so.“ Philipp nickte zufrieden mit dem Kopf. „Das solltest du auch nicht. Sei vor allem vorsichtig bei Johanna.“ Zärtlich blickte er seine Nichte an. „Sie ist nämlich etwas ganz Besonderes.“
„Ich weiß“, lächelte Franz seiner vor Verlegenheit knallrot gewordenen Tochter zu, „und deshalb werden wir sicherlich nicht den erstbesten Bewerber nehmen, nicht wahr, Herzblatt?“
Johanna stockte der Atem. Wie hatte der Vater das gemeint? Wusste er von ihrer heimlichen Liebschaft? Unsicher schaute sie ihrem Onkel ins Gesicht, doch der lächelte ganz harmlos. War der Wein so schwer, dass er schon ihre Gedanken verwirrte? Kurz entschlossen schob sie ihren Stuhl zurück und erhob sich: „Vater, darf ich mich zurückziehen? Ich bin sehr müde, entschuldigt bitte.“
„Natürlich, Herzblatt, schlaf gut.“ Franz Bechtler hielt seiner Tochter das Gesicht zum Kuss hin und auch Philipp bekam einen Kuss auf die Wange. Als Johanna die Tür vom Speisezimmer öffnete, entfuhr ihr ein Laut des Schreckens: Unmittelbar vor ihr stand Breuer, ebenfalls sichtlich erschrocken. Er fasste sich jedoch schnell und fragte in den Raum hinein: „Darf ich abräumen?“ Johanna vermutete jedoch, dass Breuer nicht in dieser Absicht vor der Tür stand, sondern gelauscht hatte. Was wollte er nur hören?

Verwirrt taumelte sie die Stiegen in ihre Kammer hoch. Morgen war frühes Aufstehen angesagt, da der Dankgottesdienst in der Hofkirche stattfand. Und sie würde Clemens bei den Wendtlands treffen, immerhin. Ob ihr Vater abends wieder bei Hofe war?
Sie stieß die Kammertür auf, öffnete ihr Kleid und ließ es im Dunklen auf den Boden gleiten. Dann ließ sie sich auf ihr Bett fallen, gähnte herzhaft und starrte ins Dunkle. Wenn der Vater morgen Abend bei Hofe sein musste, würde Madame Guinant früher nach Hause gehen. Das tat sie dann immer und es war ein stillschweigendes Abkommen zwischen Johanna und der Haushälterin, das lediglich Breuer zu missfallen schien. Sein Respekt vor der resoluten Französin war allerdings so groß, dass er sich bislang nie dazu geäußert hatte. Johanna schlich sich an solchen Abenden in die Küche, um sich selbst eine Kleinigkeit zuzubereiten. Das Küchenmädchen freute sich stets über Johannas Besuch, da sie bei solchen Gelegenheiten stets ganz ungeniert mit der Dienstmagd plauderte. Auch Johanna mochte diese Abende, da sie in der Küche ausführlich darüber unterrichtet wurde, was gerade Tagesgespräch in den Straßen der Stadt war, welche Gerüchte die Runde machten und wie es um das Ansehen des Hofes und Hofstaates im einfachen Volke stand.
Von Kathi hatte die ahnungslose Johanna das erste Mal davon gehört, dass auch ihr Vater zu Studienzwecken mit echten Leichen arbeitete. Damals hatte Johanna kaum glauben wollen, was sie im flackernden Schein einer einzigen Kerze beim Löffeln einer Hühnerbrühe am wackeligen Küchentisch erfuhr – doch beharrliches Nachfragen beim Vater am nächsten Morgen brachte ans Licht, dass an der Geschichte tatsächlich etwas dran war. Das Ganze spielte sich allerdings längst nicht so dramatisch und gruselig ab, wie

von Kathi mit verschwörerischem Blick zugeflüstert. Das Küchenmädchen hatte Johanna erzählt, dass in Vollmondnächten ein einsamer Karren aus dem Hofe des Militärlazaretts einen Häuserblock weiter immer im Schatten der alten Stadtbefestigung und ganz ohne Führung bis hinunter ans Neckartor rollte, sich dort wie von Geisterhand und ohne menschliches Zutun das schwere Tor öffnete und der Karren seinen Weg weiter bis zum Hinrichtungsplatz nahm. Dort übergaben Hexen oder Geister, das wusste man nicht so genau, da keiner aus Angst vor dem Bösen bislang gewagt hatte, diesem Treiben wirklich zuzuschauen, dem führerlosen Karren die Leiche eines frischen Hinrichtungsopfers vom Tage und der Wagen machte sich von ganz allein mit seiner gruseligen Fracht auf den geheimnisvollen Rückweg in den Hof des Lazarettes. Dort durften dann am nächsten Tag die Ärzte der Stadt in den Körpern herumschneiden und nach Krankheiten, Besonderheiten oder Talismanen wie Hexenherzen, den Zungen von Giftmördern oder den kleinen Finger gefallener Frauen suchen. Sie galten im abergläubischen Volk als Glücksbringer, Verhütungsmittel, sollten die Fruchtbarkeit fördern oder gefährliche Krankheiten abwehren. Besonders hartnäckig hielt sich dabei der Glaube, dass die abgeschlagene Hand eines Diebes als „dritte Hand" oder „gutes Händchen" beim Glücksspiel gute Dienste tat. Angeblich war so aus dem grausigen Talisman jenseits der Stadttore ein florierendes Geschäft geworden, an dem sich so mancher Scharfrichter schon eine goldene Nase verdient hatte.

Als Johanna diese Geschichte am nächsten Morgen ein wenig beunruhigt ihrem Vater erzählt hatte, war seinem ungläubigen Staunen bereits nach wenigen Minuten schallendes Gelächter gewichen und er benötigte einiges an Überredungskunst, um zu verhindern, dass sich Johanna beleidigt in ihre Kammer zurückzog. Doch schließlich war es ihm gelungen, seine Tochter im unteren kleinen Kabinett auf einen der beiden Stühle am Arbeitstisch zu ziehen. Mit einer raschen Bewegung hatte Bechtler einen Stapel Papiere beiseitegeschoben und sich zu seiner Tochter gesetzt. Dann hatte er ihr ganz genau beschrieben, was es wirklich mit den Leichen im Lazarett auf sich hatte – und dass Geister und Hexen dabei nicht vorkamen.

Das Militärlazarett[15], das sich in unmittelbarer Nähe der berühmten privaten Zeichenakademie von Verschaffelt befand, war seit einigen Jahren im Begriff, eine eigene Chirurgenschule zu eröffnen. Hier sollten die Herren Doktoren der Zukunft die Gelegenheit erhalten, wissenschaftlich fundierte Studien am menschlichen Körper vorzunehmen. Die Chirurgenschule war von Herzog Friedrich 1754 zusammen mit dem Militärischen Anatomischen Theater gestiftet worden und wurde seither auch von seiner Durchlaucht dem Kurfürsten großzügig unterstützt. Die Einrichtung im Quadrat F 7 war zudem öffentlich zugänglich – allerdings nur für Männer – sodass jeder Interessierte sich ein Bild von den Studien der angehenden und praktizierenden Ärzte Mannheims machen und durchaus auch selbst einmal seine Geschicklichkeit am toten menschlichen Körper ausprobieren konnte.

Man betrat das Gebäude und gelangte im Parterre direkt in das sogenannte Theater, wo man auf den oberen Sitzreihen Platz nehmen konnte. Unten, also direkt vor dem Tisch zur öffentlichen Zergliederung der Leichen, waren Bänke für Zuhörer von Rang reserviert. Wie in einem Theater konnten so viele Menschen zuschauen, wenn Leichen seziert wurden.

15 Das Militärlazarett befand sich in F 6.

In einem zweiten benachbarten Raum standen sechs Tische, auf denen man selbst sezieren konnte. Das alles passierte unter den wachsamen Augen von Direktor Professor Leist, der auch auf die gesetzmäßige Beschaffung der Leichname achtete. Im Sommer wurde wegen der Hitze und Geruchsbildung anhand von Präparaten gearbeitet, in den Wintermonaten wurden jedoch tatsächlich Leichen aufgeschnitten, die von verstorbenen Soldaten aus dem benachbarten Militärlazarett oder von Delinquenten vom Hinrichtungsplatz vor dem Neckartor stammten. Diese holte man, da hatte die einfältige Kathi recht, stets in der Nacht – allerdings weder von einem führerlosen Karren noch ohne Mitwissen der Torwächter und des Henkers mit seinen Gehilfen. Dass dieses Prozedere stets nachts stattfand, hatte einen ganz praktischen Grund: Am Tage waren die Straßen Mannheims oft so verstopft und überfüllt, dass niemand gern eine möglicherweise schon nach Verwesung riechende oder sich im Todeskampf selbst besudelte Leiche durch die Gassen kutschieren mochte. Dass aufgrund solcher nächtlicher Transporte Gerüchte im Volk entstanden, konnte Johanna durchaus nachvollziehen. Warum aber immer gleich Hexen, Geister und Aberglauben ins Spiel kommen mussten, war ihr ein Rätsel. Wahrscheinlich hatte ihr Vater wirklich recht, dass Bildung und Wissenschaften hier der Schlüssel zur Wahrheit waren.

Übrigens erfuhr Johanna in jenem Gespräch auch, dass es in der geplanten Chirurgenschule ein weiteres Zimmer gab, um das sich ebenfalls viele Geschichten und Gerüchte rankten: die anatomische Sammlung. Hier wurden zu Anschauungszwecken ganze Skelette, präparierte Schädel, in Flüssigkeit schwimmende Organe und andere anatomische Details verwahrt. Außerdem lagerten hier die Instrumente, Schürzen und Ärmel, die bei den Obduktionen verwendet wurden.

Zu gern hätte Johanna in diesen Raum einmal einen Blick geworfen, doch als Frau blieb ihr der Zutritt verwehrt. Doch vielleicht würde sich daran bald etwas ändern – auch das hatte Franz Bechtler seiner Tochter an jenem Morgen verraten – denn der Hofmedicus stand im Gespräch um den neuen Direktionsposten der zwar schon gestifteten, aber offiziell noch zu gründenden Chirurgenschule. Einen systematischen Unterricht gab es dort bislang noch nicht, außerdem war die Personalfrage zum Leidwesen Bechtlers noch nicht endgültig geklärt. Denn auch Wundarzt Heinrich de Winter hatte sich beim Kurfürsten um die Leitung der Chirurgenschule beworben – wie Bechtler glaubte, hauptsächlich aus materiellen Interessen, da der Posten eine sichere Einnahmequelle in Aussicht stellte. Außerdem war de Winter ja ein guter Bekannter von Dominik Pierron, der ihn beim Kurfürsten sicherlich wärmstens für diese Aufgabe empfohlen hatte. Doch noch zögerte Carl Theodor, warum auch immer. Für einen guten Arzt, geschweige denn Chirurgen, hielt Bechtler de Winter nicht – im Gegenteil: Heinrich de Winter gehörte zur jenen seiner Meinung nach rückständigen Doktoren, die immer noch im Aderlass das Heilmittel der Wahl sahen, bei misslungenen Geburten von Hexenwerk sprachen und bei schweren Erkrankungen oder Epidemien von Gottes Wille. Mit seinen Ansichten spiegelte de Winter jedoch die Meinung vieler Mannheimer Bürger wider, allen modernen Wissenschaften zum Trotz. Das wusste auch Johanna – und nach jenem ausführlichen Gespräch mit ihrem Vater war Johanna auch klar geworden, warum Franz Bechtler im Prinzip nichts dagegen hatte, wenn seine Tochter sich mit der Küchenmagd austauschte. Denn so erfuhr Bechtler auf direktem Wege, was sich in der Unterstadt tat und

konnte auf diese Weise schon manches Mal unmittelbar auf Gerüchte oder üble Nachrede reagieren.
Breuer hingegen warf Johanna stets missbilligende Blicke zu, wenn sie für eine oder zwei Stunden in der Küche verschwand. Manchmal hatte Johanna den Eindruck, dass der Hausdiener seine Nase höher trug als ihre ältere Schwester, und das hieß schon etwas. Anfangs hatte er sie sogar bei ihrem Vater angeschwärzt, wenn sie wieder einmal mit der Küchenmagd geplauscht hatte, doch Bechtler hatte nur gelacht und ihm geantwortet: „Breuer, wend' Er sich anderen Dingen zu. Ist doch gar nicht so schlecht, wenn meine Tochter dem Volk aufs Maul schaut." Johanna war ihrem Vater dankbar für die Toleranz und Offenheit, hatte jedoch den Eindruck, dass Franz Bechtler als Folge bei Breuer im Ansehen gesunken war. Aber vielleicht bildete sie sich das auch nur ein.
Seufzend bemerkte Johanna, dass ihre Augen vor Müdigkeit zufielen. Sie würde gut schlafen, der Wein machte ihre Glieder schwer und die Gedanken leicht. Das tat gut, fand sie, zu viele komplizierte und vielleicht auch gefährliche Dinge waren in den letzten Monaten in ihr Leben getreten: die Liebe zu Clemens, der Medici-Schatz, Intrigen bei Hofe, die ihren Vater betrafen, Sorgen um die Gesundheit der Kurfürstin, die bevorstehende Rückkehr von Amalie, ihre Hochzeit ...
Johannas Atem wurde tiefer. Dennoch bemerkte sie im Halbschlaf, dass ihr irgendetwas Wichtiges entfallen war. Sie hatte etwas vergessen, was war das nur? Krampfhaft versuchte sie sich gegen die aufkommende Müdigkeit zu wehren und sich zu erinnern. Es hatte mit dem Boten vom Hofe zu tun. Etwas hatte ihren Vater beunruhigt, das konnte man sehen. Und bevor er zurück ins Kabinett gekommen war, hatte sie etwas gehört. Ein Geräusch, das sie stutzig gemacht hatte.

Was war das nur gewesen? Es war etwas passiert, etwas, das ihren Vater aus der sonst schon sprichwörtlichen Ruhe gebracht hatte. Also musste es etwas ganz Großartiges, Bedeutendes sein – oder etwas wirklich Schlimmes, Bedrohliches. Ihr Gespür sagte Johanna, dass es Letzteres war.

Kapitel 3

Als Johanna am nächsten Morgen durch das Gezwitscher der ersten Frühlingsamseln geweckt wurde, die sich im Hof ganz offensichtlich mit einer zänkischen Elster stritten, brummte ihr der Kopf. Sie war es einfach nicht gewöhnt, Wein zu trinken. Außerdem hatte sie am Abend zuvor vergessen, die Fensterläden zu schließen, sodass sie nun in aller Frühe erwacht war. Sie lauschte in die Stille hinein: Aus der Küche erklang leises Geklapper, ansonsten war das Haus noch ruhig. Sie vermutete, dass dies auch noch eine Weile so bleiben würde, da ihr Vater und Onkel Philipp gern bis tief in die Nacht beieinander saßen und zu einem guten Tropfen wichtige Dinge besprachen.

Doch Johanna hatte sich getäuscht: Denn gerade, als sie sich die zwei Treppen hinunter zur Küche schleichen wollte, um von Kathi einen Becher heiße Schokolade zu bekommen, öffnete sich die Tür vom Behandlungszimmer ihres Vaters. Erschrocken wich sie ein paar Stufen zurück. Hatte ihr Vater bereits so früh Patienten?

„... werde ich dann im Laboratorium untersuchen. Die Tinte ist sicher ein Hinweis", hörte sie ihren Onkel sagen.

„Wie willst du das schaffen?", klang die Stimme ihres Vaters besorgt aus dem Inneren des Raumes heraus, „du bist doch kein Alchimist!"

Philipp lachte. „Aber ein Apotheker, Bruderherz, und das ist fast genauso schlimm!" Sein Lachen verstummte, als er Johanna auf der Treppe kauern sah.

„Nur, wer könnte so etwas ...", hörte Johanna erneut ihren Vater beginnen, doch ihr Onkel fuhr ihm über den Mund. „Still, Franz, deine Tochter!"

„Johanna?" Erstaunt trat ihr Vater nun auch aus dem Zimmer heraus ins Foyer. „Was machst du denn so

früh hier?" Und dann, nach einem prüfenden Blick fragte er streng: „Was hast du gehört?"
Johanna zögerte. „Die ... die Vögel haben mich geweckt", begann sie stotternd, „und ich konnte nicht mehr schlafen. Und ... und ich wollte nur einen Becker heiße Schokolade aus der Küche holen." Sie atmete tief durch, ihr Entschluss war gefallen. Sie würde nicht preisgeben, was sie eben mitbekommen hatte. „Und wieso willst du jetzt auch Tinte in deiner Apotheke verkaufen, Onkel?" Unschuldig schaute sie die Männer an. Würden sie ihr die kleine Notlüge abnehmen?
Ihr Plan ging auf. Fast erleichtert begannen beide gleichzeitig zu antworten und priesen die ganz neuen Möglichkeiten, die sich aus besserer Tinte ergeben würden. Dass es überhaupt keinen Sinn machte, Tinte in einer Hofapotheke zu verkaufen, geschweige denn das Ganze als gute Geschäftsidee zu bezeichnen, schienen die beiden dabei gar nicht zu bedenken.
Johanna schüttelte innerlich den Kopf. Für wie dumm hielten die Männer sie eigentlich? Glaubte ihr Vater wirklich, sie hätte die Ereignisse vom Vortag über Nacht vergessen? Plötzlich dämmerte ihr, warum ihr zum Abendmahl Wein serviert worden war: Natürlich, im Rausch des Alkohols bestand zumindest die Möglichkeit, dass Details im Nebel versanken. Johanna spürte Zorn und Enttäuschung in sich aufsteigen. Was verbargen die Männer vor ihr? Welche Tinte wollte ihr Onkel untersuchen? Sie begann fieberhaft nachzudenken, während sie sich eine Entschuldigung murmelnd in die Küche verdrückte. Sie hatten von einem Brief gesprochen, der mit Tinte geschrieben worden war, möglicherweise mit ganz besonderer Tinte. Eine Nachricht an ihren Vater vielleicht, die gestern der Bote gebracht haben könnte. Und jetzt fiel ihr auch wieder ein, an was sie sich gestern Abend im Bett krampfhaft versucht hatte

zu erinnern. Das Geräusch, ehe ihr Vater wieder in das Kabinett getreten war. Es war ein leises Schaben gewesen, so wie es nur von der oberen Schublade des Instrumentenschrankes kam, wenn man sie ganz herauszog. Irgendetwas hatte ihr Vater dort gesucht oder – was ihr nun wahrscheinlicher erschien – dort versteckt. Das könnte durchaus ein Brief sein, der mit einer speziellen Tinte geschrieben worden war. Und den ihr Onkel nun vermutlich nach Heidelberg mitnehmen würde, um so den vielleicht unbekannten Absender zu ermitteln, wie auch immer. Aber er hatte ja beteuert, so etwas in seinem Laboratorium durchführen zu können. Johanna hatte im Übrigen keinen Grund daran zu zweifeln; das Laboratorium ihres Onkel war geräumig, reich ausgestattet und sein ganzer Stolz. Nur, wenn er den Brief oder um was auch immer es sich handelte, tatsächlich in seinem Laboratorium untersuchen wollte, dann müsste er ihn dazu mitnehmen. Und das wiederum würde bedeuten ...

„Guten Mosche, gnädiches Frollein, ein Bescher heiße Schokolad mit viel Zucke wie immer?“ Artig knickste Kathi vor Johanna und lächelte sie an. „Ihr seid abe früh heut.“

„Ja, ja.“ Fahrig strich Johanna sich eine Haarsträhne aus dem Gesicht. Für ein Gespräch mit Kathi hatte sie nun wirklich keine Zeit. „Du, entschuldige, Kathi, aber ich kann jetzt nicht mit dir schwätzen.“ Sie hob bedauernd die Schultern und lächelte das Küchenmädchen hilflos an. „Weißt du, ich muss über etwas sehr Wichtiges nachdenken. Kannst du mir die Schokolade in meine Stube bringen, wenn sie fertig ist?“

„Sehr zu Diensten, gnädiches Frollein“, antwortete Kathi unterwürfig, um dann doch neugierig nachzuhaken: „Gell, er hat sich wohl endlich erklärt, der Clemens?“

Johanna spürte, wie ihr Gesicht eine rosa Tönung annahm. „Ja ... eh, nein ... also bis später dann!“, verhaspelte sie sich und stürzte aus der Küche. Das hatte ihr gerade noch gefehlt: Jetzt machte sich schon das Küchenmädchen Gedanken über Clemens und ihre Zukunft. Wütend stapfte sie erst die breiten Stufen ins Obergeschoss, vorbei an der Bibliothek ihres Vaters, aus der sie nun die gedämpften Stimmen der Bechtlerbrüder vernahm, und dann hinauf in ihre Stube ins Dachgeschoss. Clemens sich erklären – da konnte sie lange drauf warten! Er sprach zwar immer wieder von Liebe und großen Gefühlen, aber einen Antrag hatte er ihr noch nicht gemacht. Tränen schossen ihr in die Augen. Manchmal glaubte sie, dass Clemens es gar nicht ernst mit ihr meinte. Und Kathi nahm sich eindeutig zu viel heraus. Tief in ihrem Inneren wusste Johanna, dass sie beiden Unrecht tat: dem Küchenmädchen, das schließlich von ihr selbst ins Vertrauen gezogen worden war – und Clemens, da sie bislang noch gar nicht konkret über eine gemeinsame Zukunft gesprochen hatten. Sie atmete tief durch, stellte beim Blick aus dem Mansardenfenster fest, dass es ein schöner Tag werden würde und wischte die lästigen Gedanken so gut es ging zur Seite. Sie hatte Wichtigeres zu tun. Entschlossen goss sie aus der Kanne reichlich Wasser in die Schüssel, schlüpfte aus ihrem Unterkleid, das sie am Vorabend nicht ausgezogen hatte und begann damit, sich gründlich von Kopf bis Fuß mit der selbst gemachten Seife ihres Onkels zu waschen. Mit einem frischen Leinentuch, das herrlich nach Lavendel duftete, rubbelte sie sich trocken. Dann zog sie ein neues Unterkleid aus der Kommode, wählte ein paar warme Strümpfe aus und zog mit leicht verächtlicher Miene eines ihrer beiden Festtagskleider aus dem Schrank. Gerade als sie im Begriff war, diesen „Traum in Vanille und Blau", wie Tante Philippa so ein Kleid ganz sicher beschreiben würde, über ihren Kopf zu ziehen, klopfte es zaghaft an der Tür.

„Komm nur rein, Kathi", rief Johanna unter den Stoffmassen hervor. Sogleich stellte das Küchenmädchen die verführerisch dampfende Schokolade auf dem Schreibpult ab und half Johanna wortlos dabei, das Kleid zu richten und die Haare zu frisieren.
„Schön seid Ihr, gnädiches Frollein", entfuhr es Kathi andächtig, als das Werk vollbracht war. Ganz gegen ihre Gewohnheit studierte Johanna sich ausführlich im Spiegel des Toilettentisches. Was sie sah, ließ sie selbst staunen: Eigentlich war ihr noch nie aufgefallen, wie gut der zarte Vanilleton des Mieders und der Ärmel zu ihrer sanft getönten Hautfarbe und der braunen Lockenpracht passte. Irgendwie war es Kathi heute auch gelungen, ihre wilden Haare so zu bändigen, dass sie zwar immer noch natürlich, aber trotzdem kunstvoll aufgesteckt wirkten. Über die Wirkung des graublauen Rockes und der dazu passenden Schleifen am Oberteil war sie besonders verblüfft: Die Farbe schien nämlich den unergründlichen Grauton ihrer Augen förmlich zum Strahlen zu bringen, sodass ihr aus dem Spiegel eine junge Frau entgegenblickte, die man als hübsch bezeichnen konnte. Unwillkürlich huschte ein Lächeln über ihre Lippen. Sie wandte sich dem Küchenmädchen zu und sagte liebevoll: „Du hast mich heute so schön gemacht, Kathi, vielen Dank."
„Aber nich doch, gnädiches Frollein ..." Kathi wurde vor Verlegenheit ganz rot.
„Doch, doch, das hast du", bekräftigte Johanna. „Aber nun geschwind hinunter in die Küche, die Herrschaften wollen sicher gleich ein reichhaltiges Frühstück zu sich nehmen!"
Kaum hatte das Küchenmädchen Johannas Kammer verlassen, wandte sie sich wieder ihrem Spiegelbild zu. Spontan griff sie zu einem kleinen Tiegel mit zartrosa Lippenfett und trug mit der Fingerspitze vorsichtig

etwas Farbe auf. Was Amalie bis zur Perfektion beherrschte, könnte sie ja auch einmal versuchen. Das Ergebnis gefiel ihr nicht schlecht und sie lächelte ihr Spiegelbild freundlich an. Dabei fiel ihr siedendheiß ein, dass sie vor lauter Schönheit doch tatsächlich vergessen hatte, ihre Zähne zu putzen! Schnell wischte sie sich die Lippen ab und griff nach ihrer kleinen und handlichen Holzbürste mit den hellen, weichen Borsten. Aus einer unscheinbaren Dose entnahm sie mit einem kleinen Spatel eine gräulich-weiße Paste, die sie sorgsam auf den feinen Borsten verstrich. Dann bürstete sie sich gründlich die Zähne und spülte im Anschluss den Mund mit klarem Wasser aus.
Dass man seine Zähne so pflegen konnte, wussten die Wenigsten. Im Hause Bechtler war das anders: Der Vater hatte, seit Johanna denken konnte, darauf bestanden, dass ein Grundmaß an Körperhygiene zur täglichen Pflege seiner Töchter gehörte und Johanna liebte das Gefühl von Sauberkeit. Regelmäßiges Zähneputzen war ein Bestandteil davon. Dazu hatten sie von ihrem Onkel eine spezielle Paste bekommen, die nicht nur gut reinigte, sondern auch einen angenehmen Geschmack im Mund hinterließ. Soweit Johanna sich erinnern konnte, waren neben Wasser, Fett und Tonerde vor allem Kreide, Ringelblumenextrakt und Pfefferminzöl darin enthalten. Diese „Zahnpaste", wie Onkel Philipp es nannte, hatte immerhin dafür gesorgt, dass alle Bechtlers ausnahmslos strahlend weiße und vor allem gesunde Zähne hatten – was sie von den meisten ihrer Mitmenschen unterschied.
Zu ihrem größten Erstaunen hatte Johanna vor vielen Jahren vom Vater erfahren, dass sich nur sehr wenige Menschen täglich wuschen, die Zähne pflegten oder den Läusen auf dem Kopf mit irgendwelchen Mitteln den Garaus machten – sogar bei Hofe! Fast alle schönen

Hofdamen und edlen Höflinge hatten demnach unter Ungeziefer zu leiden und oft war ihr Körpergeruch nur zu ertragen, weil sie sich von Kopf bis Fuß einparfümierten; vielen fehlten Schneidezähne, weswegen sie beim Sprechen den Mund kaum öffneten. Früher hatte Johanna gedacht, es wäre besonders vornehm, beim Sprechen die Lippen kaum auseinander zu bewegen; mittlerweile war sie eines Besseren belehrt worden. Kein Wunder, dass ein lautes und schönes Lachen oder ein strahlendes Lächeln immer noch Aufsehen erregte.
Franz Bechtler führte seit Jahren einen aussichtslosen Kampf bei Hofe, was zumindest den regelmäßigen Wechsel des Unterkleides betraf: Das lange Hemd aus Leinen wurde auch in höchsten Kreisen nur unregelmäßig gewechselt. Die einzige Ausnahme bildeten interessanterweise einige Damen, deren Ruf zwar nicht einwandfrei, deren Schönheit und Charme dafür unbestritten bis in allerhöchste Kreise strahlten, weswegen Bechtler von jenen auch stets wohlwollend redete. Ansonsten war das Waschen zwar morgens und abends am Lavoir üblich, doch häufig kam dabei wohl nur wenig Wasser ins Spiel. Dafür ging es einmal in der Woche in den Badezuber – zumindest beim Kurfürsten und seiner Frau und natürlich bei den Bechtlers.
Für all jene, die im Haus oder ihren Kammern über keine Waschgelegenheit verfügten, gab es die öffentlichen Badhäuser. Sie standen allerdings – das wusste Johanna – in keinem besonders guten Ruf. Immer wieder hörte man davon, dass Männer und Frauen sich dort in den Dampfschwaden unzüchtig verhielten. Johanna selbst war zwar noch nie in einem Badhaus gewesen, war jedoch auf ihren Wegen durch die Stadt schon oft an dem unauffälligen Haus in der Nähe des Neckartores vorbeigekommen. Und so sehr sie sich den Kopf vor Neugierde verrenkt hatte – nie war es ihr

gelungen, etwas Anstößiges zu sehen. Dennoch stand das Badhaus wohl nicht umsonst im Mittelpunkt eines Streites zwischen der Stadt und der Kirche, die seit langem drängte, den unzüchtigen Tempel der Wollust zu schließen.

Anfangs hatte Johanna ihrem Vater oft nicht geglaubt, wenn er solche privaten Details vom Hofe oder feineren Kreisen preisgab – bröckelte dadurch doch der Glanz einer prunkvollen Märchenwelt ab. Doch später, als er begann, sie als Assistentin mitzunehmen, konnte sie sich selbst von diesen Zuständen überzeugen. Was sie dabei allerdings am meisten verwunderte, war die Tatsache, dass es für die meisten Menschen durchaus Möglichkeiten gegeben hätte, die hygienischen Zustände zu ändern – doch die Bereitschaft fehlte völlig. Die Zahnpaste von Onkel Philipp war seit vielen Jahren ein Ladenhüter und wurde nur von einigen wenigen Menschen gewünscht. Ihre Kurfürstlichen Durchlauchten waren nicht darunter.

Allerdings, das hatte Johanna gerade selbst gelernt, führte zu viel Beschäftigung mit der eigenen Schönheit ganz offensichtlich zu Nachlässigkeit in Sachen Hygiene! Hatte auch sie nicht im Angesicht ihres Spiegelbildes beinahe vergessen, ihre Zähne zu putzen? Entschlossen stand sie auf und ging hinüber zu ihrem Sekretär. Ob die Schokolade noch heiß war? Mit höchstem Genuss ließ sie sich die süße Flüssigkeit schmecken – niemand bereitete sie so gut wie Kathi. Dann griff sie nach dem Buch, das sie gerade las: Robinson Crusoe. Sie tauchte für ihr Leben gern in fremde Welten ein – und die Geschichte des auf einer einsamen Insel gestrandeten Seemanns faszinierte sie. Der Roman war erst seit kurzem beim Löffler, dem Buchhändler, zum Verkauf gelegen – und Johanna hatte ihren Vater so lange bekniet, bis er sich hatte erweichen lassen.

Seither versank sie regelmäßig in einer ihr völlig fremden westindischen Welt und vergaß an manchen Tagen über Stunden, dass sie inmitten der kurpfälzischen Metropole lebte. Auch heute passierte ihr dies, sodass die Glocke, die zum gemeinsamen Frühstück läutete, sie jäh aus ihren Träumen riss.
Hastig raffte sie ihren ungewohnt bauschigen Rock und schlüpfte in die Pantoletten. Dann eilte sie so gut es ging die steile Stiege hinunter und stieß vor dem Speisezimmer fast mit ihrem Onkel zusammen.
„Holla, Johannalein, du hast dich aber heute hübsch herausgeputzt!" Philipp deutete einen Pfiff an.
„Ach ja?" Empört blickte sie ihren Onkel an. „Und du wolltest doch eigentlich sagen, dass man so etwas von mir gar nicht gewöhnt ist, oder liebster Onkel?" Und sie rauschte an ihm vorbei ins Zimmer an den reich gedeckten Tisch.
Schallendes Gelächter folgte ihrem ungewöhnlichen Auftritt – und dann das beschwörende Flüstern ihres Vaters. „Untersteh dich, Bruder, ich bin doch froh, dass sie endlich einmal ..." Den Rest konnte Johanna nicht verstehen, doch sie dachte sich ihren Teil. Standen denn alle Kopf, nur weil sie sich einmal etwas hübsch gemacht hatte? Immerhin war ein Dankgottesdienst für Seine Durchlaucht, den Kurfürsten, anberaumt – und wenn sie da schon unbedingt hin musste, dann wenigstens nicht im Tageskleid. Außerdem bestand die Möglichkeit, dass Clemens sie dort sah.
„Noch einmal Guten Morgen, Herzblatt", flötete ihr Vater, als er gemeinsam mit Philipp den Raum betrat, „hast du gut geschlafen?" Er musterte sie anerkennend von oben bis unten. „Du siehst heute aber ganz besonders hübsch aus, Liebes."
„Danke, Vater", antwortete Johanna artig. „Sag, Onkel Philipp, bleibst du auch zum Gottesdienst?"

„Selbstredend", antwortete dieser, „das Spektakel lasse ich mir nicht entgehen!" Und er grinste frech über das ganze Gesicht. Er wandte sich an Franz Bechtler: „Wann geht der Gottesdienst los?"
„Erst zur elften Stunde, wenn Ihre Kurfürstlichen Durchlauchten ausgeschlafen haben", seufzte Johannas Vater. „Wenn es überhaupt pünktlich losgeht. Bei Pater Seedorfer glaube ich allerdings ..."
„Was?", fiel Johanna ihrem Vater ins Wort. „Was glaubst du bei Seedorfer?"
Anstelle seines Bruders antwortete Philipp mit vollem Mund, da er sich gerade ein Stück Brot hineingeschoben hatte. „Vor dem Seedorfer hat sogar der Kurfürst Respekt", erklärte er. Dann schluckte er den Bissen hinunter und fuhr deutlich besser zu verstehen fort: „zu Recht übrigens, wie ich finde. Denn man mag vom Seedorfer denken, was man will – er ist ein kluger Kopf, doch."
„Hoho, Bruder, bist du plötzlich fromm geworden?", lästerte Johannas Vater sofort. „Das hörte sich gestern aber ganz anders an!"
„Ach ja?", konterte Philipp, „bist du nicht auch der Meinung, dass die Pfaffen sich zu viel in die Politik einmischen?"
Johanna verdrehte innerlich die Augen, sie wusste, was jetzt kam. Denn nun würden sich die Brüder für die nächste halbe Stunde in eine Grundsatzdiskussion über gesellschaftliche Werte, Politik und Moral vertiefen und alles um sich herum vergessen. Sie wollte sich gerade einmischen, um so das Unausweichliche vielleicht doch noch zu verhindern, als ihr ein anderer Gedanke kam. War nicht dies genau der Moment, den sie brauchte, um in Vaters Behandlungszimmer in der oberen Schublade vom Instrumentenschrank nach was auch immer zu suchen?

Betont langsam erhob sie sich vom Tisch, murmelte undeutlich eine Entschuldigung und verließ das Speisezimmer. Leise schlich sie die ersten Stufen hinab. Unten angekommen vergewisserte sie sich zunächst, dass das übliche Geklapper und Geschepper aus der Küche drang. Kathi war also bei der Arbeit – und da Madame Guinant noch nicht da war, musste Breuer mit anfassen. Dem Geräuschpegel nach zu urteilen, waren beide gerade mit Aufräumarbeiten beschäftigt. Flink öffnete sie die Tür zum Behandlungszimmer, trat ein und drückte sie leise hinter sich wieder zu. Für einen kurzen Moment schloss sie die Augen und atmete tief ein. Sie liebte die vielen Gerüche, die im Raum lagen: der Duft der Heilkräuter, der scharfe Alkoholgeruch für die Präparate, die süßlich duftenden Pasten und Salben und die bitteren Aromen der Gifte, die wohldosiert heilen konnten. Dann eilte sie zum Instrumentenschrank und öffnete langsam die schwere obere Schublade. Als nach einer Weile das charakteristische Schaben begann, da sich die Lade im Laufe der Jahre wohl verzogen hatte, zog sie nur noch ganz behutsam, während sie schon versuchte, in den hinteren Teil hinein zu spähen. Bislang war nichts Auffälliges zu sehen: Ordentlich in Reih und Glied lagen die Hörrohre, Messer, Wundklammern und allerlei mehr – so, wie es der Vater brauchte. Doch plötzlich entdeckte Johanna unter der kleinen Kiste mit den Wundnadeln etwas Helles, was sie dort noch nie gesehen hatte. Mit klopfendem Herzen griff sie danach und holte es hervor. Es war ein rechteckiges Stück Papier, klein zusammengefaltet. Hektisch öffnete Johanna es und begann zu lesen. Dann stockte ihr der Atem und sie spürte, wie sich die feinen Härchen auf ihren Armen vor Entsetzen aufrichteten. „Bechtler, seine Tage in Mannheim sind gezählt“, stand dort in unleserlicher

Handschrift und mit einer auffälligen dunkelvioletten Tinte geschrieben. Und darunter: „Zieh er sich zurück, sonst übernimmt Gevatter Tod sein Schicksal."
Ein Geräusch aus dem Arbeitskabinett ihres Vaters ließ Johanna aufschrecken. Hastig faltete sie das Papier wieder zusammen, stopfte es zurück in die hinterste Ecke der Schublade unter die Wundnadeln und schob die Lade zu. Keine Sekunde zu früh, den nun öffnete sich die Tür zum Kabinett und Breuer steckte seinen Kopf in das Behandlungszimmer.
„Was macht Er hier?", herrschte Johanna ihn an „Muss Er nicht in der Küche mit anpacken?"
„Ich habe im Kabinett abgestaubt", antwortete Breuer mit lauerndem Blick. „Und das gnädige Fräulein hat wohl etwas gesucht ...?"
Verflixt, Johanna ärgerte sich über ihre Unvorsichtigkeit. Auf die Idee, dass Breuer im Kabinett sein könnte, war sie gar nicht gekommen. Gehört hatte sie ihn aber auch nicht, merkwürdig. Doch was hatte er von ihrem Treiben mitbekommen?
Sie beschloss, seine Frage zu ignorieren, schließlich war er nur der Hausdiener. Ohne den Diener eines weiteren Blickes zu würdigen, verließ sie den Raum. Auf dem Weg nach oben fiel ihr die Nachricht wieder ein, die auf dem kleinen Zettel stand. Es war eine Drohung, eindeutig, und ihr Vater hatte allen Grund, beunruhigt zu sein.
Eine gute Stunde später machten sich Franz und Philipp Bechtler mit Johanna im Schlepptau auf den Weg zur Schlosskapelle. Bis zum Aufbruch war Johanna in ihrer Stube unruhig auf und ab gegangen und hatte verzweifelt überlegt, was sie tun sollte. Schließlich war sie zu dem Schluss gekommen, dass sie mit Clemens über den geheimnisvollen Brief reden würde. Denn von ihrem Vater und ihrem Onkel – das war ihr klar – würde sie in

dieser Angelegenheit keine weiteren Details erfahren. Tief in Gedanken versunken nahm Johanna auf dem Weg zur Hofkirche nicht einmal wahr, dass sich den Bechtlers mittlerweile Anton Verschaffelt und seine Gemahlin angeschlossen hatten. Erst als der Name Clemens fiel, schreckte sie auf, doch es war wohl nur um seinen Einsatz als Musiker im heutigen Gottesdienst gegangen.

Vor den Toren des Ehrenhofes wurde die Gruppe von den wachhabenden Soldaten aufgehalten, die nur zugelassene Gäste auf das Schlossareal ließen und vor allem dafür sorgten, dass sich Bettler, Gaukler oder andere Herumtreiber nicht in kurfürstliche Nähe schleichen konnten. Wie so oft kannte Franz Bechtler die Männer persönlich und tauschte ein paar freundliche Worte mit ihnen, ehe die Gruppe anstandslos passieren konnte. Als Arzt hatte er sie, so vermutete Johanna, irgendwann einmal behandelt.

Vor dem Eingang der Hofkapelle, die zum Westflügel des Schlosses gehörte, hatte sich eine bunt gekleidete Menschentraube gebildet. Anders als bei der Hofkirche gab es hier nur ein einziges Portal ins Innere, was den Kirchendienern zu solchen Gelegenheiten stets einiges an Kopfzerbrechen bereitete. Denn der Einlass in die Schlosskapelle hatte zu einem streng festgelegten Zeremoniell zu erfolgen: Zuerst durfte der Hochadel eintreten, für dessen Angehörige die ersten drei Sitzreihen mit den weichen altrosa Polstern reserviert waren. Danach folgte der gemeine Hofadel, dem die fünf Sitzreihen dahinter mit etwas flacheren, lindgrünen Sitzkissen zustanden. Erst dann wurden die Honoratioren der Stadt und die geladenen Bürger eingelassen, also Menschen wie der Bürgermeister, wichtige Bauherren, Wissenschaftler und Künstler – oder eben Persönlichkeiten wie die Gebrüder Bechtler. Das Problem

bestand dabei darin, dass der Hochadel stets zu spät kam und alles warten musste. Die Gemeinde bildete eine Gasse, verbeugte sich dann leicht vor den Herrschaften von Stand, die – ohne die anderen auch nur eines Blickes zu würdigen – mit erhobenem Haupt die Kirche betraten. Männer und Frauen saßen in der Kirche getrennt und es dauerte geraume Zeit, bis alle endlich ihren Platz gefunden hatten.
Johanna hatte schon oft Gottesdienste in der Hofkirche besucht. Seit sie Clemens kannte, ging sie sogar ganz gern zu den besonderen Festtagen, an denen meist auch ein anspruchsvolles Musikprogramm geboten wurde. Ein Dankgottesdienst, das hatte sie allerdings auch schon mehrmals erfahren müssen, war etwas ganz anderes und todlangweilig! Wie sollte sie das nur überstehen? Sie beschloss, dies nicht unten in den Langhausreihen zu tun, sondern wie manches Mal zuvor von der Musikerempore hinter dem Altar aus. Dort hatte ihr Clemens vor einigen Monaten einen Platz gezeigt, wo sie sich in eine Wandnische vor ein Blindfenster setzen konnte: versteckt genug, um nicht weiter aufzufallen, hoch genug, um sich unauffällig über die Balustrade der Empore beugen und dem Gottesdienst und all seinen Begleitumständen folgen zu können – und vor allem nah genug, um der Musik des Geliebten zu lauschen. Ihr Vater hatte ihre ungewöhnliche Platzwahl beim ersten Mal kurz vor Weihnachten schlichtweg nicht bemerkt und danach stillschweigend toleriert. Johanna zupfte ihn am Ärmel, als er gerade in eine der Reihen abbiegen wollte, und deutete nach oben. Ehe er etwas sagen konnte, war sie bereits im Gedränge des Mittelganges verschwunden und winkte ihrem Vater ein paar Minuten später vorsichtig von der Musikerempore herab zu.
Erleichtert ließ Johanna sich auf die Steinbank in der Nische sinken. Um sie herum begannen die Musiker

ihre Plätze einzunehmen, unter ihnen auch Clemens. Er lächelte ihr liebevoll zu, wagte es jedoch nicht, zu ihr zu treten, womit Johanna allerdings auch nicht rechnete. Sie nutzte die Zeit bis zum Beginn des Gottesdienstes, um sich ausführlich umzuschauen. Wieder einmal stellte sie dabei fest, dass ihr die Schlosskapelle nicht gefiel, obwohl sie durch die großen und hohen Fenster zum Schlossvorplatz hin viel Licht bekam und dadurch freundlich wirkte. Doch sie fand weder die hohen mit Pilastern geschmückten Wände mit den Blütenornamenten besonders schön, noch das opulente Deckenrelief im Langhaus, das sogar vom berühmten Künstler Cosmas Damian Asam stammte. Ein großer Name machte eben noch keine gute Kunst, fand Johanna – und Anton Verschaffelt hätte ihr in dieser Hinsicht vermutlich zugestimmt, dachte er doch ähnlich über seinen Intimfeind, den Architekten Nicolas de Pigage. Gemeinsam hatten ausgerechnet diese beiden eine wundervolle Kirche geschaffen: Johanna gefiel die noch ganz neue Jesuitenkirche mit ihrem eher schmucklosen hellen Innenraum[16] wesentlich besser als die Schlosskapelle. Seufzend schaute sie sich um: Der barocke Hochaltar versperrte ihr zwar teilweise die Sicht in den voll besetzten Innenraum der Kirche, doch die leere Kurfürstenloge hatte sie gut im Blick. Sie befand sich nämlich genau gegenüber über dem Eingang der Kapelle und war über eine seitliche Tür mit den Appartements der Kurfürstlichen Durchlauchten verbunden. Das war praktisch und sinnvoll, fanden in der Schlosskapelle doch die täglichen Gottesdienste statt, die der Hof zu besuchen pflegte.

16 Zur Zeit Carl Theodors, als die Jesuitenkirche entstand, war der Innenraum weiß getüncht und mit zarten Stuckmarmorpilastern versehen. Die heutige Innendekoration lehnt sich an spätere klassizistische Umbauphasen an.

Unter der Kapelle, das hatte ihr Vater ihr einmal gezeigt, lagen in einer Gruft die prächtigen Sarkophage des früheren Kurfürsten Carl Philipp und seiner dritten Frau, der Gräfin Violantha von Thurn und Taxis. Die von Thurn und Taxis waren mit ihrer weitverzweigten Familie gern gesehene Gäste bei Hofe, obwohl sie gar nicht mehr im nahe gelegenen Frankfurt residierten, sondern sich aufgrund des Immerwährenden Reichstages[17] vor einiger Zeit in Regensburg niedergelassen hatten. Johanna entdeckte in den ersten Reihen auf Anhieb mehrere Familienangehörige der Oberpfälzer, unter ihnen die schöne Johanna von Sickingen, eine geborene Thurn und Taxis, deren Schwiegervater im Verdacht stand, verbotene Alchemie im großen Stil betrieben zu haben. Einige redeten bereits von einem Skandal, doch so etwas ging schnell bei Hofe, wo jede Gelegenheit gern beim Schopfe gegriffen wurde, um dem täglichen Einerlei des starren Zeremoniells zu entfliehen. Johannas Vater hatte jedenfalls nur die Augen verdreht, als er von den Anschuldigungen gegen den alten Baron von Sickingen gehört hatte; seiner Meinung nach handelte es sich um eine gezielte Kampagne, um die Familie in Misskredit zu bringen – wer auch immer Interesse daran haben konnte. Kathi hatte ihr allerdings vor einiger Zeit zugeraunt, dass seine eigenen Söhne den Alten von Sickingen loswerden wollten.

Unterdessen hatte sich die Tür der Sakristei geöffnet und Pater Seedorfer trat mit einigen Ministranten vor

---

17 Der Immerwährende Reichstag bezeichnet die Ständevertretung im Heiligen Römischen Reich, die es seit dem Ende des Mittelalters gab und die an verschiedenen Orten und nicht regelmäßig zusammenkam. Seit 1594 fand sie nur noch im Reichssaal des Regensburger Rathauses statt; 1663 wurde sie schließlich nicht mehr aufgelöst und so zum Immerwährenden Reichstag (bis 1806).

den Hochaltar, kniete nieder und versank in andächtige Stille. Sofort verstummten sämtliche Gespräche in der Kirche. Einzig das Geraschel von schweren Kleidern und das Scharren von Absätzen auf dem Holzboden verkündete die Ankunft der kurfürstlichen Familie auf der Empore über dem Kirchenportal. Die Anwesenden erhoben sich, erwiesen dem Kurfürsten und seiner Frau Referenz und kehrten dann in ihre vermeintliche Andacht zurück.
Johanna hatte von ihrem Platz aus einen wunderbaren und unverstellten Blick auf die Kurfürstenloge und konnte im Halbschatten ihrer Sitznische ganz ungeniert verfolgen, wer von den hohen Herrschaften den Dankgottesdienst besuchte. Ganz vorn in den Prunksesseln nahm der Kurfürst mit seiner Gemahlin Elisabeth Auguste Platz. Sie bewegte sich sehr schwerfällig, was Johanna auf die fortgeschrittene Schwangerschaft zurückführte. Wie die meisten Adligen war sie trotz der anderen Umstände geschnürt und Johanna konnte sich lebhaft vorstellen, wie unwohl sie sich damit fühlen musste. Wahrscheinlich bekam sie kaum Luft und litt permanent unter Übelkeit und Schwächeanfällen, die Ärmste. Entsprechend missmutig war auch ihr Gesichtsausdruck – darüber konnte nicht einmal das üppig aufgetragene Reismehl in Kombination mit Lippen- und Wangenrot hinwegtäuschen. Möglicherweise hatte sie aber auch von der jüngsten Affäre gehört, die ihrem Mann nachgesagt wurde: Nicht nur bei Hofe hielt sich hartnäckig das Gerücht, dass derzeit die entzückende Hofdame Charlotte von Dalberg, eine geboren von Greifenklau, besonders hoch in der Gunst des Kurfürsten stand. Dies war deshalb so pikant, da jene Hofdame eigentlich zu den engsten Vertrauten der Kurfürstin zählte. Doch Johanna entdeckte die junge Frau heute nicht

in der Kirche, möglicherweise war sie tatsächlich bei Elisabeth Auguste in Ungnade gefallen.
Nicht zu übersehen war allerdings der selbstgefällige Gesichtsausdruck Seiner Kurfürstlichen Durchlaucht Carl Theodor. Breit und souverän thronte er in seinem Prunksessel über seinem Hofstaat und nickte gnädig dem einen oder anderen Höfling zu. Johanna fand, dass er schon wieder zugenommen hatte – wohl eine Folge der ständigen Völlerei, der er sich sehr zum Leidwesen von Franz Bechtler regelmäßig hingab. Ihr Vater führte in dieser Hinsicht einen aussichtslosen Kampf bei Hofe: Die stundenlangen Tafeln mit den vielen gehaltvollen Gängen belasteten die Gesundheit vieler Höflinge und immer wieder musste der Hofmedicus hier mit Abführmitteln, Brechreiz auslösenden Tropfen oder anderen Mitteln Abhilfe schaffen – ganz gegen seine Überzeugung. Besonders bei den Damen waren seine Kotztropfen, wie sie insgeheim genannt wurden, sehr beliebt, konnte man doch durch sie grenzenlos essen, ohne sich Sorgen um die geschnürte Wespentaille machen zu müssen. Alle Ermahnungen ihres Vaters nützten hier nichts: Mittlerweile war eine ganze Reihe der Hofdamen dem Teufelskreis aus Völlerei, Erbrechen und weiteren Völlens verfallen.
Von alldem wusste der Kurfürst wahrscheinlich nichts, überlegte Johanna. Er sah die Fassade: Schöne Frauen, die sich für ihren Herrscher herausputzten, um aufzufallen oder in einem möglichst guten Licht dazustehen. Was die Männer bei Hofe betraf, sah das allerdings ganz anders aus – den Kurfürsten eingeschlossen. Niemand scherte sich darum, wenn er fettleibig und unansehnlich wurde, offenbar schien es keinen zu stören. Johanna ekelte sich insgeheim vor der Vorstellung, einen der Höflinge als Mann an ihrer Seite zu haben, da war ihr Clemens doch ganz anders! Sie warf einen

zärtlichen Blick zu ihm hinüber, doch er bemerkte es nicht, weil er wie alle anderen auf ein Räuspern des Kurfürsten als Zeichen für den gestatteten Beginn des Gottesdienstes wartete. Seine Kurfürstliche Hoheit ließ sich allerdings Zeit, sodass Johanna in aller Ruhe die anderen Gäste auf der Empore studieren konnte.

Seitlich hinter Carl Theodor stand wie immer sein Kammerdiener Pierron. Sogar im Halbschatten des Kircheninneren konnte Johanna sein abstoßendes Profil genau erkennen. Seine stechenden Augen waren überall und ab und zu flüsterte er leise etwas ins Ohr seines Herrschers, das dieser nickend zu Kenntnis nahm. Johanna vermutete, dass Pierron dem Kurfürsten ausführlich darüber Bericht erstattete, wer zum Gottesdienst erschienen war und wer nicht, denn wenn die Vermutung ihres Vaters stimmte, hatte Carl Theodor keine besonders guten Augen, eine Schwäche, die er natürlich niemals preisgeben würde.

In der Sitzreihe hinter dem kurfürstlichen Paar saßen die restlichen Familienmitglieder: der derzeit noch amtierende Thronfolger Herzog Christian von Zweibrücken mit seiner schönen Gattin, der Gräfin Forbach, daneben der einzig gut aussehende Mann bei Hofe, Friedrich Pfalzgraf von Zweibrücken mit Dorothea Franziska, seiner Frau und Schwester der Kurfürstin – und fast im Dunkel versteckt an der Seite die Freifrau von der Osten, eine Hofdame und enge Vertraute der Kurfürstin. Johannas Blick blieb am schönen Pfalzgrafen hängen. Auch wenn sie sonst nur selten einer Meinung mit ihrer Schwester Amalie war, in diesem Punkt musste sie ihr recht geben: Der Zweibrückener war eindeutig der bestaussehende Mann, der ihr je begegnet war – von Clemens einmal abgesehen. Er war Befehlshaber der Pfälzischen Truppen und seine weich geschwungenen Lippen unter der geraden Nase gaben seinem Gesicht nicht nur etwas klassisch Aristokratisches, sondern verrieten auch einiges über seine humorvolle Art und seinen Hang zur Sinnlichkeit. Beides waren Eigenschaften, die neben seiner imposanten Erscheinung in Uniform vor allem seiner Schwägerin, der Kurfürstin, gefielen. Johanna konnte das gut nachvollziehen – wirkte doch der Kurfürst gegenüber Friedrich wie ein Griesgram, der zum Lachen in den Keller ging. Pfalzgraf Friedrich hatte zudem wunderschöne große Augen, die immer freundlich wirkten und war – im Gegensatz zu vielen anderen bei Hofe – ausgesprochen gut gebaut. Kurz: Der schöne Friedrich, wie viele ihn insgeheim nannten, war in der Damenwelt eindeutig Favorit bei Hofe. Dies allerdings nur hinter vorgehaltener Hand, da man erstens den Kurfürsten nicht beleidigen durfte und zweitens niemand der Kurfürstin ins Gehege kommen wollte, von der es hieß, dass sie selbst eine ausgeprägte Affinität zu ihrem Schwager besaß.

Vermutlich daher rührte auch der manchmal grimmige Gesichtsausdruck von Franziska Dorothea, seiner Frau. Die Schwester der Kurfürstin hatte an diesem Tag zudem das Pech, neben der ehemaligen Tänzerin Gräfin Forbach zu sitzen, die für ihr Aussehen über die Grenzen des Reiches hinaus berühmt war. Sie tat Johanna fast ein wenig leid: Umrahmt von den Mächtigen und Schönen des Hofes fristete sie ein vermutlich trauriges Dasein als ungeliebte Ehefrau, unbedeutende Schwester und unattraktive Verwandte. Allerdings rankten sich auch um die Schwägerin der Kurfürstin sonderbare Gerüchte ...

„Hm, hm." Das deutliche Räuspern des Kurfürsten riss Johanna aus ihren Gedanken über die kurfürstliche Familie. Sofort erhob sich Pater Seedorfer mit seinen Ministranten. Der Gottesdienst konnte beginnen. Dem Anlass

angemessen ging es mit einer ausführlichen Dankesrede los, in der Carl Theodor, seine Gesundheit und Gottes Beistand in aller Ausführlichkeit gelobt wurden. Johanna schüttelte innerlich den Kopf – wusste sie doch nur zu gut, dass es vor allem die Medizin ihres Vaters war, die dem Kurfürsten geholfen hatte. Es folgte eine unendlich langweilige lateinische Liturgie, die Johanna zwar in Grundzügen verstand, die sie jedoch nur wenig interessierte. Mechanisch nahm sie am allgemeinen Rhythmus des Kniens, Betens und Aufstehens teil und summte bei vertonten Psalmen mit, während ihre Gedanken wieder auf Wanderschaft gingen und sie ihren Blick über die Sitzreihen im Kirchenschiff schweifen ließ.
Erst jetzt entdeckte sie die achtzehn schwarz gekleideten Frauen, die seitlich vor dem Altar knieten. „Bitte nicht!", stöhnte sie innerlich, war sich aber klar darüber, dass die Fürbitten zum Dankgottesdienst dazu gehörten. Ihr Magen begann zu knurren, sie hatte vor lauter Aufregung heute Morgen tatsächlich vergessen zu frühstücken. Schlagartig fiel ihr der bedrohliche Brief an ihren Vater wieder ein. Wer mochte der Urheber sein? Ihre Augen glitten über die anwesenden Höflinge und Honoratioren. Neben den Le Roys und den von Beckedorffs erkannte sie unter den teilweise üppigst verzierten Perücken in den vorderen Reihen die Thurn und Taxis, eine Prinzessin von Hessen-Darmstadt, den ewigen Junggesellen Max Joseph von Baden, die Familie von Zedtwitz, die Du Bois, die von Truchseß, die Freiin von der Loe, die von Hackes, den Grafen von und zu Eltz mit seiner jungen Cousine Anna-Louisa, die Van der Veldes und all die anderen Höflinge, deren Namen sie sich nicht merken konnte. Ihnen allen hatte ihr Vater irgendwann einmal mit Kräutern, Salben oder Pillen geholfen – warum also sollte ihm irgendjemand etwas Böses wollen?

Ihr Blick wanderte weiter nach hinten und sie sah viele Persönlichkeiten aus der Mannheimer Bürgerschaft. Unmittelbar hinter den Adels-Sitzreihen saßen Stadtdirektor Gobin und sein Stellvertreter Pompejati und dessen Sohn, der Physiker Johann Jakob Hemmer, der Bibliothekar Andreas Lamey, daneben Anton Klein, der Leiter der Deutschen Gesellschaft, und der Astronom Christian Mayer. Dahinter hatten sich die Künstler niedergelassen. Wie so oft stach hier Nicolas de Pigage ins Auge, da er besonders aufwändig und – wie Johanna fand – ziemlich affig zurecht gemacht war. Unmittelbar in seiner Nähe saßen unter anderem Anton Verschaffelt, Franz Anton von Mai, ein Kollege und Freund Franz Bechtlers, die Musikalienbauer-Familie Sponnagel und der Buchhändler Löffler. Außerdem entdeckte sie einige angesehene Bürger der Stadt, wie zum Beispiel die Händler Trautmann und Haas, den Postamentenbauer Coutois, Pierre le Maistre, den Goldschmied, sowie zahlreiche Militärs mit Rang und Bändern.
Auf einmal fiel ihr Blick in die zweite Reihe, in der Bewegung entstanden war. Ganz offensichtlich waren bereits jetzt einige Damen des Hofes in Nöte gekommen und litten unter vollen Blasen. Schon entdeckte sie die charakteristische Glasviole[18], die durch die Reihe gegeben wurde, dabei stets für kurze Zeit unter einem Rock verschwand, um dann zur Sitznachbarin zu wandern. Am seitlichen Ende der Reihe wartete bereits eine Dienerin auf den hochherrschaftlichen Urin, der draußen neben der Kirche in einem Eimer gesammelt wurde und dann, wenn der Gottesdienst vorbei war, im Neckar landen würde. In Hofkreisen war dieses Vorgehen üblich – ließ doch die enge Schnürung der

18 Dieses sehr spezielle Gerät wurde auch „Burdalu“ genannt und war in besseren Kreisen aus hochwertigem Porzellan.

Kleidung keine vollen Blasen zu. Dennoch wunderte Johanna sich immer wieder aufs Neue darüber und dachte mit Schaudern daran, welche Krankheiten sich allein auf diesem Wege übertragen konnten.
„Und deshalb erzähle ich von der Verderbnis der sieben Todsünden!“, donnerte es plötzlich durch das Kirchenschiff und riss Johanna unsanft aus ihren Gedanken. „Denn der Herr will, dass Ihr in Tugend lebt, um das Reich Gottes zu erlangen.“
Die Tugenden am Hofe Carl Theodors? Johanna biss sich auf die Lippen, um sich ein albernes Kichern zu verkneifen. Das konnte ja heiter werden. Ohne weiter auf den Inhalt von Pater Seedorfers Predigt zu achten, machte sich Johanna einen Spaß daraus, für jede Todsünde einen Stellvertreter am Hofe des Kurfürsten zu finden. Der Hochmut war einfach und eindeutig: Niemand erschien ihr so unangenehm und seinen Mitmenschen gegenüber herablassend wie Dominik Pierron, der Kammerdiener des Kurfürsten. Was den Neid betraf, war sie etwas unentschlossen: Passte die Todsünde besser auf Nicolas de Pigage, den Baumeister, der seinen Konkurrenten Verschaffelt um jeden Auftrag und jedes Wohlwollen des Kurfürsten beneidete – oder vielleicht doch besser auf den geheimnisvollen Unbekannten, der ihren Vater ganz offensichtlich weit weg vom Hof haben wollte? Johanna seufzte leise und zwang sich dazu, ihr kleines Spiel weiterzutreiben.
Der Zorn, das war nicht schwer, gehörte zum noch amtierenden Thronfolger Herzog Christian. Dass ihm die Schwangerschaft der Kurfürstin nicht passte, war offensichtlich, und sein Gesicht sprach oft Bände, wenn er der schwerfälligen Kurfürstin ansichtig wurde. Die Trägheit wiederum passte zumindest derzeit ganz hervorragend zu Elisabeth Auguste, ihre Schwangerschaft hinterließ Spuren. Beim Geiz wurde es etwas

komplizierter und Johanna kam ins Spekulieren: Vermutlich war es Carl Theodor selbst, zu dem dieses Etikett am besten passte, doch auch die von Thurn und Taxis standen im Ruf, jeden Gulden dreimal umzudrehen. Vermutlich kam daher ihr immenser Reichtum – und nicht nur aufgrund des Postmonopols. Bei der Völlerei kam Johanna regelrecht ins Schwitzen, da diese Todsünde beinahe bei jedem Höfling zutraf. Und was die Wollust betraf, nun, hier war vermutlich ebenfalls der Kurfürst höchstpersönlich an erster Stelle zu nennen, sagte man ihm doch allein aufgrund der derzeitigen Unpässlichkeit seiner Gattin zahlreiche amouröse Abenteuer mit Hofdamen oder sogar mit heimlich an den Hof gebrachten Damen zweifelhafter Herkunft nach. Allerdings hatte Johanna einmal von Kathi gehört, dass auch die Kurfürstin einst gern tändelte und ihren Mann im Zuge ihrer Ehe erst auf den Geschmack gebracht hätte. Wie auch immer – die sieben Todsünden ließen sich ganz hervorragend am Hofe unterbringen, fand Johanna.

Auch Pater Seedorfer war unterdessen offenbar zu dem Ergebnis gekommen, dass der Hof und die Stadt sich in Zukunft mäßigen müssten – auch, was den Glauben an die Wissenschaften betraf. Es folgte ein gekonnter Rundumschlag gegen die moderne Medizin, gegen ein aufgeklärtes Rechtsverständnis und die Naturwissenschaften – und ehe die teilweise doch recht eingeschüchterten Zuhörer es sich versahen, war der eifrige Pater beim bevorstehenden Venus-Transit angelangt.

„Der Mensch soll nicht in den Himmel streben!", wetterte Seedorfer mit einem strengen Blick in die kurfürstliche Loge, was zu einem Stirnrunzeln Carl Theodors führte. Doch unbeirrt fuhr Seedorfer fort: „Gottes Strafe wird grausam für all jene sein, die sich über seine gottgewollte Ordnung hinwegsetzen."

Dennoch erteilte Pater Seedorfer dem Kurfürsten und dem ungeborenen Thronfolger seinen Segen, ließ die Fürbitten vortragen und beendete dann endlich nach mehr als zwei Stunden den Dankgottesdienst.
Ohne mit Clemens ein paar Worte wechseln zu können, schlich Johanna sich hinunter ins Gedränge und suchte ihren Vater. Gemeinsam mit seinem Bruder wartete er bereits vor der Schlosskapelle, grüßte dabei vorbeiziehende Honoratioren oder einfache Adlige, ließ seinen Blick immer wieder unruhig durch die Menge schweifen und erschien geradezu erleichtert, als seine Tochter neben ihm stand und er endlich nach Hause eilen konnte.
Nach einem einfachen Mittagsmahl machte sich Johannas Onkel Philipp auf die Rückreise nach Heidelberg. Beim Abschied versprach Johanna ihm, schon bald für ein paar Tage in das idyllische Städtchen am Neckar zu kommen, um ihren Onkel und seine Frau Clara zu besuchen. Da Onkel Philipp selbst keine Kinder hatte, freuten er und Clara sich immer ganz besonders über ihren Besuch. Außerdem machte Johanna sich stets nützlich: sei es im Haushalt der Bechtlers oder – und das ganz besonders gern – in der Apotheke und dem Laboratorium ihres Onkels.
Kurze Zeit später saßen Johanna und ihr Vater gemeinsam auf der kleinen Veranda in der Nachmittagssonne. Franz Bechtler hatte sich von Kathi einen Kaffee aufbrühen lassen, Johanna genoss einen Becher heiße Schokolade. Schon lange hatte ihr Vater keine Zeit mehr gefunden, ein Plauderstündchen mit seiner Tochter einzurichten, doch heute war es endlich wieder einmal soweit.
„Wann kommt Amalie eigentlich genau, Vater?“, begann Johanna das Gespräch unverfänglich. „Hat Tante Philippa dir schon eine Nachricht geschickt?“

„Ja, das hat sie." Franz Bechtler lächelte. „Ich habe beim Frühstück eine Depesche in Empfang genommen, dass sie möglicherweise schon heute mit der Kutsche aus Darmstadt kommt. Eine entfernte Cousine von Schwägerin Philippa reist ebenfalls nach Mannheim und nimmt Amalie mit. Du weißt ja, allein in einer Postkutsche – das schickt sich nicht für eine junge Frau."
Davon hatte Johanna natürlich gehört, schließlich war auch sie schon per Post nach Heidelberg gefahren – und stets in Begleitung. Immer wieder hörte man, dass es in Postkutschen auf längeren Reisen zu unsittlichem Verhalten einzelner Reisender kam – und so manches Mädchen soll dabei sogar seine Unschuld verloren haben!
Also heute schon. Johanna seufzte. Deshalb hatte Vater vorhin Breuer zur Relaisstation am Heidelberger Tor geschickt, denn dort würde die Postkutsche am Nachmittag eintreffen. Und darum hatte Kathi, während die Familie in der Hofkapelle weilte, Amalies Zimmer durchgelüftet und noch einmal Staub gewischt. Einerseits freute Johanna sich auf ihre ältere Schwester, da sie so wunderbar erzählen konnte und stets über den neusten Hofklatsch informiert war. Andererseits fürchtete sie sich auch ein wenig vor der Begegnung nach all der langen Zeit. Wie würde Amalie sein? Hatte sie sich vielleicht verändert? Und was, wenn sie gar nichts mehr von Johanna wissen wollte?
Doch den Gedanken verwarf Johanna sofort – immerhin hatte sie mit Clemens Santorini ein echtes Ass in der Tasche und einiges zu berichten. Was allerdings würde sein, wenn auch Amalie Gefallen an ihrem Musiker fand? Doch auch diesen Gedanken wischte Johanna beiseite; Clemens war als Musiker der Mannheimer Schule zwar gesellschaftlich durchaus gut situiert, er machte sich aber viel zu wenig aus dem Hofleben und seinen Vergnügungen, um Amalie wirklich zu gefallen.

Außerdem musste Johanna unbedingt die wenigen noch verbleibenden Momente mit ihrem Vater ganz allein ausnutzen, ehe Amalie ihn in Beschlag nahm. Schließlich wollte sie noch einiges in Erfahrung bringen.
„Sag, Vater, warum hat Pater Seedorfer heute eigentlich über die sieben Todsünden geredet?" Johannas Frage sollte beiläufig klingen, doch es gelang ihr nicht so recht.
„Wieso fragst du das, mein Kind?" Nachdenklich musterte Franz Bechtler seine Tochter, die einen tiefen Schluck Schokolade aus ihrem Becher nahm, der einen zartbraunen Rand an ihrer Oberlippe hinterließ. Er musste lächeln, manchmal war sie eben doch noch sein kleines Mädchen, wenngleich ihre Fragen von ihrem wachen Verstand zeugten. Denn in der Tat war es ungewöhnlich, in einem Dankgottesdienst zum Wohle des Kurfürsten ausgerechnet über jene Dinge zu predigen, die möglicherweise zu den Ursachen vieler Unpässlichkeiten bei Hofe gehörten. Das wiederum sprach zwar für den Weitblick des Jesuitenpaters, ein diplomatisches Geschick zeigte er so jedoch nicht.
„Weißt du", begann Franz Bechtler bedächtig, „so ein Pater sieht die Dinge aus einer anderen Sicht als viele von uns." Er machte eine kurze Pause, in der er an seinem dampfenden Kaffee schlürfte, und fuhr dann fort: „Wahrscheinlich weiß Seedorfer ganz genau, dass der Hof nicht gesund und wohl kaum im Sinne des Glaubens lebt." Er hob seine Stimme ein wenig. „Nicht nur körperlich gesund, meine ich, Herzblatt, nein, nein, ich spreche von seelischer Gesundheit!"
Erwartungsvoll lehnte Johanna sich zurück; wenn ihr Vater sich für ein Thema ereiferte, kamen meist viele interessante Dinge ans Tageslicht. Man durfte ihn nur nicht unterbrechen. Und so erfuhr sie nicht nur, dass der Kurfürst ständig in Angst vor Intrigen und

Vergiftung lebte, sondern auch, wie ihr Vater darüber dachte. Für ihn war die Sache im Prinzip klar: Mit der bevorstehenden Geburt eines Thronfolgers war das bisherige Machtgefüge bei Hofe ins Wanken gekommen. Denn bislang galt nach dem Kurfürsten Herzog Christian von Zweibrücken als wichtigster Mann im Mannheimer Schloss, was in den letzten Jahren dazu geführt hatte, dass er ein imposantes Gefolge aus Höflingen, Günstlingen und berechnenden Schmarotzern um sich herum angesammelt hatte. Auch Pierron stand dem Zweibrückener nicht zuletzt aufgrund ihrer gemeinsamen Herkunft nahe, sehr zum Missfallen seiner schönen Frau, der Gräfin Forbach. Dass diese den kurfürstlichen Kammerdiener nicht mochte, verstand Johanna nur zu gut – allein aus ästhetischen Gründen.
Doch seit ein paar Monaten, genau genommen nach Bekanntwerden der kurfürstlichen Schwangerschaft, war der gesamte Hofstaat in Aufruhr und Bewegung. Plötzlich mussten alle Karten neu gemischt werden, denn mit dem erwarteten männlichen Thronfolger verlor Herzog Christian seine Machtposition bei Hofe. Und das merkte man bereits.
„Wie heißt es so schön? Die Ratten verlassen das sinkende Schiff", beschrieb Johannas Vater nachdenklich die Verhältnisse bei Hofe. „Ein paar Getreue hat der Zweibrückener noch, aber die meisten knüpfen gerade neue Verbindungen."
„Ach ja?" Johanna hakte nach: „Wer hält dem Herzog denn die Treue?"
„Tja, das ist es ja, was mich so beunruhigt. Denn neben den alten Jagdfreunden, Baron von Löwenthal und einigen anderen, sind dies vor allem Heinrich de Winter, der gerne Hofmedicus wäre, dann natürlich ein paar Franzosenfreunde, die der Herzog seit jeher um sich scharrt – und Pierron."

„Pierron? Wieso Pierron?" Johanna war ehrlich erstaunt, dass ausgerechnet der widerliche Kammerdiener Seiner Kurfürstlichen Hoheit dem heimlichen Konkurrenten so zugetan war, dass er ihm auch jetzt die Treue hielt. Dass passte nicht zu dem Bild, das sie von ihm hatte.
„Tja, das wüsste ich auch gern", seufzte ihr Vater. „Aber es gibt da ein merkwürdiges Gerücht: Angeblich ..." Er beugte sich ganz nah zu seiner Tochter und begann zu flüstern: „Angeblich hat Pierron dem Herzog aus alter Verbundenheit sogar dabei geholfen, heimlich zu konvertieren!"
„Christian von Zweibrücken, katholisch?" Johanna hielt sich erstaunt die Hand vor den Mund. „Aber wieso?"
„Ganz einfach, mein Kind." Franz Bechtler richtete sich wieder in seinem Stuhl auf und redete in normaler Lautstärke weiter. „Ein Protestant kann kein Kurfürst werden. Und Herzog Christian ist nun einmal der Thronfolger. Also hat er Vorsorge getroffen, damit ihm im Zweifelsfall niemand den Titel streitig machen kann. Immerhin gibt es noch mehr Interessenten, was die Nachfolge Carl Theodors betrifft ..."
„Aber ..." Johanna war verwirrt, „... woher weißt du davon? Und wieso hat er das heimlich gemacht?"
„Genau das ist ja das Interessante daran", antwortete Bechtler heftig. „Das Heimliche! Ich denke, er rechnet damit, früher als erwartet auf den Thron zu kommen. Und um beim Kurfürsten keinen Argwohn zu erwecken ..."
„... ist er heimlich Katholik geworden, ich verstehe", führte Johanna den Satz nachdenklich fort. Doch in Wirklichkeit verstand sie gar nichts. Noch einmal fragte sie nach: „Und woher weißt du davon, Vater?"
Franz Bechtler zögerte, offenbar war er sich nicht sicher, ob er dieses Geheimnis mit seiner Tochter teilen

sollte. Johanna hingegen wollte dieses wichtige Detail unbedingt erfahren. Instinktiv griff sie nach der Hand ihres Vaters.

„Also gut. Aber erzähle niemandem davon." Er blickte Johanna streng an. „Hörst du? Niemandem!" Sie errötete zart unter dem väterlichen Blick, meinte er Clemens? Doch ihr blieb keine Zeit, sich zu rechtfertigen oder zu spekulieren, denn schon hatte sich ihr Vater zu ihrem Ohr gebeugt und flüsterte: „Verschaffelt."

„Ver..." Johanna konnte sich ihren erstaunten Ausruf gerade noch verkneifen. Mit leiser Stimme fuhr sie fort: „Anton Verschaffelt? Dein Freund Verschaffelt? Aber woher weiß er das? Ich dachte immer, er ist ein Vertrauter des Kurfürsten. Und schließlich ist er Künstler und kein Höfling!"

„Das ist er auch, Herzblatt", antwortete ihr Vater lächelnd, „aber er kommt aufgrund seiner Tätigkeit mit vielen Menschen des Hofes zusammen – vor allem auch mit vielen Frauen."

„Die Hofdamen!" Jetzt dämmerte es Johanna. „Natürlich, die vielen Porträts!"

Franz Bechtler freute sich sichtlich über die schnelle Kombinationsgabe seiner Tochter. „Du hast es erfasst, Herzblatt, wie so oft." Er rieb sich die Hände und fuhr grinsend fort: „Und was machen die Damen, wenn sie unserem Verschaffelt Porträt sitzen? Sie reden und reden und reden. Und sie tratschen. Erzählen unglaubliches Zeug, viel Unsinn natürlich. Aber unser Verschaffelt ist ein geübter Zuhörer. Spricht selbst nicht viel. Nur ab und an stellt er Fragen. Und bekommt dann ausführliche Antworten. Es ist eigentlich ganz einfach."

Ganz einfach? Johanna konnte es kaum glauben. „Aber Vater, keine Hofdame würde es doch wagen, ein solches Geheimnis wie das von Herzog Christian ..."

„Stimmt“, unterbrach Bechtler seine Tochter, „natürlich nicht.“ Er machte eine bedeutungsvolle Pause und der Schalk sprang förmlich aus seinen Augen. „Diese Neuigkeit hat er auch von der Gräfin Forbach höchstpersönlich!“
„Ihhhh!“ Vor Verblüffung hatte Johanna sich an ihrer heißen Schokolade verschluckt und dabei ihr Kleid verschmutzt. Sie hustete und Tränen schossen ihr in die Augen. Das schöne Kleid, sie würde es sofort auswaschen müssen. Dennoch, jetzt konnte sie unmöglich gehen. Wie war es Verschaffelt gelungen, eine derart brisante Information ausgerechnet von der Ehefrau des Herzoges zu bekommen?
Doch es war wirklich ganz einfach, glaubte sie den Worten ihres Vaters. Verschaffelt sprach nämlich aufgrund seiner Ehe mit einer Pariserin hervorragend und praktisch akzentfrei Französisch. Die Gräfin Forbach, die meist eine Mischung aus Höflingsfranzösisch mit Pfälzer Einschlag ertragen musste, war stets erfreut, in ihrer geliebten Muttersprache zu plaudern. Und da sie als ehemalige Tänzerin ohnehin nie ganz bei Hofe akzeptiert wurde, nutzte sie ihre freien Stunden bei Verschaffelt, um in aller Ruhe über ihre Gegnerinnen und Gegner herzuziehen. Dass sie dabei nicht immer besonders klug vorging und mitunter – und ganz sicher auch unwissentlich – das eine oder andere Geheimnis ausplauderte, das ganz sicher nicht für Verschaffelts Ohren bestimmt war, ging damit einher.
„Aber was passiert, wenn der Kurfürst davon erfährt?“ Johanna dachte laut weiter.
„Nichts, mein Kind, nichts. Denn es gibt ja einen neuen Thronfolger – und der ist dann von Geburt an katholisch.“ Das klang logisch, doch Johanna blickte ihren Vater misstrauisch an. Hatte er sich nicht vor wenigen Stunden skeptisch über die in wenigen Monaten

bevorstehende Geburt des kurfürstlichen Nachwuchses geäußert?
„Wenn er überlebt." Johanna ließ ihren Vater nicht aus den Augen, während sie die Worte betont langsam aussprach. Wie erwartet, zuckte Franz Bechtler kurz zusammen, hatte sich jedoch schnell wieder im Griff.
„Wie meinst du das?", versuchte er auszuweichen, doch gegen seine hartnäckige Tochter hatte er diesmal keine Chance. Johanna holte tief Luft und sprudelte förmlich vor Vermutungen und Beobachtungen: dass die Kurfürstin nicht gut aussah, fast schon krank wirkte, dass ihre Taillenschnürung ein gesundes Wachstum des Kindes verhindern musste, dass es Himmelszeichen gab, dass ja auch Pater Seedorfer mit göttlichen Strafen gedroht hatte – und dass Elisabeth Auguste beim steinalten Hofmedicus Algardi ja wohl kaum in den besten medizinischen Händen sei.
„Wieso holt man dich eigentlich nicht zur Geburt hinzu, Vater?", schloss sie ihren Monolog kopfschüttelnd ab.
„Das hat man in Hofkreisen bislang erfolgreich verhindert, Herzblatt", seufzte Johannas Vater und starrte dabei ins Leere. „Wer auch immer dahintersteckt ..."
„Hast du einen Verdacht?", forschte Johanna vorsichtig nach.
Es dauerte eine Weile, ehe ihr Vater antwortete. „Nein, leider nicht." Er drehte die Kaffeetasse in seinen Händen, obwohl sie schon längst leer war. „Es gibt viele bei Hofe, die es nicht mögen, wenn jemand anders denkt." Offen blickte er seine Tochter an. „Weißt du, Johanna, ich führe in gewisser Weise einen einsamen Kampf: gegen die schlechte Ernährung des Kurfürsten, gegen Unsauberkeit, gegen Aberglauben und Dinge, die schon immer so gemacht wurden und deshalb gut sein müssen – aber auch gegen Menschen, die vielleicht meinen Einfluss auf den Kurfürsten fürchten, obwohl

der gar nicht groß ist, die in Sorge sind, da ich zu viel über ihre Krankheiten und deren Herkunft weiß, die glauben, ich kenne jedes Gift und Gegengift und die mich für einen gefährlichen Wissensträger halten." Wieder seufzte er schwer. „Und du weißt ja: Nichts ist eine Kleinigkeit bei Hofe."
Johanna nickte. Schon mancher Höfling war über ein winziges Detail gestolpert und hatte dadurch alles verloren. Ein falsches Wort zur falschen Zeit, ein vergessener Gruß, ein geschickt gestreuter Verdacht oder ein dezenter Hinweis auf ungebührliches Verhalten – und schon war es mit der Karriere am Hof vorbei. Auch ihr Vater lebte in der ständigen Sorge um seinen Ruf und musste es stets schaffen, sich zwischen unausgesprochenen Regeln bei Hofe und der modernen Medizin durchzulavieren. Das war bestimmt nicht leicht – zumal Intrigen jedweder Art bei Hofe in Mode und ein beliebter Zeitvertreib waren.
Liebevoll schaute Johanna das Profil ihres Vaters an, der immer noch ins Leere starrte. Er war erfolgreich, keine Frage, aber der Preis dafür war hoch. Und für ihn als einfachen Höfling galten andere Regeln, als für die Entourage des Kurfürsten. Gerecht war das nicht, aber eine Tatsache, die momentan offenbar jemand auszunutzen suchte. Johanna dachte an den Drohbrief, der sich mittlerweile auf dem Weg ins Heidelberger Laboratorium ihres Onkel Philipps befand. Vielleicht gab die Analyse der Tinte ja tatsächlich den entscheidenden Hinweis auf den gefährlichen Widersacher ihres Vaters. Oder wusste Franz Bechtler einfach zu viel und war deshalb in Gefahr? Johanna startete einen erneuten Versuch, um ihren Vater aus der Reserve zu locken:
„Man redet ja über das Kind der Kurfürstin, Vater."
„Was redet man darüber? Und wer in Gottes Namen ist ‚man'?" Seine Stimme klang alarmiert.

„Na ja ...“ Johanna wurde unsicher, wagte unter dem strengen Blick ihres Vaters jedoch nicht auszuweichen. „Also, in der Stadt munkelt man, dass Herzog Friedrich und die Kurfürstin ...“
„Untersteh dich!“ Franz Bechtler war aufgesprungen und begann auf der kleinen Veranda auf und ab zu laufen, während er auf seine Tochter einredete. „Nie wieder möchte ich so etwas aus deinem Munde hören! Dummes Küchengetratsche, wahrscheinlich wieder von Kathi.“ Dann beugte er sich zu Johanna herunter, indem er sich auf den seitlichen Lehnen ihres Stuhles abstützte. „Mit solchen Reden bringst du uns alle in Gefahr, Herzblatt“, begann er mit betont ruhiger Stimme. „Und hier geht es nicht darum, was die Wahrheit ist. Bei Hofe geht es fast nie um die Wahrheit, sondern immer nur um das, was von Seiner Durchlaucht gewünscht wird. Hast du mich verstanden?“
Johanna nickte sichtlich eingeschüchtert. Ihre Gedanken rasten allerdings schon wieder. Denn dieses neuste Gerücht hatte sie nicht von Kathi, sondern von Clemens. Jenem wiederum war es, was Johanna ein wenig ärgerte, von der Freiin von der Loe unter dem strengsten Siegel der Verschwiegenheit zugetragen worden. Immerhin hatte Clemens sie sofort ins Vertrauen gezogen. Und wie brisant das Gerücht wirklich war, konnte sie nun an der Reaktion ihres Vaters ablesen. Man stelle sich einmal vor: Der lang ersehnte Thronfolger ein Bastard vom Gatten Ihrer kurfürstlichen Schwester – ein Skandal. Andererseits sah Friedrich hervorragend aus und der Kurfürst weniger. Vielleicht war er ja auch besonders nett und aufmerksam – so wie ihr Clemens?
Clemens! Johanna sprang auf. Die Gesangsstunde bei den Wendtlands, fast hätte sie den Termin vergessen. Sie murmelte hastig eine Entschuldigung, drückte

ihrem Vater einen Kuss auf die Wange und eilte hinauf in ihre Stube. Immerhin musste sie ihr Kleid noch von den Kakaoflecken befreien und sich selbst ein wenig herrichten. Klopfenden Herzens ließ Johanna sich vor ihrem Schminktischlein nieder. Wenn sie doch nur nicht so viele Sommersprossen im Gesicht hätte. Kaum kam die Märzsonne hervor, war ihre Haut übersät mit den kleinen Punkten. Clemens betonte zwar immer wieder, wie charmant er ihren „fröhlichen Teint" fand, doch andere Frauen und gerade bei Hofe bekämpften die lästigen Sprenkel mit Bleiweiß, weil sie einfach nicht elegant waren.
Doch Clemens liebte sie ganz offensichtlich genau so wie sie war – eigenartig. Es gab so viele andere, viel schönere Frauen in der Stadt und am Hof, wieso wollte er ausgerechnet sie? Meinte er es wirklich ernst? So richtig erklärt hatte er sich ihr noch nicht, geschweige denn ihrem Vater. Was war, wenn er nur mit ihr spielte? Ihr verbotene Küsse raubte, weil sie unschuldig war? So etwas hörte man immer wieder. Andererseits hätte er ihr dann wohl kaum so viel von sich und seinen Familiengeheimnissen erzählt, wenn sie denn wahr waren. Ob Clemens mit der Freiin von der Loe und anderen Frauen auch so innig plauderte? Johanna spürte Eifersucht in sich aufsteigen, wie immer, wenn sie an die hübsche Hofdame dachte. So ging das wirklich nicht weiter. All die Heimlichkeiten vor ihrem Vater, der sie heute in vielen Dingen ins Vertrauen gezogen hatte. Johanna fühlte sich schäbig und hatte ein schlechtes Gewissen. Sie würde mit Clemens reden müssen, um ihre innere Ruhe wieder zu erlangen, am besten heute noch. Energisch steckte sie sich eine widerspenstige Haarsträhne hoch. Dann griff sie nach den Noten, lief die zwei Treppen hinab und verließ das Haus.

Auf dem Weg zur Gesangsstunde ging sie in Gedanken noch einmal die Tonleitern des letzten Unterrichtes durch. Frau Wendtland hatte große Geduld mit Johanna, was sie wahrscheinlich der Fürsprache durch Clemens zu verdanken hatte. Denn in Wirklichkeit konnte sie nicht besonders gut singen – und viel Spaß machte es Johanna auch nicht. Sie fieberte in jeder Stunde dem Schlussakkord ihrer Lehrerin entgegen, absolvierte ihre Übungen und Tonleitern dabei mehr schlecht als recht und konnte es kaum erwarten, bis sie sich mit einem damenhaften Knicks verabschieden durfte – um dann im Salon auf Clemens zu treffen.

Auch diesmal schien die Gesangsstunde sich endlos hinzuziehen und Johanna war noch unkonzentrierter als sonst. Die drei anderen jungen Frauen, alles Töchter von Mannheimer Honoratioren und durchweg talentierter als Johanna, kicherten leise, wenn sie wie so oft das hohe C nicht auf Anhieb traf. Wahrscheinlich fragten sie sich auch, warum Johanna überhaupt zu den Wendtlands kam. Selbstverständlich hatten die drei Grazien, wie Johanna sie heimlich nannte, wunderschöne und hell klingende Stimmen. Außerdem sahen sie hübsch aus und waren stets nach der neusten Mode gekleidet, geschnürt und frisiert.

Vor allem Sophia Klein, die Tochter von Direktor Klein, dem Leiter der Deutschen Gesellschaft, war allerliebst anzuschauen und rief bei Johanna regelmäßig Neidgefühle hervor. Denn Sophia war nicht nur schön, sondern auch sehr gebildet, hatte ein zurückhaltend-charmantes Wesen und sang wie eine Nachtigall. Sie bewegte sich anmutig und hatte eine Figur wie eine Puppe. Es hieß, sie wäre einem reichen Kaufmann aus Speyer versprochen, doch momentan weckte sie in vielen Mannheimer Männerherzen Sehnsüchte.

„Meine Damen ..." Johanna schreckte aus ihren Gedanken auf. Gott sei Dank, die Stunde war vorüber. Auch die drei anderen jungen Frauen ließen es sich nicht nehmen, nach dem Unterricht zumindest kurz in den Salon hinein zu schauen. Gemeinsam schlenderten sie dem deutlich hörbaren Stimmengewirr nach, bis ein Lakai vor ihnen die Flügeltür öffnete. Fast alle Anwesenden waren in Gespräche vertieft, sodass die Ankunft der vier Frauen nicht weiter auffiel. Johanna ließ ihren Blick durch den Raum schweifen. Endlich entdeckte sie Clemens: Er klimperte wie so oft am Klavier. Vergnügt eilte sie hinüber.

„Clemens! Endlich!" Auch der junge Mann konnte seine Freude über das Wiedersehen kaum verbergen. Bewundernd folgten seine Augen dem Faltenwurf ihres Kleides, der Kontur ihres Mieders – und blieben dann an ihren Augen hängen.

„Komm, lass uns in einer der Fensternischen in aller Ruhe reden", stieß er hervor und wollte schon nach Johannas Hand greifen, als eine glockenhelle Stimme ihn unterbrach.

„Signore Santorini, wie schön!" Sophia Klein hielt ihm gekonnt ihre Hand zum Hanskuss hin. „Würden Sie bitte diese Noten für mich spielen? Madame Wendtland hat mich gebeten zu zeigen, was ich gelernt habe."

„Selbstverständlich, es ist mir eine Ehre, Mademoiselle." Mit einer galanten Verbeugung setzte Clemens sich wieder ans Klavier, warf Johanna ein bedauerndes Lächeln zu und begann schwungvoll zu spielen.

Johanna kochte innerlich. Musste Sophia denn ausgerechnet ihren Clemens fragen? Ein Blick durch den Salon, in dem nun sämtliche Gespräche verstummt waren, beantwortete ihre Frage sofort: Es waren zwar viele Musiker anwesend, doch Clemens war eindeutig der einzige Pianist. Pech. Viel schlimmer war allerdings

die Tatsache, dass Sophia umwerfend schön sang. Das Publikum hing förmlich an ihren Lippen – und auch Clemens konnte seine Augen kaum von der schönen jungen Frau abwenden. Tränen der Wut schossen Johanna in die Augen und sie wandte sich schnell ab. Wie konnte Clemens ihr das antun?
Doch plötzlich brach der Gesang ab und es entstand Unruhe im Publikum.
„Johanna, schnell!“ Clemens Stimme klang aufgeregt. Hastig wischte Johanna sich die Tränen aus den Augen. Vor ihr lag Sophia auf dem Boden. Ihr Gesicht war kalkweiß.
„Sie ist einfach zusammengebrochen, mitten im Lied!“ Clemens konnte sich gar nicht beruhigen. Er kniete neben Sophias Kopf und tätschelte ihre Wangen. „Mademoiselle Sophia, bitte, wachen Sie doch auf ...“
Unterdessen drängelten sich zahlreiche Besucher um das regungslose Mädchen und gaben Ratschläge, wie man sie wieder wach bekommen könnte. Johanna schüttelte den Kopf. Wusste denn hier niemand, wie man einer Ohnmächtigen half? Energisch drängelte sie sich zu dem Mädchen vor und schob Schaulustige beiseite. Beherzt drehte sie Sophia auf die Seite, griff nach ihrer Hand, um den Puls zu fühlen und löste dabei die Schnürung ihres Mieders. Dann befahl sie Clemens, Sophias Füße nach oben zu halten, während sie der Ohnmächtigen unsanft auf die Wangen schlug. Kurze Zeit später flatterten Sophias Lider leicht und schon bald schlug sie verwirrt die Augen auf.
„Sie sind ohnmächtig geworden, Mademoiselle“, kam Clemens mit sanfter Stimme ihrer Frage zuvor. „Sie Ärmste, vielleicht war Ihr Gesang einfach zu schön“ – und er lächelte sie freundlich an. „Geht es Ihnen besser?“
Sophia nickte verlegen und begann mit seiner Hilfe, sich vorsichtig aufzurichten. Sorgsam stützte Clemens die junge Frau.

„Johanna, könntest du bitte kurz ...“, begann er daraufhin – doch Johanna hörte den Rest des Satzes nicht mehr. Sie hatte genug gehört und gesehen. So liebevoll war ihr Clemens also zu anderen Frauen! Ausgerechnet Sophia, die schöne Direktorentochter. Die ganz im Gegensatz zu ihr auch noch singen konnte. Für Clemens musste Sophia förmlich eine Offenbarung sein: hübsch anzusehen, aus gutem Hause, gebildet und auch noch musikalisch! Dass sich die junge Frau bis zur Ohnmacht schnürte, spielte keine Rolle, natürlich nicht.

Aufgebracht stürmte Johanna aus dem Haus der Wendtlands, vorbei an einem verblüfften Pagen hinaus auf die Straße. Langsam wurde es dämmerig, dunkle Wolken zogen auf und ein frischer Wind wehte durch die Straßen. Doch Johanna nahm von alldem nichts wahr. Ihre Gedanken waren bei Clemens, seinem Verhalten und die Konsequenzen, die sie daraus ziehen wollte. Nein, dieser Mann war ganz offensichtlich nicht ihre Zukunft, so weh das auch tat. Er war ein Musiker durch und durch – und am besten blieb er unter seinesgleichen. Das mit den Gesangsstunden war eine schlechte Idee gewesen und hatte nun dazu geführt, dass er sich anderen Frauen zuwandte. Johanna kämpfte wieder mit den Tränen und bemerkte nicht einmal, dass sie immer wieder mit Passanten zusammenstieß. Dieses hochgestochene Musikergerede in dem Salon der Wendtlands brauchte sie in Wirklichkeit gar nicht. Sie war Johanna Bechtler, die Tochter des berühmten Hofarztes Franz Bechtler – was sollte sie also mit einem Musiker anfangen? Sie wollte sich in Zukunft der Medizin widmen, sofern es ihr als Frau erlaubt war. Schon am nächsten Tag würde sie mit ihrem Vater reden und ihn bitten, sie fortan als seine Assistentin auszubilden. Später, wenn sie viel gelernt hatte, würde sie sich um Geburtshilfe kümmern, das lag ihr

ohnehin am Herzen. Und es war ihr als Frau erlaubt. Sie würde viele gesunde Kinder zur Welt bringen, das Elend und Leid vieler Frauen lindern und zusammen mit ihrem Vater für eine moderne Medizin kämpfen. Einen Pianisten brauchte sie dazu wirklich nicht, oh nein.
Als die ersten Regentropfen auf das Pflaster aufschlugen, war Johanna zuhause angekommen. Der Himmel hatte sich vollständig verdunkelt. Eilig klopfte sie. Mit mürrischem Gesicht öffnete ihr Breuer die schwere Eingangstür und murmelte etwas, was wie eine Begrüßung klang. Welche Laus war ihm denn über die Leber gelaufen? Ein Blick ins Foyer verriet Johanna, warum Breuers Laune so schlecht war. Ein einziges Sammelsurium aus Schrankkoffern, Taschen und Hutschachteln stapelte sich im Foyer des Hauses – alles umhüllt von einem aufdringlichen Rosenduft, den Johanna nur zu gut kannte.
Amalie war wieder da.

Kapitel 4

Mit einem tiefen Seufzer ließ Johanna sich in die abgewetzten Polster der Postkutsche fallen. Sie hatte gerade das Heidelberger Tor passiert und gemeinsam mit dem einzigen anderen Fahrgast, einem auffällig gekleideten Herren mittleren Alters, war sie nun auf dem Weg nach Heidelberg. Onkel Philipp und Tante Clara freuten sich sicherlich schon auf sie – immerhin war Johanna nicht nur eine willkommene Abwechslung im kinderlosen Haushalt des Hofapothekers, sondern auch eine echte Hilfe im Laboratorium und hinter der Ladentheke. Johanna war ebenfalls voller Vorfreude auf den Besuch in der idyllischen Stadt im Neckartal, zumal sie sich so erhoffte, die verletzenden und unerfreulichen Ereignisse der letzten Woche zu vergessen. Mit Ausnahme des geheimnisvollen Briefes natürlich – denn dieser Angelegenheit wollte sie bei Onkel Philipp nachgehen.
Während ihre Augen über die hellgrünen Frühlingswiesen und Sumpfauen der Seckenheimer Gemarkung glitten, an denen sich die Postkutsche rumpelnd vorbeibewegte, kehrten ihre Gedanken noch einmal nach Mannheim zurück. Mit der Ankunft von Amalie hatte sich im Hause Bechtler viel verändert. Amalie war als Dame in die Mannheimer Quadrate zurückgekehrt: noch schöner als zuvor, noch launischer, anspruchsvoller und sehr anstrengend. Dennoch konnte Johanna sich der Faszination ihrer älteren Schwester kaum entziehen. Denn Amalie hatte in Darmstadt unter den wachsamen Augen von Tante Philippa nicht nur den letzten Schliff in Sachen Auftreten und Benehmen erhalten, sondern auch viel erlebt. Die von Rodensteins führten in Darmstadt ein vielseitiges gesellschaftliches Leben, gaben Bälle und Empfänge, waren zu zahlreichen Vergnügungen und Repräsentationen in

besten Kreisen eingeladen und kannten vor allem – das betonte Amalie in ihren Erzählungen ganz besonders – viele gute Partien. Immer wieder hatte Tante Philippa offenbar dafür gesorgt, dass Amalie heiratswilligen Kandidaten vorgestellt wurde, doch Amalie hatte ehrgeizigere Pläne: Sie wollte in bessere Mannheimer Kreise einheiraten, um später möglicherweise sogar bei Hofe verkehren zu können. Und Johanna musste zugeben, dass die Chancen ihrer Schwester dabei gar nicht so schlecht standen. Sie sah umwerfend gut aus, hatte perfekte Umgangsformen, eine angenehme Stimme, beherrschte die Konversation in deutscher und französischer Sprache, bewegte sich anmutig und war immerhin die Tochter des kurfürstlichen Hofarztes und eine Nachfahrin der von Rodensteins. Vermutlich würden schon bald die Freier Schlange stehen.
Traurig dachte Johanna an Clemens. Seit dem Vorfall bei den Wendtlands hatte sie ihn nicht mehr gesprochen. Zweimal hatte Clemens versucht, über Kathi Kontakt zu ihr aufzunehmen, doch Johanna wollte seine kleinen Briefchen nicht annehmen. Danach war kein Lebenszeichen ihres einstigen Verehrers mehr gekommen, so sehr Johanna es auch insgeheim gehofft hatte. Vermutlich traf er sich mittlerweile mit der schönen Sophia, vielleicht musizierten sie sogar zusammen, denkbar wäre es.
Johanna biss sich auf die Lippen und kämpfte mit den Tränen. Allein der Gedanke daran tat so weh! Nicht einmal Amalie hatte ihr in ihrer Seelenqual helfen können, obwohl sie sich in Herzensangelegenheiten besser auskannte als Johanna.
„Ein Musiker? Bist du von Sinnen?", war ihre erste Reaktion gewesen, als sie von Johanna das Geständnis ihrer Liebe zu Clemens herausgepresst hatte. „Willst du denn immer in der Unterstadt bleiben?"

Es hatte keine drei Stunden gedauert und Johanna hatte ihrer Schwester die ganze Geschichte mit Clemens gebeichtet. Vorangegangen war ein gemeinsames Abendessen mit ihrem Vater, bei dem Amalie das Tischgespräch mit ihrem aufgeregten Geschwatze über das Leben und Treiben in Darmstädter Adelskreisen beherrschte. So war es zumindest ihrem Vater nicht weiter aufgefallen, dass Johanna nur einsilbig antwortete und bedrückt ich ihrem Essen herumstocherte.
Franz Bechtler war sichtlich angetan von Amalies Entwicklung. Seine ohnehin schon hübsche Tochter, die rein äußerlich viel Ähnlichkeit mit seiner verstorbenen Frau hatte, war nun auch in ihrem ganzen Verhalten und Auftreten eine ansprechende junge Dame geworden. Er allein hätte das so ganz sicher nicht hinbekommen – und auch Madame Guinant hatte ihre Grenzen. Dankbar dachte er an seine Schwägerin Philippa, die ihm in einem umfangreichen und leider manchmal etwas ausschweifenden Bericht über die Möglichkeiten und Stärken seiner ältesten Tochter informiert hatte. Nun musste nur noch ein geeigneter Heiratskandidat aus besseren Kreisen gefunden werden und er hätte eine Sorge weniger.
Die Anfrage Philippas, ob er nun nicht seine Johanna nach Darmstadt schicken wolle, hatte Franz Bechtler übrigens mit freundlichen Worten und zahlreichen Floskeln allerhöchster Dankbarkeit abgelehnt. Ganz sicher würde seine Ablehnung in Darmstadt auf Unverständnis stoßen, dennoch hatte er die Depesche mit dem Gefühl aufgegeben, in Johannas Sinne gehandelt zu haben. Bestätigt fand der Vater diese Ahnung beim ersten gemeinsamen Abendessen nach Amalies Rückkehr, da Johanna sich nur wenig für die aufregenden Erlebnisse ihrer Schwester zu interessieren schien. Er hatte also ganz offensichtlich richtig gehandelt.

Franz Bechtler konnte natürlich nicht ahnen, wie es wirklich um das Seelenleben seiner Tochter stand. Zwar hatte er bemerkt, dass sich eine leise Freundschaft zwischen Verschaffelts Mündel Clemens Santorini und Johanna entwickelt hatte, und er war dieser Verbindung auch nicht abgeneigt – dass sich seine Tochter allerdings heftig verliebt hatte, war ihm bislang entgangen.
Seiner älteren Tochter allerdings nicht: Amalie hatte von der ersten Minute an gemerkt, dass Johanna sich verändert hatte. Für Liebesdinge hatte sie eben ein untrügliches Gespür. Und so war es auch nicht weiter verwunderlich, dass die ältere Schwester gleich am ersten Abend zu Johanna unter die Decke kroch, um mit ihr in der Abenddämmerung zu plaudern. Anfangs hatten sie sich über die Neuigkeiten bei Hofe ausgetauscht, sofern Amalie nicht ohnehin im Bilde war, dann über das Personal der Bechtlers. Amalie konnte nun über die Erziehung durch Madame Guinant nur noch die Nase rümpfen, so provinziell erschien ihr die Französin. Johanna kicherte, als ihre Schwester den affektiert-beleidigten Tonfall der Haushälterin und Anstandsdame der Mädchen nachmachte. Dann beschrieb Amalie die Umgebung, in der sie das letzte Jahr verbracht hatte – und jammerte über ihre Dachstubenkammer, die sie nun wieder bezogen hatte. Allerdings nur für kurze Zeit, so hoffte und erwartete sie, denn einer Heirat stand nun ja nichts mehr im Wege – und damit auch nichts einer standesgemäßen Ausstattung mit Himmelbett und eigener Zofe.
„Ja, aber wen willst du denn heiraten?", hatte Johanna an dieser Stelle erstaunt gefragt. „Gibt es denn schon einen ernst zu nehmenden Bewerber?"
Begleitet von einem glockenhellen Lachen kam die irritierende Antwort: „Aber Schwesterherz, das ist

doch ganz egal, wer da kommt. Hauptsache, es ist eine gute Partie!"
„Und die Liebe?", hatte Johanna zaghaft eingewandt. „Möchtest du deinen Mann denn nicht lieb oder zumindest gern haben?"
„Ach, Johannalein", wurde sie von Amalie belehrt, „wozu denn Liebe? Ich möchte heiraten um aufzusteigen. Ich möchte in einem schönen Haus in der Oberstadt wohnen, viel Geld für Kleider, Schmuck und andere schöne Dinge ausgeben, möchte Gesellschaften besuchen, in eigenen Kutschen reisen und irgendwann vielleicht sogar bei Hofe verkehren. Ich will doch nicht für den Rest meines Lebens eine kleine und unbedeutende Arzttochter bleiben!"
Johanna hatte den Worten ihrer Schwester mit leisem Widerwillen gelauscht. „Du bist doch keine unbedeutende Arzttochter! Immerhin ist Vater ..."
„... ja ja, ich weiß, Hofmedicus bei Seiner Kurfürstlichen Durchlaucht. Und? Was haben wir davon?" Amalie hatte sich energisch im Bett aufgesetzt und ihre jüngere Schwester angriffslustig angeschaut. „Sag doch Johanna, was haben *wir* davon? Verkehren *wir* bei Hofe? Begegnet man *uns* mit Achtung?"
Johanna überlegte. So gesehen hatte Amalie natürlich recht, dennoch klang alles irgendwie falsch. Sie wagte einen neuen Versuch: „Aber Amalie, was wäre, wenn du dich in einen Mann verliebst? Wenn du genau spürst, dass er es sein soll und kein anderer – wären Stand und Ansehen dann immer noch so wichtig?"
Kaum hatte sie die Worte ausgesprochen, war Johanna klar, dass sie einen taktischen Fehler gemacht hatte. Mit hochgezogenen Augenbrauen und einem leisen Schnalzen der Zunge hatte Amalie sich wieder in die Kissen zurücksinken lassen, nach Johannas Hand gegriffen, sie ein wenig getätschelt und mit sanfter

Stimme nachgehakt. „Oh je, Schwesterherz, dich hat es wohl erwischt, oder? Wer ist er? Hat er Geld und Ansehen? Wie sieht er aus? Und weiß Vater es schon? Hat er sich schon erklärt?"
Und nachdem Amalie ihr erstes Entsetzen darüber, dass es sich bei Clemens um einen Musiker handelte, überwunden hatte, konnte Johanna nicht anders, als ihr die ganze Geschichte zu erzählen. Wie erwartet, war Amalie nicht besonders begeistert über die Tändelei, bewunderte allerdings den Mut Johannas, wenn es um heimliche Treffen mit ihrem Geliebten ging. Außerdem hatte die jüngere der älteren Schwester etwas voraus, was Amalie sichtlich wurmte: Johanna wusste, wie es sich anfühlte, von einem Mann geküsst zu werden.
„Du musst ihn jetzt zappeln lassen", forderte Amalie energisch, als sie auch von dem Vorfall bei den Wendtlands gehört hatte. „Bei Sophia hat er ohnehin keine Chance. Sie soll doch mit diesem Stoffhändler aus Speyer verheiratet werden, oder?" Woher Amalie das nun schon wieder wusste, konnte sich Johanna nicht erklären – dennoch klangen ihre Worte einigermaßen tröstlich. Ein fahler Beigeschmack blieb jedoch: Würde Clemens zu ihr zurückkommen, nur weil er die schöne Sophia nicht bekam – und nicht aus Liebe?
„Liebe!" Amalie schnaubte. „Schwesterherz, du weißt wirklich nichts vom Leben. Glaubst du denn wirklich, ein moderner Mensch heiratet aus Liebe?"
„Mutter und Vater haben sich geliebt." Trotzig hatte Johanna ihr Kinn vorgeschoben.
„Das ist eine Ausnahme, Johanna." Amalie redete beschwörend auf die jüngere Schwester ein. „Und was ist daraus geworden? Nur Leid. Vater will keine Frau mehr in seinem Haus, obwohl es sicher besser für ihn wäre. Nein, mit Liebe musst du mir nicht kommen. Und du solltest besser auch Abstand davon nehmen.

Wenn du deinen Clemens willst, dann kann ich ja mal mit Vater reden. Aber bitte, Schwesterherz, lass diese albernen Gefühle aus dem Spiel!"
„Auf gar keinen Fall!" Johanna war erschrocken hochgeschossen, als Amalie ihren Vater erwähnte. „Untersteh' dich, mit ihm über Clemens zu reden!" Das hatte gerade noch gefehlt.
Und natürlich war es so gekommen: Offenbar hatte Amalie bereits am nächsten Morgen ein Gespräch unter vier Augen mit dem Vater geführt und ihm vom Liebesleid der kleinen Schwester berichtet. Johanna vermutete, dass Amalie die Geschichte an manchen Stellen dramatisch ausgeschmückt hatte, denn in den folgenden Tagen wurde sie vom Vater wie ein rohes Ei behandelt. Doch als er sie auf einem gemeinsamen Spaziergang nach ihren weiteren Vorstellungen fragte, dabei auch die Einladung Tante Philippas nach Darmstadt erwähnte und sie ihm mit flammenden Worten von ihrem Wunsch, als Geburtshelferin zu arbeiten, erzählte, schien die ganze Angelegenheit für Franz Bechtler erledigt zu sein. Erleichtert konzentrierte sich Johanna wieder auf ihre Tätigkeit als Assistentin während der Sprechstunden ihres Vaters, tauchte in die fremde Welt ihrer Bücher ein und lauschte geduldig den schier nicht enden wollenden Erzählungen ihrer Schwester über die Annehmlichkeiten der Darmstädter Verwandten. Bis es zu dem großen Eklat gekommen war.
Allein die Erinnerung an den vorletzten Abend trieb Johanna auch jetzt in der Kutsche noch einmal die Schamesröte ins Gesicht und eilig drehte sie den Kopf zur Seite, damit der schweigsame Mitreisende nichts von ihrer Pein sah.
„Ich hab' mir heute Nachmittag einmal den Clemens vorgenommen ...", hatte ihr Vater beim Abendessen

beiläufig erwähnt, was zu hysterischem Gekicher Amalies und starrem Entsetzen Johannas geführt hatte. Die Hintergründe waren schnell erzählt: Franz Bechtler hatte den wöchentlichen wissenschaftlichen Gesprächskreis in Verschaffelts Atelier besucht, um sich mit Kollegen und Gelehrten anderer Forschungsrichtungen auszutauschen. Er war gerade mitten in einem Disput mit Algardi, dem alternden Hofmedicus der Kurfürstin, als Clemens das Atelier betrat und sich zu dem Gesprächskreis gesellte. Ob den Musiker die Diskussion über einen spektakulären Bauchschnitt, der in einem antiken tractatus medicinus beschrieben wurde, um ein Neugeborenes bei der Geburt zu retten, wirklich interessierte oder ob er ganz bewusst die Nähe von Franz Bechtler suchte, war im Nachhinein unwichtig. Entscheidend und folgenreich waren an jenem Nachmittag lediglich zwei Details: Hofmedicus Algardi distanzierte sich mit flammenden Worten von medizinischen Eingriffen, die das Leben von Gebärenden und Neugeborenen gefährdeten – und Clemens erklärte Franz Bechtler seine angeblich aufrichtige Liebe zu dessen Tochter Johanna.
Doch diese reagierte ganz anders, als Franz Bechtler es vermutlich erwartet hatte: Am liebsten wäre Johanna nämlich noch am selben Tag nach Heidelberg zu Onkel und Tante geflüchtet, um Clemens nie wieder begegnen zu müssen, was natürlich nicht ging, denn nun war ihr das Ganze plötzlich sehr peinlich. Hin und her gerissen erlebte sie ein einziges Gefühlswirrwarr und wusste weder ein noch aus. Doch Franz Bechtler ließ sich von der augenscheinlichen Seelenqual seiner jüngeren Tochter erweichen und ermöglichte es Johanna, bereits am übernächsten Tag auf unbestimmte Zeit nach Heidelberg zu reisen, um sich dort im Haushalt und Geschäft seines Bruders nützlich zu machen. Schaden konnte es

nicht – und wenn Clemens es wirklich ernst meinte mit seiner Tochter, würde er warten können. Und so kam es, dass Johanna an einem Nachmittag in der ersten Aprilwoche des Jahres 1761 in der Postkutsche nach Heidelberg saß – gemeinsam mit einem ihr unbekannten Mann, der sich auf Höhe der Wieblinger Poststelle laut räusperte, was Johanna jäh aus ihren Gedanken riss.
Irritiert blickte sie auf und betrachtete ihren Reisebegleiter erstmals aufmerksam. Er war schätzungsweise Mitte dreißig, ausgesprochen gut und geschmackvoll gekleidet, roch sauber und angenehm und lächelte Johanna nun freundlich zu: „Na endlich, junge Dame, Euer Gesicht hellt sich ein wenig auf."
Der Mann hatte eine angenehm sonore Stimme, sprach allerdings mit einem leichten Akzent deutsch, den Johanna nicht einordnen konnte. Unsicher lächelte sie zurück – in Postkutschen sollte man eigentlich nicht mit Fremden reden, das hatte Madame Guinant ihr kurz vor der Abfahrt – und mit missbilligendem Blick auf den Mitreisenden – noch einmal eingeschärft.
„Darf ich mich vorstellen", begann der Fremde erneut. „Mein Name ist Giacomo Girolamo Casanova, Chevalier de Seingalt."
Johannas Herz begann zu rasen. Giacomo Casanova? Der Frauenverführer aus Italien? Und sie mit ihm hier allein in der Postkutsche? „Johanna Bechtler, Tochter von Hofmedicus Bechtler", antwortete sie mechanisch, um ein wenig Zeit zu gewinnen und ihre wirren Gedanken zu sortieren. Was sollte sie nur tun?
„Keine Angst, junge Dame, mein Ruf ist deutlich schlechter als mein Deutsch", lächelte Casanova sie aufmunternd an. „Ich weiß, was über mich geredet wird – nichts, oder sagen wir: Fast nichts davon ist wahr."
„Ah ja?" In ihrer Verwirrung fiel Johanna nichts Intelligenteres ein. Dieser Mann brachte sie völlig aus dem

Konzept. Zwar hatte sie vor einigen Tagen gehört, dass der berühmte Italiener sich auf einer Reise durch die Kurpfalz befand, doch hier in der Postkutsche und so unvermittelt hatte sie nicht damit gerechnet, ihm zu begegnen. Was wollte Casanova eigentlich hier? Immerhin war er bereits an vielen großen Höfen Europas gewesen. Warum er ausgerechnet in die Kurpfalz kam, wusste Johanna nicht.

Als hätte ihr Gegenüber ihre Gedanken gelesen, erklärte er ihr: „Ich bin auf dem Weg nach Heidelberg zu einem Freund. Er wird für mich bei Hofe sprechen, da ich mich hier um eine Anstellung im diplomatischen Dienst bewerben möchte."

„Im diplomatischen Dienst, ach so", sagte Johanna. Immer noch fiel ihr nichts Besseres ein, doch Casanova überbrückte die peinliche Stille mit einigen Erläuterungen zu typischen diplomatischen Aufgaben, denen er sich widmen wollte. „... obwohl ich zugeben muss, dass ich in privaten Verwicklungen noch bewanderter bin", schloss er seine Rede ab und ergänzte mit einen aufmerksamen Blick auf Johanna: „Und dass Ihr Euch gerade in sehr großen privaten diplomatischen Nöten befindet, junge Frau, das habe ich sofort gesehen."

„Was erlaubt Ihr Euch ...", brauste Johanna empört auf, doch Casanova winkte ab. „Spart Euch die Mühe, mir macht Ihr nichts vor, junge Frau. Nutzt lieber die Zeit, mit einem erfahrenen Diplomaten nach einer Lösung Eures Problems zu suchen." Und er grinste sie lausbubenhaft frech an, sodass Johanna unwillkürlich lachen musste. Das war also der berühmte Charme des italienischen Schwerenöters, dem die Frauen reihenweise zu Füßen lagen – ein wenig verstehen konnte sie die Anziehungskraft schon. Allerdings war er ihr entschieden zu alt und auch ein wenig zu eitel. Dennoch, einen Versuch war es wert! Sie schilderte ihm in kurzen Zügen ihre

Geschichte mit Clemens, ohne allerdings auf die Details einzugehen.
„Und jetzt seid Ihr also einfach vor diesem Clemens geflüchtet?", fragte Casanova belustigt nach, als sie geendet hatte. „Was soll er denn jetzt tun? Hinterherreiten? Oder einfach auf Euch warten?"
Johanna zuckte die Schultern. So weit hatte sie noch nicht gedacht.
„Nein, nein", fuhr Casanova fort, „so geht das nicht. Jetzt braucht er ein untrügliches Zeichen, das ihn gleichzeitig verwirrt und beglückt."
Er dachte einen Augenblick nach.
„Gebt mir Euer Taschentuch." Gehorsam kramte Johanna aus ihrem Samtbeutelchen ein weißes Spitzentaschentuch hervor. Casanova drückte es an seine Nase und verzog das Gesicht. „Das riecht ja frisch gewaschen, unmöglich!"
Befremdet starrte Johanna ihr Gegenüber an. Selbstverständlich war ihr Tüchlein frisch gewaschen! Hatte dieser Italiener keine Ahnung von Hygiene? Sie wollte gerade zu einer empörten Antwort ansetzen, als er ihr erneut ins Wort fiel.
„Reicht mir auch Euer Parfüm", forderte er mit einem Ton, der keine Widerrede duldete. Wieder griff Johanna in Ihr Täschchen und suchte ihr Duftfläschchen. Casanova öffnete es und tränkte Johannas Taschentuch mit einigen Tropfen, sodass sich sofort ein zarter Maiglöckchenduft in der Postkutsche verbreitete.
„Mhhh, Maiglöckchen, verführerisch", lächelte Casanova hintergründig und gab ihr dann das Duftfläschchen zurück. Was Amalie wohl zu dieser Begegnung sagen würde, schoss es Johanna plötzlich durch den Kopf.
Unterdessen kramte Casanova in einer Dokumentenmappe aus Leder, die neben ihm auf dem Sitz lag, und holte eine Papiertasche, eine Feder und ein

Tintenfässchen hervor. Aufmerksam verfolgte Johanna sein Tun. Was hatte er nur mit ihrem Taschentuch vor?
„Also, wie heißt der junge Musiker noch einmal? Clemens – und weiter?" Erwartungsvoll schaute Casanova sie an.
„Santorini. Er ist Italiener, aus Florenz."
„Santorini, Santorini ..." Casanova schien nachzudenken. „Hat er etwas mit Gaetano Santorini zu tun?"
Johanna nickte. „Ja, das war sein Vater. Aber der ist vor vielen Jahren gestorben. Kanntet Ihr ihn etwa?"
„Nicht persönlich, nein." Casanova musterte sie nun aufmerksam. „Und dieser Clemens ist Musiker, weiter nichts, sagten Sie?"
Worauf wollte er hinaus? Johannas Gedanken arbeiteten fieberhaft. Möglicherweise kannte Casanova die Geschichten, die sich um Clemens Vater und den Medici-Schatz rankten. Auch Gaetano war so eine Art Diplomat gewesen.
„Ja, nur Musiker", antwortete sie vorsichtig. „An der Mannheimer Schule."
„Oho, dann muss er aber gut sein, Euer Clemens!" Casanova war sichtlich beeindruckt. Für einen kurzen Moment hatte es den Anschein, als wollte er mehr über die Santorinis fragen, doch dann besann er sich. „Und wo in Mannheim wohnt er, Euer Musikus?"
Johanna nannte ihm die vollständige Adresse, die Casanova auf der Papierhülle notierte. Dann schob er das sorgfältig gefaltete Tüchlein hinein und verschloss das Ganze mit einer Kordel. Er beugte sich zum Fenster hinaus, brüllte „Hey Kutscher, lass Er das später schnellstmöglich zu Signore Santorini senden!", reichte das Päckchen hinaus auf den Kutschbock und ließ sich wieder in die unbequemen Polster der Kutsche fallen.
„Jetzt wird alles gut", sagte er freundlich und grinste Johanna zu.

Ermutigt durch die spontane Art des italienischen Lebemannes ließ Johanna sich für den Rest der Reise dazu hinreißen, in angeregte Gespräche mit Casanova einzutauchen. Währenddessen konnte sie sich nicht nur von der faszinierenden Ausstrahlung, dem brillanten Witz und dem immensen Wissen des Italieners überzeugen, sondern auch vom Charme, einer männlich-fürsorglichen Ausstrahlung und der Gabe, ein Gespräch stets am Rande der Schicklichkeit zu führen. Doch Johanna machte der Austausch Spaß und sie blühte förmlich auf.

Das wiederum gab Giacomo Casanova die Möglichkeit, eine für ihr Alter ungewöhnlich gebildete junge Frau kennenzulernen, die sich in vielerlei Hinsicht wohltuend von den oft eitlen und affektierten Damen des Adels und bei Hofe unterschied. Auch war er von ihrem Interesse an der Medizin beeindruckt und stellte zu seinem größten Erstaunen fest, dass sie sogar des Lateinischen mächtig war.

Als die Kutsche durch die Innenstadt Heidelbergs rumpelte, um unmittelbar neben der imposanten Heiliggeistkirche zu halten, hatten beide beschlossen, gegen alle Konventionen in Kontakt zu bleiben. Johanna wurde zwar den Verdacht nicht los, dass dieses Interesse Casanovas auch mit der Herkunft ihres geliebten Clemens zu tun haben könnte, doch das machte ihr nichts aus. Zu angenehm war die Vorstellung, sich mit diesem Mann über die Belange dieser Welt auszutauschen – und vielleicht einmal mehr seinen Rat einzufordern. Entsprechend herzlich fiel die Verabschiedung der beiden Reisenden aus, was Onkel Philipp, der sie bereits erwartet hatte, stirnrunzelnd zur Kenntnis nahm. Geradezu entsetzt war er allerdings, als er den Namen der Reisebekanntschaft erfuhr, doch Johanna konnte ihn beruhigen.

„Wie sagte Signore Casanova vorhin so nett?" Johanna blickte ihren Onkel keck an. „Die Tochter des Neides ist die Verleumdung." Sie schürzte ihre Lippen und wiegte den Kopf hin und her. „Da ist doch etwas Wahres dran, Onkelchen, nicht wahr?"
Sprachlos musterte Philipp Bechtler seine Nichte, so hatte er sie noch nie erlebt. Das konnte ja lustig werden.
Johanna und ihr Onkel mussten nur wenige Schritte zur Hofapotheke laufen. Das imposante rote Sandsteingebäude mit der schmucken Fassade stand direkt am Marktplatz. Unten befand sich das Ladengeschäft mit den Waagen, den vielen Tiegeln und Glasflaschen, den Pillendöschen und geheimnisvollen Schachteln. Dahinter schloss sich mit kleinen Fenstern zur Apothekergasse das Laboratorium an. Die Bechtlers selbst lebten in dem Stockwerk darüber; unter dem Dach hatten eine Köchin, ein Hausmädchen und ein Hausdiener, der gleichzeitig Botendienste verrichtete, ihre Kammern.
Philipp Bechtler hatte die Heidelberger Hofapotheke bereits vor vielen Jahren übernommen und das dazugehörige Haus einige Zeit später zu günstigen Konditionen kaufen können. Die Apotheke selbst gab es an dieser Stelle schon seit mehr als 200 Jahren, allerdings war das hochmoderne Gebäude deutlich jünger und zählte zu den Schmuckstücken der Stadt. Über dem Eingang war das kurfürstliche Wappen angebracht, das jedem Fremden sofort verriet: Hier werden Pillen mit dem Segen des Kurfürsten gedreht. Onkel Philipps Privilegien gingen seit einigen Jahren sogar noch weiter: So hatte ihn Seine Kurfürstliche Durchlaucht zusätzlich auch als Hoflieferant von allerlei Medikamenten für den Mannheimer Hof bestellt, was dann die Sommerresidenz Schwetzingen automatisch mit einschloss. Zwar gab es seit geraumer Zeit gerade in Schwetzingen durch den Wundarzt de Winter und

zwei seiner Schüler Bestrebungen, eine eigene Hofapotheke einzurichten, doch bislang hatte der Kurfürst abgewinkt. Bei Hofe war man mit den Leistungen eines Philipp Bechtler vollauf zufrieden und es gab keinen Grund, etwas zu verändern.
In der Tat hatte Onkel Philipp sich ein kleines Imperium geschaffen, das ihm und seiner Frau Clara nicht nur ein recht luxuriöses Leben ermöglichte, sondern auch hohes Ansehen in der Stadt eingebracht hatte. Allein auf dem kurzen Weg von der Postkutsche bis zur Apotheke war Onkel Philipp bestimmt zehnmal freundlichst gegrüßt und mehrfach höflichst angesprochen worden. Sicherlich spielte da auch die Neugier eine Rolle – als kinderlose Berühmtheit einer Stadt fiel man in Begleitung einer jungen und recht ansehnlichen Frau auf. Johanna schmunzelte insgeheim – das Interesse der Heidelberger an ihrer Person machte Onkel Philipp offenbar gleichermaßen Spaß wie ihr selbst. Und er wurde nicht müde, seinen Bekannten zu versichern, dass sie seine Nichte in den nächsten Wochen im Verkaufsraum der Apotheke antreffen würden.
Endlich klingelte die Glocke der Eingangstür zur Hofapotheke. Johanna war jedes Mal aufs Neue verblüfft über den Ton der Glocke – handelte es sich doch nicht um ein metallisches Klingen, sondern um einen lange schwingenden Akkord aus mehreren, recht dunklen Tönen, die von aneinanderschlagenden Bambusröhren erzeugt wurden. Onkel Philipp hatte ihr einst erzählt, dass er dieses – wie auch immer es hieß – von einem Kaufmann erstehen konnte, der Kontakte nach Westindien hatte. Fortan war ihr die ungewöhnliche Ladenglocke immer ein Symbol für ihre eigene Sehnsucht, von der Welt etwas zu sehen.
Ein leises Schaudern ergriff sie stets in der Apotheke – was wohl allen Menschen so ging, wenn sie das

bechtlersche Refugium zum ersten Mal betraten. Denn direkt über der Ladentheke hing von der Decke ein gefährlich aussehendes, sehr langes Tier, bei dem es sich laut Onkel Philipp um ein präpariertes Krokodil handelte. Da es ein riesiges Maul mit unendlich vielen scharfen Zähnen besaß, das zudem noch ein wenig offen stand, war der Anblick nichts für schwache Nerven. Außerdem sah es, so empfand Johanna es zumindest, irgendwie noch lebendig aus, sodass sie es bis heute nicht gewagt hatte, das Krokodil zu berühren. Onkel Philipp lachte sie deshalb regelmäßig aus, doch Tante Clara nahm sie dann stets in Schutz – auch ihr war das riesige Präparat zuwider.

„Ja Johanna, da bist du ja!", rief es ihr aus dem Ladeninneren freundlich entgegen und eine etwas dralle, aber dabei sehr hübsche Frau mittleren Alters stürmte ihr mit offenen Armen entgegen. „Wie geht es dir, meine Liebe?"

Johanna wollte gerade zu einer freundlichen Begrüßung ansetzen, doch Tante Clara redete schon weiter auf sie ein.

„Mein Gott, wie du gewachsen bist!" Sie schob Johanna ein wenig von sich weg und betrachtete die junge Frau ausgiebig von oben bis unten. „Und so erwachsen. Eine richtig hübsche junge Frau im heiratsfähigen Alter ist aus dir geworden!"

Johanna räusperte sich verlegen, was Tante Clara prompt falsch deutete. „Aha, da gibt es also bereits jemanden. Wer ist es denn, Schätzchen?"

Johanna war knallrot geworden und begann zu stottern. „Eh ... eigentlich niemand ... weißt du ..."

„Eigentlich, so so." Tante Clara schaute sie prüfend an und nickte wissend. „Na dann komm mal mit, ich habe dir die Stube nach vorn hinaus gerichtet."

Johanna jubilierte innerlich, als sie die Wendeltreppe ins Obergeschoss hinaufstiegen. So konnte sie in den nächsten Wochen auf den Marktplatz und die große Kirche schauen, wie herrlich! Hinter ihr schnaubte Onkel Philipp und mühte sich mit ihrem Gepäck ab – wie so oft war er im Beisein von Tante Clara lieber ruhig geblieben, vor allem, wenn es um heikle Themen ging. Johanna konnte sich ein leises Lächeln nicht verkneifen: Derselbe Onkel Philipp, der im bechtlerschen Hause in Mannheim als besonders frech, unverblümt und direkt galt, ordnete sich in seinem eigenen Heidelberger Haushalt widerspruchslos dem Regiment seiner Frau unter. Sie musste allerdings zugeben, dass Tante Clara dabei stets höflich, liebevoll und sorgsam mit ihrem Onkel umging, sodass er sich die Behandlung gern gefallen ließ. Und Johanna konnte das gut nachvollziehen: Tante Clara war einfach eine gute Seele, die zwar recht viel redete, aber nie Schlechtes über andere, und die immer darum bemüht war, Gutes zu tun. Es war einfach zu schade, fand Johanna, dass sie nie in den Genuss der Mutterschaft gekommen war. Ihre ganze Fürsorge konzentrierte sich dadurch auf ihren Mann, aber auch – und das wiederum war in der ganzen Stadt bekannt – auf die vielen armen und kranken Menschen, die in Heidelberg und Umgebung lebten. Bettler und Versehrte wurden von ihr nur selten abgewiesen, arme Frauen mit kleinen Kindern lagen ihr besonders am Herzen und sie hatte immer ein offenes Ohr für die Sorgen und Nöte der Menschen, die in der Hofapotheke einkauften.

Im Laufe ihrer Ehe hatte die Offenheit und Freundlichkeit von Tante Clara auch auf Onkel Philipp abgefärbt, der sich so Schritt für Schritt vom klassischen Studiosus zu einem stets gesprächsbereiten und interessierten Apotheker entwickelt hatte. Er pflegte nicht nur einen guten, ja fast freundschaftlichen Kontakt zu all den Kaufleuten, die ihn mit wichtigen Präparaten und Rohstoffen versorgten, sondern tauschte sich auch regelmäßig mit den Kräuterweiblein und Händlern aus, die auf dem Marktplatz vor der Apotheke ihre Waren aus dem Odenwald feilboten. Und so kam es, dass in der Apotheke nicht nur Schmerzpulver, ätherische Öle, Nashornpulver für die männliche Potenz oder Melisse bei Schlafstörungen über den Ladentisch gingen, sondern auch viele interessante Informationen aus der Stadt, aus fernen Ländern und natürlich vom Hof aus Mannheim, dessen Angehörige sich leider nur noch selten in Heidelberg aufhielten.

„Oh wie schön!" Johanna ließ sich ganz undamenhaft auf das Bett fallen, das Tante Clara in der kleinen Gästestube neben dem großen Salon für sie hatte richten lassen. Die dicke Daunendecke war mit blauem Leinen überzogen, der ganz hervorragend zu den fliederfarben bespannten Wänden des Zimmers passte.

„Auch die Vorhänge sind neu, oder?" Johanna sah sich freudig um. „Hier ist ja fast alles neu, Tante Clara!"

„Und, gefällt es dir?" Clara Bechtler hatte sichtlich Spaß an der Bewunderung der jungen Frau. „Es ist gerade erst fertig geworden, du bist die erste, die darin wohnen darf."

„Es ist wunderschön geworden, Tante, diese Farben sind ein Traum." Sie stand auf und lief zum Fenster. „Das ist jetzt wirklich das feinste Zimmer im ganzen Haus." Dann öffnete sie die beiden Fensterflügel, um über den in Abendsonne getauchten Marktplatz und hinüber zur riesigen Kirche zu schauen. Unten auf der Straße pulsierte das Leben: Händler versuchten, ihre letzten Waren an den Mann zu bringen, ein paar Gaukler zeigten Kunststücke, Kutschen bahnten sich ihren Weg durch das Gedränge und überall schlenderten einfache Leute, Bettler und Studenten herum.

„Ich liebe Heidelberg einfach!", entfuhr es Johanna beim Anblick des Platzes impulsiv. „Hier ist alles viel freundlicher als in Mannheim!"

Tante Clara und Onkel Philipp, der endlich mit dem Gepäck in der Stube angekommen war, lächelten nachsichtig. Sie wussten von der Schwärmerei ihrer Nichte für die ehemalige Residenzstadt und konnten nachvollziehen, was Johanna meinte. Nicht umsonst war Philipp mit der Hofapotheke nicht nach Mannheim gegangen, sondern in dem Städtchen am Neckar geblieben – auch wenn das mehr Botendienste und Reisen nach sich zog. Heidelberg war eben, da waren sich beide mit Johanna einig, besonders lebenswert, auch wenn sich der Hof nur noch bei Jagden im Neckartal oder zu bestimmten Anlässen hier sehen ließ.

Dabei sollte Heidelberg ursprünglich nach dem endlich beendeten Pfälzischen Erbfolgekrieg knapp einhundert Jahre zuvor zur großen Residenzstadt mit Schloss ausgebaut werden. Das alte Schloss wollte man dazu abreißen und die noch verwendbaren Bauteile und Materialien dazu nutzen, um ein neues Schloss unten im Tal zu errichten. Allerdings fand man damals kein geeignetes Areal, zumal man das unberechenbare Hochwasser des Neckars bei der Suche nach Baugrund im Augen behalten musste. Und so wurden die hochtrabenden Residenzpläne in Heidelberg wieder verworfen und das alte Schloss oben auf dem Berg notdürftig auf den neusten baulichen Stand gebracht. Mehr war unter dem Vorgänger Seiner Kurfürstlichen Durchlaucht finanziell nicht drin – und so arrangierte man sich bei Hofe gezwungenermaßen mit den zugigen Räumen, der beschwerlichen Anfahrt und der Stadt unten am Fluss, die mit ihren engen Gässchen und den wenig repräsentativen Straßenzügen nicht einmal geordnete Prozessionen oder Paraden zuließ.

Vermutlich kam dem alten Carl Philipp damals der Streit mit den Protestanten gerade recht, um endlich einen Grund zu finden, dem verhassten Heidelberg den Rücken zu kehren. Johanna hatte diese Geschichte beim ersten Mal kaum glauben können, so erstaunlich erschien ihr der Anlass des Streites – doch nachdem auch ihr Vater die Version bestätigt hatte, verstand sie auch, warum die Heidelberger mit den Mannheimern und die Mannheimer mit den Heidelbergern oftmals Schwierigkeiten hatten.
Hintergrund war wie so oft die Religion gewesen. Heidelberg galt nämlich schon vor 200 Jahren als protestantische Hochburg. Ein Symbol dafür war die prächtige und imposante Heiliggeistkirche, die sich unmittelbar vor der Hofapotheke in den Himmel reckte. Unter dem früheren Kurfürsten Ottheinrich war sie sogar protestantische Pfarrkirche gewesen. Im Dreißigjährigen Krieg wurde sie wieder zeitweise katholisch genutzt, danach wieder protestantisch, was auch mit der vorwiegend protestantischen Bevölkerung Heidelbergs zu tun hatte. Richtig kompliziert und in Johannas Augen geradezu skurril wurde es, als die derzeit amtierende Kurfürstendynastie der katholischen Pfälzer Wittelsbacher an die Macht kam. 1698 hatte nämlich Kurfürst Johann Wilhelm, jener Souverän, der die letzte Medici geheiratet hatte, eine Kirchenteilung[19] eingeführt. Dadurch sollte die Heiliggeistkirche wie auch alle anderen protestantischen Kirchen in der Kurpfalz von den Katholiken mitbenutzt werden dürfen. Natürlich funktionierte das nicht und führte überall zu Missstimmung und Ärger. Johanna konnte über solch merkwürdige Ideen nur den Kopf schütteln – Katholiken und Protestanten in einer Kirche, wie sollte das denn gehen?

19 Die später sogenannte „Pfälzische Kirchenteilung".

Die Folge war dann aber noch verrückter: Wenige Jahre später wurde die Kirche einfach aufgeteilt und durch eine Scheidemauer getrennt, die Reformierte im Kirchenschiff von Katholiken im Chor trennte.
Auch diese Lösung konnte jedoch die Gemüter nicht beruhigen: Selbst als Kurfürst Carl Philipp dann der reformierten Heiliggeistgemeinde in unmittelbarer Nachbarschaft den Neubau einer eigenen Kirche anbot, um so die repräsentative Heiliggeistkirche ohne Scheidemauer in aller Ruhe als katholische Hofkirche nutzen zu können, ließen sich die selbstbewussten Bürger am Neckar auf nichts ein. Das Resultat dieser Ablehnung war ein kurfürstlicher Wutanfall, infolgedessen die Scheidemauer in der Heiliggeistkirche niedergerissen wurde. Doch der Hof hatte die Rechnung ohne die Heidelberger Protestanten gemacht: Die wandten sich nämlich postwendend an die evangelischen Reichsstände und erhielten von allen Seiten Unterstützung. Auch Tante Clara war Protestantin – und wenn alle Heidelberger so waren wie sie, konnte sich Johanna den gebündelten Widerstand lebhaft vorstellen. Als dann sogar selbst Kaiser Karl VI., immerhin allerkatholischste Majestät, zum Einlenken aufforderte, musste der Kurfürst wohl oder übel nachgeben – und kleinlaut die Scheidemauer wieder aufbauen lassen. Sein Verhältnis zu Heidelberg war nun allerdings getrübt und er verlegte seine Residenz mit sämtlichen Behörden nur wenige Jahre später immer noch verärgert nach Mannheim. Nicht einmal beim offiziellen Ausritt aus der Stadt soll er die ihm hier zugefügte Schmach vergessen haben. Mit einer Verwünschung und der Vorstellung, Gras werde auf ihren Straßen wachsen, hat er sich von der Perle am Neckar verabschiedet – doch daraus war ja glücklicherweise nichts geworden.

Johanna hatte allerdings von ihrem Vater mehrmals gehört, dass Carl Theodor das Heidelberger Schloss und seine Lage in der frischen Luft oberhalb der Stadt eigentlich schätze – jedoch vor den dort oben so komplizierten Umbauarbeiten kapitulierte. Allerdings fing der Kurfürst immer wieder davon an – wohl auch, da er gerade im Sommer ganz besonders unter dem feuchtwarmen Klima in der Mannheimer Rheinebene litt.
Während Johanna ihren Gedanken am Fenster nachgehangen war, hatte Tante Clara damit begonnen, ihr Gepäck auszupacken. Onkel Philipp war vermutlich wieder unten in der Apotheke bei seinem Gehilfen. Rasch eilte Johanne ihr zur Hilfe, um dann ein unterhaltsames Abendmahl mit Tante und Onkel einzunehmen. Erleichtert stellte sie dabei fest, dass man hier offenbar kein gesteigertes Interesse an ihrem Liebesleben hatte – zumindest wurde sie nicht mehr nach Heiratsplänen oder heimlichen Schwärmereien gefragt. Nach Giacomo Casanova dafür umso mehr: Einmal abgesehen davon, dass Tante Clara sich mit weiblicher Neugier nach den physischen Vorzügen des italienischen Frauenhelden und seinem vermeintlichen Charme intensiv erkundigte, interessierte sich Philipp Bechtler vor allem für die diplomatischen Ambitionen des weit gereisten Lebemannes. Johanna versprach ihm, ihn diesbezüglich auf dem Laufenden zu halten und nutzte so clever die Gelegenheit, einen möglicherweise stattfindenden Briefwechsel mit Casanova zu rechtfertigen. Unterstützt hatte sie diesen Vorstoß zusätzlich noch mit der geschickt eingeflochtenen Bemerkung, die Casanova über Medinzinkundige wie ihren Vater und ihren Onkel gemacht hatte: „Medizin in der Hand des Einfältigen ist Gift, wie Gift in der Hand eines Weisen zu Medizin wird." Damit war der Italiener im Hause Bechtler wohlgelitten – und einer Korrespondenz stand nichts mehr im Wege.

Doch zunächst ließ Clemens von sich hören.
Johanna traute ihren Augen kaum, als sie bereits zwei Tage später eine unordentlich versiegelte Papierrolle von einem Boten erhielt. Sie war wie am Tag zuvor vom frühen Morgen bis zum Abend in der Apotheke und im Laboratorium gewesen und hatte Onkel und Tante so gut geholfen, wie es ging. Sie liebte diese Arbeit mit all den Pflanzen und Stoffen aus der Natur, die so viel Gutes bewirken konnten und gleichzeitig – falsch dosiert – für manches Unheil verantwortlich waren. Johanna hatte sich mittlerweile auch an die widerlichen in zahlreichen Reagenzgläsern tummelnden Präparate gewöhnt, von denen einige menschliche Organe waren, andere jedoch Kreaturen zeigten, die sie mit ihrem anatomischen Wissen nicht deuten konnte. Da Philipp Bechtler auch das Mannheimer Naturalienkabinett mit Artefakten versorgte, waren ganz sicher einige Raritäten darunter – doch nicht immer erfuhr Johanna, um was es sich bei dem in Flüssigkeit schwimmenden Objekt wirklich handelte.
Ebenso wenig hatte sie bislang etwas über den geheimnisvollen Drohbrief an ihren Vater, der mit auffälliger violetter Tinte geschrieben war, in Erfahrung bringen können. So sehr sie auch nach einem Hinweis dazu gesucht hatte – ihr war bislang nichts Verdächtiges aufgefallen, was sie ziemlich frustrierte. Und genau in dieser Stimmung kam dann der Brief von Clemens, den sie eilig ergriff, um sich mit einer halbherzig gemurmelten Entschuldigung in ihr Zimmer im Obergeschoss zurückzuziehen.
Mit klopfendem Herzen nahm sie auf der Bettkante Platz, zerbrach das Siegel und rollte das Papier auf. *Meine liebste Johanna ...* begann der offenbar eilig geschriebene Text, der die typischen fahrig wirkenden Buchstaben ihres Clemens zeigte. Das war schon einmal ein guter Anfang.

... hab herzlichen Dank für das Symbol Deiner Liebe, das mich in Tagen tiefer Trauer und Verwirrtheit wieder aufheitern konnte. Endlich ein Lebenszeichen von meiner Johanna – und dann auch noch ein so privates! Du kannst Dir nicht vorstellen, wie oft am Tage ich an dem Tüchlein rieche und mir vorstelle, in diesem Moment meine Nase in Deine zart duftenden Locken einzutauchen ...
Meine süße, meine über alles geliebte Johanna – warum nur bist Du ohne ein Wort des Abschiedes nach Heidelberg gereist? Von Deinem Vater erfuhr ich davon, ohne den wahren Grund zu kennen. War nicht alles geklärt zwischen uns? Was habe ich getan, um Dich so zu verärgern oder zu verletzen? Oder ist es am Ende so, dass Du weitaus weniger für mich empfindest als ich dachte? Eine entsetzliche Vorstellung, die wiederum ganz sicher meine Flucht aus Mannheim zur Folge hätte.
Geliebte, ich bitte Dich, lass mich an Deinen Plänen und Gedanken teilhaben – so wie es die Monate zuvor, die wunderschönen Monate zuvor, auch war. Bitte schreibe mir, der Bote wird mir Deine Nachricht bringen. Bis dahin werde ich in meiner Stube sitzen und auf Deine Antwort warten, während ich an einer Komposition mit dem Titel „Johanna felicita" arbeite.
Dein Dich immer und ewig liebender Clemens.
P.S.: Ich habe mich vor ein paar Tagen Deinem Vater erklärt.
Johanna wischte sich eine Träne aus dem Auge. Wie hatte sie Ihrem Geliebten doch Unrecht getan! Kein Wort von der schönen Sophia, dafür berechtigte Fragen und herzergreifende Liebeserklärungen. Wie konnte sie das nur wieder gutmachen?
Spontan griff sie nach Papier und Feder, die auf dem kleinen Sekretär in ihrem Zimmer bereit standen, und begann zu schreiben: *Mein Geliebter, bitte entschuldige, aber ich musste mir über einiges klar werden. Auch ich vermisse Dich sehr und kann es kaum erwarten, von Dir wieder in die*

Arme genommen zu werden. Verzeih mir, dass ich auf Deine Briefe nicht geantwortet habe. Und bitte versteh, dass ich hier bei Onkel und Tante noch eine Weile bleiben werde, um ihnen zu helfen. Lass uns in Mannheim über unsere Zukunft reden – es ist in der Zwischenzeit einiges passiert und ich habe viel zu erzählen. Bitte warte auf mich. In aufrichtiger Liebe, Deine Johanna.

Schnell rollte sie das Papier zusammen und verschnürte es mit einem Faden. Sie wollte gerade hinuntereilen, um es dem Boten wieder mitzugeben, als ihr etwas einfiel. Sie nahm noch einmal an dem Schreibpult Platz, zog einen weiteren Bogen Papier heraus und schrieb:

Werter Signore Casanova, Euer Plan ist aufgegangen und das Taschentuch hat seine Wirkung nicht verfehlt. In Dankbarkeit und auf bald, Eure Johanna Bechtler.

Rasch verschnürte sie auch dieses Brieflein und lief die Treppe hinab durch die Apotheke hindurch hinaus auf den Marktplatz, wo der Bote noch wartete.

„Bring Er dies dem Herrn Santorini zurück nach Mannheim", befahl Johanna ein wenig außer Atem. „Und dann noch etwas: Diese Depesche geht an den Chevalier de Seingalt im Hause des Herren von Hardenstein in der Brunnengasse hier in Heidelberg, verstanden?"

Der Bote entfernte sich schweigend und Johanna hoffte insgeheim, dass ihm ihre kleine List nicht aufgefallen war: Sie hatte ganz bewusst nicht den bürgerlichen Namen Casanovas gewählt – in der Hoffnung, dass der noch nicht so geläufige Titel des Italieners dem Boten nicht bekannt war. Denn eine Erklärung zu Casanova wollte Johanna ihrem Clemens zu diesem Zeitpunkt nicht liefern müssen.

Allerdings erwartete ihr Onkel nun ein paar erläuternde Worte zu ihrem merkwürdigen Verhalten, das war Johanna klar. Seufzend kehrte sie in die Apotheke zurück, stellte mit Erleichterung fest, dass nur

Onkel Philipp und Tante Clara im Raum waren und schilderte ihnen in wenigen Worten und in verkürzter Form, was es mit Clemens und ihr auf sich hatte.
Als sie geendet hatte, klatschte Tante Clara vergnügt in die Hände. „Das ist ja wundervoll, Johanna, eine Liebesheirat! Oh, wie ich mich für dich freue!"
Auch Onkel Philipp lächelte sie milde an, fragte aber noch einmal nach: „Du willst also tatsächlich diesen Musiker heiraten? Und was ist mit der Medizin und Geburtshilfe?"
Johanna schluckte. Dass ihr Onkel sofort den wunden Punkt treffen würde, hatte sie nicht gedacht. „Also, ehrlich gesagt ...", begann sie zaghaft, „... ja, ... darüber haben Clemens und ich noch nicht geredet, weißt du." Schuldbewusst blickte sie Onkel Philipp an. „Soviel Zeit hatten wir noch gar nicht!", schob sie trotzig hinterher.
„Schon gut, Herzchen, hör nicht auf deinen Oheim", besänftigte Tante Clara sie. „Das wird sich schon noch klären." Dankbar lächelt Johanna ihre Tante an.
„So etwas klärt sich nicht von selbst", fiel ihr Onkel seiner Frau ins Wort. „Johanna muss für sich wissen, was sie will im Leben." Mit etwas sanfterer Stimme wandte er sich seiner Nichte zu: „Herzblatt, ich möchte doch nur, dass du glücklich bist, glaube mir." Und als sie nicht antwortete, ergänzte er beschwörend: „Versprich mir eines: Bleibe immer ehrlich, so wie du jetzt auch bist. Ehrlich anderen gegenüber – also auch deinem Clemens – und ehrlich dir selbst gegenüber. Dann wird alles gut."
Johanna nickte, während sie mit den Tränen kämpfte. Sie ärgerte sich, dass sie so nah am Wasser gebaut war, aber irgendwie hatten die Worte ihres Onkels sie sehr berührt.
„Danke", stammelte sie, „danke für eure Fürsorge. Ich werde den Rat beherzigen." Dann machte sie auf dem

Absatz kehrt, stürmte die Treppe hinauf in ihr Zimmer, ließ sich bäuchlings auf das Bett fallen und begann bitterlich zu schluchzen, ohne eigentlich genau zu wissen, warum.
Als sie sich einige Zeit später wieder gefangen hatte, waren zwei Entschlüsse in ihrem Kopf gereift: Erstens wollte sie bei nächster Gelegenheit mit Clemens über ihre beruflichen Vorstellungen reden, die für eine gute Ehefrau nicht gerade üblich waren – und zweitens würde sie, ganz im Sinne der Ehrlichkeit, ihren Onkel Philipp direkt auf den geheimnisvollen Brief mit der violetten Tinte ansprechen. Letzteres beschloss sie sofort zu tun.
Die Gelegenheit war günstig: Onkel Philipp mischte gerade in seinem Laboratorium verschiedene Säfte zu einer tiefbraunen Flüssigkeit, die er später als Hustensaft verkaufen würde. Johanna fasste sich ein Herz.
„Onkel Philipp, hast du jetzt eigentlich herausgefunden, woher die violette Tinte stammt?"
Ihr Onkel erstarrte, fing sich aber schnell wieder und fragte betont unschuldig: „Wovon redest du, Johannalein? Welche violette Tinte?"
Johanna beschloss, sofort die Karten auf den Tisch zu legen, und beichtete ihrem Onkel alles, was sie mitbekommen hatte, was sie wusste oder was sie sich zusammenreimen konnte. Schweigend packte dieser seine Säfte, Flaschen und Kräuter zusammen und lud Johanna dann ein, mit ihm an seinem Arbeitstisch in der hinteren Ecke des Laboratoriums vor einem der bleiverglasten Fenster Platz zu nehmen. Er zog eine der vielen Schubladen unter der Arbeitsplatte auf, steckte seine Hand tief hinein und brachte dann das Johanna durchaus bekannte Schriftstück hervor. Er faltete es auf und legte es vor Johanna auf den Tisch.
„Ja, mein Kind, ich bin mir ziemlich sicher, woher die Tinte stammt", begann er langsam und trommelte

dabei leise mit dem Daumen der linken Hand auf die Tischplatte. „Und genau das ist das Problem."
Johanna sah ihn erwartungsvoll an. Was meinte er nur? Wieso war es ein Problem, endlich zu wissen, wer solche Briefe schrieb?
„Ich hatte den Verdacht schon in Mannheim, war mir aber nicht sicher." Er seufzte tief und fuhr dann fast flüsternd fort: „Ich kenne nämlich nur zwei Menschen, die diese Art der Tinte benutzen. Es ist eine auffällige und kostbare Tinte. Sie enthält Rubinstaub und Lapislazuli, dazu Purpur und Holunderextrakt, im freien Handel gar nicht zu kaufen. Mir ist überhaupt nur ein Händler, der diese Tinte bislang angeboten hat, bekannt – und das war ein Venezianer mit guten Beziehungen in den Orient. Seinen Namen habe ich vergessen, nicht aber die horrende Summe, die er für seine Tinte haben wollte. Natürlich hat sie zunächst niemand haben wollen. Aber einen Tag vor seiner Abreise weiter nach Norden, ich glaube, er wollte über Frankfurt nach Köln, kam er noch einmal triumphierend in die Apotheke, um mir zu verraten, dass er seine Tinte noch losgeworden sei. Und glaube mir, er hat ein gutes Geschäft gemacht."
„Und an wen? Wer kauft so etwas?" Auch Johanna flüsterte nun.
„Ihre Kurfürstlichen Durchlauchten."
Johanna riss die Augen auf. Hatte sie wirklich richtig gehört? „Beide?" Ihr Wispern war kaum mehr zu hören.
Onkel Philipp nickte. „Ja, beide. Es heißt, sie hätten sich damit eine Zeit lang Liebesbillets geschrieben."
„Oh." Ratlos blickte Johanna ihren Onkel an. „Und was bedeutet das nun für Vater? Glaubst du, dass der Kurfürst ..."
„Natürlich nicht", Onkel Philipp schnitt ihr das Wort ab, „nein, ganz sicher nicht."

„Aber wer denn dann?" Johanna wusste mit der Information immer noch nichts anzufangen. „Jemand aus dem direkten Umfeld Ihrer Kurfürstlichen Hoheiten also?"
„Ja, bestimmt sogar", bestätigte ihr Onkel den Gedankengang. „Das Problem ist nur, dass wir es nie herausfinden werden."
„Wieso nicht?" Johanna verstand noch immer nicht.
„Ganz einfach, Liebes, weil niemand einfach so mit einem Brief zweifelhaften Inhaltes durch das Mannheimer Schloss spazieren kann, um den Urheber herauszufinden, wenn eigentlich jeder weiß, dass diese Tinte offiziell ausschließlich den Kurfürstlichen Hoheiten zur Verfügung steht."
„Verstehe ..." Langsam dämmerte Johanna, was ihr Onkel meinte. „Und genau das hat der Schreiber dieser Drohung mit einkalkuliert, nicht wahr?"
Onkel Philipp nickte mit grimmiger Miene. Doch Johanna gab sich nicht so schnell geschlagen:
„Wem traust du es denn zu, Onkel Philipp? Du hast dir doch bestimmt Gedanken gemacht, oder?"
„Puh", entfuhr es Philipp Bechtler schnaubend, „da gibt es einige, denen dein Vater ein Dorn im Auge ist. Allen voran natürlich Herzog Christian, der kein Interesse an einem gesunden Kurfürsten, geschweige denn, einem gesunden Thronfolger hat, da er selbst auf diesen Posten spekuliert." Er überlegte kurz. „Dann natürlich der missgünstige Doktor Heinrich de Winter mit seinen Assistenten. Allerdings glaube ich nicht, dass sie an diese Tinte herankämen." Er kratzte sich nachdenklich am Kopf. „Und Pierron, sicher, der sowieso, weil er deinen Vater einfach noch nie leiden konnte, warum auch immer. Und schließlich, auch das muss man in Betracht ziehen, könnte es auch die Kurfürstin selbst sein, die etwas gegen Franz hat."

„Die Kurfürstin?“ Ungläubig starrte Johanna ihren Onkel an. „Das verstehe ich nicht.“
„Ganz einfach, mein Kind“, erklärte Onkel Philipp seufzend, „die Kurfürstin ist möglicherweise verärgert, da dein Vater auch die ... ahem ...“, er räusperte sich verlegen, „... Favoritinnen des Kurfürsten mit behandelt. Du weißt schon, wegen dieser lästigen Krankheiten.“
Johanna verstand. Und sie konnte die Komplexität des Problems nachvollziehen und erahnen, in welcher Gefahr sich ihr Vater möglicherweise befand. Ihr Herz begann laut zu klopfen und ihre Handinnenflächen wurden vor Aufregung ganz heiß. „Und was tun wir jetzt, Onkelchen?“, fragte sie mit heiserer Stimme.
„Nichts“, lautete die knappe Antwort ihres Onkels, der dann allerdings erklärend nachschob: „Wir können gar nichts tun, Herzblatt, außer noch aufmerksamer und vorsichtiger zu sein. Und dein Vater schafft das, keine Sorge.“
„Dein Wort in Gottes Ohr“, schoss es Johanna durch den Kopf, doch sie schwieg. Die Bechtlerbrüder waren seit vielen Jahren bei Hofe und kannten sich dort aus. Sie würden schon wissen, was das Beste war. So hoffte Johanna wenigstens.
Der Alltag in der Hofapotheke ließ Johanna die Sorgen zeitweise vergessen – zu sehr war sie im täglichen Trubel in und vor dem Laden eingespannt. Sei es, dass sich an der Kirchenaußenwand von Heiliggeist Bäcker und Käufer lautstark um Brezelgrößen stritten, die dort als Vorgaben in die steinerne Wand gehauen worden waren, Feuerschlucker und Seiltänzer für Aufregung sorgten oder verzweifelte Frauen mit ihren kranken Kindern um Medikamente und Almosen baten – in Heidelberg kam sie mit vielen Menschen zusammen und hatte immer das Gefühl, mittendrin zu sein. Sie genoss es, sich weitgehend unbehelligt auf dem

Marktplatz vor der Apotheke bewegen zu können, lernte durch Tante Clara erstmals bewusst einen reformierten Gottesdienst kennen und konnte zudem ihr Wissen um Kräuter, Medikamente und Tinkturen unter der Anleitung ihres Onkels weiter ausbauen. Kurz: Johannas Tage waren von morgens bis abends so erfüllt, dass sie gar nicht bemerkte, wie die Zeit verging.
Hinzu kam noch der rege Briefwechsel, den sie in jenen Tagen vornahm: Denn aus den Versöhnungsbriefen mit Clemens war ein stetiger Austausch von Erlebnissen geworden, der ihr wieder einmal klar machte, wie gern sie auch die alltäglichen Dinge des Lebens mit ihm teilte. Natürlich schrieb sie ihm nichts von den Intrigen rund um ihren Vater – und auch von Casanova wagte sie noch nicht zu berichten –, aber das Leben in Heidelberg schilderte sie ihm ausführlich, was ihn sicherlich manchmal zum Schmunzeln brachte.
Auch mit Casanova war sie in einen regelmäßigen Schriftwechsel getreten, wobei hier zunächst das Glück mit Clemens, später jedoch vor allem medizinische und moralische Belange von Bedeutung waren. Allerdings fiel es Johanna nicht immer leicht, auf den oft altmodischen Stil des Italieners einzugehen. Dennoch hatte sie auf diesem Wege ganz nebenbei erfahren, dass er bislang noch nicht bei Hofe vorstellig geworden war und auf die Sommerfrische in Schwetzingen hoffte. Zumal es dann ja auch, das erwartete man zumindest, durch die Geburt des Thronfolgers großzügige Feierstimmung geben würde. Vorausgesetzt, es ging alles gut.
In Schwetzingen, das wurde Johanna irgendwann klar, würden Clemens und Casanova aufeinandertreffen; das ließ sich dort praktisch nicht vermeiden. Sie hoffte inständig, dass es nicht zu peinlichen Situationen kommen würde, wenn tout Mannheim sich in der kleinen Sommerresidenz des Kurfürsten auf die Füße trat.

Vielleicht hatte Tante Clara eine Idee, wie sie dieses Thema möglichst diplomatisch und unbeschadet über die Bühne bringen könnte.
Kurz bevor Johannas Aufenthalt in Heidelberg sich dem Ende näherte und sie sich schon auf das Wiedersehen mit Clemens in Mannheim freute, passierten zwei Dinge, die ihr Leben nachhaltig verändern sollten: Ein Floß kenterte beim Hackteufel auf dem Neckar – und ein Bote aus Schwetzingen erschien.
Die Geschichte mit dem Floß lief ausgesprochen dramatisch ab: Eines Vormittages verbreitete sich über den Marktplatz bis hin zur Apotheke in Windeseile das Gerücht, dass ein großes Floß beladen mit Menschen und Tieren beim Hackteufel, den tückischen Stromschnellen im Neckar direkt vor der Stadt, in Schwierigkeiten geraten war. Die Rede war dabei bereits von Toten und Verletzten, als Philipp Bechtler nach seiner Arzttasche griff und mit Johanna im Schlepptau über den Fischmarkt hinunter ans Neckarufer eilte. Unten am Wasser bot sich ihnen ein Bild des Grauens: Verzweifelt trieben Männer, Frauen und Kinder hilflos im Fluss, nur wenige hatten sich bislang ans Ufer retten können. Zwar versuchten viele Heidelberger Bürger mit langen Stangen rettenden Halt zu geben, doch die Strömung war an dieser Stelle oft viel zu stark. Auch Ziegen, Kühe und Schweine kämpften gegen die Strudel und Wirbel, ebenfalls chancenlos. Am Ende überlebten vier junge Kerle, von denen man auch in Erfahrung brachte, dass das hoffnungslos überladene Floß in Tübingen gestartet war – und ein Neugeborenes. Und das war die eigentliche Sensation.
Offenbar war auf dem Floß auch eine hochschwangere Frau mitgefahren, um ihr Kind in Mannheim bei einer Schwester zur Welt zu bringen. Im Schrecken des Unfalls und dem damit verbundenen Sturz ins Wasser

hatten bei der Frau schlagartig die Wehen eingesetzt – und zwar so vehement, dass sie noch im Wasser und während ihres eigenen Todeskampfes ihr Kind zur Welt gebracht hatte. Das war an sich schon erstaunlich. An ein Wunder grenzte es jedoch, dass die tote Frau eine Viertelstunde später etwas weiter flussabwärts an Land gespült worden war und mit ihr noch immer an der Nabelschnur hängend ihr Neugeborenes. Und dieses lebte.

Johanna half tatkräftig dabei, das schon bald laut schreiende Baby abzunabeln und mit Tüchern zu wärmen. Dabei überlegte sie fieberhaft, wie es zu diesem Wunder gekommen sein konnte. Ganz anders als viele Heidelberger sah sie darin nicht einen Fingerzeig Gottes – auch wenn bereits der Pfarrer herbeigeeilt war, um das Wunder zu segnen und notzutaufen – sondern ein interessantes Phänomen, dass sich möglicherweise für schwierige Geburten nutzen ließ. Denn ganz offensichtlich war es der Frau im Wasser möglich gewesen, innerhalb kurzer Zeit zu gebären – und das Neugeborene wiederum, das war besonders aufregend, konnte augenscheinlich an der Nabelschnur unter Wasser eine Weile überleben. Dass dies im Prinzip möglich war, wusste Johanna natürlich – schließlich lebten Babys im Bauch ihrer Mütter wie Fische. Dass so etwas jedoch auch außerhalb des Mutterbauches funktionierte, war ihr neu.

Auf dem Rückweg zur Apotheke sprach sie ihren Onkel darauf an. Der hatte von der wundersamen Geburt gar nichts mitbekommen, da er sich etwas weiter flussaufwärts um die Verletzten kümmern musste. Doch auch er war fasziniert von den Gedanken Johannas und versprach ihr, mehr Informationen darüber in seinen Büchern zu suchen. Möglicherweise ließen sich so ja tatsächlich schmerzhafte oder besonders

schwierige Geburten erleichtern. Dann zwar nicht gerade im Neckar, aber eine Badewanne könnte ja auch Abhilfe leisten. Auf jeden Fall wollte auch er das Thema nicht aus den Augen verlieren.
„Und was passiert jetzt mit dem armen Waisenkind?", wollte Johanna abschließend wissen.
„Nichts Besonderes", antwortete Onkel Philipp lakonisch. „Es wird wohl ins Waisenhaus kommen."
Am Abend berichteten Johanna und ihr Onkel ausführlich von dem tragischen Unglück am Neckar. Tante Clara wollte jedes Detail wissen. Ganz besonders interessierte auch sie sich für die Geburt im Fluss; so etwas hatte man vorher noch nie gehört. Auch in den vielen Büchern im Hause Bechtler fanden sie in den nächsten Tagen nichts darüber, sodass Johanna sich vornahm, bei Gelegenheit mit Ihrem Vater und Doktor Anton von Mai, dem Mannheimer Arzt, darüber zu reden.
Doch zunächst rückte dieses Gespräch in weite Ferne, denn am 2. Mai klopfte es morgens in aller Frühe an die Tür der Apotheke, die um diese Uhrzeit noch geschlossen war. In der frischen Morgenluft wartete ein Bote mit Anweisungen von Hofmedicus Algardi für Philipp Bechtler, welche Medikamente er umgehend nach Schwetzingen zu schicken hatte, um dort die kurfürstliche Geburt optimal vorbereiten zu können. Und damit unterwegs mit den kostbaren Tropfen, Pillen und Tinkturen kein Schindluder getrieben wurde, hatte man von allerhöchster Stelle befohlen, dass die Medikamente gemeinsam mit der Tochter von Hofmedicus Franz Bechtler in die Sommerresidenz reisen sollten, wo der Hof gerade in Begriff war, die Sommerfrische einzuleiten. Das Ganze hatte möglichst schnell und ohne Umwege zu erfolgen. Und zu Johannas Beruhigung wurde noch erwähnt,

dass sich der bechtlersche Haushalt bereits in Schwetzingen befand.
Also endete Johannas Aufenthalt einen Tag später, denn so lange brauchte Onkel Philipp gemeinsam mit seiner Nichte für die Zusammenstellung der gewünschten Medikamente, und ohne viel Zeit für Abschiedsschmerz zu haben, rumpelte eine eigens zur Verfügung gestellte Kutsche mit Johanna, zahlreichen Fläschchen, Tiegeln und Paketen sowie ihrem Gepäck in Richtung Schwetzingen aus der Stadt. Traurig winkte Johanna noch einmal zurück. Was würde in Schwetzingen auf sie warten?

Kapitel 5

Johanna reiste zum ersten Mal auf der neuen Straße von Heidelberg nach Schwetzingen und war erstaunt, um wie viel bequemer die Kutschfahrt im Gegensatz zu ihrer gemeinsamen Reise mit Casanova vor wenigen Wochen verlief. Da sich der Hof im Sommer des Öfteren auf große Jagdgesellschaften begab, hatte Seine Kurfürstliche Durchlaucht vor einigen Jahren damit begonnen, eine möglichst gerade und ebene Strecke für den Tross bauen zu lassen, die nun fast in einer Achse zwischen dem Heidelberger Königsstuhl und dem Schwetzinger Schloss verlief.

Gesäumt wurde die Straße von Maulbeerbäumen, durch die man bei Hofe in Zukunft mit ausreichend Rohmaterial für die Seidenspinnerei versorgt werden wollte. Johanna erinnerte sich gut an das schallende Gelächter ihres Vaters und ihres Onkels, als jene von den Plänen gehört hatten. Beide waren nicht davon überzeugt, dass die Seidenproduktion in der Kurpfalz eine Zukunft hatte, und soweit sie wusste, waren Erfolge bislang ausgeblieben. Doch die feinen Bäumchen, die an der zügig fahrenden Kutsche nur so vorbeizufliegen schienen, sahen hübsch aus und würden später, wenn sie einmal groß waren, eine schöne Chaussee bilden. Kurfürst Carl Theodor hatte vor einigen Jahren sogar eigens eine Chausseenkommission ins Leben gerufen, die dafür zuständig war, möglichst viele Straßen mit Alleebäumen zu bestücken. Johanna fand die Idee gar nicht schlecht, immerhin förderte der Kurfürst so, dass die Natur bei all den vielen neuen Prachtbauten nicht zu kurz kam.

Erstaunlich erschien es ihr allerdings, dass Carl Theodor generell einen ganz unfürstlichen Hang zu Landwirtschaft hatte: So förderte er den Anbau von

Erdäpfeln, Tabak und Spargel und überzeugte sich immer wieder und oft unangekündigt auf den Feldern rund um Schwetzingen persönlich davon, ob richtig gedüngt und bewässert wurde. Natürlich hatte sie selbst noch nie gesehen, dass Seine Kurfürstliche Hoheit über die Felder stapfte – ihr Vater war jedoch einmal bei einer solchen Begehung dabei gewesen und bescheinigte ihm ein ausgesprochen gutes Fachwissen. Dies war umso ungewöhnlicher, da es Erdäpfel und Tabak noch gar nicht so lange in der Kurpfalz gab. Sie hatte sogar davon gehört, dass Carl Theodor in der Orangerie im Schwetzinger Schloss den Anbau von Kaffee und Baumwolle ausprobierte. Möglicherweise las also auch Seine Kurfürstliche Durchlaucht gern Reiseberichte von fernen Ländern und versuchte so, sein Fernweh im täglichen Hofgepränge zu lindern – Johanna hätte es verstehen können.

Auf Höhe des Pleikartsförsterhofes, den die Kutsche rechts liegen ließ, entdeckte Johanna die ersten Spargelfelder. Es war Mai und die Spargelsaison hatte gerade begonnen. Sie schüttelte sich innerlich; bislang hatte sie dem Stangengemüse, das vor allem bei Hofe „en vogue" war, nichts abgewinnen können. Ihr Vater hingegen sah das ganz anders: „Spargel entwässert, mein Kind", pflegte er zu sagen, „und spült dabei die giftigen Säfte aus dem Körper." Nun, bei Hofe war diese Wirkung vielleicht nützlich, doch Johanna sah für sich selbst keinen Nutzen. Welche giftigen Säfte sollten auch in ihrem Körper sein? Dennoch würde sie sich die nächsten Wochen auf Spargel einstellen müssen – ganz Schwetzingen schwelgte in dem Genuss, der bechtlersche Haushalt eingeschlossen.

Weitaus besser schmeckten ihr da die Erdäpfel, die man auch Kartoffeln nannte. Da man sie meist zusammen mit dem Spargel servierte, ließ sich die Spargelzeit ertragen. Johanna liebte es, die weichen und mehligen Kartoffen mit Butter zu tränken und mit dem guten Reichenhaller Salz zu essen. Dazu ein schönes Stück geräucherter Schinken ... ihr lief das Wasser im Munde zusammen. Doch von einer üppigen Mahlzeit war sie noch weit entfernt, sodass sie beschloss, ihre Wegzehrung auszupacken. Tante Clara hatte für sie frische Brezeln gebacken, dazu ein Stück Käse und ein paar getrocknete Früchte eingepackt. Hungrig machte Johanna sich darüber her. Zum Frühstücken war ihr am Morgen keine Zeit geblieben – zu ungeduldig hatte der Kutscher vor der Hofapotheke auf sie und die gewünschten Medikamente gewartet. Dafür war sie in den Genuss einer sehr komfortablen Reisekutsche gekommen, dem Wappen nach gehörte sie dem kurfürstlichen Marstall. Sie war im Gegensatz zur Postkutsche wunderbar weich gefedert und innen mit dunkelgrünem Samt ausgeschlagen. Die Fenster hatten sogar Vorhänge, die Johanna jedoch sofort zur Seite geschoben hatte, um möglichst viel auf der Reise zu sehen.

Plötzlich drosselte der Kutscher die Geschwindigkeit und hielt die Kutsche nach wenigen Metern an. Beunruhigt beugte Johanna sich aus dem Fenster. Es gab eigentlich keinen Grund für die Verzögerung – die Strecke Heidelberg-Schwetzingen besaß nämlich keine Relaisstation. Hoffentlich waren es keine Räuber oder Wegelagerer, so etwas gab es hin und wieder. Doch Johanna sah lediglich ein paar Männer, die sich mit merkwürdigen Instrumenten auf der Straße zu schaffen machten.

„Was ist los? Warum fährt Er nicht weiter?", rief sie dem Kutscher zu.

„... müssen warten ...", brummelte es unfreundlich zurück und sie verstand noch die Wortfetzen „Vermessung" und „dieser verrückte Professor Mayer".

Den Rest konnte Johanna sich damit allerdings selbst zusammenreimen und neugierig verfolgte sie das Treiben der Männer auf der Straße. Sie waren auf einen Vermessungstrupp von Hofastronom Christian Mayer gestoßen, der – das hatte ihr Vater bereits vor Monaten erzählt – an einer neuen Landkarte für die Kurpfalz[20] arbeitete. Und da es sich um einen Auftrag von allerhöchsten Gnaden handelte, durfte man die wichtigen Messungen mit Sextant, Winkel und all den anderen Werkzeugen nicht stören. Am Straßenrand entdeckte Johanna zudem eine kleine Hütte, aus der ein Fernrohr in den Himmel ragte. Sie verfolgte die Ausrichtung des Fernrohres, konnte aber am hellen Vormittagshimmel nichts Außergewöhnliches entdecken. Dennoch hieß es, dass der Hofastronom mit einfachen Hilfsmitteln in der Lage war, den Abstand von Sternen zur Erde zu messen. Er war es auch gewesen, der den bevorstehenden Transit der Venus vor der Sonne vorausgesehen und den Kurfürsten dazu gebracht hatte, dieses Ereignis zu einem großen Spektakel zu machen. Johanna war gespannt darauf, wenngleich sie bei dem Gedanken an das Himmelsereignis auch stets ein mulmiges Gefühl beschlich. Zu oft hatte sie von Kathi gehört, welch dunkle Prophezeiungen im Volk dazu kursierten – und schließlich hatte Pater Seedorfer, immerhin ein hoch gebildeter Mann, beim letzten Dankgottesdienst ebenfalls vor zu viel Beschäftigung mit der Astronomie gewarnt. Endlich durfte die Kutsche passieren und näherte sich der Gemarkung Oftersheim. Nun dauerte es nicht mehr lange. Schon von Weitem konnte Johanna die Zelte sehen, die sich im Osten vor den Toren Schwetzingens

---

20 Tatsächlich erstellte Christian Mayer mit der „basis palatina" und der „charta palatina" geografisch genau vermessene Karten der Kurpfalz.

zu einer eigenen kleinen Stadt formiert hatten. Das konnte nur bedeuten, dass der Hof entweder schon angekommen oder sein Eintreffen unmittelbar bevorstand. Immer wieder wunderte Johanna sich über diese Tradition, die sich in der Sommerresidenz des Kurfürsten eingebürgert hatte: Schwetzingen war mit etwa zweitausend Einwohnern ein kleiner und überschaubarer Ort. Im Frühling jedoch, wenn der Hof hier Einzug hielt, wurde aus dem kleinen Marktflecken für wenige Monate der Mittelpunkt der Kurpfalz, in dem sich plötzlich fast doppelt so viele Menschen tummelten. Nur, wo sollten all die Höflinge mit ihren Bediensteten wohnen? Die geschäftstüchtigen Schwetzinger hatten darauf schnell eine Antwort: Sie überließen ihre Häuser, Wohnungen und Zimmer für teures Geld dem angereisten Adel, dem nichts anderes übrig blieb, als das meist völlig überzogene Angebot anzunehmen – und verbrachten die hier ohnehin sehr milden Sommer mit ihren Familien in der Zeltstadt vor den Toren des Marktfleckens. Dort bildete sich in jenen Monaten eine ganz eigene Idylle. Reiste der Hof im Spätsommer wieder ab, wurden die Zelte eingerollt und für das nächste Jahr gut verstaut. Nicht umsonst hatte Schwetzingen also den Ruf, ein reicher Ort zu sein – man wusste hier, wie man zu schnellem Geld kam. Außerdem waren viele Bürger ganzjährig als Handwerker im Schloss beschäftigt, wo es immer etwas zu tun gab, im riesigen Hofgarten als Gärtner tätig oder wie Matthias Hipper als Schlossvogt mit der Organisation und Überwachung all jener Arbeiten betraut. Außerdem verfügte Schwetzingen über eine Kaserne und einen Marstall – auch das waren, so kannte es Johanna aus Mannheim, stets gute Einnahmequellen für ortsansässige Händler und Handwerker. Kurz: Schwetzingen hatte sich in den letzten Jahren unter der

Fürsorge des Kurfürsten zu einer recht ansehnlichen Sommerresidenz entwickelt, die zunehmend auch bei ausländischen Gästen auf der Reiseroute stand.
Mittlerweile hatte die Kutsche das Heidelberger Tor passiert und rollte langsam Richtung Marstall. Vergnügt bemerkte Johanna, dass man ihr neugierig hinterher schaute – so ungewöhnlich war es, wenn um diese Jahreszeit eine Kutsche durch eines der Stadttore einfahren durfte. Aus Sicherheitsgründen hatte Seine Kurfürstliche Durchlaucht nämlich vor Jahren eine Verordnung in Kraft gesetzt, die festlegte, dass während der Sommerfrische des Hofes von Mai bis Oktober sämtliche Kutschen vor den Toren der Stadt auf dem Exerzierplatz zu verbleiben hatten. Der kleine Ort war einfach nicht in der Lage, das übliche Gewimmel aus Kutschen, Lieferanten, Reitern und Fußgängern zu bewältigen, was immer wieder zu Unfällen und Tumulten geführt hatte. Die Folge war dann jene Kutschen-Verordnung, die keinesfalls überall auf Begeisterung stieß, jedoch streng kontrolliert wurde. Ausgenommen waren die Fahrzeuge des am Hofe geladenen Adels, die durften seitlich bei der Kaserne in den Schlossgarten einfahren, dann natürlich die Postkutsche, deren Endstation im Marstallhof war – und ganz offensichtlich das Gefährt, in dem Johanna nun durch die Stadt kutschiert wurde.
Sie genoss den unerwarteten Luxus und beugte sich weit aus dem Fenster. Man sah bereits das Schloss hinter den Bäumen der Chaussee hervorblitzen. Johanna mochte Schwetzingen mit seiner mittlerweile recht repräsentativen Unterstadt auf der rechten und der eher ländlich geprägten Oberstadt auf der linken Seite des Schlosses. Hier bog nun auch die Kutsche in den Marstallhof ein, sodass sie das weiß getünchte Schloss mit den ochsenblutfarbigen Fensterlaibungen und dem großen Platz davor

aus den Augen verlor. Neugierig schaute sie sich um. Im Marstallhof selbst war sie zuvor noch nie gewesen, da sie in der Regel mit einer eigenen Kutsche gemeinsam mit dem Vater und Breuer auf dem Kutschbock nach Schwetzingen gereist war. Im Gegensatz zur äußeren Fassade des Marstalls, die passend zum Schloss gestaltet war, sah es hier im Inneren nicht ganz so prachtvoll aus. Im hinteren Teil steckten Pferde ihre Köpfe aus einfachen Unterständen, in einer offenen Scheune standen verschiedene Kutschen und allerlei Gerät. Lediglich im vorderen, zum Schloss gewandten Teil des viereckigen Hofes gab es gemauerte Stallungen. Johanna vermutete, dass dort die Reit- und Jagdpferde Ihrer Kurfürstlichen Durchlauchten untergebracht waren. Allerdings schienen die Stallungen noch leer zu sein, was darauf schließen ließ, dass der obere Hofadel und Ihre Kurfürstliche Durchlaucht noch nicht in Schwetzingen eingetroffen waren.
Vor einer Holzbaracke mit zwei Wachsoldaten darin hielt die Kutsche an. Johanna wartete, bis der Kutscher den Verschlag geöffnet hatte, und stieg langsam aus. Wer würde sie wohl abholen? Und wie sollte sie mit den Medikamenten verfahren?
„Gnädiges Fräulein ..." Johanna drehte sich um und erschrak ein wenig. Unmittelbar vor ihr stand Breuer mit einem unangenehmen Lächeln im Gesicht. Wieder einmal stellte sie fest, dass sie den Hausdiener der Bechtlers weder mochte noch ihm traute. „Wenn Ihr mir Euer Gepäck reichen würdet ..."
„Den Passierschein bitte!", erklang es auf einmal streng neben ihr. Ein Soldat hatte Stellung bezogen und wartete auf die Durchfahrtspermission. Verstöße gegen die Kutschenverordnung wurden mit hohen Strafen belegt. Doch der Kutscher hatte dem Wachsoldaten bereits das geforderte Schriftstück in die Hand gedrückt, sodass dieser zufrieden brummend von dannen zog.

In der Zwischenzeit hatte Johanna entschieden, dass sie Breuer lediglich ihr persönliches Gepäck zum bechtlerschen Haus schleppen lassen würde – die Medikamente für Algardi wollte sie lieber nicht aus den Augen lassen. Breuer passte dies ganz offensichtlich nicht, doch Johanna ließ nicht mit sich reden. Es war zwar nicht ganz leicht, die vielen verschnürten Pakete zu tragen, aber sie hatte die Verantwortung dafür und wollte kein Risiko eingehen. Mit einem Kopfnicken zu den Soldaten verließ sie energischen Schrittes mit einem leise vor sich hin fluchenden Breuer den Marstallhof – um unmittelbar vor dem Tor abrupt stehenzubleiben. Eine große Menschenmenge verhinderte das Weiterkommen, zumal Soldaten eine breite Absperrung auf der geraden Chaussee zum Schloss eingerichtet hatten. Von irgendwo her erklangen leise Hochrufe, die langsam lauter wurden, und es entstand Bewegung in der Menge. Der Hof fuhr in Schwetzingen ein.

Johanna hatte das Spektakel schon mehrfach erlebt, war aber immer wieder aufs Neue von der Prachtentfaltung des Einzuges beeindruckt. Von ihrem Vater wusste sie, dass Seine Kurfürstliche Durchlaucht diese Gepflogenheit eigentlich nicht besonders mochte und am liebsten heimlich durch einen Seiteneingang ins Schwetzinger Schloss gezogen wäre – doch er war seinen Untertanen einen angemessenen Auftritt schuldig. Deshalb bog der gesamte Tross Jahr für Jahr vor dem Mannheimer Tor nach links ab, passierte die Zeltstadt der Schwetzinger und hielt dann durch das eigentlich nicht auf der Route liegende Heidelberger Tor Einzug, um über die gerade Schlossachse in die Stadt einzufahren. Allein dieser Umweg passte Seiner Kurfürstlichen Durchlaucht nicht, doch seine treuen Schwetzinger Untertanen freuten sich jedes Jahr aufs Neue auf den Tross.

Wie immer wurde er von vier berittenen Wachsoldaten angeführt, deren Pferde nun mit den Hufen vor dem Marstall auf dem Pflaster klapperten. Johanna reckte sich; ihre Größe kam ihr in solchen Situationen zur Hilfe und sie konnte den Einzug gut sehen. Schon folgte die prachtvolle Kutsche Carl Theodors mit dem kurfürstlichen Wappen darauf. Aus dem Fenster heraus grüßten Ihre Kurfürstlichen Durchlauchten in das Volk, das dem Herrscherpaar lautstark huldigte. Auf dem hinteren Kutschbock stand Dominik Pierron, der mit grimmiger Miene nach rechts und links in die Menge starrte. Für einen Moment hatte Johanna das Gefühl, der Kammerdiener hätte sie entdeckt und besonders intensiv mit seinen kleinen, stechenden Augen angeschaut, doch vielleicht hatte sie sich das nur eingebildet. Dennoch, ein ungutes Gefühl blieb und sie begann zu frösteln.
Hinter der kurfürstlichen Kutsche folgte Pater Seedorfer, der Beichtvater und persönliche Vertraute der Kurfürstin. Da die Geburt des Thronfolgers in wenigen Wochen stattfinden würde, war sein seelischer Beistand bei Hofe ganz sicher gefragt. Außerdem übernahm Seedorfer auch in der Sommerfrische die täglichen Gottesdienste in der Schlosskapelle.
Es folgten die beiden Herzöge von Zweibrücken gemeinsam mit ihren Gattinnen in einer weiteren Kutsche. Johanna versuchte verzweifelt, einen Blick auf die schöne Gräfin Forbach zu erhaschen, doch sie hatte sich im Inneren der Kutsche gut verborgen. Dann kam in einem schier nicht enden wollenden Tross der gesamte Hofadel, dessen Kutschen jedoch unmittelbar an den beiden Wachhäusern vor dem Ehrenhof des Schlosses rechts abbiegen mussten, um dann seitlich durch das Zweibrückentor in den Garten der Sommerresidenz zu gelangen. In den Ehrenhof durfte nur die kurfürstliche

Familie vorfahren: Vorbei an einer zweihundert Mann starken Ehrengarde der Pfälzer Soldaten schob sich die Kutsche Carl Theodors und seiner Gattin bis in den Tunnel unter den kurfürstlichen Appartements, wo Elisabeth Auguste gefolgt von Pater Seedorfer linkerhand das Schloss betrat und Carl Theodor gemeinsam mit Pierron rechts in seine Appartements hinaufstieg. Die leeren Kutschen verließen das Schlossareal hinten durch den Garten. Erst dann durfte der noch amtierende Thronfolger Herzog Christian von Zweibrücken samt Gattin sowie Herzog Friedrich von Zweibrücken mit seiner Gattin Franziska Dorothea aussteigen und das Schloss vom Ehrenhof aus betreten.

Johanna hatte von einem Bediensteten des Schlosses einmal gehört, dass sich die Zweibrückener Verwandtschaft im Schwetzinger Schloss alles andere als angemessen untergebracht fühlte. Ganz im Gegensatz zu ihren Appartements in der Mannheimer Residenz stand sogar der engeren Familie des Kurfürsten hier in Schwetzingen nur sehr begrenzter Wohnraum zur Verfügung – von repräsentativen Salons ganz zu schweigen. Auch der Kurfürst und seine Gattin mussten auf einigen Komfort verzichten, den sie aus Mannheim gewohnt waren, doch sie taten dies offenbar im Angesicht des herrlichen Schlossgartens und des besseren Klimas gern. Dennoch: Alle Höflinge, die sonst noch im Schloss wohnten, mussten sich mit winzigen Kammern, kurzen und unbequemen Bettladen und schlechteren sanitären Verhältnissen begnügen. Aber was tat man nicht alles, um seinem Kurfürsten zu gefallen ...

Als endlich eine Abordnung von zwölf berittenen Gardesoldaten an Johanna vorbeizog, atmete sie erleichtert auf. Endlich, der Tross war durch. Nun würde sich der Menschenauflauf schnell auflösen, da mit Einzug des

Hofes jeder etwas zu tun hatte. Sie wartete noch ein paar Minuten und machte sich dann gemeinsam mit Breuer auf den Weg zum Rothen Haus in der Dreikönigstraße, wo die Bechtlers im Sommer stets das obere Geschoss vom Wirt der unten betriebenen Gastwirtschaft angemietet hatten.
In den Straßen herrschte ein unglaubliches Gewimmel. Wie immer, wenn viele Menschen unterwegs waren, traf man überall auf Gaukler, Bettler und Beutelschneider, die in all dem Wirrwarr zu schnellem Geld kommen wollten. Johanna behielt ihre Pakete und ihr kleines Samtbeutelchen mit der Empfehlung für Algardi und den Lieferlisten ihres Onkels fest in der Hand. Als sie gerade in die Mannheimer Straße eingebogen waren, hielt Johanna erstaunt inne. Seit dem letzten Jahr waren hier viele neue und prachtvolle Steinhäuser entstanden. Die Rechnung von Kurfürst Carl Theodor war also aufgegangen: Er hatte hier vor einiger Zeit damit begonnen, Grundstücke zu verschenken – allerdings mit der Auflage, entsprechend repräsentativ zu bauen. Auch der Gasthof Zum Grünen Laub war im Zuge der Bautätigkeiten offenbar noch einmal verschönert und vergrößert worden. Ob es wohl stimmte, was man sich in Mannheim über die bei Hofadel und Bediensteten gleichermaßen beliebte Schankstube erzählte? Der Kurfürst soll dem Besitzer des Zum Grünen Laub, einem gewissen Heinrich Joos und seinem Braumeister Welde, einige Jahre zuvor das Braurecht verliehen haben. Dadurch konnte Carl Theodor eine üppige Biersteuer eintreiben und kam seither gleichzeitig in den Genuss eines eigenen Gerstensaftes. Offenbar schmeckte das Gesöff so gut – was Johanna nicht nachvollziehen konnte, sie fand Bier einfach nur schrecklich –, dass sowohl Handwerker, Baumeister und Künstler als auch Musiker, Kaufleute und Höflinge regelmäßig in der Gaststube einkehrten, um

in den Genuss des Bieres zu kommen. Da sich aber auch der Hofadel an eben jener Braukunst laben wollte, ohne sich dazu mit dem gemeinen Volk mischen zu müssen, hatte Gastwirt Joos sich etwas ganz Besonderes einfallen lassen: Begünstigt durch die Architektur mit zwei Hofeinfahrten zum Brauereianwesen erfand er einen Kutschen-Ausschank, bei dem die vorgefahrenen Gäste nicht aussteigen mussten, sondern in ihrer Kutsche vor dem Haus bewirtet werden konnten. Weilte der Hof in Mannheim, wurde dieses Privileg auf sämtliche Fuhrleute ausgedehnt, die dafür eine offizielle Erlaubnis von kurfürstlichen Gnaden vorweisen konnten – und das waren einige. So gelangte mancher Bierhumpen über die Grenzen Schwetzingens hinaus – und damit auch der Ruhm von Braumeister Welde. Man munkelte sogar, dass Carl Theodor plane, seine Hausbrauerei im Winter mit nach Mannheim zu nehmen, doch das war bislang nur ein Gerücht. Dennoch, Johanna war beeindruckt von der Geschäftstüchtigkeit des Gastwirtes, der ganz sicher nicht mit diesem Erfolg gerechnet hatte. Sie kannte ihn ganz gut, da sie als kleines Mädchen mit seiner Tochter befreundet war. Marianne Joos war ein Jahr jünger als Johanna und beide hatten viele Sommer miteinander in den Gärten der Oberstadt gespielt. Ob sie zuhause war?

Obwohl Johanna gern nach Marianne geschaut hätte, gab sie sich einen Ruck und drängelte sich weiter durch die vielen Menschen hindurch. Endlich konnte sie den Turm der Stadtkirche sehen, die der Kurfürst ganz neu im modernen Stil hatte errichten lassen. Von dort aus war es nicht mehr so weit. Schon bog sie links in die Alte Speyerer Straße[21] ein, in der sich das Sommerdomizil der Bechtlers befand.

21 Heute die Dreikönigstraße.

„Johanna, endlich!“ Vor dem Rothen Haus wartete Amalie auf die Ankunft ihrer Schwester. Freudig umarmten sie einander. Breuer drängte sich an ihnen vorbei durch den Torbogen, um das Gepäck hinaufzubringen, während die Schwestern aufgeregt schwatzend vor dem Gasthaus stehen blieben. Amalie musterte Johanna von oben bis unten, seufzte tief, lächelte geheimnisvoll und bemerkte nachsichtig: „Schwesterherz, ich weiß, du magst keine geschnürten Korsetts – aber jetzt, da wir schon bald bei Hofe verkehren werden, musst du mehr Sorgfalt auf angemessene Kleidung legen. So leid es mir tut.“

Natürlich wusste Johanna, dass ihre Schwester alles andere als Mitleid mit ihr hatte und ärgerte sich insgeheim. Warum sollte sie sich nur wegen ein paar Medikamenten für den Hofmedicus Algardi plötzlich wie eine unbewegliche Puppe ausstaffieren? Ihre Schwester übertrieb wieder einmal hoffnungslos.

„Wieso Algardi?“ Amalie starrte sie verständnislos an. „Es ist doch der Freiherr von Wadenfels. Der ist zwar auch schon älter, aber nicht so steinalt wie Algardi.“

„Freiherr von Wadenfels? Ist der überhaupt ein ausgebildeter Medicus?“ Johanna hatte den Namen des offenbar zum niederen Adel zählenden Kollegen ihres Vaters noch nie gehört und war einigermaßen überrascht.

„Ein Medicus?“ Amalie schnaubte. „Ich heirate doch keinen Medicus, ich bitte dich!“ Sie lächelte versonnen. „Nein, Schwesterherz, ein von Wadenfels muss nicht arbeiten, um zu leben.“

„Du heiratest?“ Johanna starrte sie entsetzt an. „Du heiratest diesen von Wadenfels? Und wer ist das bitteschön?“

Und so erfuhr Johanna in wenigen Sätzen auf dem Weg hinauf in die bechtlersche Wohnung, dass nur wenige

Tage nach der Abreise Johannas eine Einladung Amalies zu einer Gesellschaft im Hause Verschaffelt erfolgt war. Wie so oft hatten Verschaffelt und seine Frau es dabei geschafft, Künstler, Wissenschaftler, Politiker und Adlige aller Schichten zu vereinen, sodass es für die auffallend hübsche Amalie gar nicht weiter schwierig war, neue Kontakte zu knüpfen. Einer jener neuen losen Bekanntschaften war ein attraktiver junger Mann, der sich als Vertrauter des Freiherren von Wadenfels herausstellte und Amalie sehr elegant den Hof machte. Leider stand er nicht zur Disposition, was Amalie ein wenig bedauerte, doch sein Dienstherr, besagter von Wadenfels, war auf Brautsuche in Mannheim, da seine erste Frau vor einigen Monaten kinderlos verstorben war. Zwar war der Bräutigam mit knapp sechzig Jahren nicht mehr der Jüngste, doch sein Titel versprach Ruhm und ein sorgenfreies Leben im Umkreis des Hofes, sodass Amalie sofort Feuer und Flamme war. Ihr Vater zögerte zunächst mit der Zustimmung, gab dann jedoch nach. Freiherr von Wadenfels wurde daraufhin wenige Tage später im Hause Bechtler vorstellig, man einigte sich auf eine angemessene Mitgift und die Verlobung war perfekt.

„Und wie ist er so, dein Bräutigam?“, fragte Johanna verstört nach. Sie konnte die überstürzte Entscheidung ihrer Schwester einfach nicht nachvollziehen.

„Na ja, älter eben“, antworte Amalie, „aber sehr kultiviert und gut gekleidet. Schau, das hat er mir zur Verlobung geschenkt.“ Sie zeigte Johanna eine goldene Brosche mit bunten Steinen. „Wundervoll, nicht wahr?“ Johanna nickte lahm. Sie konnte immer noch nicht fassen, was in ihrer Abwesenheit passiert war.

„Und wann soll die Hochzeit sein?“, erkundigte sie sich leise.

„Schon nächste Woche!“, flötete Amalie strahlend. „Wir heiraten in der Pankratiuskirche.“

Johanna schwieg. Was sollte sie auch sagen? Ihre Schwester vermählte sich mit einem Mann, der offenbar ihr Großvater sein könnte, ohne weiter darüber nachzudenken. Obwohl – nachgedacht hatte Amalie: Denn dieser Mann schien ihre Bedürfnisse nach gesellschaftlichem Aufstieg, Reichtum und Titel ja zu erfüllen. Johanna schüttelte innerlich den Kopf. Wie verschieden sie doch waren. Hoffentlich würde Amalie ihr Glück finden. Zärtlich blickte sie ihre Schwester an, die immer noch stolz lächelte: „Ich wünsche dir, dass du glücklich wirst, Amalie Freifrau von Wadenfels."
Dann fiel ihr etwas ein. „Sag, woher kommen die von Wadenfels eigentlich? Ich habe noch nie zuvor von diesem Geschlecht gehört."
Amalie winkte ab. „Ich auch nicht. Aber er hatte seinen Stammbaum dabei. Die Familie kommt irgendwo aus der Saarbrücker Gegend und gehört dort einer alten Dynastie an. Und am Hof von Zweibrücken waren sie wohl früher in Diensten."
„Ach so." Johanna überlegte. „Und wieso ...", formulierte sie vorsichtig ihre Frage, „... wieso glaubst du, will ein Freiherr von Wadenfels dann die Tochter eines Hofmedicus heiraten?"
„Tja, ich habe ihm eben gefallen!", lautete die schnippische Antwort. „Außerdem bekomme ich eine anständige Mitgift und Vater ist bei Seiner Kurfürstlichen Hoheit gut gelitten. Reicht das nicht?"
Johann schwieg und dachte sich ihren Teil. Entweder dieser von Wadenfels steckte in finanziellen Schwierigkeiten und war auf die Mitgift Amalies scharf, oder er war so alt und hässlich, dass er keine gleichgestellte Frau bekam. Vielleicht wollte er aber auch über seinen zukünftigen Schwiegervater an Kontakte oder Empfehlungen bei Hofe kommen, auch das wäre denkbar. Oder aber er war ein Schwindler und Hochstapler, der

irgendetwas im Schilde führte. Johanna konnte sich zwar nichts dieser Art vorstellen, aber wer konnte schon hinter die Fassaden vieler Menschen schauen. Ihr Vater würde sich schon ausreichend erkundigt haben. Die Brosche jedenfalls, die Amalie stolz am Mieder trug, die hatte sie schon einmal gesehen – sie wusste nur nicht mehr wo. Johanna spürte, dass irgendwas an der Geschichte faul war.

„Herzblatt, wie schön!" Franz Bechtler hatte inzwischen von der Ankunft seiner jüngeren Tochter erfahren und stürmte freudig in den Salon, der gleichzeitig als Ess- und Arbeitszimmer herhalten musste. In Schwetzingen lebte man eben beengter.

„Sind das die Päckchen für Algardi?" Er begann vorsichtig, hineinzuschauen. „Was ist es denn alles, was der alte Quacksalber haben möchte?"

Johanna lächelte nachsichtig, sie wusste, dass ihr Vater Algardi im Prinzip schätzte und mochte, obwohl sie manchmal anderer Meinung waren. Algardi zählte eben noch zur alten Schule und war mit vielen modernen medizinischen Ansichten nicht vertraut. Dennoch war er ein verantwortungsbewusster und guter Arzt.

„Hier, bevor du alles auspackst, Vater. Das ist die Liste von Onkel Philipp." Sie reichte ihm das Papier und zusätzlich einen versiegelten Umschlag. „Und dieser Brief hier ist für dich von deinem Bruder."

„Danke, mein Kind." Franz Bechtler vertiefte sich zunächst in die Liste der gelieferten Medikamente, schnalzte dabei hin und wieder mit der Zunge, wiegte den Kopf manchmal nachdenklich hin und her oder nickte wissend. Dann zerbrach er das Siegel des persönlichen Briefes von seinem Bruder, ließ sich auf einen Stuhl fallen und begann zu lesen. Schweigend sahen ihm die Schwestern dabei zu. Doch ehe er die Lektüre beenden konnte, steckte Breuer seinen Kopf in den Salon.

„Ein Bote vom Hof, Euer Gnaden. Eure Tochter soll die Pakete bei Hofmedicus Algardi abliefern. Jetzt gleich."
Betroffen blickte Johanna an sich hinunter. Sie war immer noch in Reisekleidung – sollte sie so bei Hofe erscheinen? Doch was blieb ihr anderes übrig, einen kurfürstlichen Boten konnte man nicht warten lassen. Sie war noch nie persönlich ins Schloss gerufen worden und ihr Herz begann aufgeregt zu klopfen. Sie hatte ihren Vater zwar das eine oder andere Mal ins Mannheimer Schloss begleiten dürfen, die Schwetzinger Sommerresidenz hatte sie jedoch noch nie betreten – sah man einmal vom Hofgarten, dem Ehrenhof und den Gartenanbauten ab, die an Festtagen dem Volk offenstanden.
„Ich begleite dich, mein Kind", beruhigte ihr Vater sie, als er ihre Nervosität wahrnahm, „keine Sorge."
Gemeinsam machten die Bechtlers sich auf den Weg zum Schloss. Für Gespräche blieb dabei keine Zeit, so eilig bewegte sich der Bote durch die Menschenmengen hindurch, vorbei an der Pankratiuskirche und dem Gasthof Zum Ritter bis hin zu den beiden Wachhäusern vor dem Haupteingang des Schlosses. Vater und Tochter hatten einige Mühe, ihm zu folgen, schließlich mussten sie dabei die Päckchen und Taschen mit den Medikamenten heil durch die Menge balancieren.
Die beiden wachhabenden Soldaten freundlich, als sie Franz Bechtler und seine Tochter sahen, und ließen sie passieren. Wenige Meter weiter wurden sie jedoch aufgehalten: Ein Soldat der Pfälzer Garde führte sie in das Amtszimmer des linken Wachhauses. Dort musste Johanna den allerhöchsten Befehl und die Lieferpapiere vorzeigen, die dann peinlichst genau mit der Ware verglichen wurden. Ärgerlich beobachtete sie, wie grob die Soldaten mit den Tiegeln und Fläschchen dabei umgingen, doch auf ein Zeichen ihres Vaters

hin schwieg sie und schluckte ihren Unmut hinunter. Der Bote war unterdessen verschwunden und man beschied den Bechtlers, dass sich ein anderer Bediensteter des Hofes der Angelegenheit weiter annehmen werde. Dieser ließ nicht lange auf sich warten und betrat mit missmutigem Gesichtsausdruck den Raum. Er nickte Franz Bechtler kurz zu und bellte dann unfreundlich: „Seid Ihr Johanna Bechtler?“ Ohne ihre Antwort abzuwarten, begann er damit, die vielen Pakete auf dem Tisch ungeordnet zusammen zu schieben und zu stapeln und raunzte barsch: „Ihr könnt gehen!“
Da platze Johanna der Kragen. Obwohl ihr Vater sie warnend in die Seite stieß, konnte sie nicht an sich halten und fuhr den Höfling an: „Ich kann mir nicht vorstellen, dass Er Interesse daran hat, die Medizin für Ihre Kurfürstliche Durchlaucht zu verderben. Außerdem hieß es, dass ich diese persönlich bei Doktor Algardi abzugeben hätte. Also lass Er mich das machen!“
Und ehe der verblüffte Höfling noch die anwesenden Soldaten es sich versahen, hatte Johanna ihn beiseitegeschoben und damit begonnen, die Pakete wieder ordentlich zu verschnüren.
„Das ist ja wohl ...“, plusterte sich der Bedienstete auf, doch ein Soldat unterbrach ihn und wedelte mit dem schriftlichen Befehl, den Johanna hatte vorzeigen müssen. „Die Bechtlerin hat recht. Also bring Er sie zu Algardi! Allerdings nur sie – so leid es mir tut, ehrenwerter Bechtler, Ihr müsst leider hier auf Eure Tochter warten.“
Triumphierend zog Johanna mit den Päckchen aus dem Amtszimmer hinaus, zwinkerte ihrem Vater dabei noch einmal verschwörerisch zu und eilte dann dem immer noch sichtlich verärgerten Höfling hinterher.
Sie passierten zunächst den großen und dann den kleinen Ehrenhof, ehe sie linkerhand das Schloss betraten.

Man ließ sie in einem dunklen fensterlosen Korridor warten, an dessen Ende sich eine steinerne Schneckenstiege befand. Erst jetzt erkannte sie einen Soldaten mit Hellebarde, der sich vor der links abgehenden Silberkammer postiert hatte. Der Raum war angenehm kühl und Johanna versank in Gedanken. Wie sah es hier wohl im Winter aus, wenn der Hofadel in Mannheim weilte? Von ihrem Vater und anderen wusste sie, dass zum Beispiel sämtliche Möbel des Schlosses während der kalten Jahreszeit in nur zwei abgeschlossenen Räumen aufbewahrt wurden – der Rest stand leer. Außerdem wurden die kostbarsten Stücke stets nach Mannheim mitgenommen. Kündigte sich im Frühjahr dann der Hof an, wurde es geschäftig auf dem Schlossgelände: Alle Kanäle mussten durchspült, die Dächer und Fenster auf Dichtigkeit überprüft werden. Der Garten wurde hergerichtet – und zwar stets so, dass zur Ankunft der kurfürstlichen Familie vierzigtausend Tulpen aus Holland blühten. Außerdem kamen die vielen Kübelpflanzen, wie die exotischen Palmen, die herrlichen Oleander, die Kaffee- und Maulbeerbäume und natürlich die Zitronenbäumchen wieder ins Freie – allein das dauerte Tage. Johanna kam zu dem Schluss, dass sie in einer äußerst schnelllebigen Zeit lebte, in der wirklich viel passierte.
Von oben rief plötzlich eine dünne Männerstimme: „Bechtlerstochter, komm Sie doch nach oben, ich steige doch so schwer die Stiegen!" Johanna blickte zu dem Wachsoldaten, der ihr mit einem Kopfnicken zu erkennen gab, dass sie weitergehen durfte. Die Treppenspindel war dunkel und mit nur einer Kerze beleuchtet. Im ersten Stock erwartete sie dann endlich der Hofmedicus Algardi.
„Johanna Bechtler, welch eine Freude!"
Lächelnd begrüßte er sie und nahm ihr einen Teil der Pakete für den Rest des Weges ab. Dem Bediensteten

machte er ein Zeichen, sodass dieser sich lautlos entfernte.
„Kommt mit, keine Angst, die hohen Herrschaften weilen im Konferenzzimmer.“
Johanna wurde durch ein Zimmer mit grün getäfelten Wänden und durch die Kleiderkammer Ihrer Durchlaucht, der Kurfürstin, geführt. Hinter einer unscheinbaren Tür kam dann wieder ein Treppenhaus – und schließlich befand sie sich im persönlichen Zimmer Algardis, der von all den vielen Stufen mächtig außer Atem neben ihr schnaufte.
Sprachlos blickte Johanna sich in dem Raum um. In der Mitte stand ein großer Tisch, der über und über mit Büchern, Papieren, medizinischen Instrumenten, Zeichnungen und allerlei Pflanzen bedeckt war. An drei Wänden befanden sich Regale, die mit Glastüren gegen Staub und – wie Johanna vermutete – unbefugten Zugriff geschützt waren, doch auch darin konnte sie keinerlei System und Ordnung erkennen. Ganz anders als bei ihrem Vater oder im Laboratorium von Onkel Philipp standen hier Tränke und Säfte neben getrockneten Stierhoden oder Schrumpfköpfen, dazwischen lagen Halbedelsteine, Kristalle und andere nicht näher erkennbare Dinge herum. Oben auf den Schränken standen in runden Glasbehältern in Alkohol konservierte Tiere – oder waren das doch menschliche Körperteile? Johanna wollte erst genauer hinschauen, löste dann aber doch schnell Ihren Blick von den unheimlichen Artefakten. Ganz besonders abstoßend fand sie auch die abgeschnittenen Schweinefüße, die – das wiederum wusste sie von Kathi – gern gegen den bösen Blick eingesetzt wurden. Kurz: Bei Hofmedicus Algardi herrschte ein buntes Durcheinander aus Wissenschaft, Medizin und Aberglaube, und sie konnte sich nicht vorstellen, wie man sich hier zurechtfand.

Doch Algardi war nach Meinung der Gebrüder Bechtler dennoch auf seine Art ein guter Medicus. Denn er ließ sich, war er von einer Sache überzeugt, niemals beirren und verfolgte stets konsequent seinen Weg. Dass dieser nur selten über moderne Pfade verlief, lag an seinem hohen Alter und war nicht per se schlecht. Außerdem akzeptierte Algardi – ganz im Gegensatz zu einem de Winter – die neuen Ideen der Bechtlers und kam immer gut mit ihnen klar, auch wenn man mitunter anderer Meinung war. All dies schoss Johanna durch den Kopf, während sie ihren Blick durch den erstaunlichen Raum gleiten ließ.
„Ja, ja, mein Kind, ich weiß", erklang die sonore Stimme des alten Hofmedicus leise, „hier hätte schon längst einmal eine ordnende weibliche Hand hingehört." Er lachte leise vor sich hin. „Aber weißt du, junge Bechtlerin, ich bin so alt und es gibt so viele junge Doktoren – was soll ich mich also noch um so etwas bemühen?"
„Ja, findet Ihr denn hier immer, was Ihr braucht?", fragte Johanna vorsichtig nach.
„Aber selbstverständlich!", tönte Algardi vergnügt. „Und das Gute daran ist, dass nur *ich* es finde!"
Johanna fiel erleichtert in sein Lachen mit ein; der alte Hofarzt war wirklich außerordentlich freundlich zu ihr. Sie kannte Algardi zwar von einigen Treffen mit ihrem Vater, hatte jedoch noch nie die Gelegenheit gehabt, sich allein mit ihm zu unterhalten. Gemeinsam begannen sie nun, die vielen Pakete der Heidelberger Hofapotheke aufzuschnüren. Dabei fragte Algardi sie das eine oder andere Detail zu Mischungen und Zusammenstellungen, beriet mit ihr über die Lagerung und Dosierung und fragte dann aus heiterem Himmel:
„Sag, diese Geburt im Wasser – hat das Kind wirklich überlebt?"

Verblüfft starrte Johanna ihn an. Woher wusste er von dem Floßunglück auf dem Neckar? Als hätte er ihre stumme Frage vernommen, antwortete er:
„Mein liebes Kind, so etwas spricht sich herum! Hier in Schwetzingen wusste man bereits wenige Stunden später, dass die Tochter von Hofmedicus Bechtler das lebende Kind einer toten Schiffbrüchigen abgenabelt hat. Sogar von Hexerei war die Rede ...", er tätschelte ihr beruhigend die Hand, als sie erschrocken zusammenzuckte, „... aber natürlich nur bei den üblichen Schandmäulern. Ja, ja, sogar Ihre Kurfürstliche Durchlaucht Elisabeth Auguste hat sich bei mir nach dir erkundigt, als man auch in Mannheim davon erfahren hatte. Und Anton von Mai hat sofort gesagt, dass man von der kleinen Bechtler noch viel hören werde."
„Ihre Kurfürstliche Durchlaucht weiß auch davon?", krächzte Johanna. Sie hörte ihr Herz ganz laut klopfen und spürte, dass ihre Handinnenflächen vor lauter Aufregung ganz feucht wurden. Hoffentlich hatte sie damit nicht ihrem Vater geschadet oder sonstiges Unheil auf den Weg gebracht. Alles, was bei Hofe herumging, konnte sich zum Guten oder zum Schlechten wenden, das hatte sie bereits gelernt. Doch Algardi merkte nichts von ihren Sorgen und plapperte unbekümmert weiter.
„... natürlich in ihren dafür hergerichteten Appartements stattfinden. Aber dich, Johanna Bechtler, dich möchte sie dabei haben."
Erwartungsvoll musterte der alte Arzt Johanna, die ihn verständnislos anstarrte. Was wollte die Kurfürstin von ihr?
„Du hast mir nicht richtig zugehört, stimmt's?" Algardi zwinkerte ihr verständnisvoll zu. „Also gut, dann eben noch einmal: Die Kurfürstin möchte gern, dass du mir bei der Geburt des Thronfolgers assistierst." Er

nahm ihre beiden Hände in seine und drückte sie. „Ich habe natürlich sofort gesagt, dass es eine Ehre für dich wäre und ich mir keine bessere Assistentin wünschen könnte, als die Tochter von Hofmedicus Bechtler."
Erst jetzt begriff Johanna, was Algardi von ihr wollte. Was für eine Ehre, welch ein Glück! Sie konnte es kaum fassen. Aufgeregt bombardierte sie den alten und erfahrenen Arzt mit Fragen rund um das große Ereignis, die er ihr so gut es ging beantwortete. Johanna wollte viel wissen: Wo die Geburt stattfinden würde, wer zugegen sein wird, wann genau man bei Hofe mit der Ankunft des Thronfolgers rechnete, wie es der Kurfürstin gesundheitlich ging, ob das Kind richtig herum im Bauch lag und vieles mehr. Immerhin erfuhr sie so, dass man sich zur Geburt im zweiten Audienzzimmer, also vor dem eigentlichen Schlafgemach versammeln würde und dass neben Seiner Kurfürstlichen Hoheit Carl Theodor auch der derzeit amtierende Thronfolger Herzog Christian samt Gattin, dazu Herzog Friedrich mit der Schwester der Kurfürstin sowie einige Hofdamen und Bedienstete anwesend oder zumindest in der Nähe sein würden. Auch ein Notar hatte die Geburt zu beobachten, wie oft wurde schon bei der Gelegenheit ein Bastard untergeschoben. Und Johanna wunderte sich wieder einmal, dass eine Geburt in gewissen Kreisen zu einem halbwegs öffentlichen Ereignis wurde. Die arme Mutter.
Als sie sich eine Stunde später von Algardi verabschiedete und von einem Hofdiener zurück in den Ehrenhof geführt wurde, hatte Johanna das Gefühl, einen neuen Lebensabschnitt begonnen zu haben. Ausgerechnet sie würde als eine der ersten Personen den kurfürstlichen Thronfolger in den Armen halten – vermutlich musste sie das Neugeborene annehmen, damit Algardi sich um die Wunde und das Abnabeln kümmern konnte. Es

wäre also ein wenig „ihr" Thronfolger und vielleicht würde er sich später sogar seiner Geburtshelferin erinnern und sie mit kleineren Privilegien ausstatten. Möglicherweise käme sie auch schon vorher in diesen Genuss, da sich Ihre Kurfürstlichen Durchlauchten aufgrund ihrer umsichtigen Geburtsassistenz erkenntlich zeigen würden. Johanna schwebte bei diesen herrlichen Gedanken förmlich durch den Ehrenhof und konnte es kaum erwarten, ihrem Vater, der bei den wachhabenden Soldaten auf sie gewartet hatte, auf dem Rückweg von ihrem großen neuen Glück zu berichten.

Doch Franz Bechtler reagierte alles andere als begeistert. „*Du* sollst Algardi assistieren?" Entsetzt hielt ihr Vater inne. „Warum?" Stockend erzählte Johanna von dem Ruhm, der ihr nach dem Floßunglück auf dem Neckar offenbar vorausgeeilt war. „Aber das ist doch kein Grund, dich zur Geburt des allerhöchsten Thronfolgers hinzuzuziehen! Nein, nein, da steckt etwas anderes dahinter."

Johanna war den Tränen nahe. Hatte sie etwas falsch gemacht? Warum war ihr Vater nur so aufgebracht? Mit hängendem Kopf trottete sie hinter ihm her. Was meinte er nur damit, was sollte dahinter stecken?

Doch ihr Vater hüllte sich in Stillschweigen, nahm ihr aber zuhause in seinem Kabinett das feierliche Versprechen ab, dass sie ihm bei jedem noch so unbedeutenden Kontakt zum Hofe Bericht erstatten solle. Denn der Hof sei nach seinen Worten wie ein Wespennest: Eine falsche Bewegung und alle fallen mit gezückten Stacheln über den einzelnen her. Davor wollte er seine Tochter schützen. Und Johanna fürchtete sich auf einmal vor der großen Verantwortung und war gar nicht mehr so froh darüber, in wenigen Wochen neben Algardi am Bett der Kurfürstin stehen zu dürfen.

Zunächst stand allerdings ein anderes Ereignis im Mittelpunkt: die Hochzeit von Amalie mit dem Freiherren

zu Wadenfels. Sie fand eine gute Woche nach Amalies Besuch im Schloss statt und wurde im Hause Bechtler unter der Oberaufsicht von Madame Guinant, die dazu extra aus Mannheim angereist war, vorbereitet. Zunächst konzentrierte sich alles auf das Kleid Amalies. Selbstverständlich wollte sie ganz in Weiß heiraten, dabei jedoch auch modische Akzente setzen. Schließlich wurde sie Freifrau, da musste man schon etwas hermachen. Also entschied man sich für zartgelbe Schuhe mit Absatz, eine gleichfarbige Mantilla und gelbe Seidenrosen, die das Mieder der Braut schmücken sollten. Die Haare sollten dann à la mode toupiert und ebenfalls mit Rosen bestückt werden. Nur der lange Schleier aus Tüll musste weiß sein, schließlich galt es, eine entsprechende Form zu wahren.
Unterdessen kümmerte Franz Bechtler sich um die Mitgift der Braut. Dazu fand ein reger Botenverkehr zwischen Schwetzingen und Darmstadt statt, da die Familie seiner verstorbenen Frau sich in erster Linie um diese Angelegenheiten kümmerte. Und erst als die Darmstädter Verwandtschaft tatsächlich anreiste, konnte sich auch Johanna den Hochzeitsvorbereitungen nicht mehr entziehen, so gern sie es auch getan hätte.
Der Hochzeitstag selbst begann wie im Bilderbuch: Über Schwetzingen lag ein strahlend blauer Himmel, aufgrund des warmen Klimas standen die letzten Jasminbüsche, aber auch schon die ersten Pfingstrosen in voller Blüte, sodass sich der Marktflecken von seiner schönsten Seite zeigte. Die Trauung fand in der gerade fertig umgebauten Sankt Pankratiuskirche nur wenige Meter vom bechtlerschen Sommerdomizil entfernt statt. Hofbaumeister Nicolas de Pigage hatte die Modernisierung des alten Schwetzinger Gotteshauses forciert und dabei Unterstützung vom Schwetzinger Architekten Franz Wilhelm Rabaliatti erhalten. Wie

immer, wenn Pigage an einem Projekt beteiligt war, hatte es dabei Ärger gegeben; auch bei den Schlossanbauten gerieten sich die Architekten regelmäßig in die Haare und warfen sich gegenseitig Schlamperei und Unfähigkeit vor. Johanna konnte gut nachvollziehen, warum sich Anton Verschaffelt nun schon das dritte Jahr geweigert hatte, mit dem Hof nach Schwetzingen zu ziehen – so hatte er wenigstens ein paar Monate im Jahr in Mannheim seine Ruhe vor seinem Konkurrenten Pigage. Dieser war, das vermutete Johanna zumindest, wohl auch froh, sich zumindest hier nicht mit Verschaffelt messen zu müssen – und immerhin hatte er so praktisch konkurrenzlos einige Schwetzinger Hotels und Paläste bauen dürfen. Besonders schön war das Palais Ysenburg geworden, in dem das alte Adelsgeschlecht aus dem Frankfurter Raum nun standesgemäß residieren konnte. Das mussten die Ysenburgs auch, da sie eng mit Carl Theodor befreundet waren und entsprechend häufig Gesellschaften gaben. Ihr Ansehen in Schwetzingen war sehr hoch – und erfreut stellte Johanna auf dem Weg zur Kirche fest, dass sich sämtliche Ysenburgs zur Trauung ihrer Schwester eingefunden hatten und auf dem Vorplatz mit der Familie des Freiherren von Hacke plauderten. Die von Hackes bewohnten in Schwetzingen das Forstamt direkt hinter dem Ysenburg'schen Palais, wo der Freiherr als Obristjagdmeister im Sommer die berühmten Jagden planen konnte. Familie von Hacke bestand übrigens im Wesentlichen aus seiner Frau, die so dick war, dass man sie einfach nicht übersehen konnte. Leider hatte sie kein besonders gutes Händchen für Kleider, sodass sie meist extrem ungünstig angezogen war – wie auch am heutigen Tag, wie Johanna innerlich grinsend feststellte. Grün war derzeit sehr in Mode, aber eine Farbe, die mit Vorsicht zu genießen war. Freifrau von Hacke

hatte die erforderliche Umsicht mit den grünen Stoffen wieder einmal nicht walten lassen und leuchtete ihr schon von Weitem in einem unglaublichen Apfelgrün entgegen. Ihr Problem bestand darin, dass sie dem Alkohol und fetten Speisen alles andere als abgeneigt gegenüberstand, was im Laufe der Jahre zu einer tiefroten Gesichtsfarbe geführt hatte. Das Grün ihres immensen Kleides hob das Rot ihres Gesichtes nun noch zusätzlich hervor, sodass ihre neben ihr stehende Tochter Adelheid in einem farblosen Altrosa im wahrsten Sinne des Wortes verblasste. Marianne von Hacke stand in Diensten der Kurfürstin und gehörte wiederum zu jenen Hofdamen, die von Verschaffelt porträtiert worden waren.
Immerhin: Johanna stellte befriedigt fest, dass tatsächlich Adel zur Hochzeit ihrer Schwester erschienen war; so unbedeutend konnte die Familie ihres zukünftigen Schwagers also nicht sein. Amalie würde es ganz sicher genießen.
Neugierig hielt Johanna Ausschau nach Maximilian von Wadenfels, dem Bräutigam. Persönlich hatte sie ihn bislang noch nicht getroffen; auch er war offenbar mit den Hochzeitsvorbereitungen zu beschäftigt, um seiner Braut noch einmal Aufwartung zu machen. Suchend glitt ihr Blick über den freundlichen Platz vor der prachtvollen Kirchenfassade, doch sie entdeckte neben einigen bekannten Familien aus Schwetzingen nur Militärangehörige, die teilweise schon einiges getrunken hatten und entsprechend laut auftraten. Unmittelbar vor dem Kirchenportal wartete ihre Darmstädter Verwandtschaft, die im Gasthof Adler untergekommen war. Freudig eilte sie auf Tante Philippa zu, die ihre Nichte wohlwollend musterte. Dem Anlass entsprechend hatte Johanna sich nämlich in ihr schönstes Kleid gezwängt, sich murrend von Madame Guinant

schnüren und frisieren lassen – und sah daher aus, wie es sich nach Ansicht Amalies und der Haushälterin gehörte. Was wohl Clemens dazu sagen würde? Man hatte ihn auf Drängen Amalies gemeinsam mit einigen anderen Hofmusikern gebeten, den Gottesdienst musikalisch zu begleiten, doch Johanna hatte ihn noch nicht entdeckt.
Während sie artig ein paar Höflichkeiten und wenige Neuigkeiten mit den von Rodensteins austauschte, begann die Hochzeitsgesellschaft in die Kirche zu ziehen, um dort den Einmarsch von Braut und Brautvater zu erwarten. Laut und temperamentvoll tönte ihnen die Orgel entgegen und Johanna erkannte sofort, dass ihr Clemens dort oben auf der Empore in die Tasten griff. Ungeduldig und ganz und gar undamenhaft drängelte sie sich durch den Mittelgang nach vorne. Als Schwester der Braut stand ihr ein Platz in der ersten Reihe zu – gemeinsam mit ihrem Vater und den von Rodensteins. Gegenüber würde die Familie der von Wadenfels sitzen und Johanna war sehr gespannt auf ihre neue Verwandtschaft. Erstaunt stellte sie jedoch fest, dass sich dort nur Soldaten lümmelten – von Brauteltern oder Geschwistern keine Spur. Das erschien sehr merkwürdig.
Dafür konnte sie zum ersten Mal einen Blick auf den Bräutigam werfen, der an seiner fast schon übertrieben festlichen Kleidung und seiner über und über mit Orden und Schärpen geschmückten Brust etwas Geckenhaftes an sich hatte. Als hätte Maximilian von Wadenfels den prüfenden Blick seiner zukünftigen Schwägerin gespürt, drehte er sich plötzlich zu Johanna um und kam direkt auf sie zu. Dabei bemerkte sie, dass er stark humpelte und ein Bein nachzog.
„Meine Gnädigste, Ihr müsst Johanna sein, die Schwester meiner entzückenden Braut", kam es mit nasaler

Stimme und merkwürdigen Zischlauten aus seinem beim Sprechen kaum geöffneten Mund heraus, während er sich zum Handkuss über Johannas ausgestreckten Arm beugte. „Reizend, ganz reizend", schob er noch nach, richtete sich dabei auf und verzog den Mund zu einem falschen Lächeln.
Johanna erstarrte vor Entsetzen. Maximilian von Wadenfels war nicht nur steinalt, sondern mit Ausnahme zweier schwarzer Stummel im Oberkiefer auch völlig zahnlos, woher ganz offensichtlich die merkwürdigen Zischlaute beim Sprechen herrührten. Sein Gesicht war stark vernarbt und faltig, sodass seine eiskalt funkelnden wässrig blauen Augen in tiefen Höhlen saßen. Quer über die linke Wange verlief zudem eine hässliche breite Narbe. Das Schlimmste war für Johanna jedoch die Tatsache, dass der Freiherr von Wadenfels durch und durch ungepflegt wirkte und auch so roch! Seine Perücke saß schief, sein weißes Hemd war fleckig, was die vielen Orden nur mäßig verbargen, seine Fingernägel hatten dicke schwarze Ränder und aus dem Mund roch er sogar bei Abstand ekelerregend. Und diesen Mann sollte ihre Schwester heiraten? Sie verspürte große Wut in sich aufsteigen, die sich vor allem gegen ihren Vater richtete. Wie konnte er so etwas zulassen? Kein Wunder, dass er seinen Bruder nicht einladen wollte – der hätte ihm wahrscheinlich einiges dazu gesagt! Onkel Philipp gab nämlich nichts auf Ämter und Würden, wenn der Mensch dahinter nicht den gestellten Ansprüchen entsprach. Und was wohl die von Rodensteins zu diesem Greis sagen würden?
Ohne auch nur ein Wort an den Bräutigam zu richten, wandte sich Johanna ab und stellte fest, dass auch Tante Philippa nicht erfreut aussah. Ganz sicher hätte auch sie sich einen jüngeren und ansehnlicheren Mann für ihre Nichte gewünscht! Doch nun war es zu spät und

ein Tusch kündigte an, dass die Braut soeben in die Kirche einzog.

Amalie sah wunderschön aus. Wie eine echte Prinzessin schwebte sie an der Seite ihres Vaters durch den Mittelgang hindurch. Johanna war so gerührt bei dem Anblick der Braut, dass ihr die Tränen in die Augen stiegen. Warum nur hatte sich ihre schöne und ambitionierte Schwester für einen derart abstoßenden Bräutigam entschieden? Wusste sie denn nicht, was das bedeutete? Sie würde mit diesem Mann das Ehebett teilen, ihm täglich ins Gesicht schauen müssen, seine Gesellschaft ertragen und seinen Gestank erdulden! Warum hatte ihr Vater das nicht verhindert? Johanna verstand das alles nicht und war zutiefst deprimiert. Als ihr Vater die Braut an den Freiherren von Wadenfels übergeben und sich neben ihr in die Kirchenbank gedrückt hatte, konnte sie nicht mehr an sich halten und brach in lautes Schluchzen aus. Schweigend steckte Franz Bechtler seiner Tochter ein großes weißes Taschentuch zu, damit sie ihre Tränen trocknen konnte, doch es half alles nichts: Johanna war innerlich so aufgewühlt, dass sie weder von der Trauungszeremonie noch von dem anschließenden Glückwunschsparlieren irgendetwas mitbekam. Erst als sie später von Amalie, jetzt Freifrau von Wadenfels, zum Abschied in den Arm genommen wurde, da das frisch vermählte Paar sofort für ein paar Tage nach Ladenburg zu Freunden des Bräutigams reisen wollte, erwachte Johanna kurz aus ihrer Lethargie.

„Bitte, pass auf dich auf“, schluchzte sie und krallte sich an Amalies Oberarmen fest.

„Sei nicht so traurig, Schwesterherz“, versuchte Amalie betont fröhlich zu antworten, doch auch sie kämpfte mit den Tränen. „Wir sehen uns in zwei Wochen beim Rosenfest, dann erzähle ich dir, wie es sich als Ehefrau lebt.“

„Und wenn er dich schlecht behandelt ...", wollte Johanna noch nachsetzen, doch in diesem Moment schob sich ihr frisch gebackener Schwager zwischen die Schwestern.
„Meine liebe Johanna, jetzt heißt es Abschied nehmen", näselte er verschlagen. Dann tätschelte er sie an der Wange, ließ seinen Blick frech über ihr Dekolleté gleiten und fügte anzüglich hinzu: „Ich bin sicher, wir finden auch bald für dich einen Mann, der deine Vorzüge zu schätzen weiß." Angewidert wandte Johanna sich ab, während die vielen Soldaten mit zweideutigen Rufen, Gejohle und Gesten die Abfahrt der Hochzeitskutsche begleiteten. Bei Trauungen gab es in Schwetzingen eine Ausnahmegenehmigung, damit die Brautleute, wenn sie denn von Adel waren, standesgemäß in die Ehe fahren konnten. Als die Kutsche kurz vor der Hofschmiede in einer Linkskurve verschwand, um dann zum Mannheimer Tor hinaus zu gelangen, konnte Johanna nicht einmal mehr den Arm heben, um ihrer Schwester noch einmal zuzuwinken, so verzweifelt war sie. Es schien ihr, als hätte sie die Amalie, die sie seit ihrer Kindheit kannte, heute zum letzten Mal gesehen. Es war nur ein Gefühl, das sie sich nicht näher erklären konnte, aber dennoch: Sie fürchtete sich plötzlich vor der Zukunft. Ihre Schwester war nun weg, ihr Vater erhielt Drohbriefe, sie selbst war ausgerechnet für die heikle Mission ausgewählt worden, den kurfürstlichen Thronfolger mit auf die Welt zu bringen, ein ungewöhnliches kosmisches Ereignis stand mit dem Venus-Transit unmittelbar bevor – und sie musste auch noch ein klärendes Gespräch mit Clemens führen, den sie – so hatten sie es verabredet – auf dem Rosenfest am kommenden Pfingstwochenende treffen würde. Wie sollte sie all diese Sorgen nur bewältigen?

Stumm und müde stand sie neben ihrem Vater und der Darmstädter Verwandtschaft, die immer noch Glückwünsche entgegennahmen. Dann ganz plötzlich erwachte sie und erstarrte vor Entsetzen. Völlig unerwartet war ihr wieder eingefallen, wo sie die Verlobungs-Brosche von Amalie schon einmal gesehen hatte. Sie spürte, wie sich die feinen Härchen auf ihren Armen aufrichteten und begann zu frösteln. Doch ein Irrtum war ausgeschlossen, das Schmuckstück war einfach zu auffällig. Pierron hatte es beim letzten Dankgottesdienst getragen, Johanna war sich ganz sicher.

Kapitel 6

Eigentlich hatte Johanna sich auf das Rosenfest sehr gefreut. Denn das weit über die Grenzen Schwetzingens hinaus bekannte Schlossgarten-Spektakel war nicht nur einer der Höhepunkte des Frühjahres und stets ein ganz besonders schönes Fest, sondern sollte ihr auch endlich die Gelegenheit bieten, mit Clemens unter vier Augen sprechen zu können. Außerdem würde Amalie dort sein und sicherlich viel von ihrem neuen Leben als Freifrau zu erzählen haben. Doch die zwei Wochen nach der Hochzeit vergingen für Johanna und ihren Vater in einer Mischung aus unglaublich viel Arbeit bis spät in die Nächte hinein und totaler Erschöpfung, sodass das bevorstehende Rosenfest zunächst in den Hintergrund trat.

Verantwortlich für das immense Arbeitspensum des Hofmedicus' und seiner Tochter, die ihm als Assistentin zur Seite stand, war vor allem das zügellose Leben des Hofadels, der sich während der Sommerfrische in Schwetzingen gern von vielen höfischen Zwängen befreite. Endlose Gelage ließen die Weinfässer schnell leer werden und führten immer wieder zu gefährlichen Rauschzuständen, Ohnmachten und Magenverstimmungen. Hinzu kam das ohnehin trinkfreudige Militär, dessen enge Unterbringung in der Kaserne häufig zu Streit und Schlägereien mit den damit verbundenen Verletzungen führte. Und zu guter Letzt barg auch der Schlossgarten mit seinen vielen Schlupfwinkeln für heimliche Stelldicheins gewisse Gefahren – kam es so nicht nur zu ungewollten Schwangerschaften oder Erkältungen aufgrund unzureichender Bekleidung, sondern leider auch zur Verbreitung von galanten Erkrankungen, über die niemand gerne sprach. Gerade Letztere waren in Schwetzingen eine lästige Plage, da man praktisch nie die tatsächlichen Verbreitungswege erfuhr und so natürlich auch keine Chance hatte, weitere Ansteckungen zu verhindern. Warum man allerdings in diesen Zusammenhang abfällig von der Franzosenkrankheit sprach, verstand Johanna nicht – zumal Madame Guinant ihr einmal verlegen zugeflüstert hatte, dass eben jenes Übel in Frankreich als *Spanische* Krankheit bezeichnet wurde. Nachfragen bei ihrem Vater ergaben dann, dass das Übel in Spanien als Westindische und in Polen als Deutsche Krankheit gehandelt wurde – je nachdem, wen man verdächtigte, das peinliche Leiden eingeschleppt zu haben. Er bezeichnete sie übrigens korrekt als Syphilis.

Johannas Vater war als einer der Leibärzte Carl Theodors in Schwetzingen sehr gefragt – galt es doch als chic, einen Doktor zu konsultieren, der auch Seine Kurfürstliche Durchlaucht behandelte. Doch im Gegensatz zu Mannheimer Gepflogenheiten ließ sich in Schwetzingen keine regelmäßige Sprechstunde einrichten, da der Hofadel dann ja hätte zu Fuß zum Medicus gehen müssen. Folglich war Johanna mit ihrem Vater in Schwetzingen den ganzen Tag auf den Beinen, sodass ihr abends oft die Füße schmerzten. Saß sie dann mit Franz Bechtler endlich bei einem schnellen Nachtmahl, das der Gastwirt unten im Haus für sie bereitete, aßen Vater und Tochter meist schweigend, so erschöpft waren sie. Nur selten ergab sich für Johanna die Gelegenheit, ein paar private Worte mit ihrem Vater zu wechseln, die über medizinische Belange hinausgingen. Und selbst dann zeigte er in jenen Tagen nur wenig Bereitschaft, mit Johanna über Familienangelegenheiten oder über seine Stellung bei Hofe zu plaudern. Nur ein einziges Mal hatte Johanna vorsichtig nach den Umständen von Amalies Verlobung gefragt – und war ungewohnt barsch von ihrem Vater zurückgewiesen worden.

„Deine Schwester wollte es genau so!", hatte er aufbrausend geantwortet. „Jetzt hat sie ihren Titel und all die schönen Kleider." Dann war seine Stimme etwas leiser geworden und er hatte hinzugefügt: „Und, Herzblatt, um deiner Frage zuvorzukommen: Nein, ich mag ihn auch nicht, diesen von Wadenfels. Aber Breuer hat Erkundigungen eingezogen und die Familie ist wohl bekannt. Und jetzt möchte ich davon nichts mehr hören!"
Also hatte Johanna geschwiegen und sich weder über das ungepflegte Äußere ihres Schwagers ausgelassen, noch wagte sie vor ihrem Vater zu erwähnen, dass die Brosche, die Amalies Hochzeitskleid geziert hatte, einst auf Dominik Pierrons Revers geglitzert hatte. Möglicherweise war sie ja auch einer Täuschung zum Opfer gefallen, was sie zwar bezweifelte, oder es gab das Schmuckstück mehrmals – was allerdings in solchen Kreisen ebenfalls alles andere als wahrscheinlich war. Sie würde einfach Clemens fragen, vielleicht wusste er mehr. Schließlich traf er als Hofmusiker immer wieder auf die gleichen Personen und konnte sich vielleicht erinnern. Was er wohl zu Amalies Mann sagen würde? Und noch etwas leitete sie in die Wege – vielleicht konnte sie so etwas in Erfahrung bringen: Sie schrieb einen kurzen Brief an Casanova, immerhin stand dieser schon viele Jahre im diplomatischen Dienst und kannte Gott und die Welt. Möglicherweise hatte er ein paar Informationen über die Familie von Wadenfels, einen Versuch war es wert.
Clemens war übrigens das einzige Familienthema, das Johannas Vater eines Tages anschnitt, während sie auf dem Weg zum Palais Hirsch am Schlossplatz waren, wo Pater Seedorfer residierte. Der Hofgeistliche war unter seiner Soutane an sehr peinlicher Stelle von einer Biene gestochen worden, die sich während eines Spazierganges mit der hochschwangeren Kurfürstin

durch den französischen Teil des Gartens dorthin verirrt hatte. Nun benötigte er eine abschwellende Salbe und – so vermutete Johanna – ein Gespräch mit Franz Bechtler; denn sonst hätte ein Bote ausgereicht.
Auf dem Weg zu Seedorfer fragte Franz Bechtler sie plötzlich:
„Wann wollt ihr eigentlich heiraten, du und der Clemens?“
Johanna geriet ins Stottern. „Ja, Vater, also weißt du ...“ Sie wusste nicht, was sie antworten sollte – die Wahrheit war ihr ziemlich unangenehm. Denn trotz des herzlichen Briefwechsels während ihrer Zeit bei Onkel Philipp und dem sicheren Gefühl, dass Clemens Santorini der Richtige war, hatte sich der Musikus diesbezüglich immer noch nicht erklärt. Sie wollte genau dieses Detail jedoch nicht vor ihrem Vater zugeben, möglicherweise hätte dies ein schlechtes Licht auf ihren Geliebten geworfen.
„Nun ja, ich werde im Herbst, wenn wir wieder in Mannheim sind, mit meinem Freund Verschaffelt noch einmal reden, mein Kind.“ Für Franz Bechtler schien das Thema damit erledigt und Johanna atmete erleichtert auf. Bis Oktober hatte sie also noch Zeit, Clemens einen offiziellen Antrag zu entlocken – wie auch immer das gehen sollte. Dennoch wurde sie den Eindruck nicht los, dass ihr Vater es plötzlich eilig hatte mit der Hochzeit. Ganz offensichtlich wollte er seine Töchter versorgt wissen, was ja eigentlich auch richtig war. Doch das Verhalten ihres Vaters hatte sich in den letzten Wochen verändert, fand Johanna. Er war nicht mehr so zugänglich und freundlich, schaute sich stets misstrauisch um, wenn er unter Menschen war und hatte seinen Humor fast völlig verloren. Ob das mit dem Drohbrief zusammen hing? Und ob Onkel Philipp ihn schon darüber unterrichtet hatte, dass die violette

Tinte darauf kurfürstlichen Ursprungs war? Vielleicht war er deshalb so anders, überlegte Johanna.
Bei Pater Seedorfer angekommen stellte sich an jenem Nachmittag heraus, dass der Bienenstich bereits von selbst abgeschwollen war, also nicht mehr im Beisein von Johanna verarztet werden musste – Johanna jedoch mit ihrer Vermutung recht hatte, dass Seedorfer unauffällig ein Gespräch mit Bechtler wollte. Ganz offensichtlich machte sich der Geistliche große Sorgen um das Befinden der Kurfürstin.
„Wie ich hörte, Bechtler, wird Eure Tochter dem Ereignis beiwohnen", bemerkte er betont beiläufig am Rande des Gespräches. „Weiß Er denn, warum man ausgerechnet sie und nicht Ihn, den erfahrenen Medicus, berufen hat?"
Johanna entging dabei der forschende Blick nicht, mit dem Seedorfer ihren Vater musterte.
„Nein, Hochwürden, ich habe keine Ahnung", antwortete ihr Vater bedächtig. „Doch mein sehr geschätzter Kollege Algardi wird schon wissen, warum."
„Hmm." Der Geistliche spielte nachdenklich mit seinen Händen. „Das ist in der Tat merkwürdig. Denn Algardi wollte ursprünglich, dass Ihr dabei seid – und nicht Eure Tochter. So hat man es mir zumindest zugetragen."
„Ach ja?" Johanna bemerkte genau, dass ihr Vater die Gleichgültigkeit, mit der er auf diese Information reagierte, nur mühsam spielte und eilte ihm zu Hilfe.
„Hochwürden, entschuldigen Sie, dass ich mich einmische – aber Doktor Algardi berief sich auf Ihre Kurfürstliche Durchlaucht."
„Interessant." Aufmerksam hielt Seedorfer inne. „Erstaunlich nur, dass sie nie davon geredet hat." Er überlegte kurz, zuckte dann mit den Schultern und bemerkte abschließend. „Nun gut, es geschieht ohnehin

nur Gottes Wille. Nun geh Er, Bechtler, und nehm Er seine Tochter mit. Gottes Segen für euch."
Kaum hatten sie das Palais Hirsch verlassen, begann Johannas Vater mit einer langen Schimpftirade, da sie sich ungefragt in das Gespräch eingemischt hatte. Johanna ließ alles wortlos über sich ergehen, während ihre Gedanken fieberhaft arbeiteten. Was hatte Algardi gesagt? Die Kurfürstin hatte von der Geburt im Neckar erfahren und sich nach ihr erkundigt. Nur von wem hatte sie davon erfahren? Wer hatte sie ins Spiel gebracht – anstelle ihres Vaters, wie es ursprünglich offenbar geplant gewesen war? Sie war keine Ärztin und hatte bislang nur bei Geburten assistiert. Im Zweifelsfall würde sie kaum helfen können – ganz im Gegensatz zu Franz Bechtler. Hatte hier jemand bewusst geplant, die Kurfürstin unter der Geburt unzureichend zu betreuen?
Im Übrigen war Johanna sich ganz sicher, dass ihrem Vater ähnliche Gedanken durch den Kopf gingen. Und sie sollte recht behalten: Vor dem bechtlerschen Domizil drehte er sich plötzlich zu seiner Tochter um und sagte: „Herzblatt, was auch immer du heute gehört hast und daraus mit deinem wachen Verstand ableiten magst – vergiss nicht, dass du Johanna Bechtler, die Tochter des Hofmedicus, bist und dir einiges zutrauen darfst. Und das weiß auch Algardi." Mehr wurde darüber nicht gesprochen, so sehr Johanna auch versuchte, das Thema unauffällig auf die bevorstehende Geburt zu lenken. Doch Franz Bechtler schien auf diesem Ohr taub.
Dann endlich kam der Tag des Rosenfestes und Johanna hatte die Gelegenheit, Clemens zu sprechen. Zum Rosenfest wurde der gesamte Schlossgarten für das Volk geöffnet, damit alle die Pracht der Abertausenden von Blumen genießen konnten. Während der Sommerfrische

des Hofes war der Park zwar nie komplett geschlossen, doch ohne Weiteres hineinspazieren konnte man nicht. Nur wenn der Hof nicht in Schwetzingen weilte, stand der großzügige Garten allen offen – eine Regelung, die von Anfang an dazu führte, dass die Schwetzinger stets von „ihrem" Schlosspark sprachen.

Wie vereinbart wartete Clemens vor dem Durchgang vom Ehrenhof in den Garten auf Johanna. Als sie ihn entdeckte, verabschiedete sie sich hastig von ihrem Vater, der gemeinsam mit ihr gekommen war. Franz Bechtler ließ sie gutmütig ziehen, zumal er im Ehrenhof bereits nach wenigen Metern auf Bekannte gestoßen und dadurch abgelenkt war.

„Clemens!" Johanna strahlte ihn ein wenig außer Atem an. Spontan griff sie nach seiner Hand und drückte sie ganz fest.

„Du glaubst gar nicht, wie sehr ich dich vermisst habe, Johanna." Clemens blickte sie zärtlich an und erwiderte den Händedruck. „Ich habe dir so viel zu erzählen!"

„Und ich dir erst!" Lachend hakte sich Johanna bei ihm unter und beide schlenderten hinaus in den Garten. Doch von ausführlichen privaten Gesprächen konnte zunächst keine Rede sein – zu viele Freunde und Bekannte von Johanna aus Schwetzingen und Clemens aus Kreisen des Hofes mussten höflichst begrüßt werden oder verwickelten einen der beiden immer wieder in einen kurzen Austausch von Höflichkeiten. Viel wurde dabei über die ersten Aufbauten von Hofastronom Christian Mayer spekuliert, die sich bereits vor dem rechten Zirkelsaal im Kreisparterre[22] des Parks

22 Mit Kreisparterre bezeichnet man in der spätbarocken Gartenanlage das zentrale Gartenrund unmittelbar hinter dem Schloss, um das sich die Zirkelbauten seitlich gruppieren. Die Mitte bildet der große Brunnen mit der Wasserfontäne.

befanden und von denen aus der Hof den unmittelbar bevorstehenden Venus-Transit verfolgen wollte. Damit würde dann innerhalb weniger Tage das zweite große Spektakel im Schlossgarten stattfinden – die Sommersaison begann ja vielversprechend, seufzte Johanna. Nachdem sie mit Clemens durch das Mittelrund vorbei an der Arionfontäne bis zur Hirschgruppe durch den französischen Garten geschlendert war, genossen sie schweigend den Blick auf den unteren Park. Der nach Versailler Vorbild angelegte Garten mit seinen vielen Wasserspielen war ein Wunderwerk der Natur und der Technik – ein wahrer Augenschmaus. Vor ihnen erstreckten sich viele verschlungene Wege, die mit hohen, exakt geschnittenen Hainbuchhecken eingefasst waren. Hier konnte man unbeobachtet von außen lustwandeln. Von der Hirschgruppe aus hatte man den schönsten Blick auf das große Bassin, hinter dem derzeit ein weitläufiger englischer Garten entstand. Carl Theodor hatte dazu alle führenden Landschaftsarchitekten des Landes verpflichtet – und auch die Gebäudearchitekten, wie Pigage und Raballiatti, hatten im Park viel zu tun. Soweit Johanna wusste, gingen die Planung der Wasserspiele und alle Tempelbauten auf den streitsüchtigen Pigage zurück, während der in Schwetzingen lebende Raballiatti vor einigen Jahren die beiden Zirkelbauten vollendet hatte. Und wie immer, wenn Pigage mit anderen Künstlern zusammenarbeiten sollte, hatte es Streit gegeben: Derzeit beschäftigte der Vorwurf Pigages die Gemüter, dass Raballiatti bei den Stuckarbeiten des Zirkelsaales geschlampt habe. In der Tat fielen immer wieder Stuckornamente von der Decke, das bestätigte auch Clemens, der dort im Konzertsaal regelmäßig spielte. Allerdings vermutete sein Ziehvater Verschaffelt, dass dieses Problem von undichten Dächern herrührte – ein Thema, das die

Handwerker des Schlosses überall und das ganze Jahr beschäftigte. Dennoch hatte Pigage durch sein Gezeter erreicht, dass in Zukunft sämtliche geplanten Bauten im Schlosspark seine Handschrift trugen. Der Kurfürst wünschte nämlich, zusätzlich zu seinem intimen Badehaus, um das sich allerlei pikante Gerüchte rankten, und der Orangerie, schon bald in einem „Garten der Vernunft" durch künstliche Ruinen und möglichst viele antike Tempelbauten zu lustwandeln. Für Verschaffelt, der bislang zahlreiche Statuen zu dem Park beigetragen hatte, waren diese Ideen des Kurfürsten zu anachronistisch – und er hatte sich bei der Bewerbung dezent zurückgehalten. Vermutlich hatte er auch einfach keine Lust mehr, wieder ein Projekt mit Pigage gemeinsam vollenden zu müssen – die Streitereien um die Mannheimer Jesuitenkirchen wirkten noch nach.
Was auch immer der Kurfürst alles in seinem stetig wachsenden Park plante – Johanna war der englische Garten am liebsten. Leider war dieser Teil noch unvollendet, lediglich ein kleiner Seitentrakt ließ heute schon darauf schließen, wie der hintere Gartenteil später einmal aussehen würde: der Seepferdchengarten hinter den südlichen Zirkelsälen. Spontan beschloss sie, mit Clemens vor den Menschenmassen auf den Hauptwegen des Parks zu flüchten und in die Ruhe des oft gar nicht beachteten Seepferdchengartens einzutauchen.
Der stille Parkteil mit den schon recht stattlichen Bäumen und einem kleinen Teich in der Mitte war ein beliebter Treffpunkt für heimliche Stelldicheins, denn die vielen Büsche und Hecken verbargen die Pärchen vor unerwünschten Blicken und erlaubten manch verbotene Tändelei. Der Kurfürst nutzte für solche sehr privaten Unterredungen sein Badehaus, zu dem niemand ungeladen Zutritt hatte – doch was machten all die anderen Höflinge und Hofdamen? Für sie war der

Seepferdchengarten, den Johanna und Clemens nun betraten, oft die einzige Möglichkeit, jenseits von Protokoll und höfischen Gepflogenheiten ihren Gefühlen zu folgen.
Ein wenig verlegen bemerkte Johanna, dass sich einige wenige Paare im Seepferdchengarten herumdrückten. Zielsicher steuerte Clemens auf eine verborgene Parkbank zu. Hand in Hand ließen sie sich dort nieder, während Johannas Herz schneller zu schlagen begann. Würde Clemens ihr nun den ersehnten Antrag machen? Doch auch er schien unsicher und überspielte seine Aufregung mit betont lustigem Geplauder über den neusten Tratsch bei Hofe. Und so erfuhr Johanna, dass Seine Kurfürstliche Durchlaucht derzeit eine Favoritin unter Stand hatte, die er regelmäßig im Badehaus zu treffen pflegte. Angeblich handelte es sich um eine Tochter aus Mannheimer Bürgerkreisen, doch niemand hatte sie bislang zu Gesicht bekommen. Die hochschwangere Kurfürstin war entsprechend vergrätzt und das Verhältnis der Eheleute ziemlich angespannt. Ausbaden durfte dies Pater Seedorfer, der sich täglich die Klagen Elisabeth Augustes anhören musste und diese dann in den morgendlichen Andachten in der Schlosskapelle zu Warnungen an Seine Kurfürstliche Hoheit umwandelte. Doch diese schienen nicht zu fruchten, denn Carl Theodor sündigte vergnügt weiter, was den Hof mittlerweile in zwei Lager gespalten hatte.
Clemens erzählte belustigt, dass Seedorfer dank dieser Geschichte und seiner klaren Parteinahme für die Kurfürstin bei Seiner Kurfürstlichen Durchlaucht sogar ein wenig in Ungnade gefallen sein soll. Denn bislang hatten er und die Kurfürstin als einzige bei Hofe Zugang zum Dokumentenschrank im Schlafzimmer Carl Theodors. In diesem Schrank bewahrte der

Kurfürst alle wichtigen Staatspapiere und Vorlagen für die Konferenzen mit den Ministern auf und beide – der Geistliche und die Kurfürstin – berieten mit ihm oft vorab über wichtige Entscheidungen. Doch vor einigen Wochen hatte der Kurfürst tatsächlich das Schloss ausgetauscht und damit ein klares Zeichen gesetzt. Seither sprach die schwangere Kurfürstin angeblich kein Wort mehr mit ihrem Gatten – und wenn es nicht anders ging oder das Protokoll es erforderte, ließ sie ihm ihre Mitteilungen über die Freifrau von der Osten, eine treue Hofdame, zukommen.

Nicht mehr bei Hofe erschienen war übrigens auch Charlotte von Dalberg, eine andere enge Vertraute von Elisabeth Auguste, die – so hieß es – im Winter tatsächlich den Annäherungen des Kurfürsten erlegen war. Man munkelte, dass sie sich in den Schoß ihrer Familie auf Schloss Greifenklau zurückgezogen hatte, um dort den kurfürstlichen Bastard zur Welt zu bringen. Ihr Gatte war unterdessen von Carl Theodor auf wichtige militärische Mission nach Böhmen geschickt worden.

„Und was macht die Freiin von der Loe?“, konnte Johanna sich nicht verkneifen. Im gleichen Moment hätte sie sich auf die Lippen beißen können. Jetzt merkte Clemens ganz sicher, dass sie ein wenig eifersüchtig auf die schöne Hofdame war, die er einst vor dem Fuchs gerettet hatte.

„Die schöne von der Loe?“ Clemens lachte. „Du glaubst es nicht, Johanna, aber man munkelt, sie wolle sich in ein Kloster zurückziehen.“

„Wie bitte?“ Entgeistert starrte Johanna Clemens an. „Was will sie denn dort?“

„Es heißt, sie sei der Kurfürstin beim schönen Friedrich von Zweibrücken ins Gehege gekommen – und nun hat Ihre hochschwangere Durchlaucht ihr nahegelegt, dem sündigen Leben bei Hofe zu entsagen.“ Clemens

grinste über das ganze Gesicht und fügte hinzu: „Aber keine Sorge, sie wird uns erhalten bleiben."
Fragend schaute Johanna ihn an. „Ganz einfach, das entsprechende Gesuch bei Carl Theodor soll angeblich abgelehnt worden sein, da er die von der Loe amüsant findet."
„Ach so." Johanna spürte leise Enttäuschung in sich aufsteigen. Sie nahm all ihren Mut zusammen und fragte ihn: „Und du, wie gefällt dir die von der Loe?"
„Oh." Clemens kratzte sich am Kopf. Dann lächelte er schelmisch und sagte: „Sie ist hübsch, sie ist geistreich und sie unterhält den Hof mit ihren Extravaganzen, keine Frage." Er machte eine kurze Pause und überlegte. Dann fuhr er fort: „Aber sie ist auch affektiert, anstrengend und leider durch und durch von den vielen Intrigen bei Hofe verdorben. Sie ist sozusagen die ideale Hofdame und damit keine Frau, die ich länger als unbedingt nötig in meiner Nähe ertrage." Dann nahm er Johannas Gesicht in beide Hände und gab ihr einen zärtlichen Kuss auf die Nasenspitze.
Johanna jubilierte innerlich. Das war Musik in ihren Ohren. War dies nicht der passende Moment, um über ihre gemeinsame Zukunft zu reden? Doch Clemens war mit seinen Gedanken schon wieder woanders und begann Johanna nach ihren Erlebnissen in Heidelberg zu befragen. Seufzend schob sie ihre geheimen Wünsche beiseite und begann von den Wochen bei Onkel Philipp zu erzählen. Nun hatte sie endlich auch die Gelegenheit, über den geheimnisvollen Brief an ihren Vater zu reden, über die mögliche Herkunft, die auch Clemens sehr erstaunte, und natürlich über die große Ehre, bei der Geburt des Thronfolgers assistieren zu können. Clemens freute sich sichtlich darüber, fragte sich jedoch auch, wie es dazu gekommen war. Er versprach Johanna, noch am selben Tag Algardi genauer

zu befragen. Dank regelmäßiger Zusammenkünfte im Atelier von Verschaffelt kannte Clemens den alten Hofmedicus gut – und es würde niemandem besonders auffallen, wenn er ihn am Nachmittag in seinem Zimmer im Schloss besuchte.
Als das Gespräch auf Amalie kam, erschienen auch auf Clemens Stirn Sorgenfalten. Wie Johanna war er über die Erscheinung des Freiherren von Wadenfels entsetzt und konnte nicht nachvollziehen, dass Johannas schöne Schwester neben einer solchen Figur vor den Traualtar getreten war. Was Johanna jedoch besonders beunruhigte, waren die Gerüchte, die sich offenbar um ihren Schwager rankten:
„Man sagt, er sei ein alter Bekannter von Pierron", gestand ihr Clemens. „Außerdem soll er seine Freizeit am liebsten mit Soldatenfreunden, Huren und viel Wein in öffentlichen Badehäusern verbringen." Johanna war entsetzt. Doch es kam noch schlimmer.
„Es heißt auch, seine erste Frau sei unter sehr merkwürdigen Umständen nach einem solchen Gelage gestorben. Er soll sie gezwungen haben, daran teilzunehmen – und an dieser Schmach sei sie zerbrochen." Das klang ja furchtbar, Johanna machte sich immer größere Sorgen um ihre Schwester. Hoffentlich fand Casanova bald etwas heraus. Bei dieser Gelegenheit gestand sie Clemens ihre Bekanntschaft und den Briefwechsel mit dem italienischen Schwerenöter und stellte erfreut fest, dass sich diesmal in ihm leise Eifersucht regte.
„Du korrespondierst mit diesem zwielichtigen Italiener?" Sein Gesicht sprach Bände.
Vergnügt antwortete sie ihm: „Allerdings. Er ist sehr gebildet und ein wundervoller Gesprächspartner. Außerdem hat er vollendete Umgangsformen." Und sie fügte nach einer kleinen Pause genüsslich hinzu: „Ach ja, er bemüht sich derzeit um eine Stelle bei Hofe im

diplomatischen Dienst. Dann lernst du ihn sicherlich auch kennen. Immerhin ist er in Landsmann von dir."
„Danke, ich weiß." Clemens wirkte alles andere als erfreut. „Und, hat er dir den Hof gemacht?"
„Nein", lachte Johanna. Am liebsten hätte sie ihm erzählt, dass Casanova daran beteiligt gewesen war, sie und Clemens wieder zusammenzubringen, doch das verkniff sie sich. Stattdessen flunkerte sie: „Ich glaube, er hat eine intensive Affäre mit einer Dame von Stand aus Heidelberg. Er hat zumindest etwas in dieser Richtung angedeutet."
„Ach so." So ganz zufrieden erschien Clemens ihr noch nicht, doch er ließ das Thema auf sich beruhen. Außerdem schien er noch etwas Wichtiges auf dem Herzen zu haben:
„Johanna ...", begann er stockend, „ich muss etwas Wichtiges mit dir besprechen. Es betrifft mich – und damit auch uns – meine Familie, na ja, genau genommen auch meine Zukunft. Und da gehörst du ja mit dazu, oder?"
Zärtlich schaute er Johanna an, die ihm atemlos lauschte. „Tja, ... weißt du, das geht hier und jetzt nur nicht." Er zögerte kurz, beugte sich dann ganz nah an ihr Ohr und flüsterte: „Lass uns heute Nacht hier zusammenkommen. Es ist Rosenfest und der Schlossgarten ist bis morgen Abend kaum bewacht. Ich möchte dich ungestört sehen und dir etwas Wichtiges sagen. Hinter dem Wasserturm vom Oberen Wasserwerk, du weißt schon, beim Gesandtenhaus kommt man unbemerkt in den Schlosspark hinein."
Johanna war sprachlos. Ihr Clemens schlug ihr allen Ernstes ein nächtliches Rendezvous vor! Das klang ziemlich aufregend.
„Wieso ...", begann sie zögerlich, doch Clemens unterbrach sie hastig. „Frag einfach nicht und komm! Sagen

wir um Mitternacht beim Durchgang am Gesandtenhaus? Schaffst du es, so lange wach zu bleiben und dich dann unbemerkt aus dem Haus zu schleichen?"

Johanna nickte schweigend. Was hatte Clemens Geheimnisvolles vor? Irgendetwas hatte er auf dem Herzen, das spürte sie ganz genau. Nun, sie würde es in Erfahrung bringen – und so ein nächtliches Abenteuer war ganz nach ihrem Geschmack. Sie hatte glücklicherweise einige Bücher mit nach Schwetzingen gebracht, sodass sie einfach lesen würde, bis die Turmuhr von Sankt Pankratius Viertel vor zwölf schlug. Eine Viertelstunde würde reichen, um im Schutz der Dunkelheit in den Seepferdchengarten zu gelangen.

Gemeinsam machten Johanna und Clemens sich auf den Rückweg in den Ehrenhof. Johanna hielt dabei Ausschau nach Amalie, doch ihre Schwester war nirgends zu sehen. Dann würde sie ganz sicher zuhause vorbeischauen, das hatten sie ja verabredet. Sie verabschiedete sich mit einem tiefen Blick von Clemens und eilte durch das Hauptportal hinaus in die Stadt. Clemens würde am Nachmittag Algardi aufsuchen, um den wahren Grund für Johannas Berufung zur Geburt des Thronfolgers herauszufinden – und Johanna wollte sich in ihr Zimmer legen, um etwas Schlaf zu bekommen, damit sie in der Nacht ja nicht verschlief.

Und sie schaffte es. Zwar drohten ihr manches Mal über den eng bedruckten Zeilen ihres Romans die Augen zuzufallen, doch letztendlich war ihr Wille durchzuhalten größer als die Müdigkeit. Johanna hatte sich wie immer nach dem Nachtmahl in ihre Stube zurückgezogen und zunächst die Ereignisse der letzten Wochen ihrem Tagebuch anvertraut, das sie seit einiger Zeit schmählich vernachlässigt hatte. Dann entschloss sie sich spontan dazu, ein paar Zeilen an Casanova zu richten, um ihn über das erfolgversprechende Treffen

mit Clemens zu informieren. Als die Turmuhr elf schlug, musste sie eine neue Kerze entzünden. Dann griff sie nach ihrem Roman, den sie erleichtert um Viertel vor zwölf beiseite legte. Es war soweit. Vorsichtig öffnete sie die Tür ihrer Stube. Da sie sich am Abend nicht entkleidet hatte, musste sie sich nur ein wollenes Tuch überwerfen. Leise schlich sie die Holzstiege hinab und schaffte es sogar, keines der knarrenden Bretter zu erwischen. Das hatte sie am Nachmittag unauffällig geübt. Langsam schob sie den Riegel der Eingangstür zur oberen Wohnung nach hinten und drückte die Tür auf. Geschafft, ihr Vater war nicht aufgewacht.
Im Schutz der dunklen Hauswände schlich Johanna sich in Richtung Schlossgarten. Ab und zu hörte man das Klappern von Soldatenstiefeln auf der Straße, doch nichts davon kam in ihre Nähe. Auch der freie Platz vor Sankt Pankratius stellte kein Problem dar: Die dunklen Straßen waren menschenleer. Johanna eilte hinüber zum Gesandtenhaus, wo Clemens bereits auf sie wartete. Gemeinsam schlichen sie in den schmalen Zugang zum Schlosspark hinein. Plötzlich sahen sie einen Schatten vor sich. Angstvoll drückte Johanna sich hinter Clemens hinter einen Mauervorsprung des Gebäudes. Und sie hatten Glück: Der Nachtwächter Adams, der mit einer großen Laterne und einer Hellebarde ausgestattet patrouillierte, hatte sie offenbar nicht gesehen. Somit konnten sie jetzt einigermaßen sicher sein, unbehelligt über das eiserne Tor zu klettern, was für Johanna mit ihrem Kleid und ihrem Wollumhang allerdings gar nicht so einfach war. Kurz überlegte sie, wie sie später hier wieder herauskommen sollte, doch dann nahm sie der nächtliche Schlosspark in seinen Bann.
Sie bewegten sich schweigend entlang der Schlosskapelle bis hinter die große vergoldete Skulptur. Von da

aus ging es gebückt unter den Schlossfenstern weiter, mit schnellem Schritt am Durchgang vorbei und schließlich im Dunkel durch das Tor in den Seepferdchengarten. In diesem Moment kam der Mond hinter ein paar Wolken hervor und wies ihnen den Weg zu der Parkbank, auf der sie heute Vormittag bereits gesessen hatten.

„Du hast dir ganz schön Zeit gelassen“, wisperte er, „ich dachte schon, du wärst eingeschlafen!“

Johanna schluckte und war ein wenig eingeschnappt – sie war doch pünktlich gewesen! Sie hatte sich die Begrüßung beim nächtlichen Stelldichein etwas romantischer vorgestellt. Sie wollte gerade zu einer Antwort ansetzen, als Clemens ihren Oberarm fest griff, den Zeigefinger auf seine Lippen legte und sie in den Schatten eines herrlich duftenden Jasminstrauches zog. Johanna erstarrte, auch sie hatte die Stimmen gehört. Im sanften Mondschein sahen sie ein Paar in den Seepferdchengarten eintreten. Die Frau kicherte leise, als der Mann sie heftig küsste, dann verschwanden beide hinter einer Hecke, die zum Leinbach hinunterführte. Man hörte das Rascheln von Kleidern, unterdrücktes Gemurmel und andere Geräusche, die Johanna die Schamesröte ins Gesicht trieben. Gott sei Dank konnte Clemens in der Dunkelheit ihre Gesichtsfarbe nicht sehen!

„Ich sag’s ja immer wieder“, hauchte Clemens ihr ins Ohr, „der Hof ist ein einziger Sündenpfuhl.“ Er führte Johanna vorsichtig hinüber zur Rückseite des Zirkelbaus, wo sie im Schatten der Mauer auch bei Mondschein nicht sichtbar waren. Dort öffnete er eine unauffällige Holzpforte und schob sie hinein.

„Wo sind wir hier?“, fragte Johanna flüsternd.

„In einem Abstellraum neben dem Konzertsaal. Ich kenn mich hier aus. Komm.“

Er zog sie durch eine weitere Tür und sie standen in dem imposanten Raum, in dem der Hof den Konzerten der Mannheimer Schule zu lauschen pflegte. Durch die hohen Fensterfronten zum Schlossgarten hin war es in dem Saal einigermaßen hell, da das Mondlicht eindrang. Außerdem hatte man so einen atemberaubenden Blick in den nächtlichen Park hinaus. Doch waren sie jetzt nicht in dem Raum, wo es ab und zu Stuckdekorationen regnete? Angstvoll blickte Johanna zur Decke, was Clemens mit einem leisen Lachen quittierte.
„So schlimm ist es nicht, Johanna. Pigage übertreibt wie immer." Er lächelte sie verschmitzt an. „Hast du gesehen, wer das eben war im Seepferdchengarten?"
Johanna schüttelte den Kopf.
„Das waren die von Beckedorffs. Tatsächlich ein Ehepaar und kein verbotenes Arrangement." Auf Johannas fragenden Blick fügte er erklärend hinzu: „Wahrscheinlich sind die beiden im Schloss so beengt und weit voneinander entfernt untergebracht, dass sie nur so ihren ehelichen Vergnügungen nachgehen können. Von ihm weiß ich, dass er in einer Kammer nahe den Appartements Seiner Kurfürstlichen Durchlaucht gemeinsam mit drei anderen Adligen haust. Doch wo sie untergebracht ist, wer weiß. Es heißt, die Kurfürstin würde ihre Damen in Schachteln halten, so eng soll es dort zugehen."
Johanna musste bei diesem Vergleich grinsen. Die Hofdamen aufbewahrt in Schachteln – ein herrliches Bild bei all der Pracht, die sie am Tage zur Schau stellten. Sie schliefen tatsächlich in einer Art Wandschrank mit Schiebetür, immer zu zweit auf einem Bett und jeweils drei übereinander. Das hatte ihr jedenfalls Madame Guinant einmal erzählt. Doch nun gab es Wichtigeres zu besprechen. Besonders eine Frage brannte ihr auf den Lippen:

„Clemens, warst du bei Algardi?"
„Jaaa", kam es langsam, „das war ich."
„Und?" Ungeduldig hakte sie nach. „Was hat er dir erzählt?"
„Tja." Clemens kratzte sich am Kopf, wie immer, wenn er irritiert war oder nachdachte. „Das Ganze ist etwas undurchsichtig. Kein Wunder, dass Pater Seedorfer so gestutzt hat, als er von deiner Berufung als Assistentin erfuhr."
„Wieso?" Atemlos lauschte Johanna seinen Worten.
„Weil es tatsächlich nicht die Kurfürstin persönlich war, die um deinen Beistand gebeten hat. Zumindest nicht im persönlichen Gespräch mit dem Hofmedicus."
„Das verstehe ich nicht", begann Johanna, „er hat doch selbst gesagt, dass Ihre Kurfürstliche Durchlaucht ..."
„Ja ja", unterbrach Clemens sie, „das ist auch richtig, zumindest scheint es so. Aber es war ein Brief, der nach dir verlangte. Und dieser Brief war mit kurfürstlicher Tinte geschrieben. Mit violetter Tinte."
Johanna schluckte und sie fröstelte. Eine Nachricht mit violetter Tinte; sie war sich sicher, dass es sich um denselben Absender handelte, wie bei ihrem Vater. Und auch Clemens schien dieser Meinung zu sein, so wie er die Geschichte gerade erzählt hatte.
„Und was soll ich jetzt tun?", krächzte sie mit heiserer Stimme. Sie spürte, dass sie in etwas hineingezogen worden war, das weit mehr Bedeutung hatte, als sie ahnen konnte. Und Johanna hatte Angst.
„Nichts", antwortete Clemens. „Das ist am Sichersten. Aber halte deine Augen und Ohren geöffnet, damit dir nichts entgeht." Er griff nach ihrer eiskalten Hand. „Ich werde in deiner Nähe sein, das verspreche ich dir."
Er wollte sich gerade zu ihr hinunterbeugen, um sie zu küssen, als Johanna zusammenzuckte. Sie hatte etwas im Park gesehen. Eine Bewegung, die dort nicht

hingehörte. Vorsichtig schlichen sie zu einem der großen Fenster und starrten hinaus. Was sie sahen, verschlug beiden die Sprache: Ein fast vollständig nackter Mann rannte wie um sein Leben auf das Schloss zu. Deutlich war zu erkennen, dass er keine Perücke trug und einen ordentlichen Bauch vor sich herschob. Und noch etwas war im Mondlicht gut zu sehen: Der Mann trug rote Schuhe mit Absatz – und konnte damit nur der Kurfürst höchstpersönlich sein.

Sprachlos vor Entsetzen und Erstaunen verharrten Johanna und Clemens am Fenster. Träumten sie? Wohl kaum, denn plötzlich tauchten zwei weitere Gesellen aus dem Dunkel der gegenüberliegenden Orangerie in das vom Mond mittlerweile hell erleuchtete Parkrondell ein. Sie schienen den nackten Kurfürsten verfolgen zu wollen, doch bogen schnell ab, als sie bemerkten, dass er das rettende Schloss beinahe erreicht hatte. Leider hatten die beiden Verfolger offenbar beschlossen, in Richtung südliches Zirkelhaus zu flüchten, sodass die Männer nun genau auf Clemens und Johanna zuliefen. Deutlich konnten sie erkennen, dass die einfach gekleideten Kerle bewaffnet waren. Außerdem schwenkte der eine von ihnen beim Laufen etwas hin und her, das aussah wie die kurfürstliche Perücke! Es war einfach unglaublich, was Johanna und Clemens sahen – nur mussten sie handeln, wenn sie nicht entdeckt werden wollten. Eilig schob Clemens Johanna hinter ein Paravent an der rückwärtigen Saalwand. Keine Minute zu früh, denn in diesem Augenblick öffnete sich die Tür zur Künstlerumkleide, wo auch die Instrumente und andere Requisiten lagerten. Johanna klopfte das Herz bis zum Halse und auch Clemens Atem ging schneller als gewöhnlich. Sie wagten beide nicht zu schauen, wer den Konzertsaal betreten hatte, hörten jedoch, dass die Person leise eines der großen Fenster zum Garten

öffnete. Deutlich waren die näherkommenden Schritte der beiden Männer auf den Kieswegen zu hören. Wer traf sich hier mitten in der Nacht in aller Heimlichkeit? Und vor allem: Wer wagte es, Seiner Kurfürstlichen Durchlaucht nachts im Schlosspark aufzulauern?
Zumindest die erste Frage wurde Johanna und Clemens im nächsten Moment teilweise beantwortet, denn die eine der Stimmen, die mit dem nasalen Tonfall, war eindeutig Dominik Pierron zuzuordnen. Doch was tat der Kammerdiener des Kurfürsten des Nachts in den Zirkelsälen?
Leider war die geflüsterte Unterhaltung mit den beiden Männern, die sehr hastig geführt wurde, nicht zu verstehen. Und ehe Johanna und Clemens es sich versahen, hatte Pierron das Fenster bereits wieder verschlossen. Sie hörten, wie er den Saal durch die Kleiderkammer verließ und die Tür sorgsam versperrte. Dennoch wagten sie eine ganze Weile nicht, sich zu bewegen.
Endlich nahm Clemens sich ein Herz und hauchte Johanna kaum hörbar ins Ohr: „Lass uns von hier verschwinden!" Sie nickte unmerklich und ließ sich von ihm zurück in den kleinen Lagerraum und dann durch die kleine Tür wieder hinaus in den hinteren Seepferdchengarten führen. Dort sackten sie hinter einer Hecke erschöpft auf dem Sims eines hohen Blindfensters nieder.
„Verstehst du, was wir da gerade gesehen haben?", fragte Johanna ihn nach einer Weile mit leiser Stimme.
„Nein, überhaupt nicht", musste Clemens zugeben. „Was hat das alles nur zu bedeuten?" Ratlos trommelte er mit seinen Fingern auf seinem Oberschenkel herum. „Was in Gottes Namen hatte Pierron mit diesen Kerlen zu schaffen? Das gefällt mir ganz und gar nicht."
„Pierron, ja, das war seltsam. Aber viel merkwürdiger ist doch der ...", sie zögerte ein wenig, „... der halbnackte Auftritt Seiner Kurfürstlichen Durchlaucht."

„Ach das?“ Clemens lachte leise. „Nein, das kann ich mir zumindest teilweise erklären. Er war ganz sicher im Badehaus bei einer Gespielin, das passiert häufiger.“ Er machte eine kurze Pause und dachte dann laut weiter. „Nur warum er seine Perücke und seine Kleidung nicht trug, das ist merkwürdig. Es scheint fast so, als wäre er von den beiden üblen Gesellen überfallen worden. Nur was hat Pierron damit zu tun?“
Johanna wollte den Gedanken gerade aufnehmen und weiterführen, als sie ein Geräusch ganz in der Nähe hörten. Ihr Bedarf an unerwarteten Begegnungen war für diese Nacht eindeutig gestillt, sodass sie ohne zu zögern beide aufsprangen und so gut und leise es ging eng an die Mauer des Zirkelbaus gepresst und vor ungewollten Blicken durch Büsche geschützt in Richtung Schloss flüchteten. Da geschah es: Plötzlich gab der Boden unter ihnen hinter einem hohen Holunderstrauch mit einem leisen Knacken nach und beide stürzten in die Tiefe. Beim Aufprall auf einem harten Steinboden konnte Johanna sich einen lauten Aufschrei gerade noch verkneifen, obwohl ihr Knöchel vor Schmerz brannte. Neben ihr fluchte Clemens, der auf seinem Hinterteil gelandet war und versuchte, sich in tiefster Dunkelheit wieder aufzurappeln. Wo waren sie nur gelandet?
Glücklicherweise hatte Clemens eine Kerze und Zündhölzer eingesteckt – Johanna vermutete, um ihr bei romantischem Kerzenschein den lang ersehnten Antrag zu machen. Doch von solchen Gefühlsduseleien waren sie in diesem Moment weit entfernt. Nun galt es herauszufinden, in welches Loch sie eingebrochen waren – und vor allem: wie sie hier schnellstmöglich wieder herauskamen!
Im Schein der aufflackernden Kerze erkannte Johanna, dass sie sich in einer Art gemauertem Kellerraum von beachtlichen Ausmaßen befanden. Als sie zur Decke

blickte, begriff sie sofort, dass sie beim Sturz hier herunter großes Glück gehabt hatten, da die Einbruchstelle mindestens vier Meter oberhalb ihrer Köpfe lag. An ein Herauskommen auf diesem Wege war also keinesfalls mehr zu denken.

An der einen Seite gab es eine Tür, die allerdings, das hatte Clemens sofort geprüft, verschlossen war. Auf der gegenüberliegenden Seite mündete der Raum in eine Art Gang.

„Komm, hier entlang!", forderte Clemens sie auf. „Die Richtung stimmt zumindest. Mal sehen, wohin der Gang führt." Offenbar war sein Abenteuersinn geweckt und Johanna folgte ihm eilig. Der Gang wurde immer enger und feuchter. Manchmal kamen sie nur gebückt voran. Baumwurzeln ragten hinein und wieder kreuzten Rohrleitungen ihren Weg.

„Das scheint ein Gang für die Abwasser der Brunnen zu sein. Wir sind nach meiner Berechnung irgendwo unter dem Seepferdchengarten", vermutete Clemens halblaut, um dann erstaunt innezuhalten. Sie waren wieder in einem größeren Raum angelangt, in dem zahlreiche Kisten und Truhen gestapelt waren. Außerdem gab es eine Tür, die allerdings verschlossen war. Johanna blieb mit dem Fuß an etwas hängen und geriet in Straucheln, doch Clemens fing sie auf. Er leuchtete mit seiner Kerze nach unten. In den Boden eingelassen war eine große bronzene Platte mit einem Relief darauf. Es sah aus, als kämpfte darauf ein Krieger erfolgreich mit zahlreichen anderen – zumindest waren getötete Körper am Rande des Reliefs abgebildet. In der Mitte prangte ein Wappen, aus dem der eiserne Griff ragte, an dem Johanna mit ihrem Fuß hängen geblieben war.

„Was ist das?", fragte Johanna erstaunt, doch Clemens schwieg und starrte regungslos auf die Bronzeplatte. Er war blass geworden, das konnte Johanna erkennen,

und die Kerze in seiner Hand zitterte. Ehe sie allerdings in Erfahrung bringen konnte, was ihn so bewegte, riss sie ein Scharren hinter der Tür aus ihren Gedanken. Clemens reagierte sofort und zog Johanna hinter eine der schweren Truhen, ehe er die Kerze vorsorglich ausblies. Sie hatten sich gerade rechtzeitig versteckt, denn nun öffnete sich die Tür mit einem lauten Quietschen. Pierron betrat schnaufend und leise murmelnd den Raum, ebenfalls mit einer Kerze bewaffnet. Er verschloss die Holztür wieder und verschwand in dem Gang, der Clemens' Ansicht nach hinunter zum Leinbach führte. Es schien also einige verborgene Gänge und Verliese unter dem Schlossareal zu geben.
„Was machen wir jetzt?", fragte Johanna leise, nachdem einige Minuten in vollkommener Dunkelheit und Stille vergangen waren.
„Wir folgen ihm", antwortete Clemens bestimmt und zündete seine Kerze wieder an. Dann krochen sie aus ihrem Versteck hervor. Im Vorbeigehen griff Clemens nach unten, um an der bronzenen Bodenplatte zu ziehen, doch nichts geschah. Verständnislos blickte Johanna ihn an. „Was tust du da?"
„Das erkläre ich dir später. Lass uns erst einmal hier herauskommen." Da Johanna auch nichts sehnlicher als das wollte, fragte sie nicht länger nach, sondern folgte ihm schweigend den Gang entlang. Plötzlich hörten sie ein leises Rauschen.
„Der Bach!", flüsterte Clemens nach hinten. „Komm schnell!" Vor ihnen öffnete sich der Gang mit einem schmalen Spalt, verborgen hinter einer dichten Buchsbaumhecke, ins Freie.
„Gott sei Dank!" Johanna fiel ein Stein vom Herzen. „Ich glaube, wir sind irgendwo beim Forstamt, was meinst du?"

Clemens schüttelte den Kopf. „Nein, ich denke, wir sind weiter vorn. Schau, ...", er schob den Busch etwas auseinander, „... da ist der Seitenflügel vom Schloss." Er hatte recht, das sah Johanna nun.
„Dann lass uns schnell gehen!" Sie wollte nur noch weg. Doch Clemens hatte noch etwas vor.
„Ich will sehen, wohin der Gang führt. Vielleicht brauchen wir ihn irgendwann einmal." Er deutete in die Richtung, in die der Gang in der Tat weiter verlief. Es schien so, als führte er direkt unter dem Schloss hindurch. Johanna zögerte. Doch Clemens' bittendem Blick konnte sie nicht widerstehen, außerdem war auch ihre Neugier wieder geweckt. Immerhin war auch Pierron hier entlanggeschlichen.
Gemeinsam und in gebückter Haltung folgten sie dem feuchten unterirdischen Gemäuer weiter. Es schien ewig lang geradeaus zu gehen, ehe der Gang plötzlich nach rechts abknickte – und endete. An der Wand stand eine alte Holzleiter. Clemens leuchtete nach oben. Direkt über ihnen befand sich ein Holzdeckel mit einem Griff. Er zögerte nicht lange und stieg die Leiter hinauf. Die Holzplatte ließ sich mühelos anheben und verschieben. Er steckte den Kopf hinaus und pfiff leise durch die Zähne.
„Johanna, komm rauf, du glaubst es nicht."
So gut es mit ihrem Kleid ging, kletterte sie hinterher. Clemens war unterdessen durch das Deckenloch hinausgekrochen und reichte Johanna die Hand zur Hilfe. Sie standen in einem winzigen Raum, von dem eine Holztüre, die nur angelehnt war, hinausführte. Hinter der Tür befand sich ein kleines steinernes Treppenhaus, das – Johanna staunte nicht schlecht – hinter einem Wandbehang direkt in der kurfürstlichen Gebetsloge in der Schlosskapelle herauskam! Es gab also eine geheime Verbindung von der Schlosskapelle – und damit

von den kurfürstlichen Appartements – unter dem Schloss hindurch in die südlichen Zirkelsäle oder bei Bedarf auch hinaus ins Freie. Was hatte das zu bedeuten, und vor allem: Wer hatte diese Gänge gebaut?
„Lass uns zurück zu diesem Ausgang unten am Bach gehen“, flüsterte Clemens, „hier kommen wir ganz sicher nicht unentdeckt weiter. Außerdem könnte Pierron noch einmal auftauchen.“
Allein der Gedanke an den widerlichen Kammerdiener Carl Theodors ließ Johanna die Stiege eilig wieder hinabsteigen. Hastig schlich sie hinter Clemens den langen Gang zurück bis zu dem Loch, das hinter der Buchsbaumhecke ins Freie führte. Sie kraxelten hinauf und schlichen sich an den prachtvollen Hotels der Adligen vorbei über den Schlossplatz bis hinüber zur Pankratiuskirche. Im Schatten des Gotteshauses hielten sie inne und verschnauften.
„Was wolltest du eigentlich mit mir besprechen?“, fragte Johanna, als sie wieder gleichmäßig atmen konnte. Vielleicht holte er es jetzt nach, sich ihr zu erklären. Doch sie wartete vergeblich.
„Das ist eine längere Geschichte und hat mit meiner Familie zu tun“, begann er umständlich. „Aber ich glaube, ich habe heute Nacht etwas Wichtiges erfahren. So ein Zufall.“
Johanna hatte keine Ahnung, was Clemens da faselte und starrte ihn fragend an.
„Hast du das Wappen gesehen?“
Wovon redete Clemens nur? Welches Wappen? Sie hatte viel gesehen heute Nacht, immerhin auch einen fast völlig nackten Kurfürsten – was meinte er nur für ein Wappen?
„Auf der Bodenplatte. Die mit Medea und ihren toten Kindern!“ Clemens’ Stimme überschlug sich beinahe vor Aufregung. Was war nur los mit ihm?

„Johanna!“ Seine Stimme war drängend geworden. „Als du fast gestürzt wärest. Da unten in der Kammer.“
Jetzt dämmerte Johanna, wovon er sprach. Er meinte die bronzene Bodenplatte mit dem Griff, natürlich. „Die du nicht bewegen konntest? Warum hast du es eigentlich versucht?“
„Ja verstehst du denn nicht?“ Er hielt sie an den Oberarmen und schüttelte sie sanft. „Johanna, das war ein Medea-Relief – und dazu das Wappen der Medici. Weißt du nicht, was das bedeuten könnte?“
Langsam begriff Johanna. „Du meinst ...?“
„Genau! Ich glaube, wir sind dem Schatz der Medici auf der Spur. Das viele Geld, das die Kurpfälzer haben verschwinden lassen.“
„Ja, und was machen wir jetzt?“
Clemens lachte leise. „Erst einmal gar nichts, um keinen Verdacht zu wecken. Und später, wenn der Trubel um die Geburt des Thronfolgers vorbei ist, gehen wir noch einmal dorthin.“ Johanna erschauderte. Das war nicht unbedingt das, was sie sich wünschte, doch Clemens ließ sich nicht beirren. „Und dann, meine Liebe, wenn wir das viele Geld und den Schmuck haben, kaufen wir uns einen kleinen aber feinen Palazzo in Florenz, wo unsere Kinder unter der Sonne Italiens groß werden.“
Er nahm sie in den Arm und drückte sie ganz fest. Immerhin, das war so etwas wie ein halber Antrag. Nicht ganz in der üblichen Form, aber so etwas Ähnliches. Glücklich blickte sie zu ihm auf.
„Lass uns bald mit deinem Vater reden“, bat er sie. „Aber vielleicht erst nach der Geburt, dann ist alles etwas entspannter.“
Johanna nickte glücklich. Clemens wollte sein Leben mit ihr verbringen, das war die Hauptsache. Über Florenz könnten sie dann später noch diskutieren – sie

sah ihre eigene Zukunft nämlich keinesfalls in der Medici-Stadt.
Über ihr schlug die Turmuhr zweimal. Erschrocken schauten sie sich an. So spät war es schon! Nun wurde es aber Zeit! Sie verabredeten sich lose für die nächsten Tage. Einen genauen Termin konnten sie nicht ausmachen, da Clemens nie auf die Stunde sagen konnte, wann ein Konzert geplant war. So war das eben bei Hofe, alles passierte nach Lust und Laune Ihrer Kurfürstlichen Durchlauchten.
Ehe Johanna loslief, musste sie noch eine Frage loswerden: „Clemens, was meinst du, soll ich Vater davon berichten? Ich meine die Geschichte mit dem ... hm... Kurfürsten." Clemens zögerte.
„Vielleicht besser noch nicht, oder?" Johanna nickte, sie verstand ihn. Wie würde es wohl wirken, wenn sich der zukünftige Schwiegersohn mit der Tochter heimlich im Schlosspark herumschlich. Sie warf ihm noch einmal einen Kuss zu, dann eilte Johanna nach Hause und Clemens zurück in sein Quartier im Gesandtenhaus.
Am nächsten Morgen verschlief Johanna so sehr, dass ihr Vater irgendwann erstaunt in der Stube stand.
„Herzblatt, was ist los? Es ist schon nach elf. Bist du krank?"
Wie von der Tarantel gestochen schoss Johanna hoch. „Oh Gott, habe ich verschlafen?"
Liebevoll blickte Franz Bechtler seine Tochter an. „Das macht doch nichts, mein Schatz. Ich weiß, dass die letzten Tage auch für dich anstrengend waren. So viel Arbeit. Es sei dir gegönnt." Er lächelte. „Aber nun auf, auf! Deine Schwester kommt gleich zu Besuch, wir wollen mit ihr das Mittagsmahl nehmen. Ihr Gatte hat irgendetwas in der Kaserne zu tun und in der Zwischenzeit will sie uns besuchen. Also beeile dich!"

Amalie! Johanna sprang aus dem Bett, gönnte sich lediglich eine Katzenwäsche und die übliche Zahnpflege und schlüpfte dann in eines ihrer bequemen Tageskleider. Sie war ja so gespannt, was ihre Schwester erzählen würde.
Knapp eine halbe Stunde später saß Johanna gemeinsam mit ihrem Vater und Amalie am Mittagstisch. Amalie sah müde und schlecht aus und war ungewohnt schweigsam. Sorgenvoll betrachtete auch Franz Bechtler seine Tochter, sagte jedoch nichts. Möglicherweise war sie einfach schon schwanger, da ging es vielen Frauen anfangs nicht gut.
Amalie taute erst auf, als sie das neuste Gerücht vom Hofe zum Besten gab: „Ja, habt ihr es denn noch nicht gehört?“ Sie kicherte nervös. „Es ist einfach unglaublich, was sich heute Nacht zugetragen haben soll!“
Sofort horchte Johanna auf. Heute Nacht? Das versprach interessant zu werden. Unschuldig fragte sie nach.
„Also ...“ Amalie holte bedeutsam Luft, „Unsere Kurfürstliche Durchlaucht ist heute Nacht bei einem Spaziergang im Schlosspark von einer Räuberhorde überfallen worden! Und stellt euch vor: Sie hatten es auf seine Perücke abgesehen. Ist das nicht lächerlich?“
„Was?“ Sogar Johannas Vater, den sonst nichts so schnell aus der Ruhe brachte, war völlig perplex. „Und was ist dann passiert?“
„Oh, der Kurfürst hat die Angreifer natürlich heldenhaft im Kampf besiegt und in die Flucht geschlagen. Ich meine ...“, sie räusperte sich wissend, „was blieb ihm auch anderes übrig, weil Pierron ja nicht da war.“
„Ach nein?“ Johanna hakte nach. Das wurde ja immer aufschlussreicher. Von wegen, in die Flucht geschlagen. Sie sah ihn im Geiste noch einmal vor sich, wie er fast ganz nackt durch den Park rannte. „Wo war er denn, der Kammerdiener?“

„Es heißt, er war in Mannheim, weil er dort etwas Wichtiges zu erledigen hatte. Er ist heute früh gemeinsam mit uns in Schwetzingen eingetroffen. Wir haben ihn zumindest am Mannheimer Tor überholt."
„Ah ja." Johanna dachte fieberhaft nach. Pierron hatte gelogen, das war klar. Nur was führte er im Schilde? Warum wollte er – und das war ja wohl augenscheinlich – dem Kurfürsten Schaden zufügen? Sie erkundigte sich mit unschuldiger Miene weiter: „Und wieso geht der Kurfürst nachts im Schlossgarten spazieren? Hat er Schlafstörungen?"
Daraufhin verschluckte ihr Vater sich an einem Löffel Suppe und begann zu husten. Johanna wurde jedoch den Eindruck nicht los, dass er dabei lachte. Misstrauisch beäugte sie ihn und wandte sich dann Amalie wieder zu. Diese antwortete sehr ernsthaft auf die Frage: „Nein, nein, aber es heißt, die nächtlichen Spaziergänge tun Seiner Kurfürstlichen Hoheit gut. Er wäre danach wie ausgewechselt."
Nun konnte sich auch Johanna das Lachen kaum verbeißen. Wenn es wirklich stimmte, dass Carl Theodor nachts seine Gespielinnen im Badehaus traf, war es kein Wunder, dass er stets vergnügt und ausgeglichen ins Schloss zurückkehrte. Aus dem Augenwinkel heraus schielte sie zu ihrem Vater hinüber, der ihr belustigt zuzwinkerte. Immerhin ahnte er offensichtlich, dass sie über die pikanten Bewandtnisse, die es mit dem Badehaus auf sich hatte, informiert war.
Johanna biss sich auf die Lippen. In ihrem Inneren kämpfte sie mit sich selbst einen Konflikt aus: Am liebsten hätte sie ihrem Vater von all ihren Erlebnissen und Erkenntnissen der letzten Zeit erzählt – zumal die Gestalt Pierrons immer undurchsichtiger wurde. Doch sie hatte es Clemens versprochen, also schwieg sie notgedrungen. Außerdem wäre ihr Vater wahrscheinlich

sehr erbost, wenn er von ihren nächtlichen Eskapaden erfuhr. Nein, nein, es war schon richtig, vorerst Stillschweigen zu bewahren.
„Meine schönen Töchter", Franz Bechtler erhob sich vom Tisch, „ich muss leider wieder an die Arbeit. In der Zeltstadt wartet man auf mich." Er nahm Amalie in den Arm. „Gutes Kind, pass auf dich auf." Dann hauchte er ihr einen Kuss auf die Wange und verschwand. Das war die Gelegenheit, fand Johanna, und sie fiel sofort mit Fragen über ihre Schwester her.
„Und, wie ist das Eheleben? Wie ist er so, dein Mann? Bist du glücklich? Warum siehst du so müde aus? Seid ihr viel in Gesellschaft?"
Doch Amalie schwieg und blickte stumpf vor sich hin.
„Schwesterherz, was ist los?" Johanna bemerkte besorgt, dass sich die Augen Amalies mit Tränen füllten. „Kann ich dir irgendwie helfen?"
Da brach Amalie in lautes Schluchzen aus. „Mir kann keiner mehr helfen!", brach es aus ihr hervor. „Mein Leben ist verpfuscht!"
„Um Gottes Willen, Amalie, was ist denn passiert?" Johanna eilte um den Tisch herum und nahm ihre weinende Schwester in den Arm. Als diese sich einigermaßen beruhigt hatte, erfuhr sie vom Martyrium der jungen Freifrau von Wadenfels, die seit ihrer Hochzeit Nacht für Nacht von einem oder mehreren Soldatenfreunden ihres leider impotenten Mannes vergewaltigt wurde, um einen Stammhalter zu zeugen.
„Was?" Johannas Stimme überschlug sich fast. „Das ist ja furchtbar! Wir müssen etwas unternehmen, jetzt gleich!" Sie sprang auf und stemmte die Arme in die Hüften.
Doch ihre Schwester winkte nur müde ab. „Ach, das ist doch noch gar nicht alles."
Und Johanna hörte von der engen Freundschaft zwischen ihrem Schwager und Pierron, seiner abstoßenden

Spiel- und Trunksucht, seiner bösen Art, die er Amalie gegenüber an den Tag legte – und seiner Eigenart, seine Frau meist den gesamten Tag in ihrem Zimmer einzusperren. Kurz: Es war schrecklich und Johanna fehlten die Worte.
„Kehr nicht zu ihm zurück!“, flehte sie ihre Schwester an. „Bleib bei uns, Vater wird es verstehen.“ Doch Amalie winkte nur ab. „Damit bald der ganze Hof über meine intimen Abenteuer mit der Soldateska spricht und mich des Ehebruches bezichtigt? Nein, das tue ich Vater nicht an. Mein Gatte hat eben vorgesorgt. Vielleicht lässt er mich ja in Ruhe, wenn ich schwanger bin.“
Traurig ließ Johanna ihre Schwester ziehen. Das war also der Preis für den Adelstitel. War es das wirklich wert? Wenige Stunden später hatte sie es schwarz auf weiß, dass es nicht einmal das war: Casanova hatte ihr eine Nachricht zukommen lassen.

Gnädigste Reisebekanntschaft und Freundin,
zu Recht habt Ihr Euch Sorgen um das Wohl Eurer Schwester gemacht, wie ich Euch heute mit größtem Bedauern mitteilen muss. Maximilian von Wadenfels ist der letzte Spross eines durch und durch dekadenten Geschlechtes, das einst im Elsass durch Raubritterei zweifelhafte Berühmtheit erhielt. Am französischen Hof und in vielen Adelshäusern ist er aufgrund zahlreicher Verfehlungen nicht zugelassen, auch soll er seine erste Frau umgebracht haben. Übrigens verfügt er weder über Grundbesitz, noch Geldmittel. Es heißt, er stünde im Dienste von Christian von Zweibrücken und Dominik Pierron, die ihn aushalten und dafür immer wieder seine kriminellen Dienste in Anspruch nehmen. Vermutlich brauchte er dringend Geld, daher das Interesse an Eurer Schwester.
Liebste Freundin, ich hoffe, ich habe Euch nicht zu sehr

schockiert, doch Eurer Frage entnahm ich bereits den begründeten Verdacht. Haltet mich auf dem Laufenden.

Euer ergebener Diener
Giacomo Casanova

Doch genau das hatte er: Johanna machte sich nun nicht nur ernsthafte Sorgen um das Wohl ihres Vaters, sondern auch um das Leben ihrer Schwester. Es wurde Zeit, dass etwas passierte.

Kapitel 7

Johanna hatte ein schlechtes Gefühl. Sie konnte sich nicht genau erklären warum, doch sie spürte es deutlich: Es lag etwas Unheilvolles in der Luft. Sollte Pater Seedorfer doch recht gehabt haben mit seinen Warnungen vor zu viel astronomischem Interesse? Und nicht nur er: Von vielen Kanzeln des Landes kamen mahnende Worte und das Volk war verunsichert. Sogar die selbstbewussten Schwetzinger, die ja in den Genuss kommen sollten, das Ereignis verfolgen zu dürfen, wirkten verunsichert – und auch Johanna konnte sich dem nicht entziehen. Vielleicht war auch nur die alte Hebamme Schuld, von der sie gestern auf dem Marktplatz angesprochen worden war.
„He, Bechtlertochter!", hatte sie hinter ihr hergerufen, und als Johanna stehen geblieben war, beschwörend auf sie eingeredet: „Ich sage Euch, es ist verderbt, alles liegt in der Konjunktion. Wisst Ihr es denn nicht? Steht die Venus zur Sonne und Erde in einer Bahn, sind Kräfte am Wirken, denen die Leibesfrucht kaum gewachsen ist. Wir sind den Sternen ausgeliefert, mein Kind, und so eine hochgestellte Person wie unsere gnädigste Herrin Landesmutter erst recht."
Johanna wusste nichts Rechtes mit den Worten anzufangen und blickte fragend auf die alte Hebamme hinunter. Diese zupfte Johanna flehend am Ärmel: „Ihr müsst verhindern, dass die Kurfürstin daran teilnimmt, Bechtlerin, es gibt sonst ein Unglück!" Dann war die Alte in der Menge verschwunden und hatte Johanna ratlos stehen lassen. Konnten Sterne die Schwangerschaft einer Frau beeinflussen? Ihr Vater hielt eigentlich viel auf das Wissen erfahrener Hebammen. Sie beschloss, ihn dazu zu befragen – und ertappte sich

dabei, dass sie inständig wünschte, Amalie würde noch nicht schwanger sein.
Ihr Vater reagierte jedoch ungewohnt barsch auf Johannas Anliegen.
„Johanna, ich bitte dich, das dumme Gerede eines alten Kräuterweibleins darfst du als Tochter des Medicus doch nicht ernst nehmen!“ Kopfschüttelnd musterte er seine Tochter. „Wenn Algardi davon erfährt, ist es vorbei mit deiner Geburtsassistenz!“
„Und wenn es so wäre?“ Trotzig stampfte Johanna mit dem Fuß auf dem Holzboden auf. „Ich habe es mir ja schließlich nicht ausgesucht! Und wer weiß, in welche Intrige ich so hineingezogen werde, Vater!“ So, jetzt war es endlich ausgesprochen. Erwartungsvoll blickte Johanna ihren Vater an. Würden sie jetzt offen miteinander reden?
Mit hängenden Schultern und einem bestürztem Gesichtsausdruck blieb Franz Bechtler zunächst vor seiner Tochter stehen. Dann gab er sich einen Ruck und bat sie, am Tisch Platz zu nehmen. Mit leiser Stimme fing er an, auf Johanna einzureden.
„Herzblatt, du musst dir keine Sorgen machen. Du hast mit all den Dingen bei Hofe nichts zu tun, glaube mir. Es sind andere Mächte, die dort schalten und walten – aber ich bin mir ganz sicher, dass du ihnen mit deiner Aufrichtigkeit und deinem Wissen sicher entgegentreten wirst.“
Er räusperte sich ausführlich und fuhr dann mit leiser Stimme fort:
„Natürlich wissen wir alle, dass sich mit der Geburt des Thronfolgers die Machtverhältnisse bei Hofe deutlich verschieben werden. Herzog Christian wird gewaltig an Einfluss verlieren – und mit ihm möglicherweise auch Pierron, der sich ja gern in seinem Dunstkreis aufhält. Ganz sicher wird dann auch der Stern der

Kurfürstin steigen – und damit, wenn du deine Sache gut machst, auch der Deine und der Meine. Ihre Kurfürstlichen Durchlauchten werden Algardi und uns dankbar sein. Das festigt unsere Stellung bei Hofe."
Er nahm einen Schluck Wasser aus einem Glas, das auf dem Tisch stand, während Johanna gespannt abwartete, was ihr Vater noch zu sagen hatte.
„Eines solltest du aber unbedingt wissen, und ich denke, es ist jetzt der richtige Zeitpunkt: Die Kurfürstin und der noch amtierende Thronfolger können sich nicht leiden. Herzog Christian nimmt deshalb tatsächlich jede Möglichkeit wahr, der Kurfürstin zu schaden. Das hat viel weniger mit der Nachfolgeregelung zu tun, als die meisten glauben, sondern mit einer alten Erbschaftsangelegenheit. Elisabeth Auguste hat sich nämlich gegen ihn durchgesetzt und die Herzogtümer Jülich und Berg im Rheinland als Witwenrente zugesprochen bekommen. Für Christian war das ein Schlag ins Gesicht, da genau diese Herzogtümer ursprünglich einmal ihm versprochen worden waren. Doch die Kurfürstin hat mit ihren Diplomaten die politische Rangelei gewonnen und Christian hatte das Nachsehen."
Johanna schüttelte ungläubig den Kopf. „Aber wieso ist das so schlimm für Christian? Er hat doch dafür ganz bestimmt eine Entschädigung bekommen, oder?"
Franz Bechtler schüttelte bedeutsam den Kopf. „Eben nicht, mein Kind, eben nicht. Sowie ein gesunder Thronfolger auf die Welt kommt, verliert er vehement an Einfluss und Macht, ihm bleibt dann nur sein Herzogtum Zweibrücken. Denn seine Hochzeit mit dieser Tänzerin hatte den Kurfürsten damals so verärgert, dass er bislang einfach keinen Ausgleich vorgenommen hat. Christian steht also ziemlich unter Druck."
„Vater, die Gräfin Forbach ist bei Hofe doch allseits beliebt!" Johanna war erstaunt, sie hatte den Eindruck,

dass Carl Theodor die Gattin von Herzog Christian schätzte.
„Stimmt, der Kurfürst mag sie. Aber Christian ist seither nur ein notwendiges Übel für ihn. Und glaube mir: Wenn der Thronfolger da ist, wird es nicht lange dauern und der Herzog von Zweibrücken darf sich auf seine Güter zurückziehen."
Das war in der Tat für einen hochgestellten Hofadligen, der jahrelang als Thronfolger gehandelt wurde, ein furchtbarer Affront. Doch würde ein Herzog aus diesem Grund zu unlauteren, ja möglicherweise kriminellen Mitteln greifen, um seine Position bei Hofe zu halten? Johanna wusste es nicht. Sie beschloss, einfach den Rat ihres Vaters zu beherzigen, sich in Anwesenheit von Algardi stets im Hintergrund zu halten und nur nach bestem Wissen und Gewissen zu handeln. Etwas anderes blieb ihr ohnehin nicht übrig.
Vor dem Venus-Transit war es Johanna leider auch nicht mehr möglich gewesen, mit Clemens über das Thema zu sprechen, was sie sehr bedauerte. Durch seine ständige Anwesenheit bei Hofe wusste er ziemlich viel über die privaten Verwicklungen der Höflinge. Doch er hatte ihr in jener aufregenden Nacht im Schlosspark versprochen, immer in ihrer Nähe zu sein, wenn sie ihn brauchte – und sie vertraute ihm.
Wie sehr ihre vielen Sorgen begründet waren, auch was die Gesundheit der Kurfürstin anging, hatte sie erstmals im vollen Ausmaß nach dem spektakulären Venus-Transit begriffen. Da die Kurfürstin unmittelbar vor dem errechneten Geburtstermin stand, tat sie keinen Schritt mehr ohne ihren Hofmedicus. Der wiederum hatte Johanna stets im Schlepptau – sei es um Medikamente zu tragen oder um wichtige Botengänge zu erledigen.
Der große Tag des astronomischen Schauspieles wurde mitten im Schlossgarten begangen. Der gesamte

Hofstaat war dabei, aber auch viele Schwetzinger Bürger als Schaulustige – zumindest diejenigen, die sich nicht davor fürchteten. Professor Christian Mayer, der Physiker und Hofastronom, auf dessen Initiative die öffentliche Beobachtung des Venus-Transits stattfand, hatte dazu eigens eine Empore im Zirkel des Schwetzinger Schlossgartens, direkt vor der Orangerie, aufbauen lassen. Auf der Empore blitzten Fernrohre und Winkelmesser in der Sonne, die auf Tischen und Bänken verteilt waren. Es herrschte ein Trubel wie auf einem Jahrmarkt und alles hatte sich herausgeputzt.
Zuerst erschien der Kurfürst mit den Höflingen seiner Appartements. Unter den erklärenden Worten von Hofastronom Mayer suchten sich die Herren die besten Plätze auf der Empore. Dann kam der Tross der hochschwangeren Elisabeth Auguste, dem auch Johanna angehörte. Carl Theodor begrüßte seine Frau an jenem Nachmittag fast liebevoll – hatten die beiden sich etwa versöhnt? Der Kurfürst begleitete Elisabeth Auguste fürsorglich auf eine Loge unter dem Jagdzelt, wo bereits Pater Seedorfer und die Herzöge von Zweibrücken, Friedrich und Christian, warteten. Alle erhoben sich und verbeugten sich vor dem hohen Paar. Johanna bekam am Rande mit, dass der Pater sich ausgiebig nach dem Befinden Ihrer Kurfürstlichen Durchlacht erkundigte und sie noch einmal aufforderte, dem Spektakel sicherheitshalber fernzubleiben. Doch der Kurfürst fuhr ihm barsch über den Mund und Johanna glaubte sogar, etwas wie „Papperlapapp! Schluss jetzt mit dem angstvollen Pfaffengeschwätz!“ verstanden zu haben, war sich allerdings nicht ganz sicher.
Zwischen all den Höflingen auf der Empore, die von Algardi und Johanna keinerlei Notiz nahmen, schwirrte Pierron umher und reichte Limonenwasser zur Erfrischung. Selbstverständlich überging er Johanna dabei,

doch sie hatte nichts anderes erwartet. Dass Pierron die Bechtlers ablehnte, war ihr nun hinlänglich bekannt.
Es war ungewöhnlich heiß für einen frühen Junitag und man fächelte sich angestrengt Luft zu. Doch der Himmel war klar und damit die besten Voraussetzungen für das perfekte himmlische Schauspiel gegeben, befand Hofastronom Mayer.
„In etwa einer halben Stunde ist es soweit!", rief er mit bebender Stimme in die Runde, nachdem er ausführlich durch eines der Fernrohre in die Sonne geblickt hatte. „Ich bitte Euch noch um etwas Geduld."
Dann stellte er sich auf eine Bank, um etwas größer zu wirken und um sich besser Gehör zu verschaffen. „Und hier noch eine wichtige Mitteilung an alle, speziell auch an Ihre Kurfürstlichen Durchlauchten: Ein jeder sollte nur durch die gerauchten Gläser in die Sonne schauen, da sonst die Augen verbrennen können. Pierron, wär Er so freundlich ..." Der Kammerdiener begann damit, den anwesenden hohen Herrschaften jeweils eine Glasplatte zu reichen.
Unterdessen nahm die in der Hitze arg schnaufende Kurfürstin die Huldigungen der vorbeiflanierenden Adligen entgegen. Johanna bemerkte, dass Elisabeth Auguste gerne und stolz Auskunft über ihr Befinden gab. Sie stand kurz davor, eine unangreifbare Stellung bei Hofe zu erreichen und strahlte dies mit jeder Pore aus. Johanna gönnte ihr diesen Triumph, wenigstens etwas, fand sie, bei all den unangenehmen Begleiterscheinungen, die das Hofleben so mit sich brachte. Sie musste wieder an den entblößten Kurfürsten denken, den sie nachts im Schlossgarten gesehen hatte. Ob seine Frau davon wusste?
Lediglich die Herzöge schienen an der Veranstaltung kaum Gefallen zu finden. Der sonst so beredte Christian verzog keine Miene und Herzog Friedrich

schwitzte in seiner dunklen Paradeuniform mächtig. Es nützte nichts, dass er sich immer wieder mit einem Taschentuch über die Stirn wischte – er war viel zu warm bekleidet.
Johanna war insgeheim froh, sich trotz ihrer derzeit häufigen Anwesenheit bei Hofe für saubere, aber bequeme Alltagskleidung entschieden zu haben. Ihr machte die Hitze nichts aus; im Gegenteil, sie genoss die frühsommerliche Kraft der Sonne auf ihrer Haut. Und die Sommersprossen, die sie daraufhin garantiert bekam, gefielen Clemens ganz besonders gut, was wollte sie mehr.
In diesem Moment erklang sanfte Klaviermusik, untermalt von einigen Violinen und einem Cello, aus dem südlichen Zirkelhaus hinüber. Die Mannheimer Schule probte, es klang schön. Warmen Herzens dachte Johanna an Clemens, während sie Hofmedicus Algardi mechanisch Erfrischungstücher für die Kurfürstin reichte.
„Da, da ist sie!“ Ein Raunen ging durch die Menge, als Mayer die Worte in die Menge rief. „Die Venus, seht ihr das kleine schwarze Pünktchen vor der Sonnenscheibe?“ Aufgeregt hüpfte der Hofastronom hinter seinem Rauchglas auf und ab. Auch Johanna griff nach ihrer Glasplatte und riskierte einen Blick in die Sonne. „Nein, dass ich das noch erleben darf!“, hörte sie Mayer neben sich murmeln. Sämtliche Gespräche waren verstummt und man hörte lediglich das Seufzen und das anerkennende Schnalzen der Höflinge. Alles stand und schaute, den Kopf weit nach hinten gebeugt, in die Sonne, auch die Kurfürstin, gestützt von ihren Hofdamen.
Johanna konnte allerdings nicht so ganz verstehen, wieso dieser kleine, für sie kaum sichtbare Punkt vor dem Feuerball der Sonne so viel Bewunderung erfuhr.

Über Minuten standen alle schweigend um sie herum und verfolgten das kosmische Schauspiel, als plötzlich Ihre Kurfürstliche Durchlaucht ohnmächtig zusammensackte. Friedrich von Zweibrücken konnte sie gerade noch auffangen. Schon war Algardi neben ihr und mit ihm Johanna. Auch der Kurfürst hatte nun bemerkt, dass etwas nicht stimmte – und mit ihm geriet der ganze Hof in Aufregung.

Während Algardi sich über die wie leblos am Boden liegende Herrin beugte, begann Pater Seedorfer laut zu beten. „Sei Er still!", fuhr ihn der Kurfürst an, „man versteht ja sein eigenes Wort nicht mehr." Beleidigt zuckte der Geistliche zusammen und zog sich einige Meter zurück. Johanna konnte allerdings genau erkennen, dass sich in seinem Gesicht ein heimlicher Triumph breitmachte. Immerhin hatte Seedorfer vor dem Venus-Transit gewarnt. War das jetzt die von ihm angekündigte Gottesstrafe?

Besorgt suchte Johanna den Blickkontakt mit Algardi. „Gott Lob, sie atmet!", rief dieser gerade aus und die gute Nachricht verbreitete sich wie ein Lauffeuer unter allen Anwesenden. Lediglich Hofastronom Mayer starrte immer noch gebannt in den Himmel, er hatte von den Geschehnissen um die Kurfürstin nichts mitbekommen. „Welch Wunder des Kosmos!", kam es immer wieder über seine Lippen und er wirkte wie in Trance.

„Der Puls ist kaum zu fühlen", raunte Algardi Johanna zu, „wir bringen sie in den Schatten, es war wohl zu viel der Sonne." Kurze Zeit später erwachte Elisabeth Auguste und Farbe kehrte in ihr Gesicht zurück.

„Keine Angst, Durchlaucht, es war nur die Sonne", beeilte sich Algardi zu versichern. „Lasst uns zurück ins Schloss gehen, ich bereite Ihr einen Gesundheitstrank." Mit matter Stimme befahl die Kurfürstin, man möge sie in ihr Kabinett bringen und die von der Osten solle kommen. Die treue Hofdame hielt ihrer Herrin gekonnt die Hofschranzen vom Leib und gestattete nur dem Hofmedicus und seiner Assistentin den Eintritt in das Kabinett. Außerdem kümmerte sie sich darum, die Heerschar von Ärzten und Scharlatanen abzuwimmeln, die sich vor den Türen der kurfürstlichen Appartements herumtrieben – nur für den Fall der Fälle. Doch die Kurfürstin fühlte sich besser und wollte lediglich mit Pater Seedorfer sprechen. Dieser betrat wenig später mit großen Schritten das Kabinett und zog sich zu Elisabeth Auguste in ihr Schlafgemach zurück. Johanna hörte das Murmeln ihrer Stimmen, während sie Algardi dabei half, ein stärkendes Getränk zusammenzustellen.

Plötzlich öffnete sich schwungvoll die Tür zum Vorzimmer. Die von der Osten sprang auf und wollte den Eindringling schon zurückweisen, als sie erkannte, dass es sich um Seine Durchlaucht, den Kurfürsten höchstpersönlich handelte.

„Wo ist sie?", raunzte er in den Raum und marschierte zielsicher auf das Schlafzimmer seiner Gemahlin zu.

„Natürlich, Er schon wieder!" Die Stimme Carl Theodors überschlug sich beinahe, als er Pater Seedorfer am Bett der geschwächten Kurfürstin sitzen sah. Johanna konnte durch einen großen Spiegel im Kabinett genau verfolgen, was sich am Bett der Kurfürstin zutrug. Gebannt verfolgte sie das Geschehen.

Seine Kurfürstliche Hoheit funkelte den Jesuiten wütend an: „Er ..., Er mit seinem Höllengeschwätz, Er ist Schuld!"

Er schob den hageren Pater grob beiseite und brüllte: „Verlass Er sofort das Kabinett!" Alle Beschwichtigungsversuche des Geistlichen nützten nichts: Der Kurfürst ließ sich nicht beruhigen. Im Gegenteil: Jedes Wort des Paters brachte ihn noch mehr in Rage

und er ließ sich zu manch unbedachten Äußerungen hinreißen. Besonders schlimm fand Johanna die Drohung Carl Theodors, der Kirche seine besondere Aufmerksamkeit zu entziehen, sollte bei der Geburt etwas schiefgehen – und auch die Kurfürstin zuckte zusammen und brach in Tränen aus. Erst dadurch besann sich der Kurfürst, wischte Pater Seedorfer mit einer verächtlichen Handbewegung aus dem Raum und wandte sich liebevoll seiner Gattin zu. Die Hofdame von der Osten schloss behutsam die Tür, während Pater Seedorfer ein wenig ratlos bei Algardi und Johanna im Kabinett stehenblieb.
„Gottes Wege sind unergründlich", bemerkte er nach einer Weile kopfschüttelnd und mit leiser Stimme. Dann gab er sich einen Ruck, öffnete die Tür zum Vorzimmer und rief salbungsvoll und mit ausladender Geste in die Menge der Wartenden: „Ihre Kurfürstliche Durchlaucht erfreut sich prächtiger Gesundheit. Lasset uns in der Schlosskapelle zusammenkommen und für sie und den Thronfolger beten." Den Kurfürsten erwähnte er nicht.
Einige Tage später schien der Vorfall bei Hofe vergessen, zumindest wurde nicht mehr darüber geredet. Johanna hörte allerdings über die vielen niederen Bediensteten, die sie in der Küche oder in den Kräutergärten traf, dass man sich im Volk große Sorgen über das schlechte Omen machte. „Wer nur die Venus schaut, wird nie in Liebe empfangen", hieß es dort und man befürchtete, dass die Landesherrin die Geburt des Thronfolgers nicht überleben würde.
Doch der Kurfürstin schien es in den letzten Tagen vor der Geburt sogar besser als zuvor zu gehen: Ganz ohne Hilfe zeigte sie sich bei der Musikalischen Akademie im Nordzirkel und nahm wie gewohnt die Huldigungen entgegen. Ihr Bauch wurde rund und runder und der

Kurfürst immer gereizter und übervorsichtig – ein Wesenszug, den man zuvor bei ihm nie gesehen hatte. Bald wurden alle Vorbereitungen für die Geburt getroffen, Land auf, Land ab beteten nicht nur die Katholiken für eine glückliche Niederkunft der Kurfürstin.
Johanna war in jenen Tagen fast rund um die Uhr bei Hofe, meist bei Algardi im Zimmer. War der alte Hofmedicus nicht da, machte sie sich nützlich, indem sie versuchte, ein wenig Ordnung in das Chaos seiner Instrumente, Medikamente und Bücher zu bringen. Im Prinzip ein hoffnungsloses Unterfangen, wie sie fand, aber untätig herumzusitzen lag ihr nicht. Und Algardi gefiel es, eine so umsichtige Assistentin wie Johanna zu haben. Er betonte immer wieder, wie klug und talentiert sie doch sei und redete stets wohlwollend über ihren Vater.
Mitte des Monats begann sich die Leibesfülle der Kurfürstin plötzlich zu senken. Sofort wurde der gesamte Hof in Alarmbereitschaft versetzt. Schlagartig versank das Schloss in eine Art Dornröschenschlaf, da niemand wagte, laut zu sprechen geschweige denn zu feiern. Nicht einmal der Kurfürst schien die Appartements seiner Frau länger als nötig zu verlassen, worunter nach Meinung der Herzöge die Regierungsgeschäfte erheblich litten. Auch Johanna musste nun im Schloss übernachten und ihr wurde dafür eine Liege im Arbeitszimmer von Algardi bereitgestellt. Sie wusste, dass viele Menschen sie darum beneidet hätten, bei Hofe wohnen zu dürfen – sie hingegen fand es nur lästig. Nirgends gab es eine ruhige Ecke für die tägliche Körperhygiene, die meisten Menschen, die sie in den Gängen oder Kabinetten traf, rochen entsprechend unangenehm und an einen ruhigen Schlaf war auf der unbequemen Liege ohnehin nicht zu denken.
Zu allem Übel ließ sich der Thronfolger Zeit. Die Kurfürstin konnte sich zwar kaum mehr bewegen, zeigte

aber keine Anzeichen von Wehen. Das wiederum führte zu einer ausgesprochen angespannten Situation am Hof, da im Grunde alle darauf warteten, um endlich aus der künstlichen Erstarrung ausbrechen zu können. Immerhin gestattete Algardi seiner jungen Assistentin, einmal täglich in der Mittagszeit für eine Stunde im Schlosspark spazieren zu gehen, um frische Luft und neue Kraft zu tanken. Johanna war dem alten Hofmedicus dafür sehr dankbar, bedeutete dies für sie doch den einzigen Kontakt zur Außenwelt.
Auf einem der mittäglichen Spaziergänge lief ihr endlich Clemens über den Weg, der ihr atemlos und ziemlich in Eile verkündete, die nächste Woche nicht in Schwetzingen zu sein. Seine Kurfürstliche Hoheit hatte seine Musiker zu einem Konzertabend nach Frankfurt geschickt, was ohnehin am Hof derzeit nicht weiter auffiel, da lautes Musizieren mit Rücksicht auf die Kurfürstin verboten war. Es war gerade noch Zeit für einen versteckten Kuss, dann verschwand Clemens wieder und ließ eine ziemlich einsame und müde Johanna zwischen den Buchshecken zurück.
Johanna fand, dass der Hof mit seinem Verhalten ziemlich übertrieb. Die Kurfürstin bekam ein Kind, zugegeben: den Thronfolger, aber dennoch, eine Geburt war eine Geburt, ganz gleich, wer die Mutter war. Hatte man in diesen Kreisen überhaupt eine Vorstellung davon, wie die meisten Untertanen ihre Kinder bekamen? Die wenigsten hatten eine Hebamme, die ihnen zur Seite stand; einen Arzt konnte sich ohnehin kaum jemand leisten. Die Sterblichkeitsrate bei Mutter und Kind war entsprechend hoch, meist aufgrund mangelnder Reinlichkeit. Wenn doch nur alle Frauen einen Bruchteil der Betreuung genießen könnten, die nun der Kurfürstin widerfuhr, wäre Johannas Ansicht nach ein großes Problem gelöst. Denn wie oft wurde

sie in Mannheim gemeinsam mit ihrem Vater in das Siechenhaus gerufen, wo arme Frauen unter elenden Bedingungen uneheliche Kinder zur Welt brachten. Und auch Verheiratete, die gemeinsam mit ihren Männern für den Unterhalt der Familie sorgen mussten, hatten oft nicht einmal die Zeit dazu, ihr Kind zu gebären, und brachten ihren Nachwuchs irgendwo unterwegs zur Welt. Wie gut hatten es da doch die Frauen von Stand, die immerhin Hilfe in Anspruch nehmen konnten!

Dann endlich war es soweit: Am Nachmittag des 28. Juni setzten bei der Kurfürstin die Wehen ein. Sofort wurde die gesamte Entourage in das eigens dazu vorbereitete Entbindungskabinett bestellt, um Zeuge der hochherrschaftlichen Geburt zu werden. Johanna, die zunächst stundenlang damit beschäftigt war, Ihrer Kurfürstlichen Hoheit die Stirn mit kühlen Tüchern abzutupfen, fand die Situation geradezu entwürdigend für Elisabeth Auguste. Umrahmt von der keinesfalls nur wohlgesinnten Verwandtschaft, einigen Beamten, aufgeregten Hofdamen und natürlich dem Kammerdiener des Kurfürsten lag Elisabeth Auguste in der Mitte des Raumes auf einer breiten Bettstatt und stöhnte und jammerte lautstark. Das Publikum verfolgte das Geschehen eher genervt denn mitleidsvoll, da der Raum völlig überhitzt war, keine weiteren Sitzgelegenheiten bot und aufgrund der Schweißausdünstungen ganz erbärmlich stank. Pierron reichte zwar hie und da Erfrischungen, doch auch diese konnten den gequälten Gesichtsausdruck nicht aus den Gesichtern vertreiben.

Lediglich Carl Theodor lief im Vorraum unter großer Anspannung auf und ab und diktierte einem Schreiber dabei jetzt schon die Depeschen, die unmittelbar nach der erfolgten Geburt das Schloss zu verlassen hatten. Soweit Johanna in dem allgemeinen Durcheinander

und aufgrund der immer wieder offenstehenden Tür mitbekam, waren unter anderem der österreichische Kaiser, der Taufpate werden sollte, und der französische König Ludwig der XV. die ersten europäischen Herrscher, die von dem glücklichen Ereignis erfahren sollten. Sie schüttelte innerlich den Kopf. Einmal abgesehen davon, dass der Thronfolger ja noch gar nicht auf der Welt war – woher nahm Seine Kurfürstliche Durchlaucht überhaupt die Sicherheit, dass ein Erbprinz geboren wurde? Die arme Kurfürstin – vermutlich würde man sie dafür verantwortlich machen, sollte es eine Tochter werden. Das war immer so, obwohl es mittlerweile Untersuchungen gab, die ganz andere Ergebnisse hervorgebracht hatten. Onkel Philipp hatte ihr einmal erzählt, dass an der Universität in Bologna sogar das Gerücht kursierte, dass der männliche Samen für das Geschlecht des Kindes verantwortlich wäre, doch solche Theorien waren in herrschenden Kreisen natürlich nicht erwünscht.
Mittlerweile war es draußen dunkel geworden und von Sankt Pankratius her schlug es die elfte Stunde. Seit nunmehr sieben Stunden standen die wichtigsten Höflinge am Bett der gebärenden Kurfürstin und nichts war bislang passiert. Elisabeth Auguste zeigte trotz starker Wehen erste Ermüdungsanzeichen. Besorgt mussten Algardi und Johanna zudem feststellen, dass sich der Muttermund der Kurfürstin bislang nur wenig geöffnet hatte. Keine Frage: Es würde eine lange Nacht werden. Am liebsten hätte Johanna alle Zuschauer aus dem Kabinett geschickt, die Kurfürstin dann bis auf ein Leibchen vollständig entkleidet, den Raum gelüftet und ihr so zumindest Erleichterung verschafft, doch daran war gar nicht zu denken. Die höfische Etikette musste in jeder Situation gewahrt bleiben und die Kurfürstin lag in vollem Ornat in den Wehen. Immerhin

hatte sie es Johanna gestattet, die feste Schnürung des Mieders im Rücken zu lockern, um besser atmen zu können, doch mehr war für eine solch hochgestellte Persönlichkeit in dieser Phase der Geburt nicht möglich. Also bemühte Johanna sich darum, der geplagten Frau so gut es ging zu helfen, ebenso Algardi.
Als Johanna wieder einmal bei einer starken Wehe den Oberkörper der Kurfürstin von hinten stützte, während der gesamte Hof gebannt in ihren noch bedeckten Schoß starrte, spürte Johanna plötzlich, dass irgendetwas Schweres in ihre Schürzentasche glitt. Schnell wandte sie sich um und nahm im Halbdunkel des Raumes nur noch wahr, wie Pierron sich an Herzog Christian vorbeidrückte und ihm dabei lächelnd etwas zuraunte. Als die Wehe der Kurfürstin überstanden war, tastete Johanna mit klopfendem Herzen in die Schürzentasche hinein und traf auf ein kleines pralles Säckchen, das ganz offensichtlich mit Münzen gefüllt war. Fragend blickte sie Herzog Christian an. Der trat einen Schritt vor und verlor dabei scheinbar unabsichtlich sein Sacktuch. Wie es sich für eine Untergebene gehörte, bückte Johanna sich sofort, um am Boden schmerzhaft mit ihrem Kopf an den Schädel des Zweibrückers zu stoßen. Auch er unterdrückte einen Schmerzensschrei, zischte ihr aber dann zwischen zusammengepressten Zähnen zu: „Was da an Kreuzern drin ist, bekommst du in Gulden, wenn der Kleine nicht überlebt.“ Dann griff er nach ihrem Kinn und zog ihr Gesicht im Schutz der Dunkelheit grob noch etwas näher an das seine. „Und wenn du davon jemandem erzählst, Bechtlerin, dann stirbst du.“
Entsetzt wich Johanna zurück. Während sie sich zitternd aufrichtete, spürte sie das wissende Lächeln Pierrons in ihrem Nacken. Sie drehte sich noch einmal um. Herzog Christian blickte gelangweilt umher, als

wäre nichts geschehen. Nur Pierron starrte sie an. Sein abstoßendes Gesicht wirkte im flackernden Kerzenlicht noch hässlicher. Er war in die Intrige von Herzog Christian verwickelt, das war nun klar, denn er hatte ihr das Kreuzersäckchen zugesteckt. Das schmutzige Geld brannte förmlich durch den Stoff hindurch auf Johannas Schenkel. Was sollte sie nur tun? Dem Kurfürsten sofort alles sagen? Unmöglich, es würde ihr niemand glauben. Außerdem bestand die Gefahr, dass die Kurfürstin bei einer solchen Aufregung die Geburt nicht überlebte. Das Säckchen zurückgeben? Leider war das auch keine Lösung, da sie als Mitwisserin fortan immer in Gefahr schweben würde. Wie hatte ihr Vater nur davon ausgehen können, dass man sie unbehelligt lassen würde? Verzweifelt dachte Johanna an die Worte Franz Bechtlers. Ihr Vater hatte die Situation völlig falsch eingeschätzt. Man hatte sie, Johanna Bechtler, ganz bewusst zu dieser Geburt bestellt, um sie zu benutzen. Sie sollte das Werkzeug Herzog Christians sein, um seine Pfründe zu retten. Wie sollte sie nur aus dieser Situation herauskommen?

Ein markerschütternder Schrei unterbrach ihre fieberhaften Überlegungen. Die Kurfürstin hatte sich aufgerichtet und starrte entsetzt an sich herunter. Ein dunkler Fleck breitete sich auf ihren Gewändern unterhalb des Schoßes aus.

„Das Fruchtwasser!“ Algardi nickte zufrieden. „Jetzt geht es los.“ Rasch reichte Johanna ihm eine Schüssel, die er der Kurfürstin so gut es bei all den Lagen Stoff ging, unterschob.

„Eure Kurfürstliche Hoheit müssten sich nun der Überkleider entledigen“, sprach er mit beruhigender Stimme auf die zitternde Kurfürstin ein, „damit der Thronfolger das Licht der Welt auch erblicken kann.“ Verhaltenes Lachen der Anwesenden begleitete seine

Worte, doch die schmerzgeplagte Kurfürstin bekam von all dem nichts mehr mit. Kraftlos ließ sie sich von Johanna und ihrer Hofdame Freiin von der Osten dabei helfen, die völlig verschwitzte und vom Fruchtwasser zusätzlich durchnässte Oberkleidung zu entfernen. Die Hofdame blieb auf Wunsch der Kurfürstin nun am Kopfende stehen und hielt die Hand Elisabeth Augustes, sodass Johanna Leibarzt Algardi zur Hand gehen konnte. Dieser hatte eine besorgte Miene aufgesetzt.
„Der Muttermund", raunte er ihr zu. „Er ist noch immer viel zu klein. Und das Kind ist sehr groß." Ratlos schaute er Johanna an. „Was schlagt ihr vor, Bechtlerin?"
Nun mischte sich auch der Kurfürst von draußen durch die geöffnete Tür hindurch ein. „Was flüstert Er dort, Hofmedicus? Wie geht es nun weiter mit der Geburt? Erklär Er sich!" Offenbar war er über jede Regung im Raum informiert worden.
Algardi richtete sich langsam auf und holte tief Luft. „Der hochherrschaftliche Muttermund Ihrer Kurfürstlichen Hoheit bedarf noch einiger Dehnung, um den Erben freizugeben. Wir beraten gerade, wie wir diesen Prozess beschleunigen können."
„Und, was schlägt Er vor?" Die Stimme des Kurfürsten klang gereizt und ungeduldig.
„Hmmm ...", Algardi räusperte sich. „Also ..., am Besten wäre es ..." – „am besten wäre jetzt ein warmes Bad für Ihre Kurfürstliche Durchlaucht!", kam Johanna ihm mit fester Stimme zu Hilfe.
„Du beliebst zu scherzen, Bechtlerin!", fuhr sie der Kurfürst entgeistert an.
„Nein, Durchlaucht, keinesfalls." Johanna hob ihre Stimme, um sich im unruhigen Gemurmel, das auf ihren Vorschlag hin aufgekommen war, Gehör zu verschaffen. Sie wusste selbst nicht, woher sie den Mut nahm, doch instinktiv spürte sie, dass dies die einzige

Rettung für den Thronfolger und seine arg geschwächte Mutter sein würde. „Ein warmes Bad regt die Wehentätigkeit an und nimmt dabei den Schmerz. Es wäre wirklich gut für Ihre Kurfürstliche Durchlaucht."
„Und was ist, wenn das Kind dann im Wasser zur Welt kommt?", hakte Herzog Christian lauernd nach. „Dann ertrinkt es, bevor es den ersten Schrei getan hat."
Johanna wandte sich um. „Nein, Durchlaucht, es wird überleben, glaubt mir." Der Herzog bedachte sie mit einem falschen Lächeln und rieb sich siegesgewiss die Hände. „So tu, was du für richtig hältst!" Offenbar glaubte er, Johanna hätte diesen Vorschlag seinen Interessen zuliebe gemacht.
„Auf keinen Fall!", tönte es da gleich zweifach durch den Raum. Sowohl der Kurfürst als auch Algardi wehrten entsetzt ab. Der Kurfürst schimpfte weiter: „So ein Humbug kommt mir hier nicht ins Schloss. Die Geburt wird weitergeführt und zwar so, wie es Usus ist. Algardi, geh Er ans Werk. Und du, Bechtlerin, tust, was der Hofmedicus dir sagt!"
Johanna senkte den Kopf und schaute Algardi zerknirscht an. Dieser nickte ihr unmerklich zu. „Es wird schon. Wirst schon sehen, Bechtlerin."
Doch was Johanna sah, war alles andere als erfolgversprechend. Wie erwartet wurden die Wehen nach dem Abgang des Fruchtwassers noch heftiger und schmerzhafter. Die Kurfürstin wimmerte zeitweise nur noch und besaß nicht einmal mehr die Kraft, gestützt von ihrer Hofdame zu atmen. Johanna versuchte so gut es ging, ihre Qual durch Massagen und Einreibungen zu lindern, doch es gelang ihr kaum. Unterdessen war Algardi damit beschäftigt, die ersten Ohnmachten und Schwächeanfälle der anwesenden Geburtszeugen zu versorgen. Franziska Dorothea, die Schwester der Kurfürstin, war bereits das zweite Mal in der stickigen

Luft zusammengebrochen und praktisch alle Damen hingen ununterbrochen über ihren Riechfläschchen. Herzog Friedrich, dem ja eine besondere Beziehung zur Kurfürstin nachgesagt wurde, schwitzte wieder einmal so sehr, dass er aussah, als hätte er einen Regenspaziergang gemacht. Am Schlimmsten traf es jedoch zwischenzeitlich Seine Kurfürstliche Durchlaucht im Vorraum des Kabinetts: Er musste sich mehrfach ganz unherrschaftlich und bis in das Geburtszimmer hinein hörbar übergeben – vermutlich hatte er wieder einmal zu viel gegessen. Die Folge dieser ganz unterschiedlichen Zipperlein war eine noch unerträgliche Geruchsmelange im Raum, die auch Johanna mehrmals würgen ließ.

Plötzlich schrie die Gräfin Forbach auf und ein lautes Stöhnen kam aus dem Mund der Kurfürstin. Sollten die ersten Presswehen im Anmarsch sein? Ein Abtasten der Bauchdecke bestätigte Johanna, dass ganz offenbar die letzte Phase der Geburt eingeläutet worden war. Nur – wie sollte das Kind herauskommen? Der Muttermund war immer noch halb geschlossen und der Druck der Presswehen erzeugte nun unerträgliche Schmerzen. Und nun entdeckte sie auch den verräterischen dunklen Fleck, der Herzog Christians Gattin aufgefallen war: Die Kurfürstin hatte begonnen, stark zu bluten.

Auch Algardi merkte nun, dass Unheil in der Luft lag und überließ die kränkelnden Höflinge und den Kurfürsten sich selbst. Hektisch riss er das dunkelrot verfärbte Leibchen herunter und presste kräutergetränkte und heiße Tücher, die ihm Johanna anreichte, in den Schoß der Kurfürstin, um die Blutung zu stillen. Johanna begann gleichzeitig nach dem Köpfchen des Thronfolgers zu tasten. Und tatsächlich, er hatte sich bereits tief in den Geburtskanal geschoben. Ein Schnitt in den noch zu engen Muttermund könnte ihn retten,

doch Algardi winkte ab, als sie ihm diese Möglichkeit mit Gesten andeutete.
„Sie blutet zu stark!", flüsterte er ihr zu, „wir dürfen nichts riskieren." Johanna sah das ganz anders. Warum begriff denn niemand, dass hier alles getan würde, um eine glückliche Geburt zu verhindern? Stand etwa auch Algardi auf der Besoldungsliste von Herzog Christian? Doch sie verwarf den Gedanken sofort. Algardi war durch und durch rechtschaffen. Sein Problem bestand lediglich darin, dass er hoffnungslos altmodisch war und viele neue Erkenntnisse und Errungenschaften der Medizin nicht kannte. Nein, noch einmal würde sie hier vor dem versammelten Hof keine Diskussion anfangen. Eine Zurechtweisung aus dem Munde des Kurfürsten reichte ihr.
„Oh mein Gott, ich zerreiße!", kreischte die Kurfürstin plötzlich und die anwesenden Höflinge beugten sich sensationslüstern über ihre weit geöffneten Schenkel. Glücklicherweise eilte Freifrau von der Osten sofort an das Fußende der Bettstatt und schob die Anwesenden vehement zurück. Die Blutung der Kurfürstin war stärker geworden, doch die nächste Presswehe schob den Kopf des Thronfolgers aus dem Mutterleib heraus.
„Jetzt ist es gleich geschafft!", jubelte Johanna, „Der Kopf ist das Schwerste!" Aufgeregtes Gemurmel machte sich in dem Raum breit und Pater Seedorfer, den Johanna erst jetzt bemerkte, begann mit einem Dankesgebet, in das alle einfielen. Dadurch ging das heisere Geröchel der Kurfürstin zunächst unter und es dauerte einige Momente, ehe Algardi und Johanna erkannten, wie schlecht es um die Gebärende stand.
„Um Gottes Willen!", rief Algardi und begann hektisch die Schläfen der Kurfürstin zu massieren. „Schnell Johanna, der Stärkungstrank! Und wir machen einen Aderlass, das hilft immer."

Die Kurfürstin hatte im Zuge der letzten Presswehen einen Schwächeanfall erlitten. Ihre Augen waren verdreht und schauten nach oben, ihre Hände zeigten verkrampft nach innen und ihr Puls war nur noch sehr schwach zu fühlen. Entsetzt stürzte der Kurfürst gegen alle Etikette in das Gemach. Sein Blick wanderte vom halb im Unterleib steckenden Thronfolger zum fahlen und starren Gesicht seiner Gattin. Dann suchte er den Blick des Hofmedicus, der ihn fragend anblickte.
„Rettet die Kurfürstin", kam es nach einigen Sekunden matt aus seinem Mund, dann wandte er sich gebrochen ab und verließ den Raum wieder. Immerhin versäumte er es nicht, Pater Seedorfer noch zu einer Nottaufe zu bewegen. Doch Johanna gab so schnell nicht auf. Während Algardi sich um die geschwächte Kurfürstin kümmerte und Seedorfer seine Utensilien für die Nottaufe am Fuße des Bettes auf einem Klapptischchen zusammenstellte, griff sie nach dem Köpfchen des Kindes. Was auch immer es war, Junge oder Mädchen, es lebte noch! Verzweifelt versuchte Johanna, in den engen Muttermund hineinzugreifen, um die Achseln des Kindes zu erwischen. Nur so würde sie es schaffen, es aus der Enge herauszuziehen. Aber es gelang ihr nicht. Sie spürte, dass langsam das Leben aus dem Thronerben wich und schaute flehentlich zu Algardi hinüber. Der griff beherzt zu einer Zange – ein Instrument, das Johanna und ihr Vater vehement ablehnten, da es fast immer zu tödlichen Verletzungen bei den Säuglingen und oft auch bei den Müttern führte. Doch Johanna verstand Algardi, irgendwie musste das Kind schließlich aus dem Geburtskanal herauskommen.
Unter den Segnungen Pater Seedorfers, der, so gut es eben ging, die Nottaufe auf den Namen Franz Josef Ludwig vollzog – übrigens immer noch ohne das Geschlecht des Kindes zu kennen – zog Algardi dann

mit aller Kraft das Kind heraus, begleitet von einem weiteren fast unmenschlichem Schrei der Kurfürstin. Das Kind blieb am Fußende der Bettstatt liegen und bewegte sich nicht. Doch das Pulsieren der Nabelschnur verriet Johanna, dass noch ein Hauch Leben in ihm war. Wieder und wieder rieben sie und Algardi den winzigen und aufgrund der Geburtsumstände völlig verbeulten Körper mit warmen Tüchern ab, ohne das Leben des Kindes jedoch retten zu können. Erschöpft gaben beide nach einer halben Stunde auf.
„Es war ein Junge", erklärte Algardi den Anwesenden abschließend, was dazu führte, dass nun Seine Kurfürstliche Hoheit Carl Theodor, der immer wieder seinen Kopf in das Kabinett gesteckt hatte, mit dem Aufschrei „Oh nein, womit habe ich das verdient?" in Ohnmacht fiel.
Dieses Ereignis hatte zur Folge, dass sich Algardi nun gemeinsam mit Pierron ausnahmslos um den Kurfürsten kümmern musste und diesen in seine Appartements hinüberbringen ließ. Alle anderen Höflinge mit Ausnahme der von der Osten verließen das Kabinett – schließlich gab es hier nichts Wichtiges mehr zu sehen. Zurück blieb eine verzweifelt wimmernde Kurfürstin, ihre energische Hofdame und Johanna, die sich ratlos umschaute. Was sollte sie nun als erstes tun? Sie konnte doch weder den toten Thronfolger noch die immer noch blutende Kurfürstin hier einfach so liegen lassen! Sie wusch sich ihre blutverschmierten Hände in einer der Schüsseln und machte sich dann beherzt an die Arbeit.
„Edle Dame", sprach sie zunächst die Vertraute der Kurfürstin an, „ich werde den Thronfolger nun abnabeln. Könnte Sie ihm ein würdiges Totenbett bereiten?" Freifrau von der Osten nickte und übernahm widerspruchslos die traurige Aufgabe. Dann wandte sich Johanna an die Kurfürstin: „Durchlaucht, um Eure Blutung zu

stoppen, muss die Nachgeburt noch heraus. Dabei müsst Ihr mir ein wenig helfen. Ich werde an der Nabelschnur ziehen und Ihr solltet so gut es geht pressen."
Die Kurfürstin nickte matt und stöhnte leise. Dennoch spürte Johanna, dass sie sich bemühte. Erleichtert stellte sie fest, dass die Blutung nach der Entfernung der Plazenta nachließ und sich kurze Zeit später stillen ließ. Johanna nahm die Hand der Kurfürstin, die sie aufmerksam bei ihren Tätigkeiten beobachtet hatte. „Es tut mir so leid", flüsterte Johanna und merkte, wie ihr dabei die Tränen in die Augen stiegen.
Die Kurfürstin musterte sie still. „Du meinst es ernst, nicht wahr, Bechtlerin?" Elisabeth Auguste lächelte matt. „Ich danke dir, mein Kind."
„Ihr solltet Euch jetzt ausruhen und schonen, Kurfürstliche Hoheit", begann Johanna vorsichtig, „und auf die notwendige Reinlichkeit müsst Ihr achten." Sie winkte die Freifrau von der Osten herbei, die den toten Thronfolger in der Zwischenzeit aufgebahrt hatte. Dann erklärte sie den Frauen, wie man in den nächsten Tagen mit der Gesundheit der Kurfürstin zu verfahren hätte und versorgte sie mit den dazu notwendigen Tinkturen, Kräutern und Säften. Sie ließ durch die Hofdame weitere Bedienstete herbeirufen, die dabei halfen, die Kurfürstin zu entkleiden, sie zu waschen und dann im frischen Nachtgewand in ihrem Schlafzimmer niederzulegen. Johanna wollte sich gerade mit einem ehrerbietigen Knicks von der Kurfürstin verabschieden, als Elisabeth Auguste sie noch einmal zu sich ans Bett rief.
„Sag, Bechtlerin, und sei ehrlich: Hätte ein warmes Bad mein Kind gerettet?" Erwartungsvoll blickte die Kurfürstin sie an.
„Ich weiß es nicht", gab Johanna ehrlich zu, „aber einen Versuch wäre es meiner Meinung nach wert gewesen.

Es gäbe so viele Möglichkeiten, Geburten leichter und sicherer zu machen ..." Sie seufzte.
„Dann tu es, Bechtlerin!", flüsterte Elisabeth Auguste ihr mit zunehmend matter werdender Stimme zu, da das Schlafmittel, das Johanna ihr verabreicht hatte, zu wirken begann. „Tu es – und ich werde dir helfen, so gut es geht. Und bitte, bleibe die nächsten Tage noch bei Hofe. Du sollst dich darum kümmern, dass ich bald wieder empfangen kann."
Johanna schlich auf leisen Sohlen und mit schlechtem Gewissen zurück in das nun völlig verlassene Geburtskabinett. Sie riss die Fenster auf und löschte die Kerzen mit Ausnahme jener, die neben der Totenbahre des Thronfolgers standen. Hätte sie der Kurfürstin etwa sagen sollen, dass sie vermutlich nie wieder ein Kind zur Welt bringen würde? Langsam begann sie damit, die Spuren der kurfürstlichen Tragödie zu beseitigen. Sie zog die Bettstatt ab, wischte das viele Blut weg und läutete nach einer Bediensteten, die all die Schüsseln und Tücher mitnahm. Dann hob sie das Laken an, das die von der Osten über das tote Kind gelegt hatte. Franz Josef Ludwig lag friedlich im Kerzenschein da. Wie gern hätte sie dieses Kind gerettet. Überwältigt von den Ereignissen der letzten Stunden und ihrer eigenen Erschöpfung brach Johanna in Tränen aus. Wie hatte Pater Seedorfer noch vor wenigen Tagen gesagt? „Gottes Wege sind unergründlich." Das konnte man wohl sagen.
Spontan entschloss Johanna sich dazu, nicht sofort in das Zimmer Algardis zurückzukehren, wo der Hofmedicus bestimmt schon auf sie wartete. Sie wollte in der Morgendämmerung, die gerade angebrochen war, einen kleinen Spaziergang durch den Schlossgarten machen, um ihre Gedanken zu ordnen. Schließlich drückte immer noch das Geldsäckchen von Herzog

Christian in ihrer Schürzentasche und sie musste eine Lösung finden, wie sie es wieder loswerden konnte.
Hastig eilte sie die Treppen hinunter zum Gartenausgang. In den Gängen standen die Höflinge in Grüppchen herum und unterhielten sich leise. Die gedrückte Stimmung war allgegenwärtig und Johanna war froh, dem trauernden Schloss für einige Zeit zu entkommen. Sie schlug den Weg in Richtung Orangerie ein, in der Hoffnung, dass die exotischen Pflanzen mit ihrer Pracht ein wenig ihr Gemüt erheitern würden. Doch die trüben Gedanken ließen sich nicht so schnell vertreiben. Fieberhaft überlegte Johanna, wie sie am schnellsten Kontakt mit ihrem Vater aufnehmen könnte. Er musste unbedingt von den Geschehnissen erfahren. Immer wieder dachte sie auch an die traurige Kurfürstin. Alle hatten sie das Kabinett verlassen, als der Tod des Thronfolgers klar war. Niemand war geblieben, um sich um die arme Frau zu kümmern, sah man einmal von ihrer treusten Hofdame ab. Wenn Johanna nicht bei ihr geblieben wäre, wäre auch Elisabeth Auguste verblutet. Ob sie das wohl wusste?
Auf einmal war Johanna sich ganz sicher: Die Kurfürstin hatte sehr wohl begriffen, dass Johanna ihr das Leben gerettet hatte. Warum sonst hätte sie Johanna noch einmal zu sich gerufen? Und damit lag für Johanna auch die Lösung auf der Hand, wie sie mit dem Bestechungsversuch von Herzog Christian umzugehen hatte: Sie würde der Kurfürstin – und nur ihr – die Wahrheit sagen. Das war der sicherste Weg.
Erleichtert beschleunigte Johanna ihren Schritt zwischen den Rabatten und Hecken, die Orangerie hatte sie längst hinter sich gelassen. Jetzt musste sie nur noch Clemens eine Nachricht zukommen lassen, sobald er wieder im Schloss war. Vermutlich würde er übermorgen mit dem

Orchester zurückkehren – und sie wollte ihn sofort treffen. Am besten hier im Schlossgarten, da gab es überall verborgene Winkel. Plötzlich überkam sie eine große Sehnsucht nach dem Geliebten. Wie gern würde sie sich gerade jetzt an ihn anlehnen und seine festen Arme, die ihr so viel Halt gaben, spüren.

Doch das einzige, was sie fühlte, war eine eiskalte Hand auf ihrer Schulter. Sie erstarrte vor Schreck und drehte sich langsam um. Hinter ihr stand eine junge Frau, die nur sehr leicht bekleidet war. Ihr Kleid war tief dekolletiert und ihr Gesicht stark geschminkt.

„Es verirrt sich selten jemand um diese Uhrzeit hierher“, flüsterte die junge Frau erstaunt. Ihre Stimme kam Johanna bekannt vor, doch der Schreck saß ihr immer noch in den Gliedern und sie konnte nicht klar denken.

„Ich logiere im Badehaus und bekomme nicht so viel mit. Sag, Johanna, ist der Thronfolger gesund?“, fragte die Frau mit leiser Stimme nach.

Johanna schüttelte den Kopf. „Er ist tot.“

„Oh mein Gott, mein armer Herr! “ Die Frau schlug die Hände vor ihr Gesicht. „Dann kommt er sicherlich und braucht mich. Ich muss mich beeilen!“ Und sie wollte schon weglaufen, als Johanna ihr hinterherrief:

„Halt, wer seid Ihr eigentlich? Und woher wisst Ihr meinen Namen?“

Die Frau drehte sich erstaunt um. „Aber Johanna, du kennst mich doch!“

Und Johanna erstarrte. Die Frau hatte recht, Johanna erkannte sie in diesem Moment. Es war Sophia Klein, die schöne und talentierte Sängerin, die ihr bei den Wendtlands so viel Kummer bereitet hatte.

Kapitel 8

„So beruhige dich doch, Herzblatt! Du hast genau richtig gehandelt!“ Liebevoll strich ihr Vater Johanna über den Kopf.
„Ja, und dein Entschluss, der Kurfürstin reinen Wein einzuschenken, hat uns vermutlich das Leben oder zumindest die Existenz gerettet“, ergänzte Onkel Philipp.
„Aber meiner Schwester nicht!“, schluchzte Johanna auf. „Und ich hätte ihr doch helfen können!“
„Wie denn?“, fragte Philipp Bechtler nach. „Glaubst du allen Ernstes, jemand aus dem Hause von Wadenfels hätte auch nur einen von uns zu ihr vorgelassen? Mach dir nichts vor, Johanna, wir konnten nichts für sie tun, so traurig das ist.“
Johanna weinte unterdessen bitterlich. Vor zwei Tagen hatten sie vom tragischen Tod ihrer Schwester erfahren, die offenbar an einer Fehlgeburt verblutet war. Und das unter den Augen eines Arztes, denn der Freiherr von Wadenfels hatte de Winter holen lassen – und nicht seinen Schwiegervater. Für Johanna war dies der zweite tragische Todesfall innerhalb weniger Wochen, der unmittelbar in ihrem Umfeld passierte.
Mit dem Tod des Erbprinzen unmittelbar nach der Geburt hatte sich bei Hofe viel verändert, vor allem für die arme Kurfürstin. Ihr Gatte war zwar die ersten Tage nach der schrecklichen Nacht mehrmals bei Ihrer Kurfürstlichen Durchlaucht am Krankenbett erschienen, doch Elisabeth Auguste genas nur langsam. Zu langsam, wie man offenbar bei Hofe befand, denn es dauerte nicht lang und man kehrte allgemein zur Tagesordnung zurück. Dennoch wollte die sonst so angenehme Leichtigkeit des Schwetzinger Sommers nicht wieder einkehren und es mehrten sich die Stimmen, die eine Rückkehr nach Mannheim forderten. Wie

Johanna bei Hofe mitbekam, war es vor allem Herzog Christian von Zweibrücken mit seiner Entourage, welcher der Sommerfrische möglichst schnell entkommen wollte, litt doch gerade er unter der Enge im Schloss. Zwar besaß er standesgemäß ein repräsentatives Appartement, doch empfand der Herzog die Räumlichkeiten im Vergleich zu den Mannheimer Zimmerfluchten als Zumutung. Entsprechend übellaunig trat er oft auf.
Die kränkelnde Kurfürstin geriet dabei regelrecht in Vergessenheit und wurde nur von ein paar wenigen treuen Hofdamen und ihrem Schwager Friedrich mit Aufmerksamkeit bedacht. Kam jener zu Besuch in die Appartements der Kurfürstin, verließen alle Anwesenden stillschweigend die Räume. Johanna, die zunächst entsetzt über das innige Verhältnis der beiden gewesen war, konnte nun nachvollziehen, was Friedrich der Kurfürstin möglicherweise bedeutete. Denn immer nach einem solchen Besuch wirkte Elisabeth Auguste deutlich entspannter und gewann so nach und nach ihre Lebenslust zurück. Von daher war das Verhältnis allein aus medizinischer Sicht eine Wohltat für die Kurfürstin, da ihre seelische Verfassung für die Genesung wichtig war.
Johanna war in jenen Tagen von Algardi ganz offiziell zur Betreuung der Kurfürstin bestellt worden. Offenbar hatte Ihre Kurfürstliche Durchlaucht persönlich darum gebeten, da ihr Leibarzt in diesem Fall freiwillig einen Schritt in den Hintergrund trat. Der alte Hofmedicus musste ohnehin in einer Familienangelegenheit für ein paar Tage in den Odenwald reisen und so übernahm Johanna seine Aufgaben bei der Kurfürstin.
Das hatte ihr auch die Gelegenheit gegeben, der Kurfürstin während einer Wundbehandlung die Geschichte mit dem Geldsäckchen zu beichten. Johanna hatte

sich vor diesem Gespräch sehr gefürchtet, doch die Kurfürstin hatte nur abgewinkt. „Mach Sie sich keine Gedanken, Bechtlerin", hatte sie mit matter Stimme auf Johannas angstvolle Beichte reagiert, „ich weiß um die Machenschaften des Thronfolgers." Verächtlich hatte sie dabei vor sich hingestarrt und dann zu Johannas größtem Erstaunen nachgefragt: „Und, hat er wenigstens bezahlt?"
Johanna wusste erst gar nicht, was die Kurfürsten meinte, aber dann begriff sie: Der Erbprinz war tot, also stand ihr eigentlich von Herzog Christian ein Säckchen mit Goldgulden zu! Es war makaber, aber wahr. Dass die Kurfürstin in dieser Situation so denken konnte – Johanna war entsetzt.
„Er wird seine Schulden ohnehin nicht zahlen, Bechtlerin. Herzog Christian zahlt nie etwas freiwillig", unterbrach Elisabeth Auguste ihre Gedanken. „Gib Sie mir das Kreuzersäckchen und die Angelegenheit ist erledigt."
Erleichtert hatte sich Johanna daraufhin von dem schmutzigen Bestechungsgeld befreit, was auch immer die Kurfürstin damit vorhatte. So wie Johanna Ihre Durchlaucht einschätzte, würde diese bei passender Gelegenheit ihrerseits eine kleine Erpressung vornehmen – und sie gönnte es dem Herzog.
Wie von einer großen Last erlöst, war sie an jenem Tag in Algardis Arbeitszimmer zu ihrer unbequemen Liege zurückgekehrt. Dort hatte sie völlig überraschend ihren Vater angetroffen, den sie seit der unmittelbaren Geburtsvorbereitung nicht mehr gesprochen hatte. Er war in seiner Funktion als Hofmedicus vom Kurfürsten gerufen worden, um die üblichen Malaisen seiner Durchlaucht zu behandeln. Johanna war es dadurch endlich wieder einmal möglich, sich in einer langen Nacht bei Kerzenschein ausführlich mit ihrem Vater

auszutauschen. Sie berichtete ihm detailliert von der tragischen Geburtsnacht und versäumte es auch nicht, ihre ganz persönliche Einschätzung der Situation zu beschreiben. Ihr Vater bestätigte ihre Überlegungen zu einem besseren Verlauf der Geburt und war erfreut zu hören, dass sich die Kurfürstin in Johannas Obhut so wohl fühlte.

„Nutze diese Chance deines Lebens, Herzblatt", hatte ihr Vater ihr zum Abschluss gesagt, „und sprich über eine bessere Ausbildung der Hebammen und Ärzte mit ihr. Vielleicht kannst du etwas erreichen." Er riet ihr, die Person Anton von Mai ins Gespräch zu bringen, da er wusste, dass die Kurfürstin einiges von dem jungen Arzt hielt. Außerdem empfahl er seiner Tochter, der Kurfürstin unauffällig klar zu machen, dass sie nun die Möglichkeit hatte, ihren Namen für die Nachwelt mit Ruhm und Ehre zu belegen.

„Elisabeth Auguste ist eitel, mein Kind", flüsterte er ihr augenzwinkernd zu. „Also schmeichle ihrer Eitelkeit ein wenig und du wirst Erfolg haben."

Tagelang ging Johanna das Gespräch mit ihrem Vater durch den Kopf. Auf ihren Spaziergängen durch den Schlossgarten überlegte sie immer wieder, wie sie es anstellen könnte, die Kurfürstin für ihre Ideen zu begeistern: eine eigene Hebammenschule für Mannheim. Genau genommen war es nicht ihre alleinige Idee, sie hatte bereits mehrmals mit Anton von Mai darüber geplaudert. Doch noch nie war sie einer möglichen Umsetzung so nah! Jetzt durfte sie nur keinen Fehler machen und musste die richtige Situation und ausgewogene Worte finden.

Unerwartete Hilfe erhielt sie dabei von einer besonders sympathischen Hofdame der Kurfürstin. Anna-Louise zu Eltz war eine Cousine zweiten Grades von Graf Konrad von und zu Eltz, dem berühmten Jagdphilosophen.

Und nicht nur das: Zwischen den Eltern der beiden Sprösslinge des Oberpfälzer Adelsgeschlechtes war vor Jahren vereinbart worden, dass diese beiden später heiraten sollten. Das Schicksal meinte es dabei gut mit ihnen – sie waren seit frühester Jugend heftig ineinander verliebt. Johanna konnte den Grafen, der ihr stets ein wenig unnahbar, aber freundlich erschien, gut verstehen: Anna-Louise war eine ausgesprochen freundliche und hilfsbereite Person, die nicht nur hübsch anzusehen war, sondern auch nie jemandem irgendetwas Böses wollte. Obwohl sie nun schon mehrere Jahre bei Hofe ihren Dienst im Tross der Kurfürstin versah, hatte sie sich bislang aus allen Intrigen herausgehalten und ein skandalfreies und ehrliches Leben geführt. Ihr Ansehen bei Elisabeth Auguste war hoch, doch übertriebene Standesdünkel zeigte sie deswegen nicht.
Nun stand Anna-Louise kurz vor der Hochzeit mit ihrem Konrad und war froh, in Johanna eine Person bei Hofe gefunden zu haben, mit der sie sich offen und frei über Themen wie Schwangerschaft, Geburt und Gesundheit unterhalten konnte. Johanna genoss die Gespräche mit der Gräfin, die sich zwar nach außen hin in den Grenzen der gesellschaftlichen Gepflogenheiten bewegten, von ihr dennoch fast als freundschaftlich empfunden wurden. Anna-Louise war es dann eines Tages, die während einer Einreibung der Kurfürstin durch Johanna das Gespräch auf die Ideen der jungen Bechtlerin brachte. Das tat sie sehr geschickt:
„Ist es nicht tragisch, was man sich vom Hof in Jülich erzählt?“ Bei der Erwähnung ihrer Erblande wurde die Kurfürstin natürlich aufmerksam und fragte sofort nach.
„Beide Töchter der Freifrau von Straelen sollen innerhalb einer Woche am Kindbettfieber gestorben sein. Und das nur, weil es dort keine kundigen Ärzte oder Hebammen gibt.“

Wie erwartet reagierte die Kurfürstin sehr betroffen auf die Nachricht. „Überall bekommen wir armen Frauen Kinder und das schon immer", sinnierte sie laut vor sich hin, während Johanna ihren Rücken kräftig mit Franzbranntwein einrieb. „Warum sind die Ärzte nur so schlecht vorbereitet?"
„Weil sie Männer sind!" Ein herzerfrischendes perlendes Lachen begleitete die Begründung der Gräfin, in das die Kurfürstin vergnügt einfiel: „Köstlich, meine Liebe, ganz köstlich. Aber Ihr habt recht." Dann wandte Elisabeth Auguste den Kopf und fragte Johanna: „Bechtlerin, was meint Sie: Sind Frauen die besseren Geburtshelfer?"
Sie lachte zwar immer noch, doch beobachtete sie Johanna dabei ganz genau. Diese hielt inne, wechselte einen kurzen Blick mit Gräfin Anna-Louise, die ihr aufmunternd zunickte, und holte tief Luft.
„Eure Durchlaucht, ich fühle mich sehr geehrt, dass Ihr mir diese Frage stellt", begann sie vorsichtig. Dann nahm Johanna allen Mut zusammen und fuhr fort: „In der Tat kennen Frauen sich oft besser mit dem weiblichen Leib aus. Dennoch fehlt es ihnen natürlich an medizinischem Wissen, das die Herren Doktoren, wie Euer Leibarzt Algardi, ganz herausragend besitzen." Sie machte eine kurze Pause, doch die Kurfürstin ermunterte sie weiterzusprechen.
„Von daher wäre es ein Segen für die Menschheit, Hebammen richtig ausbilden zu lassen. Vielleicht in einer Art Schule, in der berühmte Doktoren Vorträge halten." Und sie wagte einen weiteren Vorstoß: „Eure Kurfürstliche Hoheit können ja am Mannheimer Hof mit Stolz auf viele Wissenschaftler und Ärzte blicken."
Johanna hatte Glück: Offenbar kannte Gräfin Anna-Louise ihre Herrin so gut, dass sie genau den richtigen Moment für das Thema abgepasst hatten. Elisabeth

Auguste war jedenfalls interessiert und erkundigte sich nach Johannas Ideen. Besonders angetan schien sie, als Johanna Anton von Mai ins Spiel brachte, so wie ihr Vater es geraten hatte. Auf jeden Fall wollte Ihre Kurfürstliche Hoheit gnädigst über eine Art Hebammenschule für Mannheim nachdenken und dies dann möglicherweise und bei passender Gelegenheit beim Kurfürsten zur Sprache bringen.
Johanna jubilierte innerlich. Voller Dankbarkeit überschüttete sie später ihre Gönnerin Anna-Louise mit Dankesworten, doch die winkte lachend ab. „Ihr habt so viel für uns getan, Bechtlerin, da ist das doch nur eine Kleinigkeit."
Von Anna-Louisa erfuhr Johanna leider auch, dass sich das Verhältnis zwischen Elisabeth Auguste und ihrem Gatten wieder vollständig abgekühlt hatte. Von daher würde sie wohl Geduld aufbringen müssen, was die Hebammenschule betraf. Der Kurfürst pflegte seine Nächte wieder im Badehaus zu verbringen, wo die jeweils aktuelle Gespielin untergebracht war. Johanna verriet im Kabinett der Kurfürstin niemandem, dass sie die derzeit in der Gunst Seiner Kurfürstlichen Hoheit stehende junge Dame kannte. Doch sie fragte sich oft, wie Sophia dazu gekommen war, das Bett des Kurfürsten zu teilen. Ob sie sich freiwillig dazu hergegeben hatte? Man hörte immer wieder, dass Eltern ihre Töchter förmlich feilboten, um so gesellschaftliche und wirtschaftliche Vorteile zu erlangen. Aber die Kleins hatten in ihrer Stellung so etwas doch gar nicht nötig. Zu gern hätte Johanna sich darüber einmal mit Sophia unterhalten. Ihren Groll gegen die vermeintliche Konkurrentin bei Clemens hatte sie längst vergessen.
Clemens war übrigens tatsächlich zwei Tage nach der tragischen Geburtsnacht wieder in Schwetzingen eingetroffen. Da die Kurfürstin vor allem Ruhe und Schlaf

brauchte, ergab sich für Johanna endlich die Gelegenheit, eines Nachmittages mit Clemens im Schlossgarten zusammenzukommen. Gemeinsam sprachen sie ausführlich über die gesellschaftlichen und persönlichen Folgen, die der Tod des Erbprinzen mit sich brachte. Auch Clemens hatte Sorgenfalten auf der Stirn, als er begriff, dass Elisabeth Auguste wohl keinen Thronfolger mehr zur Welt bringen würde.

„Herzog Christian als Landesvater?", zweifelte er laut. „Ich weiß nicht, Johanna, ob ich dann in Mannheim bleiben möchte."

„Das musst du aber eine Weile – zumindest, wenn du mich heiraten willst!", setzte Johanna vehement dagegen. Dann berichtete sie von den Plänen der Hebammenschule.

„Und du, was willst du in der Hebammenschule tun – wenn sie denn tatsächlich zustande kommt?", fragte Clemens nach. Zum ersten Mal erzählte sie ihm in aller Ausführlichkeit, wie sie sich ihre Zukunft als Tochter eines Arztes vorstellte: Sie wollte die Geburtshilfe gründlich erlernen und dann bei der Ausbildung der Hebammen mithelfen.

„Und was wird dann aus uns?", fragte Clemens mit leiser Stimme.

„Ein zufriedenes Paar, das aufgrund hochherrschaftlicher Anerkennung in Wohlstand und Frieden leben kann", erklärte sie lachend.

Clemens schaute sie anerkennend an, doch er gab zu bedenken: „Freu dich nicht zu früh, die Herrschaften pflegen in ihrer Gunst wankelmütig zu sein."

„Ich weiß", seufzte Johanna, „aber ich habe bei der Gräfin zu Eltz Unterstützung. Vielleicht nützt es ja." Erstaunt erfuhr Clemens von den zarten freundschaftlichen Banden zwischen den beiden so unterschiedlichen Frauen. Immerhin war Anna-Louise auch ihm

schon angenehm aufgefallen. Stolz erzählte Johanna von den vertraulichen Gesprächen mit der Gräfin und von ihrer bevorstehenden Hochzeit mit Graf Konrad.
„Sag, Clemens", Johanna war noch etwas Wichtiges eingefallen, „wusstest du, dass Sophia Klein im Badehaus logiert?"
Clemens holte tief Luft und blickte Johanna betreten an. Dann nickte er leise und Johanna erfuhr die traurige Geschichte der Mannheimer Bürgerstochter. Sophia war von einem Violinisten der Mannheimer Schule für einige Gesangsstücke bei Hofe eingeladen worden, da sie über eine außergewöhnliche Stimme verfügte. Bei der Aufführung war der Kurfürst so begeistert von der jungen Frau, dass er sie im Anschluss spontan in sein Kabinett einlud. Es folgten einige Verhandlungen mit ihren Eltern – immerhin war Sophia eigentlich einem Kaufmann aus Speyer versprochen – ehe die junge Frau dann in ein Appartement unmittelbar in Schlossnähe ziehen durfte. Clemens war sich nicht ganz sicher, ob das alles freiwillig geschehen war, doch man erzählte sich, dass beide miteinander stets sehr vergnügt waren. In Schwetzingen wurde Sophia dann im Badehaus untergebracht – allerdings munkelte man, dass ihr Stern derzeit schon wieder sank. Angeblich interessierte der Kurfürst sich seit einiger Zeit über die Maßen für Françoise des Prés-Verneuil, eine französische Schauspielerin, die derzeit im Schlosstheater auftrat.
„Und Sophia? Was wird dann aus ihr?" Johanna weitete entsetzt die Augen, doch Clemens zuckte nur die Schultern. „Was wird aus diesen abgelegten Frauen? Wenn sie Glück hat, besorgt der Kurfürst ihr einen Mann und gibt ihr Geld. Wenn nicht und ihre Familie ihr auch nicht hilft, wird sie irgendwo in Dienst gehen müssen. Ihr Ruf ist jedenfalls ruiniert, in Mannheim wird sie kaum bleiben können. Schade um die schöne Stimme."

Traurig dachte Johanna an Sophia. Doch Clemens lenkte ihre Aufmerksamkeit auf etwas anderes: „Wann können wir uns noch einmal treffen, um unter das Relief im Geheimgang zu schauen?" Clemens Stimme hatte einen aufgeregten Klang bekommen. „Ich bin ganz sicher, dass wir genau dort etwas über den Verbleib des Medici-Schatzes finden." Auch Johannas Neugier war wieder geweckt. Sie verabredeten sich für die kommende Woche bei Vollmond, diesmal direkt beim Einstieg in das unterirdische Verlies.
Es kam allerdings ganz anders. Nur zwei Tage nach dem Gespräch mit Clemens im Schlossgarten brach der Hof überstürzt nach Mannheim auf. Offiziell hieß es dazu, dass Elisabeth Auguste keinen Moment länger in den Schwetzinger Gemäuern an die tragische Geburt erinnert werden wollte und ihr Gatte darauf liebevoll Rücksicht nahm. Von der Gräfin zu Eltz erfuhr Johanna jedoch, dass Herzog Christian von Zweibrücken so lange auf den Kurfürsten eingewirkt hatte, bis dieser entnervt nachgegeben hatte – nur um den lästigen Verwandten nicht mehr unmittelbar in seiner Nähe ertragen zu müssen. In Mannheim konnte man sich bei Hofe deutlich besser aus dem Weg gehen – und auch die Kurfürstin logierte dort weit genug entfernt, um möglichst wenig vom Treiben ihres Gatten mitzubekommen. So dachte Seine Kurfürstliche Durchlaucht zumindest, unterschätzte dabei jedoch die Schnelligkeit und Zielgerichtetheit des üblichen Hofklatsches. Johanna jedenfalls bekam regelmäßig mit, dass Elisabeth Auguste über die jeweiligen Gespielinnen und Vorlieben ihres Gatten vortrefflich informiert war, und vermutete, dass Herzog Friedrich dafür verantwortlich war.
Das Verhältnis zwischen der Kurfürstin und dem Zweibrücker Schwager wurde immer inniger und setzte sich in Mannheim fort. Eine Ungeschicklichkeit

seiner Gattin, die gleichzeitig Schwester der Kurfürstin war, machte es den Liebenden kurz nach der Rückkehr aus Schwetzingen noch leichter, sich ungestört zu treffen: Franziska Dorothea hatte sich ob der Avancen ihres Gatten für die Kurfürstin nämlich keinesfalls diskret zurückgezogen, sondern war ihrerseits aktiv geworden. Zu aktiv, wie der erboste Herzog Friedrich befand, denn sie war plötzlich von einem Schauspieler des Mannheimer Theaters schwanger. Gemeinsam mit seinem intriganten Bruder Christian, dem Kurfürsten und der nicht ganz uneigennützig entsetzten Elisabeth Auguste beratschlagte der Liebhaber der Kurfürstin nun, wie mit der ebenfalls untreuen, aber eben nicht standesgemäß untreuen Gattin zu verfahren sei. Die Lösung war einfach und für alle Beteiligten sehr angenehm, sah man einmal von der verzweifelten Franziska Dorothea ab: Sie wurde in Luxemburg ins Kloster gesteckt. Nicht einmal ihre Schwester, die Kurfürstin, hielt es für nötig, ihre flehenden Briefe zu beantworten; Mitleid hatte eben seine Grenzen, wenn es um persönliche Interessen ging.

Mit dem Hof war auch der bechtlersche Haushalt wieder nach Mannheim zurückgekehrt. Madame Guinant war natürlich außer sich vor Freude, als sie von Johannas Aufstieg in die Gemächer der Kurfürstin hörte. „Quelle joie, quelle joie!“, pflegte sie in regelmäßigen Abständen auszurufen und die Arbeit ging ihr dabei besonders gut von der Hand. Für Johanna barg die Tatsache, dass sie täglich bei der Kurfürstin einbestellt war, den entscheidenden Vorteil, eben nicht mehr nach Madame Guinants Pfeife tanzen zu müssen. Mittlerweile kannte sie den langen Weg in die Appartements der Kurfürstin fast im Schlaf. Stets nahm sie den Weg über die Planken, eilte dann mit ihrem Korb in der Hand die Breite Straße hinauf bis zu den beiden

Wachhäuschen vor dem Ehrenhof. Dort musste sie sich jedes Mal anmelden, um einen Passierschein zu erhalten, obwohl die wachhabenden Soldaten genau wussten, dass sie die Bechtlertochter war. Aber so war das eben bei Hofe, Vorschrift war Vorschrift. Immerhin unterließen die Soldaten es irgendwann, bei jedem Besuch auch ihren Korb mit den kostbaren Tinkturen und Säften zu durchwühlen.

Johanna musste den Ehrenhof rechter Hand überqueren, um dann ein Stück unter den Arkaden entlangzulaufen. Durch eine Pforte gelangte sie in ein Treppenhaus hinauf. Im ersten Stock lagen dann die Appartements Ihrer Kurfürstlichen Hoheit Elisabeth Auguste, die sie nach Vorzeigen des Passierscheines durch ein Vorzimmer betrat. Meistens wurde sie dort von Freifrau von der Osten empfangen. Diese führte Johanna durch mehrere Antichambres hindurch bis zur Tür zum kurfürstlichen Schlafzimmer, in dem die von der Osten daraufhin verschwand. In der Regel dauerte es einige Minuten, bis Johanna durch die große Flügeltür hineingerufen wurde – und diese Zeit nutzte sie besonders gern, um in den Ehrehof hinunterzuschauen und dem bunten Treiben dort unten zu folgen. Früher, so hatte es ihr zumindest ihr Vater beschrieben, war auch in den Vorzimmern und Kabinetten der Kurfürstin mächtig viel Volk unterwegs gewesen, doch seit dem traurigen Ereignis war es in den Appartements von Elisabeth Auguste still geworden und sie gab keine Empfänge mehr.

Nach ihrer Audienz wurde Johanna stets durch eine Seitentür entlassen, die zu einer engen Spindeltreppe hinunter in die Bibliothek führte. Wenn sich dort niemand aufhielt, was im Sommer häufiger vorkam, verweilte Johanna gern noch einige Minuten in dem prachtvollen holzvertäfelten Raum, der so wunderschön bemalt war.

Ganz besonders faszinierte sie der Kassettenboden, den sie in dieser Form noch nie zuvor gesehen hatte. Clemens beteuerte allerdings immer wieder, dass so etwas bei italienischen Palazzi zur Grundausstattung gehörte, was sie nie so recht glauben wollte. Allerdings hatte Casanova sie in einem seiner Briefe vorsichtig darauf hingewiesen, dass die Familie von Clemens' Großmutter, die da Fotis, in Italien durchaus einen guten Namen besäße – und ihr Clemens wohl eine ausgesprochen gute Partie sei. Von daher konnte es ja auch möglich sein, dass ihrem Clemens prachtvolle Einrichtungsdetails vertraut waren. Da Geld bei ihren Treffen bislang nie eine Rolle gespielt hatte, wusste Johanna eigentlich gar nicht so genau, welcher Lebensstandard sie als Frau Santorini erwarten würde. Doch nicht nur diese Gedanken gingen ihr in der Bibliothek durch den Kopf: Jedes Mal aufs Neue verspürte sie den Drang, sich in einen der Fauteuils zu setzen und in die Welt der Bücher einzutauchen. Doch daran war natürlich nicht zu denken und seufzend machte sie sich dann doch auf den Weg hinaus in die Stadt.

War sie abends wieder zuhause, nahm sie meist gemeinsam mit ihrem Vater und der Haushälterin das Nachtmahl ein, um sich dann noch mit Franz Bechtler in sein Arbeitskabinett zurückzuziehen. Endlich waren sie wieder da, die vertraulichen Gespräche mit ihrem Vater und Lehrer – und auch Clemens gesellte sich hin und wieder dazu.

Es war an einem dieser Abende, als Breuer plötzlich und unerwartet spät seinen Kopf durch die Tür steckte, weil ein Bote aus dem Hause von Wadenfels vor dem Haus wartete. Amalie war, nachdem der Hof Schwetzingen verlassen hatte, mit ihrem Mann in ein großes Anwesen bei Neidenstein in den Kraichgau gezogen. Leider hatte Johanna seither nichts von ihrer Schwester

gehört, was sie ziemlich bedrückte. Doch ihr Vater hatte immer versucht, sie zu beruhigen: Junge Ehepaare hatten oft so viel miteinander zu regeln, dass Freunde und Verwandte dabei manchmal vergessen würden. Zu gern hätte Johanna ihrem Vater von den schrecklichen Erlebnissen ihrer Schwester erzählt, doch sie hatte Amalie ihr Versprechen gegeben, darüber Stillschweigen zu bewahren.
Umso erstaunter war sie, dass zu solch ungewöhnlicher Tageszeit ein Bote aus Neidenstein gekommen war. Sofort stieg in ihr große Sorge auf – und das berechtigt, wie sich herausstellen sollte. Denn Amalie war am Vorabend als Folge einer Fehlgeburt gestorben.
Während Johanna zunächst so schockiert war, dass sie eine Zeit lang völlig apathisch auf ihrem Stuhl saß und zu keiner Gefühlsregung fähig war, brach ihr Vater bei der Nachricht völlig zusammen. Johanna hatte ihren Vater noch nie weinen sehen, doch jetzt schluchzte er so verzweifelt, dass sie ihren eigenen Kummer für einen Moment beiseite schob, hinunter ins Arbeitszimmer eilte, um Baldriantropfen für ihn zu holen. Ihre Gedanken wirbelten dabei wild durcheinander und kreisten irgendwann nur noch um zwei Dinge: Amalie lebte nicht mehr – und sie, als ihre Schwester, hätte dies vielleicht verhindern können. Die Folge war eine tiefe und schmerzhafte Trauer, die sich bei Johanna mit unbestimmten Schuldgefühlen paarte. Ihrem Vater ging es, das stellte heraus, nachdem er sich ein wenig beruhigt hatte, ganz ähnlich: Immerhin war er es gewesen, der dieser unseligen Hochzeit zugestimmt hatte, selbst wenn es Amalies ausdrücklicher Wunsch gewesen war. Clemens sah das allerdings anders und versuchte, Johanna und ihren Vater zu trösten:
„Ihr dürft euch jetzt keine Schuld einreden – so wie ich Amalie kennengelernt habe, hätte sie ohnehin nicht

auf euch gehört. Sie hatte ein Bild davon im Kopf, was sie wollte, und das um jeden Preis. Hätte sie sonst überhaupt diesen alten Widerling geheiratet?"

Natürlich hatte er recht, das musste auch Johanna zugeben, doch tief in ihrem Inneren nagte das Schuldgefühl weiter an ihr. Ihren Vater schienen Clemens' Worte jedoch erreicht zu haben, wenige Stunden nach Eintreffen der Hiobsbotschaft hatte er sich wieder in der Gewalt.

Schon am nächsten Vormittag waren Onkel Philipp und Tante Clara nach Mannheim gekommen, um den Trauernden beizustehen. Und bei dieser Gelegenheit hatte auch ihr Onkel Johanna darin bestärkt, alles richtig gemacht zu haben. „So glaube mir doch, Liebes, du hast ohne Fehl und Tadel gehandelt", versicherte er noch einmal und seine Frau nahm die schluchzende Johanna in den Arm.

Auch Clemens war zu dieser Zeit täglich bei ihr und ihrem Vater, um der Familie beizustehen; irgendwie war es ihm gelungen, eine kurzfristige Freistellung bei der Mannheimer Schule zu erwirken. Dennoch musste Johanna ebenso wie ihr Vater täglich ihren Dienst bei Hofe versehen. Selbstverständlich hatte Gräfin Anna-Louise von dem großen Unglück erfahren, das den Bechtlers geschehen war, und sie tröstete Johanna so gut es eben in den Gemächern der Kurfürstin möglich war. Sogar die Hofdame von der Osten ließ sich zu ein paar milden Worten herab, die Johanna ehrerbietig entgegennahm. Womit sie allerdings nicht gerechnet hatte, war das Mitleid der Kurfürstin. Offenbar stand diese noch ganz im Banne der vor kurzem selbst erlebten tragischen Geburt, sodass sie Johanna völlig unerwartet ansprach: „Bechtlerin, sei Sie gewiss, es hat alles einen Sinn." Und auf den erstaunten Blick Johannas hin fügte sie hinzu: „Das sagt Pater Seedorfer und er

muss es ja wissen. Auch ihn drückt noch der Schmerz um den Erbprinzen, Gott sei seiner Seele gnädig, und auch der Pater wird sich für besser ausgebildete Hebammen einsetzen. Habe Sie nur noch etwas Geduld."
Damit war das unerwartete Gespräch mit Ihrer Kurfürstlichen Durchlaucht beendet, doch Johanna war es etwas leichter ums Herz geworden. Immerhin schien die Kurfürstin Wort zu halten und sich für die Hebammenschule einzusetzen. Vielleicht konnte Johanna so im Nachhinein etwas wiedergutmachen, indem sie anderen Frauen bei Geburten half. Dieser Gedanke beruhigte sie vorübergehend ein wenig.
Furchtbar war dann allerdings die Beerdigung von Amalie auf dem Kirchhof St. Paulus unweit vom Mannheimer Neckartor. Viele Bekannte waren aus der Mannheimer Nachbarschaft gekommen und ein Großteil der Darmstädter Verwandtschaft angereist. Insbesondere Tante Philippa war untröstlich über den schrecklichen Verlust und beklagte immer wieder, dass Amalie in Darmstadt ganz sicher ihr Glück gemacht hätte. Ihr Vater, das sah sie an seinen Augen, hatte sich für diesen Tag mit starken Beruhigungsmitteln präpariert. Johanna vermutete, dass ihn sonst zu viele Erinnerungen an den Verlust seiner geliebten und nie vergessenen Frau eingeholt hätten, zumal Amalie ihr äußerlich ja so ähnlich gewesen war.
Der Witwer erschien mit zwei Soldatenfreunden als letzter zu der Feierstunde und wirkte insgesamt gelangweilt. Auch ging von ihm bereits wieder eine deutliche Alkoholwolke aus, was darauf schließen ließ, dass er nicht besonders um Amalie trauerte. Er hatte übrigens einer Beerdigung in Mannheim nur zugestimmt, weil Johannas Vater die gesamten Kosten übernommen hatte. Das totgeborene Kind war bereits in Neidenstein beigesetzt worden. Johanna erwischte

sich bei dem Gedanken, ob die beiden Soldaten anstatt des Ehemannes ihre Schwester in der Hochzeitsnacht heimgesucht hatten und sie spürte, wie sich ihre Hände zu Fäusten ballten. Sie traute ihrem Schwager eine solche Geschmacklosigkeit zu; er hatte es ja nicht einmal geschafft, nüchtern anzureisen. Sein Benehmen war ohnehin unmöglich – er störte die tröstenden Worte des Pfarrers durch ungenierte Gespräche mit seinen Kumpanen und schaute mehrfach ungeduldig auf seine Taschenuhr. Das einzige, was sie wirklich freute, war die Tatsache, dass die von Rodensteins die Erbschaft Amalies noch nicht ausgezahlt hatten – aus irgendwelchen Gründen war das Testament ihrer verstorbenen Mutter Anna derzeit nicht auffindbar und von daher nicht vollsteckbar. Als Johanna Tante Philippas zornigen Blick sah, mit dem sie den ungepflegten Witwer bei der Beerdigung bedachte, kam ihr plötzlich der Verdacht, dass diese Geschichte mit dem verschollenen Testament eine gelungene Hinhaltetaktik gewesen sein könnte. Nun, jetzt würde Wadenfels ganz sicher nicht mehr an die Erbschaft kommen, immerhin. Doch ihre geliebte Schwester wurde dadurch auch nicht mehr lebendig, und das war allein die Schuld ihres Schwagers. Dieser elende Verbrecher und Betrüger, er würde den Tod Amalies büßen müssen – irgendwann einmal, wenn sich die Gelegenheit dazu ergab.

Doch Johanna kam nicht mehr dazu, sich eine wirkungsvolle Rache auszudenken: Einige Wochen nach der Beerdigung traf ein langer Brief von Casanova ein, in dem er unter anderem von Maximilian von Wadenfels' unrühmlichen Ende berichtete. Offenbar war der völlig verarmte Adlige sofort wieder auf die Suche nach einer finanzkräftigen Gattin gegangen und in Angelbachtal bei Heidelberg fündig geworden. Diesmal

wollte er die bevorstehende Hochzeit, und mit ihr die Hochzeitsnacht, wohl vollständig selbst vollziehen und war dazu in der kleinen Schlossapotheke vor Ort vorstellig geworden. Was Johannas Schwager allerdings nicht wusste: Die Apotheke in Angelbachtal war eine Dependance der Heidelberger Hofapotheke des Philipp Bechtler, der sich zufällig im Hinterzimmer des dortigen Ladens befand, als der Mann seiner verstorbenen Nichte sein Anliegen vortrug. Casanova schrieb:
... Es ist kaum zu glauben, aber wahr, liebste Freundin, aber es gibt in unseren Zeiten immer noch Männer, die an solchen Unsinn glauben, dass Nashornpulver die Manneskraft stärke. Der Gehilfe, der das Anliegen Eurem sehr verehrten Onkel vortrug, vertröstete Wadenfels für ein paar Minuten, ehe er das vom Hofapotheker höchstpersönlich zusammengestellte Elixier für teures Geld abgab. Und jetzt, werte Freundin, frage ich Euch: Ist es nicht ein merkwürdiger Zufall, dass man den Freiherren am nächsten Tage tot im Bette fand? Nicht, dass Ihr denkt, ich trauere (im Gegenteil!) – doch man wunderte sich in Aglasterhausen ein wenig. Wie kann ein Mann nur so dumm sein, zu viel der exotischen Medizin zu sich zu nehmen? ...
Johanna war sich nach der Lektüre dieser Zeilen ganz sicher, was Casanova ihr eigentlich sagen wollte. Sie lächelte. So etwas hätte sie ihrem Onkel gar nicht zugetraut. Aber es war nur gerecht.
Casanova fragte auch bezüglich ihrer Heirat mit Clemens nach, was Johanna dazu bewegte, ihm schnell zu antworten. Denn Clemens, Franz Bechtler, Clemens' Ziehvater Anton Verschaffelt und sie hatten einmütig beschlossen, die Hochzeit in dieser traurigen Zeit nicht zu feiern. Und da Clemens ohnehin noch auf die Grand Tour nach Italien gehen wollte und die Alpenüberquerung im Frühjahr am angenehmsten war, würde es frühestens im nächsten Jahr etwas werden mit dem großen Fest.

Außerdem sprach Johanna ihrer Reisebekanntschaft Casanova noch etwas Mut zu – hatte der Italiener doch noch immer keine Anstellung im diplomatischen Dienst gefunden. Mittlerweile war Casanova auch an anderen Höfen vorstellig geworden, doch vergeblich.
... in jedem Fall würde ich mich aufrichtig freuen, beendete Johanna ihren Brief, *Euch zu freudigem Anlass einmal wiederzusehen. Auch mein Verlobter Clemens ist schon sehr gespannt, Eure Bekanntschaft zu machen, zumal Ihr schließlich auch ein Landsmann seid.*
Ich werde Euch auch weiterhin von den Geschehnissen in Mannheim berichten und freue mich über jeden Eurer Briefe. Habt Dank für Eure warmen Worte des Mitleids,

Eure ergebene Johanna Bechtler
Mannheim im August 1761

Wie geplant reiste Clemens im Mai 1762 nach Florenz. Dort wollte er seine Großmutter besuchen und ihr von der bevorstehenden Hochzeit erzählen. Seine Nonna war die einzige ihm gebliebene leibliche Familie und er hatte regelmäßig Briefe nach Italien geschrieben. Mit ihr wollte er auch über den Schwetzinger Geheimgang reden, der nun warten musste, bis Clemens wieder im Lande war.
Der Abschied von Johanna fiel herzzerreißend aus. Johanna hatte das Gefühl, nach und nach von allen Menschen verlassen zu werden, die ihr lieb waren.
„Ich bin doch spätestens zum Christfest wieder da", beteuerte Clemens, doch auch er sah etwas geknickt aus.
„Und wenn dir etwas passiert?", fragte Johanna mit angsterfülltem Blick.
„Was soll denn schon passieren?", lachte Clemens gutmütig. „Ich habe nichts, bin nichts und will von niemandem etwas!" Er nahm Johanna in den Arm und führte sie in den kleinen Garten im Hinterhof der

Bechtlers. Dort blieben sie schweigend und aneinander geschmiegt auf einer Bank sitzen, bis auch die letzte Wärme des lauen Frühlingsabends verschwunden war.
Ganz im Gegensatz zu ihren Befürchtungen litt Johanna nach Clemens Abreise jedoch nicht unter Einsamkeit. Schon wenige Monate nach dem schicksalhaften Sommer in Schwetzingen hatte die Kurfürstin nämlich ihr Versprechen wahr gemacht und sich für die Einrichtung einer Hebammenschule in Mannheim bei ihrem Mann eingesetzt. Was anfangs nur schleppend begann, entwickelte sich im darauffolgenden Frühjahr zu einem wichtigen Bau- und Almosenprojekt des Hofes. Erstaunlicherweise war es Seine Kurfürstliche Durchlaucht Carl Theodor höchstpersönlich, der den Grundstein für die neue medizinische Ausbildungsstätte in der Stadt legte. Er stellte dazu Räumlichkeiten einer ehemaligen Kaserne direkt am Heidelberger Tor zur Verfügung und beauftragte den jungen Anton von Mai damit, die Institution einzurichten. Dieser wiederum holte sich neben anderen Fachleuten Johanna dazu, die er von Anfang an in das ehrgeizige Projekt einband. Außerdem hatte Johanna nach wie vor regelmäßigen Kontakt mit der Kurfürstin und ihrem Umfeld, da Elisabeth Auguste sich immer noch von ihr behandeln ließ, wenn Algardi einmal ausfiel, was aufgrund seines hohen Alters in letzter Zeit häufiger vorkam.
Der Kurfürst hatte eine ordentliche Summe für die neue Hebammenschule gespendet, wobei sich hartnäckig das Gerücht hielt, er habe dem Hofadel vorab das Geld abgezwungen. Warum sich jetzt auch Carl Theodor um die Belange werdender Mütter kümmerte, konnte Johanna nur vermuten. Ganz sicher hatte er das tragische Ereignis um die Geburt des Erbprinzen noch nicht vergessen, das war sicherlich ein Grund. Möglicherweise spielte hier auch sein schlechtes Gewissen eine nicht

ganz unerhebliche Rolle: Denn seit dem Winter hatte er tatsächlich seine erste offizielle Maitresse, Françoise des Prés-Verneuil, auf die er schon lange ein Auge geworfen hatte. Um sie hoffähig zu machen und so auch bei offiziellen Anlässen in seiner Nähe haben zu können, hatte er sie vor einiger Zeit zur Gräfin von Parkstein ernannt. Die Gräfin war mittlerweile hochschwanger und wollte den ersten kurfürstlichen Bastard während der Sommerfrische in Schwetzingen zur Welt bringen. Diesmal sollte Franz Bechtler das freudige Ereignis überwachen.
Johanna vermutete, dass der Kurfürst sich auch deswegen so kooperativ gegenüber der Kurfürstin zeigte, um sie zu beschwichtigen. Denn natürlich traf es Ihre Kurfürstliche Durchlaucht hart, dass fast auf den Tag genau ein Jahr später wieder eine kurfürstliche Geburt in Schwetzingen anstand, wenn auch nicht mit ihrer Beteiligung.
Und noch etwas könnte den Kurfürsten dazu bewogen haben, sich um eine Hebammenschule in seiner Residenzstadt zu kümmern: der bevorstehende Besuch des großen Schriftstellers und Philosophen Voltaire. Der französische Autor gefiel dem Kurfürsten vor allem deshalb, da er immer wieder die weltliche Macht der katholischen Kirche anprangerte. Vor einigen Jahren hatte er außerdem einige Wochen am Mannheimer Hof und insbesondere die Sommerfrische in Schwetzingen dazu genutzt, um seinen berühmten Roman *Candide*[23] zu schreiben. Seither stand Carl Theodor mit dem Philosophen in einem losen Briefkontakt und hatte ihn

23 *Candide oder Der Optimismus* (frz. Originaltitel *Candide ou l'Optimisme*, 1758 verfasst und 1759 zunächst anonym erschienen) ist ein Roman, in dem Voltaire mit einer fulminanten Handlung höfische und Liebes- und Abenteuerromane und deren Wertvorstellungen parodiert. Die erste deutsche Übersetzung erschien 1776 unter dem Titel *Candide oder Die beste aller Welten*.

mehrmals auf der Durchreise in Mannheim empfangen. Mit der Hebammenschule würde der Kurfürst dem aufgeklärten Denker nun eindrucksvoll belegen können, wie fortschrittlich man in Mannheim dachte – so ungefähr vermutete Johanna den Hintergrund.
Auch ihr Vater sah diese Zusammenhänge, konnte jedoch nur verächtlich lachen, wenn der Kurfürst sich selbst als fortschrittlich bezeichnete. Zwar förderte man am Hof tatsächlich die Wissenschaften und schönen Künste wie sonst nirgends im Lande und die Stadt Mannheim hatte sich in der Regierungszeit Carl Theodors zu einer Hochburg von Lehre, Forschung und Musik entwickelt – doch in seinem eigenen Denken hatte der Kurfürst Franz Bechtlers Meinung nach eher Rückschritte gemacht.
„Er wird immer fetter und unersättlicher!", schimpfte er eines Abends, als er mit Johanna den Tag auf der Veranda ausklingen ließ. „Jetzt möchte er, dass ich vorsorglich jede hübsche Frau bei Hofe auf gewisse Krankheiten untersuche, damit er nicht immer auf meinen Bericht warten muss, wenn er eine Dame ins Auge gefasst hat."
Johanna schüttelte ungläubig den Kopf. „Du sollst alle ... nein, das glaube ich nicht ... ja, aber was sagt denn seine Favoritin dazu?"
„Die Gräfin von Parkstein?" Ihr Vater schnaubte verächtlich. „Die Gräfin ist in anderen Umständen und leider unpässlich. Also hat sie nicht viel zu sagen und hält still, um die kurfürstliche Gunst nicht zu verlieren." Er rieb sich müde die Augen. „Nein, nein, Seine Kurfürstliche Durchlaucht ist maßlos geworden. Schade, sehr schade."
„Und ausgerechnet du, Vater, wirst so zum Mitwisser seines ständigen Ehebruches", ergänzte Johanna im Stillen. Dabei wollte ihr Vater, der selbst hohe moralische Ansprüche an sich stellte, immer nur Kranke heilen und

die Medizin vorantreiben. Und was tat er jetzt? Unter den Röcken des weiblichen Hofes nach Syphilis suchen. Deshalb also erkundigten sich die Hofdamen Elisabeth Augustes bei ihren Besuchen im kurfürstlichen Kabinett immer so ausführlich nach ihrem Vater – natürlich! Sie hatten vermutlich den Auftrag der Kurfürstin, so viel wie möglich über das außereheliche Leben ihres Gatten zusammenzutragen. Sie würde in Zukunft vorsichtiger sein – und ihren Vater am besten gar nicht mehr zu seiner unliebsamen Tätigkeit bei Hofe befragen.

Doch von all den unangenehmen Begleiterscheinungen des Hofes bekam Johanna glücklicherweise immer weniger mit, da sie voll und ganz in dem Aufbau der Hebammenschule aufging. Während sie sich auf Weisung Anton von Mais vor allem um die Einrichtung der Schule und die erforderlichen Möbel kümmerte, ließ Johanna sich bei einer erfahrenen Hebamme zugleich als Geburtshelferin und dann als gelernte Hebamme ausbilden. Dabei kam ihr natürlich zugute, dass sie jahrelang ihrem Vater assistiert hatte und so schon sehr viel gesehen und erlebt hatte. Sogar riskante Bauchschnitte waren ihr vertraut – ihr Vater hatte so bereits manches Mal das Leben von Mutter und Kind retten können. Von daher war ihre abschließende Prüfung, die von den acht Mannheimer Hebammen der katholischen und der reformierten Kirche abgenommen wurde, eigentlich nur eine Formsache und sie bestand in kurzer Zeit mit Bravour.

Was Johanna insgeheim stolz machte, war die Tatsache, dass Ihre Kurfürstliche Durchlaucht Elisabeth Auguste stets über ihre persönliche Entwicklung und den Stand der Hebammenschule informiert war. Johanna vermutete, dass sie gelegentlich mit Anna-Louise zu Eltz über das Thema redete, die nach wie vor einen engen Kontakt zu Johanna pflegte, sobald diese die Appartements der

Kurfürstin betrat. Außerdem besprach sich Elisabeth Auguste regelmäßig mit Anton von Mai, um Gelder zu bewilligen, die eigentlich nicht da waren. Doch die Kurfürstin hatte eine Idee, die ihr dann tatsächlich Ruhm und Ehre auf Lebenszeit bringen sollte: Sie erfand den Hebammenorden. Zunächst hatte Johanna laut gelacht, als Anton von Mai ihr von diesen Plänen erzählte – welcher Höfling oder Soldat würde sich mit einem solchen Ornat schmücken wollen? Doch Johanna unterschätzte dabei die Macht des Gruppenzwanges, der bei Hofe ganz besonders galt. Außerdem war alles Neue schick und man schmückte sich gern mit seinem vermeintlich sozialen Engagement.

Der Erfolg gab der Landesmutter recht – und sogar ihr untreuer Gatte beteiligte sich irgendwann notgedrungen am Handel mit den vergoldeten Münzen, die an einem rosa-hellblau gestreiften Band hingen. „Gaudeamus igitur – viribus unitis", lautete die Inschrift auf der Vorderseite der Münze; die Rückseite zierte ganz profan „I. Mannheimer Hebammenorden" – und es war erstaunlich, wie viele dieser Orden Johanna tatsächlich an Festtagen an der Kleidung hochgestellter Persönlichkeiten entdeckte.

Das Prinzip des Ordens war einfach, aber wirkungsvoll: Wer dabei sein wollte, musste eine hübsche Summe für die Aufnahme spenden und dann regelmäßige Zuwendungen für die Schule garantieren. Da die Hebammenschule unmittelbar unter der Schirmherrschaft Ihrer Kurfürstlichen Hoheit stand, war es für viele eine große Ehre, dazuzugehören. Im Übrigen konnte die Einrichtung die Zuwendungen gut gebrauchen – gab es dort mangels Mittel zu Johannas großem Kummer anfangs lediglich einen einzigen großen Raum, in dem vierundzwanzig Betten von Schwangeren, Wöchnerinnen und geschlechtskranken Schwangeren standen.

Da auch bei Bettzeug, Geschirr und medizinischen Instrumenten zunächst großer Mangel herrschte, ließen sich in den ersten Monaten der Hebammenschule manches Mal Ansteckungen oder Infektionen nicht vermeiden, was Johanna und Anton von Mai sehr betrübte. Diese Fehlschläge wurden natürlich stets von den Gegnern der Einrichtung weidlich ausgeschlachtet: Vor allem Wundarzt de Winter und einige katholische Geistliche wetterten gegen diese „widernatürliche Einrichtung der Sünde", in der Frauen auch noch dabei geholfen wurde, die Früchte dieses Lebenswandels schmerzfrei zur Welt zu bringen.
Johanna, ihr Vater und sein Kollege Anton von Mai, der keinesfalls abgeneigt gegenüber der katholischen Kirche war, konnten darüber nur den Kopf schütteln. Zwar war es nach wie vor noch nicht die Regel, dass Frauen freiwillig in die Lehranstalt der Hebammenschule kamen, doch langsam sprach sich herum, dass dort nicht nur unverheiratete Schwangere der kurfürstlichen Strafe entgehen konnten, sondern es endlich einen Ort gab, wo Geburten für jeden Stand unter ärztlicher Aufsicht durchgeführt wurden. Durch die Einnahmen des Hebammenordens konnten im Laufe der Zeit auch mehrere Krankensäle eingerichtet werden. Außerdem hielt Anton von Mai regelmäßig Vorträge über Gesundheit, Reinlichkeit und aktuelle medizinische Themen und lud dazu renommierte Kollegen ein, die so wiederum zu Fürsprechern der Hebammenschule wurden. Johanna liebte diese Veranstaltungen und besuchte sie so oft es ging. Meist war sie allerdings in der Hebammenschule beschäftigt und konnte ihre Patientinnen nicht allein lassen.
Eines Tages, als Johanna am frühen Morgen in den Krankensälen mit zwei angehenden Geburtshelferinnen ihre erste Runde machte, fiel ihr eine neue Patientin auf. Die Frau wirkte schon von Weitem fiebrig und sehr

erschöpft. Rasch eilte Johanna an das Lager der Kranken und fühlte ihren Puls. Der Körper glühte und das Herz schlug nur sehr schwach. „Auf auf", wies sie die beiden Helferinnen an, „bringt mir kalte Tücher und von der Kräutertinktur dort hinten!" Dann wandte sie sich wieder der Kranken zu und erschrak.
„Sophia? Sophia Klein?"
Die Frau versuchte zu lächeln und bewegte ihre Lippen. Johanna musste sich ganz nah hinunterbeugen, um sie zu verstehen. „Johanna? Du erkennst mich also noch? Und du sprichst auch noch mit mir ..." Ihre Stimme erstarb und eine Träne lief über ihrer Wange.
„Natürlich!" Johanna wurde auf einmal von großer Wut erfasst. Das war also kurfürstliche Fürsorge! Als Gespielin hatte Sophia ausgedient und konnte sehen, wo sie blieb. Sie dachte fieberhaft nach. Sophia war schwer krank, das sah man auf den ersten Blick. Und ob sie sich hier in der Unruhe gebärender und kranker Frauen erholen würde, bezweifelte sie. Also fasste sie einen folgenreichen Entschluss: „Franzi, eile du zu meinem Vater, er ist heute nicht bei Hofe. Sag ihm, er soll den Breuer mit der Kutsche schicken. Und Kathi muss die alte Stube von Amalie richten. Los, beeile dich!"
Nun hatte Johanna drei große Aufgaben, die ihr kaum Zeit dazu ließen, trübe Gedanken zu wälzen oder Clemens zu vermissen: ihre Arbeit in der neuen Hebammenschule, die regelmäßige Betreuung der Kurfürstin und die Pflege von Sophia. Bei letzterer griff ihr Madame Guinant tatkräftig unter die Arme, die sich zwar zunächst geweigert hatte, „so eine Person" im Hause zu haben, aber auf ein Machtwort Franz Bechtlers hin schnell klein beigeben musste.
Ihr Vater konnte sehr gut nachvollziehen, warum sich Johanna so um Sophia Klein bemühte. Als Johanna an

jenem Tag, als sie die kranke Sophia ins bechtlersche Haus bringen ließ, zu umständlichen Erklärungen ansetzte, lächelte er nur milde, strich ihr über das Haar und sagte: „Herzblatt, du hast ganz recht gehandelt. Ich bin sicher, auch Amalie würde sich für dich freuen, dass die Stube neben dir wieder bewohnt ist."
Die Bechtlers brauchten den ganzen Sommer dazu, um Sophia gesund zu pflegen. Die junge Frau hatte zunächst das Kind des Thronfolgers verloren, als er sich bereits im vergangenen Herbst von ihr abgewandt hatte. Die Fehlgeburt und der gesellschaftliche Abstieg hatten sie so verstört, dass sie verzweifelt auf das Angebot eines Kavallerieoffiziers eingegangen war, der ihr die Ehe und ein schönes Haus versprochen hatte. Doch auch diese Seifenblase zerplatzte, als sein Regiment abgezogen wurde, und zurück blieb eine abermals schwangere und zutiefst verstörte Sophia. In ihrer scheinbar aussichtslosen Situation versuchte sie, sich im Neckar zu ertränken, wurde jedoch von einem aufmerksamen Angler gerettet, der sie in ein städtisches Spital brachte. Dort stellte man dann bald fest, dass mit ihrer Schwangerschaft etwas nicht stimmte und verlegte sie, nachdem das Kind tatsächlich abgegangen war, in die neue Hebammenschule.
Die Brüder Bechtler unterstützten Johanna bei der Pflege Sophias so gut es ging. Leider musste Johannas Vater den Hof im Sommer nach Schwetzingen begleiten, zumal die Entbindung der Gräfin Parkstein stattfinden sollte, doch Philipp kam regelmäßig auf Besuch nach Mannheim und versorgte Johanna mit Medikamenten, Kräutern und Salben. Im September war Sophia so weit genesen, dass sie Johanna zur Hand gehen konnte – und aus dieser von Anfang an harmonischen Zusammenarbeit entstand die Idee, Sophia zur Geburtshelferin auszubilden. Dass beide Frauen zusätz-

lich enge freundschaftliche Bande knüpften und Johanna froh darüber war, sich endlich wieder einmal rund um die Uhr mit einem lieben Menschen auszutauschen, machte die Situation noch angenehmer.
Selbstverständlich informierte Johanna ihren Clemens regelmäßig über die jüngsten Ereignisse aus Mannheim. Ihre Briefe schickte sie an die Florentiner Adresse seiner Großmutter da Foti – und zu berichten gab es neben den Veränderungen im Hause Bechtler einiges: So hatte die Gräfin Parkstein dem Kurfürsten tatsächlich eine Tochter geschenkt, die zu Ehren ihres Vaters den Vornamen Caroline erhielt.
Aufgrund dieses Ereignisses und der schrecklichen Erinnerungen ist die Kurfürstin diesen Sommer nicht nach Schwetzingen in die Sommerfrische gereist, was zu erheblichen Verwicklungen und Streitereien geführt hat, schrieb sie nach Florenz. Denn Seine Kurfürstliche Hoheit wollte in seiner Sommerresidenz natürlich nicht auf den liebreizenden Anblick der Hofdamen verzichten, während Elisabeth Auguste ihrerseits die Anwesenheit ihrer Entourage in Mannheim forderte. Folglich kam es im Vorfeld des Umzuges zu zahlreichen Intrigen und heimlichen Absprachen, bis sich die Spreu vom Weizen getrennt hatte: Neben der treuen Freifrau von der Osten und Anna-Louise zu Eltz waren lediglich ein paar jüngere und unbedeutende Damen in Mannheim geblieben, während sich so strahlende Gestalten wie die Freiin von der Loe, Charlotte von Dalberg, die wie aus dem Nichts und gertenschlank wieder aufgetaucht war, Johanna von Sickingen, die eine geborene Thurn und Taxis war, oder Adelheid, die Tochter von Obristjägermeister von Hacke dem Kurfürsten zugewandt hatten. Anna von Sickingen, die Schwägerin der Thurn und Taxis-Tochter, war allerdings nicht mit nach Schwetzingen gezogen, sondern hatte sich vom höfischen Treiben zurückgezogen.

... Kannst Du Dir das vorstellen? Ihr Vater ist vor kurzem entmündigt worden, da er sein gesamtes Geld in die verbotene Alchemie investiert hat. Die hübsche Anna ist nun praktisch mittellos ... und konnte es nicht ertragen, von ihren angeheirateten reichen Verwandten, die das Postmonopol innehatten, geduldet zu werden. Also verrichtete sie still ihren Dienst bei der Kurfürstin, die dies wohlwollend zur Kenntnis nahm und ihr ab und zu ein paar Gulden zusteckte.

... Nicht dass Du denkst, mein Geliebter, nur noch der Hof mit seinen vielen Intrigen beschäftigt mich hier, nein. Aber dank der freundlichen Zuwendung der Gräfin zu Eltz erfahre ich das eine oder andere Detail. Unsere Landesherrin wird verständlicherweise immer gereizter, zumal auch ihre Verwandtschaft, insbesondere ihr Schwager Herzog Friedrich, mit nach Schwetzingen ziehen musste. Außerdem sollen schon wieder zwei Hofdamen kurfürstlichen Nachwuchs erwarten – sie tut mir wirklich leid.

Johanna musste im Laufe der Monate leider feststellen, dass ihr Clemens kein besonders eifriger Briefeschreiber war. Und so erhielt sie auf ihre ausführlichen Depeschen oft nur kurze Mitteilungen, dass es ihm bestens ginge, wo er gerade war und wie gut es ihm in Italien gefiel. Kein Wort davon, wann er zurückkam – und Johanna fragte sich manches Mal insgeheim, ob Clemens überhaupt zu ihr zurückkehren würde. Doch wenn sie derart zweifelte, hatte sie nun mit Sophia eine Freundin zur Seite, die sich ganz vehement für Clemens und sein aufrichtiges Wesen einsetzte.

„Er kommt ganz bestimmt noch vor dem Winter", beeilte Sophia sich dann zu sagen. „Und im nächsten Jahr feiert ihr dann ganz wunderbar Hochzeit."

Doch der Winter brachte nur frühe Kälte, eine große Krankheitswelle, die viele Mannheimer Kinder, Alte und Schwache hinwegraffte – Clemens tauchte nicht

auf. Dafür gab es im neuen Jahr erstmals seit dem Tod des Erbprinzen wieder ein richtig großes Hoffest, zu dem auch Johanna, ihr Vater in seiner Funktion als Hofmedicus und Philipp Bechtler, der Hofapotheker, gnädig geladen waren. Der Kurfürst feierte Namenstag und zwar doppelten: Am 28. Januar war der Tag seines Namenspatrons Karl, am 11. Februar der des Theodors. Also bat man Mitte Februar feierlich an den Hof, allerdings ohne Masken, denn das Faschingstreiben sollte in andere Festivitäten münden.
Alles andere als begeistert zwängte Johanna sich in ihr bestes Kleid und ließ sich von Sophia schnüren.
„Du hast es gut“, maulte sie. „Du kannst hier bleiben.“
Sophia seufzte. „Weißt du Johanna, es gab eine Zeit, da war eine Einladung bei Hofe für mich das Wichtigste in meinem Leben. All die schönen Kleider, der Glanz, die Musik.“ Sie zog das Korsett noch etwas fester zu, bis Johanna leise aufstöhnte. „Tja, das muss sein, liebe Freundin. Seine Kurfürstliche Hoheit duldet nur Schönheit um sich herum. Du glaubst ja gar nicht, wie sehr ich mich schnüren musste, als Seine Durchlaucht auf mich aufmerksam wurde.“
Traurig hielt sie inne und ihr Blick schweifte in die Ferne.
„Sophia!“ Johanna fasste ihre Freundin fest am Arm und schüttelte sie. „Erinnere dich! Der Preis für die wenigen Wochen, die man dir mit Hochachtung und Verehrung entgegengetreten ist, war viel zu hoch!“
„Stimmt.“ Sophia lächelte gequält. „Aber gemocht habe ich ihn, unseren Kurfürsten. Er hat Humor und ist sehr freundlich.“ Sie stockte und beugte sich dann kichernd zu Johanna vor: „Aber er ist ein lausiger Liebhaber!“
Erschrocken starrte Johanna ihre Freundin an. Wie konnte sie so etwas sagen – wenn das jemand hörte! Allerdings hatte sie solche Bemerkungen schon häufiger

vernommen, angeblich soll sich auch die Gräfin von Parkstein einmal über die mangelnden Liebeskünste ihres hochherrschaftlichen Gönners bei einer Hofdame ausgelassen haben. Ziemlich respektlos übrigens – Anna-Louise zitierte sie mit den Worten: „Gäule reiten kann er nicht und bei Weibern fällt er auch zu früh aus dem Sattel." Hastig verriet sie Sophia das Bonmot, das sich seit einiger Zeit hartnäckig bei Hofe hielt und ihre Freundin herzhaft lachen ließ. Immerhin hatte sich Johannas Laune nun ein wenig gehoben, sodass sie, aufwändig frisiert, ein wenig gepudert und parfümiert, vorsichtig die Stiegen aus ihrer Stube hinunterschritt, um dann auf der großen Holztreppe noch einmal einen würdevollen Gang hinunter ins Foyer zu üben.

Dort warteten bereits Onkel Philipp und ihr Vater, die ebenfalls prachtvoll herausgeputzt waren. Beide trugen einen halblangen Gehrock nach der neuen Pariser Mode, die Knöpfe funkelten silbern. Onkel Philipp hatte sich extra Wadenpolster in die Kniestrümpfe gestopft und sah damit reichlich albern aus. Beide hatten sich ihr Haar zu einem Zopf zusammengebunden und einen Hauch von Reispuder darüber gestreut, was eigentlich nur dem Adel vorbehalten war. Allerdings durfte trotz allem bei den Bechtlers auch heute die Arzttasche nicht fehlen – erfahrungsgemäß führten Feste bei Hofe immer zu allerlei Unpässlichkeiten.

Ihre Kurfürstlichen Durchlauchten hatten in den Rittersaal eingeladen. Hofadel und Gäste flanierten durch den Ehrenhof, um dann vor der breiten Treppe standesgemäß getrennt zu werden: Linker Hand war die Treppe für die Bürger und die geladenen nicht adeligen Gäste, rechter Hand schritt der Adel würdevoll in den Festsaal hinauf. Da zur Feier des Tages die Hofkapelle aufspielte – ohne Clemens, wie Johanna ein wenig traurig feststellte –, konnten die Gäste nicht durch die breite Haupttür in den Rittersaal gelangen, sondern wurden durch zwei seitliche Eingänge geführt. Auf diese Weise fand auch das nicht adelige Bürgertum sofort den Platz, der ihm zugeteilt war, indem man einfach mit einer dicken roten Kordel einen Teil des Saales abgetrennt hatte. Immerhin war der Bereich groß genug, um auch dort zu tanzen, was vom Kurfürsten ausdrücklich erlaubt worden war.

Die Mannheimer Hofkapelle hatte ihre Instrumente auf einem Podest vor der Haupteingangstür aufgebaut, weswegen diese nicht benutzt wurde. Das Podest war mit grünem Samt beschlagen und trug – Johanna zählte zweimal nach – tatsächlich sechzig Musiker, die nun beim Einzug der Gäste leise spielten. Johanna blickte sich neugierig um: Das Deckengemälde mit dem Göttermahl hatte ihr Clemens schon unzählige Male beschrieben und im Schein der vielen Kerzen und Kandelaber wirkte es einfach großartig. Dann suchte sie in der Menge nach bekannten Gesichtern: Ihre Kurfürstlichen Durchlauchten waren noch nicht erschienen, doch die Herzöge von Zweibrücken und die Gräfin Forbach flanierten bereits durch den Hauptsaal. Überhaupt bemerkte Johanna ein Kommen und Gehen von links nach rechts und von rechts nach links, was damit zu tun hatte, dass seitlich vom Saal die Appartements abgingen. Zu gern hätte Johanna gerade heute einmal einen Blick hineingeworfen, doch als Nichtadlige war ihr dieser Zugang verwehrt.

Von Onkel Philipp erfuhr sie, dass in den Vorzimmern der Appartements das eigentliche Fest stattfand – auch wenn im Rittersaal die Musik spielte. Zwar wurde hier später Polonaise, Menuett, Contre Dance und Ländler[24]

24 Ein Vorläufer des Walzers, der bei Hofe sehr beliebt war.

getanzt und die Pagen führten spektakuläre Fackeltänze im abgedunkelten Raum auf, doch in den Vorzimmern gab es Tische mit Erfrischungsgetränken, wie Zucker- und Limonenwasser, oder süßem Weißwein – und natürlich die Spieltische. Wer etwas auf sich hielt, spielte bei Hofe, auch wenn Spielschulden offiziell verboten waren. Man spielte Poch und Bézique, beides Kartenspiele, oder ließ sich von einer Wahrsagerin Tarotkarten legen, was immer wieder zu Diskussionen mit Pater Seedorfer führte, der diesen abergläubischen Humbug vehement ablehnte.

Plötzlich erklang ein Tusch und riss Johanna aus ihren Beobachtungen und Gedanken. Alles versank in einen förmlichen Hofknicks, um Ihre Kurfürstlichen Durchlauchten zu huldigen, die sich endlich die Ehre gaben, das Fest mit einem Tanz zu eröffnen. Dazu nahmen beide auf zwei auf einem Podest stehenden Sesseln Platz und schauten gelangweilt zu, wie sich die Höflinge und ihre Damen im Takt der Musik drehten, voreinander verbeugten und komplizierte Schrittkombinationen durchliefen. Obwohl sich beide Herrschaften um ein huldvolles Lächeln im Gesicht bemühten und galant in die eine oder andere Richtung grüßten, konnte Johanna sogar über die Entfernung hinweg erkennen, dass die Stimmung zwischen dem kurfürstlichen Paar frostig war. Ob es damit zu tun hatte, dass nun auch Ihrer Kurfürstlichen Hoheit Elisabeth Auguste ein neues außereheliches Verhältnis nachgesagt wurde? Carl Ludwig, Freiherr von Rodenhausen, der bereits seit vielen Jahren mehr oder weniger intensiv in ihrer kurfürstlichen Gunst stand, war angeblich in ihre Gemächer zurückgekehrt. Johanna hatte schon viel von dem treuen Gefährten Elisabeth Augustes gehört, war ihm jedoch noch nie begegnet.

Als die erste Tanzrunde beendet war, zog sich das kurfürstliche Paar in seine jeweiligen Appartements zurück.
„Das war alles?“, fragte Johanna ihren Vater enttäuscht.
„Ja, Herzblatt, mehr passiert hier im großen Saal vorerst nicht. Es wird sicher noch einmal getanzt, doch mehr nicht. Aber wir werden dennoch bleiben, denn uns braucht man hier noch.“
Fragend blickte Johanna ihren Vater an. „Wart's nur ab, Liebes“, antwortete er geheimnisvoll und vertiefte sich wieder in ein Gespräch mit einigen Herrschaften, die Johanna gänzlich unbekannt waren. Sie wusste nicht, wie lange sie einfach herumgestanden, der Musik gelauscht und dem bunten Treiben zugesehen hatte, als ein Lakai sie jäh aus ihren Träumen riss:
„Schnell, Bechtlerin, komm Sie mit. Eine Hofdame ist unpässlich!“
Ohne zu zögern folgte Johanna dem Bediensteten durch den großen Saal hinein in die Appartements der Kurfürstin. Während im ersten Vorzimmer noch alles in Gespräche und höfische Plänkeleien vertieft war, herrschte im zweiten Raum, der mit seinen Wandbespannungen und Ebenholzmöbeln ungleich prächtiger ausgestattet war, große Aufregung. Johanna drängelte sich Entschuldigungen murmelnd durch die ausladenden Kleider der Hofdamen hindurch, bis sie den Grund des Aufruhrs auf dem Boden entdeckte: Anna-Louise Gräfin zu Eltz war ohnmächtig geworden. Schnell lockerte Johanna ihr das viel zu fest geschnürte Mieder und hielt ihr ein Riechfläschchen unter die Nase, sodass die Hofdame schnell wieder zu sich kam. Johanna schüttelte innerlich den Kopf: Anna-Louise, die im letzten Jahr ihren Grafen geheiratet hatte, war möglicherweise schon in anderen Umständen und

schnürte sich dennoch. So oft hatte sie der jungen Frau davon abgeraten, doch bei Hofe war guter Rat nicht gefragt, wenn er der Mode nicht entsprach. Freundlich lächelnd, aber ein wenig durcheinander rappelte sich die Hofdame wieder auf, nickte Johanna dankbar zu und verkündete dann – was Johanna sehr erleichterte – sich zurückziehen zu wollen.
Nun wusste Johanna auch, was ihr Vater vorhin gemeint hatte, denn die Ohnmacht der netten Gräfin war nur der Anfang: Praktisch ununterbrochen war Johanna damit beschäftigt, ohnmächtige Damen wieder aufzuwecken, Schwindelanfälle zu behandeln, Schwächeattacken abzuwehren oder dafür zu sorgen, dass Erbrochenes weggeschafft wurde. Das war für sie das Schlimmste: Der Hofadel trank und aß über die Maßen, sodass man sich einfach mit einer Gänsefeder Erleichterung verschaffte, indem man den Rachen kitzelte. Zwar entleerte man sich dabei in eigens dafür bereitgestellte Schüsseln, doch je später der Abend wurde, desto unerträglicher stank es in den Appartements. Kurz: Das Fest war für Johanna alles andere als Vergnügen und Zerstreuung und sie war froh, in den frühen Morgenstunden endlich in ihr Bett sinken zu können.
Ihrem Vater und Onkel Philipp, das erfuhr sie bei einem späten Frühstück am nächsten Morgen, war es übrigens keinesfalls besser ergangen. In den Appartements Seiner Kurfürstlichen Hoheit wurde noch mehr getrunken und an den Spieltischen kam es sogar vereinzelt zu Raufereien, die zu manchen kleineren Wunden führten. Der Kurfürst hatte sich allerdings frühzeitig in sein Schlafgemach zurückgezogen – wie es hieß, mit einer Freundin der Gräfin Parkstein, da die offizielle Maitresse zurzeit leider unter einer peinlichen Krankheit litt und daher bei Hofe nicht erschien. Danach soll sogar Pierron mit am Spieltisch gesessen

haben und – so munkelte man – dabei viel Geld gegen Friedrich, den Herzog von Zweibrücken, verloren haben. Sein Bruder Christian war nur kurz in den Appartements erschienen – seine Frau wurde einmal wieder unhöflich behandelt, und so blieb ihm ausnahmsweise keine Möglichkeit, neue Intrigen zu spinnen. Allerdings war seine Position bei Hofe derzeit auch so gefestigt wie noch nie, wenngleich ihm als Thronfolger nach wie vor der ärgerliche Makel anheftete, eine ehemalige Tänzerin als Frau zu haben. Eine Maitresse unter Stand ließ sich Seine Kurfürstliche Hoheit gefallen, aber eine Frau von zweifelhafter Herkunft war, so nett sie auch sein mochte, ein Ding der Unmöglichkeit. Wenn Christian also jemals Kurfürst werden sollte, stand ihm noch Unerfreuliches ins Haus.

Zunächst jedoch geriet Ihre Kurfürstliche Hoheit Elisabeth Auguste ungewollt in den Strudel eines Skandals, der als Schlafzimmer-Pistolengeschichte in die Annalen des Hofes eingehen sollte.

Kannst Du Dir vorstellen, schrieb Johanna wenige Tage danach an Clemens, *dass Dein Vorgesetzter, der Hofmusikintendant Freiherr von Eberstein, einfach des Nachts in die Gemächer der Kurfürstin geschlichen ist? Er hat ihr dort eine Pistole auf die Brust gesetzt und wollte ihr Gewalt antun! Glücklicherweise kam in diesem Moment ausgerechnet Seine Kurfürstliche Durchlaucht in das Gemach – ab und zu scheint sich das Paar also noch um einen Thronerben zu mühen – und erwischte den Wüstling auf frischer Tat! Bei Hofe ist man fassungslos – und ich bin es auch. Sagtest Du nicht immer, dass von Eberstein so zurückhaltend sei?*

Von Anna-Louise erfuhr Johanna dann einige Tage später, dass der Hofmusikintendant den heimlichen Weg über versteckte Treppenhäuser und Tapetentüren in die kurfürstlichen Gemächer Elisabeth Augustes erstaunlich gut kannte. Warum er allerdings in jener

Nacht bewaffnet in das Bett Elisabeth Augustes steigen wollte und wieso ausgerechnet in jenem Moment Seine Kurfürstliche Hoheit das Gemach betrat, war der Gegenstand wilder Spekulationen. Am wahrscheinlichsten erschien es Johanna, dass von Eberstein, der der Kurfürstin aufrichtig zugetan war, schlicht und ergreifend eifersüchtig auf seinen neuen Konkurrenten von Rodenhausen war. Möglicherweise wollte er ihr mit seinem männlichen Auftritt drohen, doch daraus wurde dank des kurfürstlichen Einschreitens dann nichts mehr. Wer den Musikus verpfiffen hatte, lag völlig im Dunkeln; sein Ende in finsteren Verliesen lag hingegen auf der Hand. Zum kurfürstlichen Ehevollzug soll es in jener Nacht dann auch nicht mehr gekommen sein.
Diesmal erhielt Johanna postwendend eine Antwort von Clemens, stellte bei der Lektüre allerdings fest, dass die Briefe sich gekreuzt hatten. Was Clemens ihr schrieb, war alles andere als vergnüglich: Seine Großmutter war vor einigen Tagen gestorben und er musste sich nun als einziger lebender Nachkomme um den Nachlass kümmern. Von daher würde er noch einige Monate in Florenz bleiben müssen, um dann aber ganz sicher das Christfest bei den Bechtlers zu feiern.
Immerhin verstand Johanna nun, warum sie so wenig von ihm gehört hatte – möglicherweise war seine Nonna seit längerem krank gewesen. Johanna beschloss, aus ihrer Not eine Tugend zu machen und den langen Sommer, der vor ihr lag, dem weiteren Aufbau der Hebammenschule zu widmen. Dies wurde umso leichter, als der Hof in jenem Jahr erst zur Sommerfrische nach Schwetzingen und dann bereits Ende Juli nach Benrath übersiedelte, sodass Mannheim für einige Monate ein stilles und beschauliches Plätzchen am Rheinufer wurde. Auch die Kurfürstin zog diesmal mit, da es in Benrath stets auch um ihre Pfründe ging. Johanna

wurde ohnehin nicht mehr in den kurfürstlichen Appartements gebraucht, ihr Vater konnte sich allerdings als Hofmedicus der Sommerfrische am Niederrhein nicht entziehen.
Im Herbst kam dann nicht nur der Hof in die kurpfälzische Quadratestadt zurück, sondern endlich auch Clemens Santorini. Als hätte sie es geahnt, war Johanna an jenem Morgen die Stufen hinuntergelaufen, um nachzuschauen, wer an der Tür geklopft hatte. Und ihr Herz machte vor Freude einen Satz, als vor ihr breit lachend Clemens stand und sie fest in den Arm nahm. Johanna wusste gar nicht, was sie sagen sollte und spürte, wie ein paar Freudentränen über ihre Wangen liefen, die Clemens ihr liebevoll mit seiner Hand wegwischte. Dann kniete er sich vor Johanna nieder, nahm ihre Hände in seine, schaute sie ganz ernst an und fragte sie:
„Johanna Bechtler, willst du meine Frau werden?"
Johanna hatte das Gefühl, im Gesicht gleichzeitig blass und rot zu werden, so aufregend und auch ein bisschen peinlich war ihr die Situation. Immerhin bekam gerade die ganz Straße mit, was hier geschah, und um diese frühe Stunde war einiges los. Dennoch konnte sie vor Freude nicht richtig sprechen und brachte nur ein krächzendes „Ja, oh ja, Clemens, das will ich" heraus.
Inzwischen waren auch ihr Vater und Sophia im Foyer aufgetaucht, um nachzuschauen, was Johanna so lange da unten machte. Beide freuten sich aufrichtig, dass Clemens endlich wieder da war; Johanna hatte mehr als ein Jahr auf den Geliebten warten müssen.
„Dann können wir jetzt ja mit der Planung für eure Hochzeit beginnen", brummte Franz Bechtler gutmütig und Sophia klatschte aufgeregt in die Hände. Dann bat er seinen zukünftigen Schwiegersohn ins Haus hinein und Clemens erzählte bei einigen Tassen

Kaffee von seinen Erlebnissen in Italien. Johanna hatte richtig vermutet: Großmutter da Foti war bereits schwer krank gewesen, als Clemens in Florenz eintraf. Gemeinsam mit ihr hatte er dann noch eine Sommerfrische in ihrem Landhaus in Fiesole vor den Toren der Stadt verbracht und dort alles Wichtige über die Besitztümer und Finanzen der Familie erfahren. Und Casanova hatte mit seiner Einschätzung richtig gelegen, wie Johanna erstaunt feststellte: Clemens Santorini war nicht nur ein begnadeter Musiker, sondern nun auch durch den Tod der Großmutter ein reicher Mann. Der Familie gehörten nicht nur ein großer Stadtpalast in Florenz und das Landhaus in Fiesole, sondern sein verstorbener Vater Gaetano Santorini hatte ebenfalls vorgesorgt, indem er sein Geld – woher auch immer es kam – in Grund und Boden und kostbaren Schmuck angelegt hatte, der nun in Florentiner Schließfächern auf den Erben wartete.

„Für meine zukünftige Frau, die Schönste aller Santorinis", flüsterte Clemens an dieser Stelle seiner Erzählungen geheimnisvoll, sprang auf, kramte etwas aus seiner Westentasche hervor und trat hinter Johanna. Mit geschlossenen Augen fühlte sie das Gewicht des Colliers, das er in ihrem Nacken schloss. Dann schaute sie an sich herunter und schrie vor Erstaunen auf: So etwas Kostbares hatte sie noch nie getragen; Clemens hatte ihr ein Tropfperlencollier mit eingearbeiteten Saphiren umgelegt.

„So strahlen deine wundervollen Augen noch mehr, meine Perle", sagte er lächelnd und fuhr, als wäre nichts geschehen, mit seiner Erzählung fort. Johanna konnte sich hinterher gar nicht mehr genau erinnern, was Clemens alles erlebt hatte, so sehr war sie noch von seinem förmlichen Antrag und dem wertvollen

Verlobungsgeschenk überrascht. Das Wichtigste war ohnehin, dass nun der Hochzeit nichts mehr im Wege stand. Wenn der Winter vorbei war, würde sie endlich einen Ring von Clemens tragen.
Johannas Glück schien vollkommen zu sein.

Kapitel 9

Schweigend saß Johanna in der Kutsche, die sie viele Tagesreisen von Clemens entfernte, und starrte hinaus in den Märzregen. Es war zum Verzweifeln. Dabei hatte das Jahr mit Clemens so schön begonnen. Gemeinsam mit ihrem Vater, Sophia und den Heidelberger Bechtlers hatten sie die Silvesternacht verbracht und nicht nur gut gegessen und getrunken, sondern Pläne gemacht: Philipp Bechtler spielte nämlich mit dem Gedanken, nun doch eine Dependance der Hofapotheke in Mannheim zu eröffnen, um so die Hebammenschule und das immer bedeutender werdende Chirurgische Lehrinstitut besser und schneller mit Medikamenten versorgen zu können. Da nun ja auch bald Johanna das bechtlersche Haus in den N-Quadraten verlassen würde, um mit Clemens einen neuen Hausstand zu gründen, hatten die Bechtlerbrüder beschlossen, dass Philipp sein Mannheimer Geschäft vorerst bei seinem Bruder unterbringen werde – Platz war dann ja genug da. Außerdem war Franz Bechtler Mannheimer und bekam so eine Konzession von der Hofkammer viel leichter, als ein Heidelberger Bürger. Da die Brüder Männer der Tat waren, beriefen sie bereits in der ersten Woche des neuen Jahres einen Notar, um das Ganze auch rechtlich zu untermauern: Als Betreiber eines Ladengeschäftes, das in unmittelbarem Hofdienst stand, musste Philipp zumindest Teileigentümer des Anwesens sein.

Sophia hatte in der Silvesternacht verkündet, dass sie bis zur Hochzeit Johannas Assistentin an der Hebammenschule bleiben wolle und dann, wenn Vater Bechtler damit einverstanden wäre, ihm in Zukunft an Johannas Stelle zur Hand gehen würde. Franz Bechtler freute sich sehr darüber – woher sollte er sonst eine so gute Assistenz nehmen. Er hatte allerdings zu

bedenken gegeben, dass Sophia dann möglicherweise im Zuge ihrer Arbeit ihrer Familie begegnen könnte, von der sie verstoßen worden war. Doch Sophia zuckte nur mit den Schultern; sie hatte seither so viel erlebt, dass sie keine Angst mehr davor hatte.
Johanna und Clemens hatten in jener Nacht im Rahmen der Familie noch einmal feierlich ihr Eheversprechen bestätigt. Die Hochzeit sollte im späten Frühjahr stattfinden, wenn der Jasmin in voller Blüte stand. Verständlicherweise wollte Johanna auf keinen Fall während der Schwetzinger Sommerfrische heiraten und so legte man den Hochzeitstermin für den 25. April fest, da der Hof erst einige Tage später in die Spargelstadt umziehen würde. Verschaffelt hatte bereits im Vorfeld angeboten, nach der kirchlichen Trauung einen großen Empfang in seinem Atelier zu geben, was wirklich eine gute Idee war. Denn Clemens hatte durch seine Tätigkeit bei der Mannheimer Schule und der Hofkapelle so viele Kollegen, die gratulieren würden, dass ein großer Raum von erheblichem Vorteil sein würde. Auch Franz Bechtlers Ansehen in der Stadt war hoch, sodass von seiner Seite ebenfalls mit vielen Gratulanten zu rechnen war. Abends wollten Clemens und Johanna dann nur im Kreise der Familie, also mit allen Bechtlers, den von Rodensteins aus Darmstadt, Sophia und den Verschaffelts, das Hochzeitsmahl einnehmen und dazu im Gasthof Pfälzer Hof am Paradeplatz einen Saal anmieten. Lediglich bei der Wahl der Kirche waren sich alle uneinig: Johanna hätte gern in einer kleinen und unspektakulären Pfarrei ihr Ja-Wort gegeben, Clemens hatte sie allerdings zu Recht darauf aufmerksam gemacht, dass ganz sicher ein größeres Orchester gestellt werden würde und viele Gäste zu erwarten wären. Franz Bechtler hatte die Pfarrkirche St. Sebastian am Rathaus vorgeschlagen, doch schließlich hatte

man sich auf die Kapuzinerkirche geeinigt und frohen Mutes auf das neue Jahr angestoßen.
Gemeinsam hatte man in der Silvesternacht auch der verstorbenen Amalie gedacht, deren Verlust Johanna und ihren Vater immer noch sehr schmerzte. Zwar war mit Sophia wieder neues Leben in das bechtlersche Haus eingezogen, doch die Tochter und Schwester konnte sie nicht ersetzen. Zum Andenken an Amalie hatte Johanna bei Anton von Mai erreicht, dass einer der Entbindungssäle in der Hebammenschule seit einiger Zeit offiziell den Namen „Amalien-Saal" trug. In Mannheim hatte sich die Bezeichnung sogar so schnell durchgesetzt, dass man in der Unterstadt bei den Töchtern mit den Worten „Gib acht, sonst endest du noch im Amalien-Saal" nichts anderes meinte, als „Lass dich nicht mit Männern ein!".
Und natürlich hatte man zum Jahreswechsel im Hause Bechtler auch über dieses Salzburger Wunderkind gesprochen, das die europäischen Höfe seit einem Jahr in Erstaunen versetzte. Franz Bechtler war einmal Zeuge einer Darbietung von Wolfgang Amadeus Mozart geworden, der im vergangenen Frühsommer als Siebenjähriger in Schwetzingen vorgespielt hatte. Clemens war an jenem Tag nicht bei Hofe gewesen, da er noch in Italien weilte, und ließ sich daher das Ereignis in aller Ausführlichkeit von Franz Bechtler schildern.
„Es war einfach unglaublich, was dieser Bub im Rahmen der Musikalischen Akademie spielte, das hättest du sehen sollen! Der ganze Hof und viele geladene Gäste waren anwesend – und alle waren entzückt!"
„Und was hat er gespielt?", hatte Clemens nachgefragt, „Welche Komponisten?"
„Soweit ich weiß, waren das Stücke seines Vaters, der zuvor am Orchester in Salzburg war, glaube ich. Und natürlich eigene Kompositionen, ganz erstaunlich." Er

hatte kurz überlegt und dann ein wenig nachdenklich hinzugefügt: „Der arme Bub, sein Vater scheucht ihn und seine Schwester, die ihm assistieren muss, durch die halbe Welt. Ob das auf Dauer gut geht? All die durchwachten Nächte und Reisestrapazen – ich würde das als Vater nicht tun. Und als Arzt müsste ich entschieden abraten!"

Auch Casanova hatte diese Einschätzung von Franz Bechtler einige Wochen zuvor in einem ausführlichen Brief an Johanna geteilt. Er war seit mehreren Monaten wieder auf Reisen, da er in der Kurpfalz keine Anstellung im diplomatischen Dienst gefunden hatte, was Johanna sehr bedauerte. Über Braunschweig und Schloss Wolfenbüttel, über dessen herrliche Bibliothek er sich in epischer Breite ausgelassen hatte, war er mittlerweile beim Preußenkönig in Sanssouci eingetroffen, um dort sein Glück zu versuchen.

... Dieser traurigen Mozart-Entourage bin ich nun schon zum dritten Mal begegnet, hatte er Johanna geschrieben. *Vermutlich wäret auch Ihr entsetzt über die Umstände, verehrte Freundin. Das Kind hat Talent, fraglos, ein außergewöhnliches Talent sogar. Nur sollte man diesem Schatz nicht Raum und Zeit geben, sich zu bilden und zu formieren? Doch was macht dieser elende Leopold, der Vater des Buben? Da ihm selbst kein besonderer Erfolg in Salzburg beschieden war, treibt er seinen Sohn von Konzert zu Konzert, um möglichst viel Geld zu scheffeln. Die arme Tochter ist immer dabei – und man erzählt sich, auch sie sei ein großes Talent, dürfe jedoch nicht mehr spielen. Glaubt mir, Johanna, dieser Leopold ist ein elender Halunke. Ich hörte sogar, dass Mozart beim Vorspiel bei den Herzögen von Württemberg nicht gefiel – und was macht diese Kreatur? Er straft den Sohn! Man sollte einschreiten und hat doch keine Handhabe.*

Ansonsten war der Brief von Casanova mit allerlei pikanten Reisegeschichten gewürzt, was das Lesen recht vergnüglich machte – Casanova war ein begnadeter Briefeschreiber. Außerdem hatte er Johanna eine große Freude gemacht, indem er sein Kommen für den Herbst des Jahres ankündigte – sollte nicht eine diplomatische Mission dazwischen kommen: ... *denn wie gerne, liebe Freundin, möchte ich endlich Euren Bräutigam kennenlernen, der dann schon Euer werter Gatte sein wird. Ich freue mich für Euch, dass sich so nun doch alles zum Guten gewendet hat und Ihr in Zukunft ein sorgenfreies Leben führen werdet. Genießt die Zeit Eures Brautstandes – die Ehe ist nicht immer ein Zuckerschlecken, wie ich oft genug hören musste.*

An dieser Stelle des Briefes hatte Johanna laut lachen müssen. Das war wirklich sehr diplomatisch ausgedrückt! Casanova wurde den Ruf des Frauenhelden wohl zu Recht nicht los – und hatte möglicherweise auch dadurch Schwierigkeiten, eine feste Anstellung zu finden. Denn dass die Ehe kein Zuckerschlecken sei, hatte er ganz sicher immer wieder von seinen galanten weiblichen Bekanntschaften vernommen, die meistens verheiratet waren. Dennoch: Dass Casanova ihr die Ehre seines Besuches erweisen würde, freute sie nicht nur über alle Maßen, sondern erfüllte sie auch mit Stolz. Das Jahr, so dachte sie damals tatsächlich noch, hatte gut begonnen.

Johanna schnaubte und ließ sich entnervt in die unbequemen Lederpolster der Taxi'schen Postkutsche zurück fallen. Die Landschaft draußen war durch Regen und Nebel so trist, dass es gar nichts brachte, hinauszuschauen. Zwei ganze Tage war sie nun schon in den unbequemen Kutschen unterwegs und sollte heute Abend in Würzburg übernachten. Eingebrockt hatte ihr diese unerwartete Reise die Gräfin Anna-Louise zu Eltz. Sie war nämlich ein Jahr nach ihrer Hochzeit mit dem Amberger Grafen Konrad zu Eltz endlich in anderen Umständen und hatte darum ersucht, den ersten Erben in der Oberpfälzer Heimat des Grafengeschlechtes zu entbinden. Außerdem hatte sie Ihre Kurfürstliche Hoheit untertänigst darum gebeten, zu diesem freudigen Ereignis Unterstützung durch die beste aller Mannheimer Hebammen zu erhalten – und Johanna Bechtler für einige Monate an den Amberger Hof eingeladen. Vermutlich war das der Kurfürstin sogar ganz recht, da so wenigstens nicht die zahlreichen Gespielinnen ihres untreuen Gatten in den Genuss von Johannas Hilfe kommen konnten, sollte wieder einmal eine von ihnen ein Kind erwarten.

Zu jeder anderen Zeit hätte Johanna sich darüber gefreut, zu Anna-Louise zu reisen, doch nun mussten Clemens und sie ihre Hochzeit schon wieder verschieben – da man eine gräfliche Einladung nicht absagen konnte. Also hatte Johanna an einem nasskalten Märzmorgen zunächst die Schnellkutsche am Heidelberger Tor bestiegen, die sie nach Heidelberg brachte. Glücklicherweise war Sophia mittlerweile so gut ausgebildet, dass sie sowohl ihrem Vater als auch Anton von Mai während Johannas Abwesenheit tatkräftig zur Seite stehen würde. Clemens allerdings war sehr bedrückt, als er Johanna verabschiedet hatte und ließ sich von ihr immer wieder das Versprechen geben, so schnell wie möglich zurückzukommen.

Im Heidelberger Marstallhof hatten Onkel Philipp und Tante Clara während des Pferdewechsels die Gelegenheit genutzt, ihr einiges an Reiseproviant und wichtige Medikamente zuzustecken, sodass Johanna für die Reise und ihre eigentliche Aufgabe gut gerüstet war. Wäre das Wetter nicht so schlecht gewesen, hätte sie möglicherweise auch die Reise am Neckar entlang nach Neckargemünd, wo am Gasthof zur Pfalz die Postsäcke ausgetauscht wurden, und dann weiter über

Wiesenbach und Aglasterhausen bis nach Mosbach genossen, zumal sie bis dahin keine unangenehmen Reisebegleiter hatte. Dies änderte sich jedoch in dem Odenwaldstädtchen: Nach einer schlechten Nacht auf einer unbequemen Liege im Gasthof an der Relaisstation stieg am nächsten Morgen ein ungepflegt wirkender älterer Mann hinzu, der sich als Mosbacher Fayence-Meister auf dem Weg zu seiner Fürstbischöflichen Hoheit Adam Friedrich von Seinsheim in Würzburg gemacht hatte, um dort den Damen bei Hofe die neusten Burdalu-Modelle vorzustellen. Nun verstand Johanna auch, warum er so viel Aufhebens um sein Gepäck gemacht hatte – waren die Porzellanschiffchen, die von der Damenwelt dazu benutzt wurden, die Blase jederzeit entleeren zu können, doch höchst zerbrechlich.
Von Mosbach war es dann über den Pilgerort Walldürn Richtung Würzburg gegangen, wobei Johanna die Ausdünstungen des Fayence-Meisters kaum ertrug und bei jedem Pferde- und Postsackwechsel an die frische Luft musste. Gesteigert wurde ihr Reisemartyrium noch durch die Tatsache, dass in Walldürn zwei Pilger zustiegen, die ganz offensichtlich unter Läusen und Flöhen litten und das Ereignis der erfolgreichen Wallfahrt unmittelbar vor Antritt ihrer Heimreise nach Würzburg mit ordentlich viel Wein begossen hatten. Sie wurden während der ohnehin beschwerlichen und holprigen Fahrt so laut und aufdringlich, dass der Fayence-Meister es erreichte, sie an der letzten Relaisstation vor dem Etappenziel in Tauberbischofsheim der Postkutsche zu verweisen, wofür Johanna ihm sehr dankbar war.
Endlich fuhr die Postkutsche in der Fürstbischöflichen Residenzstadt ein. Erschöpft machte sie sich vom Residenzplatz aus auf den Weg in ihre Unterkunft nahe beim Dom. Ehe sie sich ihren wohlverdienten Schlaf

und Entspannung für ihren gequälten Rücken gönnte, versäumte sie es jedoch nicht, im Dom St. Kilian ein schnelles Dankesgebet für den bislang einigermaßen gut verlaufenen ersten Teil ihrer Reise loszuwerden.
Am nächsten Morgen ging die Fahrt vom Residenzplatz aus weiter über das Postkutschennetz der Thurn und Taxis in Richtung Nürnberg. Das Wetter hatte sich ein wenig aufgeklart und Johanna hoffte, nun etwas mehr von der Landschaft ihrer Reiseroute über Ochsenfurt, Windsheim und Ansbach zu sehen. Bis kurz vor der Abfahrt schien es so, als sei sie tatsächlich die einzige Reisende auf dieser Strecke, doch dann kletterte ein kleiner Junge mit seinem Vater in das Gefährt hinein. Verblüfft starrte Johanna den Bub an, der ausstaffiert war wie ein Erwachsener und auch ziemlich gestelzt in einem fremden Dialekt daherredete.
„Wolferl, jetzt setz dich gerade hin und schweig stille", raunzte ihn der Vater an und zog ein merkwürdiges Brett aus einer Samthülle hervor. Neugierig versuchte Johanna zu erkennen, worum es sich dabei handelte. Es sah aus wie eine Pianotastatur, nur dass es eben keine Tasten gab, sondern nur schwarze und weiße Flächen.
„Los jetzt, nicht faul herumsitzen, Wolferl, wir sind nicht zum Vergnügen unterwegs, an die Arbeit."
Seufzend aber gehorsam machte sich der Junge, den Johanna auf sieben oder acht Jahre schätzte, daran, imaginäre Musikstücke zu spielen – immer wieder unterbrochen von seinem Vater, der diesen oder jenen Griff korrigierte und dabei mit einem kleinen Stöckchen den Takt vorgab. Johanna war über diese merkwürdige Vorstellung so verwirrt, dass sie nicht einmal mitbekam, wie die Kutsche aus Würzburg herausfuhr. Sie konnte einfach nicht glauben, was sie da sah: Da spielte ein kleiner Bub lautlose Pianostücke und wurde dabei von seinem Vater belehrt, der die Musik ja gar

nicht hören konnte. Wie sollte das gehen? Außerdem tat ihr der Bub leid, denn sein Vater wirkte dabei sehr streng und hart. Sie beschloss, dem Ganzen zumindest für eine Weile ein Ende zu machen, und bot dem Jungen etwas von den frisch gebackenen Mohnschnecken an, die Tante Clara ihr in Heidelberg zugesteckt hatte.
„Danke, gnädiges Fräulein", sagte dieser artig und griff dann mit leuchtenden Augen zu.
„Wolferl!" Der Name klang aus dem Mund des Vaters wie ein Tadel, doch der Junge hatte schon in das süße Teilchen hineingebissen. Seufzend wandte sich der Vater an Johanna:
„Entschuldigt, gnädiges Fräulein, er ist manchmal so ungestüm. Darf ich mich vorstellen? Mein Name ist Leopold Mozart, Musikdirektor aus Salzburg, und das ist mein Sohn Wolfgang Amadeus, der zurzeit an den wichtigsten europäischen Fürstenhöfen auf dem Piano brilliert."
Jetzt verstand Johanna. Das war also der berühmte Wunderknabe mit seinem strengen Vater. Und wo war die Schwester? Die Familie reiste doch angeblich immer zu dritt.
„Angenehm. Ich bin Johanna Bechtler, Tochter von Hofmedicus Franz Bechtler am Hofe Seiner Kurfürstlichen Hoheit Carl Theodor in Mannheim."
„Mannheim", krähte der Bub mit vollem Mund, was ihm einen Seitenhieb von seinem Vater einbrachte, den der Kleine jedoch nicht zu bemerken schien. „In Mannheim war ich doch auch einmal, nicht wahr, Vater? Dort gab es endlich einmal gute Musiker und der Kurfürst hatte einen dicken Bauch."
„Wolferl, nun ist es aber genug!" Entschuldigend wandte sich Leopold Mozart an Johanna: „Bitte verzeiht dem Jungen seine Respektlosigkeit, er ist erst acht Jahre alt. Aber so begabt, so begabt."

„Grämt Euch nicht, Herr Mozart", antwortete Johanna vergnügt. „Ihr Sohn hat recht!" Sie beugte sich zu dem Knaben hinüber, der gerade versuchte, seine klebrigen Finger unauffällig am Vorhang der Postkutsche abzuwischen.
„Und, hat es dir gefallen am Mannheimer Hof?" fragte sie freundlich.
„Ach, nicht besonders", antwortete Wolfgang wahrheitsgemäß. „In Wirklichkeit ist jeder Hof gleich: Es gibt einen Herrscher, ein paar schöne Damen und Herren – und das sind meist alles Menschen, die nichts von Musik verstehen. Und bei allen muss ich brav sein und fein angezogen vorspielen. Und das Nannerl muss immer danebenstehen und umblättern, und der Herr Papa sitzt an der Seite und schaut böse."
Johanna musste lächeln. „Ja, wieso schaut er denn böse, dein Herr Papa?"
„Na, weil wir nichts zu essen bekommen, sagt er, wenn die Frauen nicht weinen, weil ich so schön spiele. Deswegen. Und ich will doch, dass wir immer etwas zu essen haben, das Nannerl, der Papa und ich."
Traurig schaute der kleine Mozart Johanna an, die empört ihre Gedanken sortieren musste. Das war ja unverantwortlich, was der Vater seinem Sohn antat! Casanova hatte recht, Leopold Mozart war ein schlechter Vater!
„Und wo ist es jetzt, dein Nannerl?", fragte Johanna weiter.
„In Nürnberg. Sie war krank und konnte nicht mit nach Frankfurt reisen. Und dann fahren wir zusammen in die Niederlande." Er musterte Johanna interessiert. „Wisst Ihr, wo die Niederlande liegen?"
Johanna schüttelte den Kopf, so genau wusste sie das nicht.
„Ich auch nicht", krähte der Bub triumphierend. „Aber der Papa sagt, das muss ich auch nicht, sondern ich soll eben gut spielen."

„Genau!“ Energisch unterbrach Leopold Mozart das Gespräch zwischen Johanna und Wolfgang. „Und deshalb wirst du jetzt brav weiterüben!“
Schweigend machte sich Wolfgang wieder an die Arbeit, während Johanna die Geschwindigkeit seiner Finger, die über die imaginäre Tatstatur förmlich flogen, bewunderte. Ihre Augen wurden dabei müde und sie nickte für einige Zeit ein, bis sie durch eine lautstarke Auseinandersetzung ihrer beiden Mitreisenden geweckt wurde.
„Nein, ich übe nicht mehr, meine Finger tun schon arg weh“, jammerte der kleine Mozart, während sein Vater ihn streng anschaute. „Du musst, Wolferl, du musst!“, hielt der Vater dagegen, doch sein Sohn schüttelte den Kopf und kramte in einer Tasche nach Papier und Feder. „Schau, was ich gerade komponiert habe“, sagte er trotzig und kritzelte ein paar Zeilen mit Noten, Takten und Vorzeichen auf das Blatt. Der Vater schaute hinüber und schüttelte den Kopf. „Was soll das, Wolferl, wie oft hab ich dir schon verboten zu komponieren, während du üben sollst. Und außerdem ist das zu leicht und heiter, das gefällt nicht!“
„Nein?“ Der Bub schien enttäuscht. Erwartungsvoll blickte er dann zu Johanna und zeigte ihr die Noten. Hilflos starrte sie auf das Blatt Papier, viel anfangen konnte sie nicht damit. „Wartet“, kam ihr Wolfgang zu Hilfe. „Ich singe Euch die Melodie vor.“ Er begann ein paar Takte zu summen – und Johanna hörte fasziniert zu. So eine schöne Melodie hatte sie lange nicht gehört. Begeistert klatschte sie in die Hände, als der Junge geendet hatte. „Das war wunderschön! Wie heißt das Stück?“
Wolfgang zuckte mit den Schultern. „Ich weiß es nicht, ich habe es ja selbst eben erst kennengelernt.“ Er überlegte einen Augenblick, dann fragte er Johanna:

„Wie war noch Euer Name?“ Er lächelte spitzbübisch, als sie ihn nannte, und kritzelte etwas über die Noten. Dann reichte er ihr das Papier mit den Worten: „Bitteschön, für Euch, als Dankeschön für die leckere Mohnschnecke.“
Johanna war völlig verdattert, das konnte sie doch nicht annehmen! Wolfgang brauchte doch seine Kompositionen! Doch der Vater nickte ihr aufmunternd zu: „Alles, was er einmal komponiert hat, bleibt in seinem Kopf. Es geht also nichts verloren.“ Zufrieden lächelte Leopold Mozart, zumal das kleine Wunderkind nun wieder bereit war weiterzuüben. Johanna versuchte, den nachträglich hinzugefügten Titel der kleinen Melodie zu entziffern, und bekam vor Freude ganz heiße Wangen: Wolfgang Amadeus Mozart hatte das Stück *Allegro für Cembalo C-Dur* genannt – und ihr mit dem Zusatz „Für Johanna“ stillschweigend gezeigt, dass sie ihm mit ihrer vergnügten Art eine Freude gemacht hatte. Was würde nur Clemens dazu sagen? Plötzlich konnte sie es gar nicht erwarten, in Amberg anzukommen, um dort schnell eine Depesche nach Mannheim zu verfassen.
Der Rest der Fahrt verging weitgehend schweigend, sah man einmal von den Ermahnungen von Vater Mozart, dem regelmäßigen Geklopfe seines Taktstockes und den zwischenzeitlich zu- und wieder aussteigenden anderen Fahrgästen ab. In Nürnberg trennten sich dann die Wege der Reisenden und Johanna bezog ihr letztes Reisequartier, ehe sie am nächsten Tag in Amberg eintreffen würde. Zuvor musste sie jedoch noch einige Kontrollen über sich ergehen lassen, da Amberg seit geraumer Zeit wieder zu Bayern gehörte, das der Kurpfalz zwar wohlgesinnt, aber eben nicht zugehörig war. Kurfürst Carl Theodor war allerdings nominell der Erbe Bayerns, sollte Kurfürst Maximilian III. kinderlos sterben – was

momentan durchaus im Bereich des Möglichen war, wie Johanna wusste.
Amberg war eine imposante Garnisonsstadt, deren große Stadtbefestigung mit dem vorgelagerten Stadtgraben Johanna sofort ins Auge fiel. Die Postkutsche musste deshalb zunächst über eine enge Brücke fahren, ehe sie durch das Vilstor in die Stadt einfuhr. Direkt am Vilstor entdeckte Johanna eine Mühle, die vom Flüsschen Vils betrieben wurde. Von dort aus ging es vorbei an Kirchen, kleinen Plätzen und recht imposanten Stadthäusern reicher Kaufleute und des Oberpfälzer Adels zum großen Marktplatz der Stadt, wo Anna-Louises Zofe und ein Diener auf sie warten sollten.
Die Kutsche hielt direkt vor dem Rathaus der Stadt. Johanna stieg aus und blickte sich um. Amberg war ein sehr geschäftiges Städtchen, das vor allem vom Handwerk, dem Erz-Bergbau und dem Salzhandel lebte. Außerdem hatte ihr Vater Johanna erzählt, dass es in Amberg wie auch in Mannheim ein großes Jesuitenkolleg und eine eigene Fayencemanufaktur gab. Es ließ sich also gar nicht schlecht leben hier – und Johanna konnte feststellen, dass die Menschen hier keinesfalls arm wirkten.
„Johanna Bechtler?", erklang es plötzlich hinter ihr fragend. Es war die Zofe, die Johanna gemeinsam mit einem Diener, der das Gepäck tragen musste, in das Stadtpalais der zu Eltz führte, das in unmittelbarer Nähe zum kurfürstlichen Schloss stand. Anders als in Mannheim hielt sich Seine Kurfürstliche Durchlaucht Maximilian III. allerdings nicht besonders oft in Amberg auf, sondern zog es vor, in München zu weilen, wo er zwischenzeitlich eine Akademie der bildenden Künste und die Nymphenburger Porzellanmanufaktur gegründet hatte. Auch aus diesem Grund weilte der Oberpfälzer Adel nur sporadisch in den Amberger

Stadtpalais und verbrachte die meiste Zeit des Jahres auf seinen weitverzweigten umliegenden Besitzungen. Auch die zu Eltz pflegten viele Monate in ihrem Stammsitz in der Nähe von Nabburg zu leben; allerdings befanden sie sich derzeit in Amberg. Johanna war von der geschmackvollen Einrichtung des Stadtpalais sehr beeindruckt und schon gespannt darauf, das gräfliche Familienschloss auf dem Land kennenzulernen. Laut ihren Berechnungen würde das Kind Anna-Louises in etwa einem Monat, also Ende April oder Anfang Mai, zur Welt kommen – und bis dahin war der Haushalt der zu Eltz sicherlich wieder in den Stammsitz umgezogen.

Wie erwartet lief die Geburt von Anna-Louises erstem Kind problemlos ab. Schon am Tag ihrer Ankunft hatte Johanna die hochschwangere Gräfin davon überzeugen können, sich bis zur Geburt von ihrer Taillenschnürung zu trennen. Hier in ihren eigenen vier Wänden und ohne all die anderen kurfürstlichen Hofdamen um sich herum entwickelte sich das Verhältnis der beiden Frauen zur vertrauensvollen Freundschaft, bei der nach und nach auch die letzten Konventionen fielen. Schließlich nannte man sich beim Vornamen und tauschte kichernd das eine oder andere pikante Detail vom Hofe aus. Außerdem interessierte sich Anna-Louise sehr für das Schicksal von Sophia – und sie freute sich über die Entwicklungen im Hause Bechtler. Zur Zerstreuung machte die hochschwangere Anna-Louise in der gräflichen Kutsche Ausflüge mit Johanna und zeigte ihr ihre wunderschöne Heimat. Zwei Tage verbrachten sie in Nabburg, das Johanna entzückend fand, dann fuhren sie für drei Tage in die freie Reichsstadt Regensburg, die so wunderschön an der Donau lag, dass Johanna am liebsten noch länger dort geblieben wäre. Als Gäste des Hauses Thurn und

Taxis waren sie herrlich im Schloss untergebracht, wobei Johanna als eine Art Gesellschafterin der Gräfin vorgestellt worden war und mit entsprechendem Respekt behandelt wurde – was sie sichtlich genoss. Bei ihren langsamen Spaziergängen durch die alte Handelsstadt mit dem imposanten Dom spürte Johanna, dass Anna-Louise kurz vor ihrer Entbindung stand, und so drängte sie zum Aufbruch. Keinen Tag zu früh, wie sich herausstellen sollte, denn bereits am nächsten Tag begannen bei der jungen Gräfin die Wehen.

Graf Konrad, ihren Gatten, lernte sie dabei von einer ganz neuen Seite kennen: War er bislang für sie nur ein eher unnahbarer Hofadliger mit dem für Johanna nicht ganz nachvollziehbaren Beruf des Jagdphilosophen, so zeigte er in dieser Situation sein großes Herz, seine Liebe zu Anna-Louise und seine Hochachtung vor Johanna, die sich so umsichtig um die Gräfin kümmerte. Ganz im Gegensatz zur kurfürstlichen Geburt des Thronfolgers waren in Amberg bei der Geburt auch nur einige Zofen als helfende Hände, der Hauskaplan, Anna-Louises Schwägerin und die alte Gräfin zu Eltz anwesend, während der werdende Vater wie üblich im Vorzimmer wartete. Dies musste er nicht lange, denn bereits einen halben Tag nach den ersten Wehen setzten bei Anna-Louise die Presswehen ein – und es dauerte keine Stunde, bis der lang ersehnte Erbe des gräflichen Haushaltes gesund und laut schreiend das Licht der Welt erblickte. Sofort schritt der Hauskaplan zur Tat und segnete den kräftigen Knaben, der schon in den nächsten Wochen auf den wohlklingenden Namen Konrad Carl Kilian Graf von und zu Eltz getauft werden sollte.

Die folgenden Tage kümmerte Johanna sich intensiv um die junge Mutter und das Kind, erklärte ihr die wichtigsten Bereiche einer reinlichen Pflege und weihte

sie in die Geheimnisse der medizinischen Versorgung von Säuglingen ein, falls der junge Graf einmal krank werden sollte. Ihre Stellung in dem Amberger Haushalt war durch die erfolgreiche Geburt beinahe unantastbar geworden, was ihr zwar manchen misstrauischen Blick des Hauskaplans eintrug, aber gleichzeitig die Hochachtung der gesamten gräflichen Familie. Die Folge war, dass Johanna sich in Amberg ausgesprochen wohl fühlte und trotz ihres in Mannheim wartenden Bräutigams nicht an die nun bald bevorstehende Abreise denken mochte.
Da auch Anna-Louise ihre neue Freundin und Ratgeberin nur ungern ziehen lassen wollte, bot sie die wohl einmalige Stelle als „Medica" an, die es so eigentlich gar nicht gab. Ihr Gatte legte nach und konnte sich durchaus vorstellen, beim Kurfürsten höchstpersönlich um ein eigenes Amberger Orchester unter der Leitung von Clemens Santorini zu ersuchen. Johanna versprach, diese verlockenden Vorschläge in Mannheim zur Sprache zu bringen und freute sich über die vielen spannenden Möglichkeiten, die sich plötzlich in ihrem Leben auftaten. Doch wieder einmal hatte das Schicksal es anders mit ihr vor.
Es war am 20. Juni, also gut eineinhalb Monate nach der Geburt des gräflichen Erben, als Clemens plötzlich mit der alten bechtlerschen Kutsche vor dem gräflichen Schloss vorfuhr. Johanna saß gerade mit dem kleinen Konrad und Anna-Louise im Halbschatten plaudernd unter einer Kastanie und sprang erschrocken auf. Ihr Herz klopfte bis zum Hals, der unangekündigte Besuch konnte nichts Gutes bedeuten.
„Johanna, Liebste!" Clemens hatte den quietschenden Verschlag der Kutsche geöffnet und eilte auf sie zu. Er sah blass und mitgenommen aus und wirkte so, als wäre er die Strecke von Mannheim in die Oberpfalz ohne Unterbrechung durchgefahren.

„Johanna, es tut mir so leid!“ Clemens schloss sie fest in seine Arme und stammelte: „Liebes, ... dein Vater, ... ich weiß gar nicht, wie ich es dir sagen soll.“
Johanna wurde schwarz vor Augen und sie war froh, dass Clemens sie hielt. Sie versuchte tief durchzuatmen und konzentrierte sich darauf, nach oben zu schauen, um die drohende Ohnmacht abzuwenden. Mit matter Stimme fragte sie: „Was ist passiert, Clemens? So sag doch ...“
Unterdessen war Anna-Louise mit dem Kind auf dem Arm herbeigeeilt und begrüßte Clemens. Sie kannten sich flüchtig vom Mannheimer Hof und natürlich aus Erzählungen von Johanna. Auch die Gräfin spürte sofort, dass großes Unheil in der Luft lag, rief nach einem Bediensteten für Wasser, Gebäck und Wein und gab das Kind einer Amme. Dann ließ sie Johanna und Clemens am Gartentisch allein und zog sich diskret zurück.
„Johanna“, begann Clemens erneut und griff nach ihrer Hand. „Du musst sofort mit zurück nach Mannheim kommen.“
Angstvoll fragend blickte Johann ihren Verlobten an. „Was ist denn nur passiert?“
„Dein Vater ...“ Clemens kämpfte mit den Tränen. „Dein Vater ist tot – und Pierron auch.“
Johanna verstand gar nichts mehr. Was sagte Clemens da? Ihr geliebter Vater lebte nicht mehr? Aber warum denn, er war doch Arzt. Und was hatte Pierron damit zu tun?
„Ich erzähle dir alles während der Reise, Geliebte, wir müssen sofort fahren“, unterbrach Clemens ihre Gedanken. „Es ist etwas Schreckliches passiert und trotzdem musst du einen klaren Kopf behalten. Aber keine Sorge, ich bin bei dir.“
Erst jetzt begriff Johanna, dass sich ihr Leben wieder einmal einschneidend verändern sollte – und dass damit

auch wieder der Verlust eines geliebten Menschen einherging. Bitterlich weinend sackte sie in Clemens Armen zusammen. „Vater, Vater", ging es ihr immer wieder durch den Kopf, „ich brauch Dich doch so sehr".
Unterdessen hatte Clemens sich mit Anna-Louise und ihren Zofen darauf verständigt, dass diese die Kleidung und persönlichen Gegenstände von Johanna zusammenpackten und in der Kutsche verstauten.
„Wir dürfen jetzt keine Zeit verlieren, Johanna", redete Clemens beschwörend auf sie ein. „Jeder Tag zählt!"
Johanna verstand das nicht: Man konnte doch bei der Beerdigung auf die einzige noch lebende Tochter warten! Warum nur diese Eile?
Der Abschied von Anna-Louise fiel kurz und traurig aus. Die Gräfin nahm Johanna fest in den Arm und drückte ihr zwei freundschaftliche Küsse auf beide Wangen. Dann wandte sie sich an Clemens: „Passt auf Eure Braut gut auf, sie ist ein ganz besonderer Mensch."
„Ich weiß." Clemens lächelte die Gräfin an. „Ich werde nun nicht mehr von ihrer Seite weichen."
Auf der Rückreise nach Mannheim erfuhr Johanna dann die ganze Geschichte über den überraschenden Tod ihres Vaters und den des kurfürstlichen Kammerdieners Pierron, der unmittelbar damit zusammenhing. Die Ereignisse erschienen Johanna zunächst so unglaubwürdig, dass sie ernsthafte Zweifel am Wahrheitsgehalt der Geschichte hatte, doch Clemens bestand darauf – und warum sollte er sie anlügen.
Vor knapp einer Woche hatte sich, wie jeden Freitag, eine fröhliche Runde an der kurfürstlichen Marstalltafel getroffen. Wer zur Marstalltafel geladen war, gehörte eindeutig zum inneren Kreis des Hofes, musste aber nicht adelig sein. Zurzeit befand sich der Hof wie immer auf Sommerfrische in Schwetzingen, sodass an der Marstalltafel, die stets freitags am frühen

Nachmittag zusammenkam, neben höheren Bediensteten des Hofes auch Graf von Galen, Baron von Wrede, Schlossverwalter Hipper, der oberste Gärtnermeister und viele andere saßen.
Die Marstalltafel bot den geladenen Gästen die Möglichkeit, in entspannter Runde einiges zu trinken und dabei über die vergangene Woche zu reden. Es war ein freiwilliges Treffen, dem ein strenges Auswahlverfahren voranging: Man wurde zum ersten Mal höflichst eingeladen – und im Anschluss daran entschieden die Anwesenden, ob man den Neuen in der Runde aufnahm oder nicht. Auch Johannas Vater war vor einigen Jahren zur Tafel zugelassen worden – auf ausdrücklichen Wunsch des Kurfürsten, wie ihm später zugetragen worden war. Denn Dominik Pierron, des Kurfürsten Kammerdiener, war eine feste Größe dieser Veranstaltung und hätte sicherlich alles dafür getan, seinen Intimfeind Bechtler nicht in dieser Runde zu sehen. Gegen ein kurfürstliches Begehren kam jedoch auch er nicht an.
Die Marstalltafel fand während der Sommerfrische im linken Seitenflügel des Schwetzinger Schlosses im ersten Stock statt. Der Raum, in dem die große Tafel mit den hohen Stühlen aufgebaut war, ging über zwei Geschosse und hatte große Fenster zur Gartenseite, die ihn in ein helles Tageslicht tauchten. Die Wände waren mit blauem Zitz[25] bespannt und gaben dem Raum eine ganz besondere Feierlichkeit. Von ihrem Vater wusste Johanna, dass die Hofdamen Elisabeth Augustes immer wieder den Auftrag bekamen, heimlich zu lauschen, was an der Tafel besprochen wurde, da es

25 Zitz galt Ende des 18. Jahrhunderts als ein besonders moderner Baumwollstoff, der mit floralen Mustern bedruckt war. Üblicherweise waren zu jener Zeit solche Muster eingewebt, nicht aufgedruckt. Der heute gebräuchliche Begriff „Chintz“ leitet sich davon ab.

sich oft um intime Angelegenheiten Seiner Kurfürstlichen Durchlaucht handelte. Möglich war dies durch eine Tür im Gang, die unmittelbar in die Appartements der Kurfürstin führte. Da die Männer an der Tafel erfahrungsgemäß in kurzer Zeit recht viel getrunken hatten, wurde das Tischgespräch entsprechend laut – und war für die versteckten Zuhörerinnen mühelos auch hinter verschlossenen Türen zu verstehen.
Die Gäste der Marstalltafel betraten den Raum stets vom Flur aus durch eine hohe Flügeltür. Von dort gelangten sie in einen Vorraum, in dem ihnen die Mäntel, Waffen und sonstiges Gepäck durch einen Diener abgenommen wurden. Ebenfalls in diesem Raum wartete eine erfahrene Küchenhilfe, die Getränke ausgab. Neben Bier vom Fass aus der Schwetzinger Hofbrauerei, das unter den strengen Blicken von Hofbraumeister Welde hergestellt worden war, gab es Wein und Wasser. Serviert wurden dazu kalte Speisen, die zuvor in der kurfürstlichen Küche angerichtet worden waren. Besonderer Beliebtheit erfreuten sich an der Tafel der Pfälzer Saumagen, kalter Braten oder die schmackhafte Pfälzer Leberwurst, die von Metzgermeister Wettengel aus dem benachbarten Hockenheim ins Schloss geliefert wurde.
An jenem Unglückstag, von dem Clemens nun der völlig verstörten Johanna berichtete, waren ausnahmsweise einmal fast alle geladenen Teilnehmer der Marstalltafel anwesend – lediglich Johannas Vater fehlte noch. Wie fast immer saß Dominik Pierron in der Mitte der Tafel und steckte seine lange Nase einmal nach links, dann wieder nach rechts in die Gespräche, um möglichst wenig zu verpassen. Denn Wissen bedeutete bei Hofe Macht – und das war das wichtigste Kapital eines erfolgreichen Kammerdieners.
Was dann passiert war, hatte Clemens sich vom alten Hofbraumeister Welde ausführlich schildern lassen,

der an jenem Tag unmittelbar gegenüber von Pierron Platz genommen hatte. Alle Gäste waren bereits in lebhafte Gespräche vertieft, als Johannas Vater plötzlich in den Raum hereingestürmt kam. Obwohl gleich am Kopfende des Tisches ein freier Platz auf den Nachzügler wartete, der von einigen Gästen mit lautem Gejohle und anzüglichen Bemerkungen begrüßt wurde, war ihr Vater mit großen Schritten direkt auf den Stuhl Dominik Pierrons zugegangen. Hinter der hohen Lehne hatte er innegehalten und laut ins Ohr des Kammerdieners gebrüllt: „Steh auf, du falsche Schlange!" Schlagartig waren alle Gespräche im Raum verstummt – solch beleidigende Worte hatte man in diesem Kreis noch nie vernommen, geschweige denn vom sonst so zurückhaltenden Hofmedicus. Gespannt verfolgten alle das Geschehen.
Kammerdiener Pierron war ob des öffentlichen Affronts sofort aufgesprungen, hatte den Stuhl heftig beiseitegestoßen, sodass dieser krachend umfiel, und sich mit hochrotem Kopf vor Johannas Vater aufgebaut. Dann war alles furchtbar schnell gegangen: Franz Bechtler hatte nur kurz ausgeholt und dem entgeisterten Kammerdiener einen langen Dolch, ganz offensichtlich ein Hirschfänger[26], in die Brust gerammt. Alle Anwesenden waren wie erstarrt und reagierten auch dann noch nicht, als Franz Bechtler die lange Waffe wieder aus dem Oberkörper des vor Schmerz schreienden Pierron herauszog und Anstalten machte, noch einmal zuzustechen. Erst als Pierron im Angesicht des ganz sicher tödlichen zweiten Angriffs taumelnd die Flucht hinaus in den Vorraum ergriffen hatte, war wieder Leben

26 Der besonders lange Dolch wurde dazu verwendet, den erlegten Hirsch von unten nach oben am Bauch aufzuschlitzen, um ihn dann auszunehmen.

in die entsetzten Männer gekommen. „Was tut Er?“ und „Mörder!“, hallte es durch den Raum und Johannas Vater blickte im Angesicht des allgemeinen Aufruhrs dem flüchtenden Pierron wirr hinterher. Dann, ehe man ihn hatte daran hindern können, rammte sich Johannas Vater den Dolch selbst in die Brust und brach zusammen.

Daraufhin hatte sich die Gruppe der Gäste laut lamentierend geteilt: Die einen kümmerten sich um den schwer verletzten Pierron, der im Vorzimmer auf einem Stuhl kauerte und stark aus einer Wunde unterhalb des Schlüsselbeines blutete. Die anderen beugten sich über den am Boden liegenden und schwer atmenden Bechtler, um von dem Sterbenden irgendetwas über den Grund der Attacke zu erfahren, doch Johannas Vater schwieg. Lediglich als Obristhofmeister Hacke aus dem Vorzimmer an den Tatort zurückgeeilt war, um Johannas Vater zu berichten, dass Pierron wahrscheinlich überleben würde, war ein süffisantes Lächeln im Gesicht Bechtlers zu erkennen.

Seine letzten Worte waren daraufhin: „Ich bin Arzt, ich weiß, wo ich hinstechen muss“ – dann war er mit einem letzten Röcheln verstorben.

Auch Pierron hatte den Angriff von Johannas Vater nicht überlebt und war nur wenige Minuten später seinen Verletzungen erlegen.

Hinterher hatte sich herausgestellt, dass Johannas Vater unmittelbar vor seiner grausamen Tat in der Asservatenkammer des Marstallhofes den Hirschfänger entwendet hatte. Die Waffen hingen dort bereit für die kurfürstliche Jagd.

Franz Bechtler hatte die Waffe offenbar unter seinem Umhang versteckt und war ganz bewusst zu spät zur Tafel erschienen. Wie immer hatte ihm im Vorzimmer ein Bediensteter den Umhang abgenommen, ohne ihn

allerdings nach Waffen zu fragen, da Johannas Vater, das war allgemein bekannt, gar keine besaß. So hatte er den Hirschfänger unbemerkt mit in den Raum nehmen und sein tödliches Werk vollenden können.
Nachdem Clemens mit seinem ausführlichen Bericht geendet hatte, starrte Johanna ihn schweigend an. Was hatte ihr Vater getan? Erst den Pierron und dann sich selbst umgebracht? Ihr Vater ein Mörder und Selbstmörder? Wie war das möglich?
„Warum ...?“, kam es leise über ihre Lippen, doch Clemens zuckte hilflos mit den Schultern. Er wusste es nicht – und nicht zuletzt deshalb hatte er es so eilig gehabt, Johanna nach Hause zu holen. Denn während Dominik Pierron mit einem feierlichen Begräbnis und der Anwesenheit Seiner Kurfürstlichen Hoheit Carl Theodor posthum geehrt worden war, hatte man den Leichnam des Mörders und Selbstmörders in ungeweihter Erde im Friedrichsfelder Wald verscharrt.
Johanna schlug die Hände vor ihr Gesicht und fing wieder an zu weinen. Ihr Vater als Verbrecher im Wald verscharrt – es war schrecklich. Was würde nun aus ihr und der ganzen Familie werden? Sie konnte es immer noch nicht fassen, was passiert war, und fragte sich, was ihren Vater zu dieser grausamen Tat getrieben haben konnte. Trotz all ihrer Schmerzen war ihr klar, dass sie es herausfinden musste. Clemens hatte recht gehandelt, sie so schnell aus der Oberpfalz zu holen – es ging hier nicht nur um das Andenken ihres geliebten Vaters, sondern auch um die Zukunft der Familie Bechtler. Denn einen Mörder in der Familie zu haben, bedeutete meist den persönlichen Ruin, da der Kurfürst in solchen Fällen den Besitz des Täters einzog und die Familie mittellos auf der Straße stand.
Sie waren ununterbrochen gefahren, hatten lediglich die Pferde gewechselt und kaum etwas gegessen, sodass sie

bereits am zweiten Tag vor den Toren Mannheims angelangt waren. Erst jetzt sprach Johanna ihre Sorgen aus, die den Schmerz über den Verlust des Vaters ein wenig beiseiteschoben:
„Clemens, was ist mit unserem Haus? Kann ich dort überhaupt noch hin zurückkehren?"
Erstaunlicherweise nickte Clemens und ein leises Lächeln umspielte seine Lippen. „Ja, Johanna, das kannst du – unserer Silvesternacht sei Dank." Verständnislos blickte Johanna ihn an.
„Erinnerst du dich nicht, Liebste? Dein Vater hat damals einen Teil des Hauses auf seinen Bruder überschrieben – so dachten wir jedenfalls." Er holte tief Luft. „In Wirklichkeit hat er ihm das ganze Haus überschrieben – mit der Bedingung, es treuhänderisch für dich zu verwalten." Und nachdenklich fügte er hinzu: „Wer weiß, vielleicht hat er damals schon geahnt, dass etwas Schreckliches passieren wird."
In der Tat war dieser kleine notarielle Akt nun von größter Bedeutung, wie Johanna feststellen musste. Sie waren in der Abenddämmerung in Mannheim eingefahren. Die Stadt lag wie so oft im Sommer in einer Art Dornröschenschlaf, da der Hof ja in Schwetzingen logierte und mit ihm zahlreiche Bürger aus den Quadraten. Vor dem bechtlerschen Haus hatten sich dennoch Wachsoldaten des kurfürstlichen Regiments postiert, die Johanna unauffällig, aber freundlich grüßten. Innen war glücklicherweise alles beim Alten und es waren keine fremden Menschen anwesend; lediglich Breuer hatte, wie sie von Clemens erfuhr, unmittelbar nach Bekanntwerden der Tat den Haushalt verlassen.
„Johanna, Liebes!" Gemeinsam kamen Onkel Philipp und Tante Clara die breite Holztreppe hinunter und nahmen ihre nun verwaiste Nichte in den Arm. Gemeinsam mit ihrer Tante ließ Johanna noch einmal den

Tränen freien Lauf, während ihr Onkel ihr beruhigend über das Haar strich. Dann stieß auch die völlig verzweifelte Sophia zu ihnen und fiel in die Trauer mit ein. Nach einer Weile schob Philipp Bechtler die Frauen von sich und sprach gefasst:

„Lasst uns gemeinsam mit Clemens etwas essen und dann darüber beraten, wie es nun weitergehen soll."

Johanna horchte auf. Gab es da etwas, was sie wissen sollte? Waren Neuigkeiten herausgekommen, die Clemens noch nicht wusste und ihr somit gar nicht hätte erzählen können? Fragend blickte sie ihren Onkel an, während sie langsam die Treppe hinaufstieg.

„Nein, Johanna", bedauerte er jedoch, „viel Neues weiß ich noch nicht – aber einige Hinweise gibt es doch, warum dein Vater die schreckliche Tat begangen haben könnte. Lass uns beim gemeinsamen Mahl darüber reden."

„Kann ich vorerst hier wohnen bleiben?", schob sie bedrückt hinterher. Sie wollte wenigstens das Gefühl haben, irgendetwas würde so bleiben wie es immer gewesen war.

„Ja, Gott sei Dank, das kannst du, Liebes", erwiderte Onkel Philipp mit fester Stimme. „Das Vermögen deines Vaters wurde zwar eingezogen, so wie das bei Mördern nun einmal üblich ist. Doch so sehr man sich in gewissen Kreisen darum bemüht: Das Haus gehört notariell beglaubigt mir – und damit natürlich dir."

Ein wenig erleichtert nahm Johanna am Tisch Platz, wobei ihr wieder die Tränen in die Augen stiegen, als sie den leeren Stuhl ihres Vaters wahrnahm. Doch dann gab sie sich einen Ruck. Ihr Magen knurrte beträchtlich, da sie seit knapp zwei Tagen kaum etwas zu sich genommen hatte, und sie war froh, als Kathi mit rot verweinten Augen eine stärkende Suppe und etwas Wein servierte. Schweigend nahmen sie das Mahl ein, jeder in Gedanken und alle sichtbar erschöpft. Johanna war so müde, dass sie sich vornahm, mit Onkel Philipp und Clemens erst am nächsten Tag über das tragische Schicksal ihre Vaters und ihre Zukunft zu reden. Sie hatte einfach keine Kraft mehr, ihr fielen schon beim Löffeln der Suppe immer wieder ihre Augen zu.

Doch plötzlich passierte etwas, das alle hellwach werden ließ: Das sonst bei den Herrschaften so schüchterne Küchenmädchen stürmte ohne anzuklopfen und mit totenbleichem Gesicht in das Esszimmer und schaute verstört in die Runde. Philipp sprang auf und rief: „Kathi, was ist passiert?"

Kathi schluckte und antwortete dann stockend: „Es wird geredet in der Stadt ... von meiner Herrschaft, Gott hab seiner selig, ... sie sagen, dass er den Kurfürsten umbringen wollte ... mit Gift ..."

Weiter kam sie nicht, denn Johanna war ohnmächtig geworden.

Kapitel 10

Nachdem Johanna wieder zu sich gekommen war, sorgte Sophia dafür, dass sie sich zur Ruhe begab.
„Wir besprechen morgen gemeinsam mit Verschaffelt und dem guten von Mai, wie es weitergeht, liebste Freundin", hörte Johanna sie noch sagen, dann fiel sie in einen tiefen und traumlosen Erschöpfungsschlaf.
Am nächsten Tag wachte Johanna erst auf, als die Sonne den Mittagszenit schon überschritten hatte und heiß in die Straßen und Höfe der Stadt brannte. Sie blieb eine Weile im Bett liegen, bis sie hörte, dass zaghaft an die Tür geklopft wurde. Auf ihr Rufen hin betrat Sophia mit einer Tasse köstlich duftendem Jasmintee das Zimmer.
„Sag bitte, dass alles nur ein schlechter Traum ist", flehte Johanna die Freundin zur Begrüßung an, doch Sophia schüttelte traurig den Kopf und setzte sich an den Bettrand.
„Nein, Liebes, das ist es leider nicht." Sie seufzte schwer. „Und was die Leute da draußen aus der Angelegenheit machen, ist geradezu ein Albtraum. Deshalb musst auch du jetzt all deine Kraft zusammennehmen, damit wir das gute Andenken deines Vaters bewahren können und die bösen Gerüchte nicht überhandnehmen."
Bei Sophias Worten waren Johanna schon wieder die Tränen in die Augen gestiegen, doch diesmal schluckte sie ihre Trauer erfolgreich hinunter. Sie gab sich einen Ruck und stand auf. Dann ließ sie sich von Sophia bei der Morgentoilette helfen. Sie schlüpfte in ein leichtes Kleid, da es schon jetzt sehr warm war, und ging mit ihr hinunter in den Speiseraum.
Am Tisch saßen bereits Tante Clara und Onkel Philipp, Clemens und die beiden engsten Freunde des Hauses, Franz Anton Verschaffelt und Anton von Mai, die dem Hof nicht nach Schwetzingen gefolgt waren.

Verschaffelt hatte sich offenbar wieder einmal erfolgreich gedrückt, während von Mai aufgrund der Leitung der Hebammenschule ohnehin rund um die Uhr in der Stadt gebraucht wurde. Beide erhoben sich, als Johanna den Raum betrat, um ihr mit warmen Worten Beileid auszusprechen. Diesmal gelang es Johanna, gefasst zu bleiben, und sie setzte sich gemeinsam mit Sophia an den Tisch.

„Liebe Familie, liebe Freunde", begann Philipp feierlich, während Kathi leise hineinschlüpfte und Tee und dampfenden Kaffee servierte. „Wir wissen alle, welch schreckliche Gerüchte in der Stadt und bei Hofe die Runde machen." Er räusperte sich bedeutungsvoll. „Doch wir alle wissen auch, dass mein Bruder weder gewalttätig noch dem Kurfürsten gegenüber feindlich eingestellt war – im Gegenteil: Seit jeher verband ihn eine besondere Beziehung mit Seiner Kurfürstlichen Hoheit."

Alle Anwesenden nickten und Johanna fiel die Geschichte wieder ein, die ihr Vater ihr einst über den schlechten Reiter Carl Theodor und den Beginn seiner Tätigkeit bei Hofe erzählt hatte.

„Wir müssen also verschiedene Dinge herausfinden, um die schreckliche Tat aufzuklären. Nur so können wir den guten Ruf der Familie retten. Dabei bitte ich euch um eure Mithilfe."

Zustimmendes Gemurmel begleitete seine Worte und mit zufriedener Miene sprach er weiter: „Beginnen wir doch einmal mit den Fakten, die dem schrecklichen Ereignis an der Marstalltafel vorausgegangen sind: Mein Bruder war für zwei Tage auf kurfürstlichen Befehl nach Weinheim gereist, um sich dort ein umfassendes Bild von der Gesundheit einer gewissen Dame zu machen." Er räusperte sich und fuhr dann fort: „Ausgerechnet in dieser Zeit erkrankte der Kurfürst so schwer, dass sofort ein Arzt benötigt wurde.

Kammerdiener Pierron ließ de Winter holen, der ihm ein Medikament verabreichte, das ihn – so hieß es – vor dem sicheren Tod rettete. Als mein Bruder zurückkommt, wird ihm zugetragen, dass in Zukunft möglicherweise de Winter als Hofarzt berufen wird, da der Kurfürst aufgrund der bechtlerschen Medikamente so schwer erkrankte."

Er blickte in die Runde. Alle schwiegen betreten.

„Gut", fuhr Philipp fort. „Das ist die offizielle Version. Und nun erzähle ich euch, was ich darüber hinaus weiß oder bereits über Algardi, der allerdings nur sehr vorsichtig agieren kann, in Erfahrung bringen konnte."

Gespannt richtete Johanna sich in ihrem Stuhl auf. Das klang interessant – es gab also tatsächlich eine zweite Wahrheit, die ein anderes Licht auf das Ereignis werfen könnte. Philipp Bechtler nahm einen Schluck Kaffee zu sich und ergriff wieder das Wort:

„Fakt ist, dass mein Bruder den Kurfürsten seit geraumer Zeit mit Thuja-Essenzen behandelt hat." Johanna zog die Augenbrauen hoch, während die anderen ihren Onkel verständnislos anschauten. Sie wusste natürlich, was das bedeutete.

„Ich will es jetzt nicht unnötig kompliziert machen, deshalb erlaubt mir eine einfache Erklärung: Mit Thuja behandelt man die meisten Folgeleiden von einer bei Hofe weitverbreiteten Geschlechtskrankheit." Er räusperte sich abermals, vermutlich war es ihm unangenehm, solche intimen Details des Kurfürsten preiszugeben – schließlich war Verschwiegenheit das oberste Gebot in der Medizin, das war Johanna schon in frühster Kindheit eingeimpft worden.

„Einen Tag, bevor mein Bruder nach Weinheim abreisen musste, erschien nun bei mir in der Hofapotheke ein mir gänzlich unbekannter Käufer. Er orderte allerlei Kräuter und Tinkturen – und fragte dann nach

einem wirksamen Gegengift bei Thuja-Überdosierung. Da dies ein ungewöhnliches Anliegen war, zumindest für Nichtmediziner, verwickelte ich ihn in ein Gespräch. Doch er wollte nicht so recht herausrücken, wer sein Auftraggeber war. Später sah ich allerdings zufällig auf dem Weg hinunter zum Neckar, wie er in eine Schnellkutsche nach Schwetzingen einstieg." Er strich sich über die Stirn und seufzte schwer. „Ach, hätte ich damals doch nur geahnt, wie wichtig diese Beobachtung im Nachhinein war."
„Aber wieso denn, Onkel Philipp? Kann nicht jeder diese Medikamente kaufen?", fragte Johanna aufmerksam nach.
„Doch, mein Kind, natürlich. Aber der Kurfürst ist am nächsten Tag ausgerechnet an einer schweren Thuja-Vergiftung erkrankt, die nur von einer immensen Überdosis seines üblichen Medikamentes herrühren konnte."
„Und woher wollt Ihr das so genau wissen?", hakte Anton von Mai nach. „Ihr habt den Kurfürsten doch gar nicht untersucht."
„Nein, aber in der allgemeinen Sorge wurde zunächst Algardi zu Hilfe gerufen, der mir die Symptome genau beschreiben konnte, nur das Gegenmittel nicht zur Hand hatte." Onkel Philipp blickte bedeutsam in die Runde. „Und zufällig wurde dann de Winter vorgelassen, der ausgerechnet dieses spezielle Medikament bei sich trug. Ist das nicht merkwürdig?"
„Allerdings!", ließ sich Verschaffelts sonore Stimme vernehmen. „Das ist allerdings ein ungewöhnlicher Zufall. Doch es heißt, dass der Kurfürst erst am zweiten Tag seiner Erkrankung wieder auf dem Weg der Besserung war – hat das Gegengift also nicht richtig geholfen?"
Onkel Philipp schnaubte. „Doch, schon, aber ich vermute – und das deckt sich mit Algardis Beschreibungen –,

dass die vorangegangene Thuja-Vergiftung Seiner Kurfürstlichen Durchlaucht viel zu stark erfolgt ist. Das dürfte jemand getan haben, der sich nicht so sehr damit auskannte ..."
„... und der dies unauffällig erledigen konnte", ergänzte Verschaffelt.
„Pierron!", entfuhr es Johanna und Onkel Philipp nickte bedächtig.
„So sehe ich das auch, Liebes", bestätigte er ihren spontan ausgesprochenen Verdacht. „Nur Pierron ist dem Kurfürsten tagein tagaus so nah, dass er die Dosis von Medikamenten unbemerkt verändern kann. Und das erklärt zumindest zu einem kleinen Teil, warum dein Vater so wütend auf ihn war."
„Stimmt", mischte sich nun auch Clemens in die Unterhaltung ein. „Und dass Pierron von Anfang an und seit vielen Jahren etwas gegen deinen Vater hat, wissen wir alle – wenngleich auch nicht wirklich, warum das so ist. Es bleibt aber die Frage nach dem Motiv, oder?"
„Genau", griff Onkel Philipp den Faden wieder auf. „Wir müssen herausfinden, warum Dominik Pierron meinen Bruder in diese Intrige verwickelt hat. Immerhin hat er wissentlich mit dem Leben Seiner Kurfürstlichen Hoheit gespielt!"
Nach diesen Worten herrschte für einige Momente betroffenes Schweigen im Raum. Dann ergriff Verschaffelt bedächtig das Wort:
„Vielleicht kann ich hier einen Aspekt zusteuern, zumindest ein erster Hinweis könnte es sein." Nachdenklich strich er sich über die Lippen und fuhr dann fort. „Wie ihr alle wisst, erfahre ich bei der Modellarbeit immer wieder interessante und weniger interessante Details vom Hofe."
Alle grinsten, denn es war allgemein bekannt, dass insbesondere die Hofdamen der Kurfürstin in Verschaffelts Gegenwart in indiskretes Plaudern verfielen.

„Seit einigen Jahren hält sich hartnäckig das Gerücht, dass Pierron ein fanatischer Spieler ist – und dadurch regelmäßig hoch verschuldet. Merkwürdigerweise konnte er jedoch seine Spielschulden, von denen der Kurfürst natürlich niemals etwas erfahren durfte, in regelmäßigen Abständen bezahlen. Nur woher hatte er das Geld? Er war sicherlich ein recht gut bezahlter Kammerdiener, aber wir reden hier von immensen Summen!"
Zaghaft meldete sich nun Sophia zu Wort, wobei sie im Gesicht knallrot anlief: „Ihr wisst ja, dass ich nicht gern an die Zeit bei Hofe zurückdenke, zu viel Leid ist für mich damit verbunden." Tröstend ergriff Johanna die Hand der Freundin, die sie dankbar anlächelte. Dann sprach sie mit leiser Stimme weiter: „Aber ich erinnere mich gut daran, dass man sich im Badehaus unter den Bediensteten darüber wunderte, warum Wundarzt de Winter einmal die Spielschulden von Pierron übernommen hatte. Damals hieß es, dass Pierron sich bei Seiner Kurfürstlichen Hoheit als Gegenleistung für de Winter verwenden wolle, was dann aber offenbar nie stattgefunden hat."
„Das ist es, das ist es!", rief von Mai nun aufgeregt in die Runde. „Der de Winter, das ist unter Kollegen allgemein bekannt, verfügt dank einer geschickten Heirat über äußert üppige Mittel. Sein Problem ist nur, dass er als Arzt bislang nicht überzeugen konnte – wie auch, bei seinen veralteten Methoden und Ansichten! Aber ich weiß, dass er sich seit geraumer Zeit und immer wieder um Ruhm und Ansehen im kurfürstlichen Umfeld bemüht. Immerhin wird er seit längerem und dank der Unterstützung einiger Gönner bei Hofe als aussichtsreichster Kandidat für den Posten eines Direktors der neuen Chirurgenschule gehandelt. Nur der Titel des kurfürstlichen Hofmedicus ist ihm stets verwehrt geblieben." Er schnaubte verächtlich. „Und

wahrscheinlich ist ihm auch die Geschichte mit der Hebammenschule gegen den Strich gegangen. Immerhin war daran ja auch wieder die Familie Bechtler beteiligt."
Onkel Philipp hakte nach: „Ihr glaubt also, geschätzter Kollege, dass es de Winter ist, der hinter der Intrige gegen meinen Bruder und damit auch hinter den Verleumdungen steckt?"
„De Winter oder Pierron, vielleicht auch beide", antwortete von Mai überzeugt. „Wir sollten uns in den nächsten Tagen umhören und hier wieder zusammenkommen. Wie denkt ihr darüber?"
Zustimmendes Gemurmel folgte seinen Worten, lediglich Johanna hatte noch etwas Wichtiges zu sagen: „Vielleicht sollte man – und verzeih mir, Onkel Philipp, dass ich hier möglicherweise vorgreife – auch noch über den Brief reden."
„Welchen Brief?" Verschaffelt und von Mai hatten gleichzeitig gesprochen.
„Mein Vater ist bedroht worden; das ist allerdings schon eine Weile her. Onkel, hast du den Brief noch?"
Philipp Bechtler nickte und griff in seine Jackentasche. „Ich habe ihn sogar hier, da ich mir schon dachte, dass dieses Thema heute zur Sprache kommt." Umständlich faltete er das zerknitterte Papier auseinander, sodass jeder am Tisch die markante violette Schrift erkennen konnte.
Verschaffelt zog hörbar die Luft ein. „Was hat denn der Herzog mit Franz zu tun?", entfuhr es ihm erstaunt.
„Der Herzog? Welcher Herzog?" Johanna starrte ihn gespannt an.
„Herzog Christian von Zweibrücken", antwortete Verschaffelt ein wenig verwirrt. „Ich kenne seine Schrift aus zahlreichen Depeschen, die mit einem Porträt seiner schönen Frau zu tun haben." Er griff nach dem

Papier und bestätigte es noch einmal: „Kein Zweifel, diesen Brief hat der Herzog geschrieben."
„Dann hat das Papier mit der Intrige um Pierron und meinen Vater nichts zu tun", erklärte Johanna bestimmt. Und sie berichtete von der Nacht der unglücklichen Geburt, bei der sie aufgrund eines eben solchen Briefes an Algardi anwesend sein musste – und schilderte dann die Reaktion der Kurfürstin auf ihr Geständnis. „Ich bin mir ganz sicher", fasste sie abschließend zusammen, „diese Geschichte hatte sich bereits mit dem Tod des Thronfolgers erledigt."
Johannas Überlegungen waren so schlüssig, dass alle ihr zustimmten. Herzog Christian hatte wirklich keinen Grund mehr gehabt, gegen Franz Bechtler zu intrigieren.
„Bleibt uns im Moment nur die Möglichkeit, die Gerüchte um Pierron zu verfolgen", stellte Onkel Philipp abschließend fest. „Ich schlage also vor, dass wir uns nach einer privaten Trauerfeier, die wir hier heute in fünf Tagen zur Abendstunde für Franz abhalten wollen, noch einmal zu einem Glas Wein zusammensetzen und unsere neuen Informationen austauschen."
„Eine Trauerfeier?" Johanna horchte auf. Mördern und Selbstmördern – und ihr Vater ja beides – waren die heiligen Sakramente verwehrt. Wie sollte das gehen?
„Ich werde eine kleine Andacht halten", beantwortete Anton von Mai ihre unausgesprochene Frage. „Als Kollege deines Vaters und ausgebildeter Geistlicher[27] nehme ich mir die Freiheit – der Herrgott soll mich dafür richten! "
Dankbar lächelte Johanna ihn an. Zu schade, ihr Vater hätte sich sicherlich über die vielen Freundschaftsbeweise gefreut.

---

27 Franz Anton von Mai war nicht nur Mediziner, sondern auch Jesuit.

„Gut." Onkel Philipp erhob sich. „Ich werde noch heute mit Clemens und Johanna nach Friedrichsfeld fahren, um dort nach dem Grab meines Bruders zu suchen. Wir sehen uns am Sonnabend, habt Dank, liebe Freunde."
Eine Stunde später saß Johanna gemeinsam mit Clemens schon wieder in einer Kutsche. Ihr Onkel saß auf dem Kutschbock, da sie keine weiteren Zeugen bei ihrer Reise gebrauchen konnten. Tante Clara war mit der Post zurück nach Heidelberg gereist, um sich um die Apotheke zu kümmern, und Sophia hütete das bechtlersche Haus, falls von offizieller Seite nach dem Verbleib Johannas gefragt werden sollte. Philipp Bechtler war bereits am Vortag von Beamten der Hofkammer vorgeladen und verhört worden, allerdings tappte die eigens dafür eingerichtete Protokollkommission in diesem Fall völlig im Dunklen. Man würde ganz sicher noch die Tochter des Mörders befragen, doch da sie bekanntermaßen seit Monaten außer Landes weilte, erwartete man nicht allzu viel. Philipp vermutete, dass die Untersuchungen im Sande verlaufen und irgendwann eingestellt würden. Bis dahin hatte man pro forma die beiden Wachsoldaten vor dem bechtlerschen Haus postiert, falls dort etwas Ungewöhnliches geschehen sollte.
„Ehrlich gesagt habe ich von Kutschfahrten ziemlich die Nase voll", seufzte Johanna, als ein Schlagloch sie in ihrem Sitz durchschüttelte. Und dann nach einer Weile fiel ihr ein: „Sag, Geliebter, können wir denn so einfach im Wald nach Vaters Grab suchen? Werden die Gräber der Geächteten gar nicht bewacht?"
„Doch", antwortete Clemens ruhig. „Natürlich können wir da nicht einfach hineinspazieren – zumindest nicht bei Tage. Wir fahren deshalb zum Hofgut der Hasenbergs nach Friedrichsfeld. Das sind ehemalige Dienstleute der Freifrau von der Osten, die du ja von deinen

Besuchen bei Ihrer Kurfürstlichen Hoheit kennst." Und er fügte hinzu, als er Johannas beunruhigten Gesichtsausdruck sah: „Keine Sorge, Liebste, da sind wir sicher. Die von der Osten konnte den Kurfürst und seinen intriganten Kammerdiener noch nie leiden und würde uns daher in dieser Mission ganz sicher nicht verraten, wenn unsere Suche nach dem Grab herauskäme. Außerdem kennt dein Onkel sie ganz gut, sie lassen ihre Pferde von ihm mit spezieller Medizin behandeln."

„Und wieso fahren wir erst zu diesen Hasenbergs?" Johanna verstand diesen Umweg nicht.

„Ganz einfach", antwortete Clemens. „Wir warten dort auf die Dämmerung und gehen erst dann los. Dann sind nämlich die Wachen weg."

„Wieso? Wird der Wald nachts nicht bewacht?" Johanna erschien das ausgesprochen unlogisch – als würden nachts keine Grabräuber oder all die Scharlatane unterwegs sein, die den menschlichen Aberglauben mit abgehackten Gliedmaßen, Haarteilen Verstorbener oder Mörderaugen versorgten.

„Doch, offiziell ja." Clemens grinste schief. „Aber in Wirklichkeit fürchten sich die Soldaten mit Einbruch der Dunkelheit an diesem schaurigen Ort so sehr, dass sie heimlich ihre Posten verlassen, und das Nacht für Nacht. Man sagt auch, es spukt dort."

Johanna schüttelte den Kopf. Das konnte ja wohl nicht wahr sein: Da flüchteten ausgerechnet die hoch bewaffneten Soldaten vor – ja vor was eigentlich? „Wir leben doch schließlich im achtzehnten Jahrhundert!", dachte sie sich. Wenn die ganze Situation nicht so traurig gewesen wäre, hätte Johanna laut lachen können. Aber umso besser, so konnten sie sich am Abend in aller Ruhe auf die Suche machen.

Bei den Hasenbergs warteten sie in einer Kammer mit drei Liegen und einem Tisch darin auf das Ende des

Tages. Die Hausherrin hatte dafür gesorgt, dass Wein, Wasser und Brot für sie bereitgestellt worden war; zu Gesicht hatten sie niemanden bekommen.
Endlich war es soweit und sie konnten sich im Schutze der Dunkelheit auf den Weg machen. Da in Friedrichsfeld überwiegend Pferde gehalten wurden, hatte man über die Koppeln hinweg bei leichtem Mondlicht eine freie Sicht bis zum Waldrand. Eilig schlichen sich Johanna, ihr Onkel und Clemens hinüber. Zielsicher steuerte Philipp dann einen kleinen ausgetretenen Pfad an, der in den Wald hineinführte.
„Weißt du, wo wir suchen müssen?“, hörte sie Clemens ihren Onkel mit leiser Stimme fragen.
„So ungefähr, ja.“ Und dann nach einer Weile: „Da drüben, da müsste es in etwa sein.“
Vorsichtig schlichen sie sich auf eine kleine Lichtung. Ein relativ frisch aufgeworfener Erdhügel zeigte, dass hier offensichtlich vor kurzem ein Loch ausgehoben worden war. Philipp fuhr mit seiner Hand über den Boden. „Hier, hier liegt er, ganz sicher.“
Johanna ließ sich langsam zu Boden sinken, während sich tiefe Verzweiflung in ihr breitmachte. Hier hatte er nun also seine letzte Ruhestätte gefunden, inmitten von Geächteten und Ausgestoßenen der Gesellschaft. Ausgerechnet ihr Vater, der immer nur für andere da war und helfen wollte; es war einfach schrecklich. Sie fing leise an zu weinen, während ihre Finger mit dem lockeren Waldboden spielten. „Wir sorgen dafür, dass dein Andenken in Ehren gehalten wird“, flüsterte sie schluchzend. „Niemand soll schlecht über dich reden, Vater.“ Sie hielt noch einen Moment inne und erhob sich dann. Auch Clemens und Onkel Philipp waren in andächtige Stille versunken.
„Was tun wir jetzt?“, unterbrach Johanna ihr Gedenken. „Wir können Vater doch nicht hier liegen lassen.“

„Nein, natürlich nicht, Liebes, aber das lass meine Sorge sein", beruhigte Philipp sie. „Ich habe mit Tante Philippa beraten und wir sind zu dem Schluss gekommen, dass wir deinen Vater in der Gruft seiner geliebten Anna beisetzen." Er machte eine kurze Pause. „Allerdings, Herzblatt, wird es vorerst nicht möglich sein, einen Grabstein oder eine Inschrift für ihn aufzustellen. Das müssen deine Kinder dann später tun – eure Kinder", verbesserte er sich sofort und klopfte Clemens aufmunternd auf die Schulter.

„Und wie willst du das anstellen? Ich meine ...", Johanna stockte. „Ich meine, es dürfte nicht ganz einfach sein, einen sandigen Leichnam nach Darmstadt zu schmuggeln, oder?"

„Es ist leichter, als du denkst, Johanna", sagte ihr Onkel und sie hörte, dass er dabei lächelte. „In wenigen Stunden wird eine Eillieferung aus der Schwetzinger Schlossbrauerei nach Darmstadt abgehen. Ein Karren voller Bierfässer, von Hofbraumeister Welde höchstpersönlich kontrolliert."

Johanna verstand und wollte gar nicht mehr wissen. Brauereibesitzer Heinrich Joos war ein alter Freund ihres Vaters und der Hofbraumeister sein Angestellter. Sie war beruhigt, dass ihr Vater ein würdiges Grab erhalten sollte – und dann noch neben ihrer verstorbenen Mutter, so hatte er sich das immer gewünscht. Mit den Worten: „Es ist gut, lasst uns gehen", wandte sie sich ab und gab das Signal zum Aufbruch.

Den Rest der Nacht verbrachten sie auf den unbequemen Liegen in der Kammer bei den Hasenbergs. Johanna konnte kaum schlafen und wälzte sich unruhig hin und her. Was nur hatte ihren Vater wirklich zu der schrecklichen Tat bewogen? Sie spürte ganz genau, dass irgendein wichtiges Mosaiksteinchen fehlte, um die Tat zu begreifen. Ihr Vater war kein Mensch, der im Affekt handelte – es sei denn, irgendetwas hatte ihn so sehr aus der Fassung gebracht, dass er jegliche Contenance verloren hatte. Wo war er gewesen, als die vermeintliche Erkrankung des Kurfürsten auftauchte? Onkel Philipp hatte von Weinheim gesprochen. Wohnte dort nicht diese Schauspielerin Maria Josepha Seyffert, die sich seit einiger Zeit der besonderen Aufmerksamkeit des Kurfürsten erfreute? Sie sollte angeblich berückend schön sein, aber noch nicht offiziell als Maitresse gehandelt werden. War ihr Vater dort gewesen, um vorab die üblichen pikanten Untersuchungen durchzuführen, durch die der Kurfürst sich vor weiteren Geschlechtskrankheiten schützen wollte? Möglich wäre es. Die Frage war nur, was Franz Bechtler in Weinheim erfahren hatte. Allein die Tatsache, dass de Winter in seiner Abwesenheit bei Hofe war, konnte es nicht gewesen sein, dazu war seine Stellung zu sicher. Und auch das vermutlich von Pierron und de Winter nachträglich gestreute Gerücht der Vergiftung des Kurfürsten hätte nicht ausgereicht, da war Johanna sich ganz sicher – zu oft hatte ihr Vater Carl Theodor gerade von solchen Unpässlichkeiten kuriert. Nein, hinter der Tat musste etwas anderes, ungleich Bedeutenderes stecken.

Sie richtete sich auf und spähte durch das kleine Fenster der Kammer hinaus. Es dämmerte bereits. Sie stand auf und huschte zu Clemens Liege hinüber. „Clemens, wach auf!" Sie rüttelte ihn an der Schulter. Clemens war sofort hellwach, auch Onkel Philipp richtete sich auf und rieb sich verschlafen die Augen.

„Was ist denn los?", fragten beide gleichzeitig und sie erzählte von ihren Überlegungen. Aufmerksam lauschten die beiden ihren Worten.

„Da könnte etwas dran sein, du hast recht, mein Liebling." Clemens nickte anerkennend.

„Nur, wie finden wir das heraus?", dachte Onkel Philipp laut nach.
„Ganz einfach!" Johanna begann in der Kammer aufgeregt auf und ab zu laufen. „Clemens muss schnellstmöglich hinfahren und es herausfinden. Du kennst diese Seyffert doch ganz sicher vom Hoftheater, oder?"
„Ja, flüchtig, aber ..." „Kein Aber!", unterbrach Johanna ihn. „Da du kein Bechtler bist, kannst du ungehindert reisen. Du solltest so schnell wie möglich fahren, am besten jetzt gleich. Wir bringen dich nach Seckenheim zur Fähre, dann kannst du direkt ab Ladenburg die Postkutsche nach Weinheim nehmen."
„Ich finde auch, dass dies eine gute Idee ist", unterstützte Onkel Philipp sie. „Lasst uns jetzt aufbrechen, damit wir keine Zeit verlieren."
Eine gute Stunde später stieg Clemens Santorini aus der bechtlerschen Kutsche aus, um in Seckenheim auf die Fähre nach Ladenburg zu warten. Unterdessen fuhren Johanna und ihr Onkel zurück nach Mannheim, wo sie die Kutsche im Hof des Bechtler-Anwesens abstellten. Sie hatten das Foyer des Hauses kaum betreten, als Sophia ihnen aufgeregt die Treppe hinab entgegenlief.
„Da sind zwei Beamte im Arbeitszimmer des Doktors", stieß sie atemlos hervor. „Sie haben alles durchsucht, aber nichts gefunden, ich war dabei." Sie holte tief Luft. „Und sie wollen mit dir reden, Johanna."
Seufzend, aber gefasst wollte Johanna schon die Tür in das ehemalige Behandlungszimmer öffnen, als Sophia noch etwas loswerden wollte. „Ach ja", aufgeregt wühlte sie in ihrer Schürzentasche, „und das ist noch für dich abgegeben worden." Sie hielt ihr einen versiegelten Umschlag hin. „Ich darf es nur dir persönlich aushändigen."
Neugierig schielte ihr Onkel auf den Umschlag, doch Johanna schob ihn schnell in eine ihrer Rocktaschen.

„Dazu ist jetzt keine Zeit", erklärte sie und verschwand im Behandlungszimmer, wo die beiden Hofbeamten geduldig auf sie gewartet hatten.
Wie von Philipp bereits vermutet, wussten die beiden Kommissionsabgeordneten der Hofkammer zu dem Fall nichts Interessantes zu berichten. Da auch Johanna bedauerlicherweise und ohnehin zutiefst verstört zu keinem klaren Gedanken fähig war und keine wertvollen Informationen beisteuern konnte, verließen die Beamten bereits kurze Zeit später das Haus.
Erleichtert setzte Johanna sich zu ihrem Onkel und Sophia, die auf der Veranda in der späten Vormittagssonne Platz genommen hatten.
„Und?", fragte Onkel Philipp gelangweilt. „Gibt es etwas Neues?"
„Natürlich nicht!" Johanna schüttelte verständnislos den Kopf. „Wie kann man nur solche Hohlköpfe mit einer Untersuchung beauftragen, nicht zu fassen!"
Dann ließ sie sich in einen der Korbsessel fallen, kramte den immer noch ungeöffneten Brief hervor und schaute auf das Siegel. Es war ihr gänzlich unbekannt. Sie zerbrach es und faltete den Brief auseinander.
Sie möge sich auf schnellem Wege nach Schwetzingen begeben, hieß es darin. *Am Speyrer Tor wird Sie noch heute Abend erwartet und von dort zu einem geheimen Treffpunkt mit einer hochgestellten Person geführt. Sie braucht keine Sorge haben, es geschieht Ihr nichts.*
Der Brief trug weder eine Unterschrift, noch war Johanna die Schrift bekannt. Auch Sophia und Onkel Philipp waren ratlos und warnten vor dem geheimnisvollen Treffen. Doch eine innere Stimme sagte Johanna, dass sich dahinter etwas Wichtiges verbarg und dass sie dem Absender – wer auch immer es war – vertrauen durfte.
Also ließ sie die Kutsche erneut anspannen, ersuchte den bechtlerschen Aushilfskutscher um seinen Dienst,

da Breuer ja nicht mehr im Hause war, und machte sich am Nachmittag auf den Weg nach Schwetzingen.
Vor dem Speyrer Tor der Sommerresidenz des Kurfürsten war am Abend, als Johanna dort eintraf, nicht mehr viel los. Sie stieg aus und wartete, während der Kutscher einen der Halteplätze für die Gespanne ansteuerte. Er durfte ja ohnehin nicht hinein in die Stadt. Nach kurzer Zeit zupfte sie eine junge Frau am Ärmel. „Johanna Bechtler?", fragte sie nur und Johanna nickte. Die Frau bedeutete ihr zu folgen und gemeinsam betraten sie den Ort, der für Johanna mit so viel Schmerz und Leid verbunden war. Die junge Frau schien es recht eilig zu haben und Johanna hatte einige Mühe, sie im Gedränge des wie immer im Sommer völlig überfüllten Marktfleckens nicht zu verlieren. Wo wurde sie nur hingeführt? Zunächst ging es durch die Gartensiedlungen der Oberstadt, wo Johanna manches Mal als Kind gespielt hatte. Dann schlug die Frau den Weg zum südlichen Teil des Schlossgartens ein – und tatsächlich: Sie überquerten auf einem losen Brett, das sonst ganz sicher nicht dort lag, den äußeren Schlossgraben und betraten den Park durch die Obstplantagen. Von dort aus ging es im Schutz zahlreicher Hecken und Büsche und über die südliche Kastanienallee hinüber – und plötzlich stand Johanna vor dem kleinen Minerva-Tempel, den Pigage für den Kurfürsten erbaut hatte. Vor dem Gebäude erwartete sie die Freifrau von der Osten. Johanna war ratlos – was wollte die Hofdame der Kurfürstin nur von ihr? War ihre heimliche Fahrt nach Friedrichsfeld doch verraten worden? Oder hatte man vielleicht den Grabraub schon bemerkt? Klopfenden Herzens und mit einem respektvollen Knicks näherte Johanna sich der älteren Frau.
„Sie muss keine Angst haben", begrüßte die Freiin Johanna freundlich, „Geh Sie nur herum." Und sie

deutete hinter das Gebäude, um das ein schmaler Weg herumführte. Johanna folgte ihm und sah auf der Rückseite des Tempels einige Stufen, die zu einer Tür hinabführten. Die Tür war nur angelehnt. Sie holte tief Luft und trat ein.

Ihre Augen mussten sich zunächst an das merkwürdige Zwielicht gewöhnen, das durch kleine runde Oberlichter in den ansonsten kahlen Raum einfiel. Zwei Steinbänke befanden sich noch darin und auf einer saß ganz still – Johanna blieb beinahe das Herz vor Schreck stehen – Ihre Kurfürstliche Durchlaucht Elisabeth Auguste. Johanna versank sofort in einen tiefen Knicks.

„Steh Sie auf, wir haben nicht so viel Zeit", kam es energisch aus dem Mund der Kurfürstin. „Und komm Sie näher."

Ergeben machte Johanna einige Schritte auf die Landesmutter zu. Sie war schlanker geworden, seit Johanna sie das letzte Mal gesehen hatte, und in ihrem hageren Gesicht funkelten die leicht vorstehenden grünen Augen.

„Wie ich höre, ist meine Hofdame glücklich von einem Erben entbunden worden", begann Elisabeth Auguste höflich. „Nun, sie war ja auch in guten Händen." Johanna traute ihren Ohren nicht. Das war ein großes Lob. Sie wusste nicht, was sie sagen oder tun sollte, also schwieg sie lieber.

„Es bedauert mich, was Ihr passiert ist", fuhr die Kurfürstin mit sanfter Stimme fort. „Und natürlich wird die Hofkammer nichts herausfinden. Wie auch?"

Erstaunt schaute Johanna die Kurfürstin an, sie brachte immer noch keinen Ton hervor. Doch Elisabeth Auguste verstand die stumme Frage.

„Auch die Hofkammer ist von den Leuten Pierrons filtriert. Ein unangenehmer Mensch. Und so habgierig.

Hat geklaut wie ein Rabe, sogar bei seinem Herrn. Aber der wollte es ja nie sehen."
Elisabeth Auguste machte eine kurze Pause, dann fuhr sie fort: „Sie soll wissen, dass Pierron Ihren Vater immer gehasst hat, von Anfang an. Nie hat er verwunden, dass Seine Kurfürstliche Durchlaucht lieber mit dem Medicus als mit dem Kammerdiener über gewisse Dinge redete. Ihr Vater war ein wichtiger Vertrauter Seiner Durchlaucht, leider auch bei seinen außerehelichen Aktivitäten."
Die Kurfürstin seufzte ergeben. „Sie soll wissen: Der Ruf Ihres Vaters ist ruiniert. Aber Pierron hatte keinen zu verlieren. Er war ein Spieler, hoch verschuldet, ein Dieb und ein Betrüger. Seine Leute sollen sogar den Kurfürsten auf dem Weg zum Badehaus überfallen haben, um an Schmuck und goldene Besätze zu kommen. Er hat Briefe heimlich öffnen lassen und seine Spione überall postiert. Wusste Sie, dass auch Ihr Diener dazugehört?"
„Er ist nicht mehr da", brachte Johanna krächzend hervor und hätte sich ohrfeigen können, einfach ungefragt zu reden. Doch Elisabeth Auguste geruhte großzügig zu sein und überhörte es einfach.
„Sie soll auch wissen, dass Pierron seit einiger Zeit etwas über einen Schatz andeutete. Man hörte ihn sogar das Wort Medici-Schatz in den Mund nehmen. Und den Namen Ihres Verlobten. Weiß Sie etwas darüber?"
Johanna wurde es siedendheiß. Was hatte Pierron herausgefunden? Und was wollte die Kurfürstin wissen? Hastig schüttelte sie den Kopf und bemühte sich, erstaunt zu schauen.
„Gut, das dachte ich mir. So ein Unsinn, die Medici-Perlen gehören mir." Sie hielt kurz inne und fächelte sich mit einem Federfächer anmutig Luft zu.
„Sie sollte die Stadt verlassen, wenn der Hof im Herbst zurückkehrt. Warte Sie ein paar Jahre und komm Sie

dann wieder. Die Hebammenschule ist mit Ihr Verdienst, das wird nicht vergessen werden. Und Ihr Onkel hat dem Kurfürsten mit seinem Gegengift das Leben gerettet, weil Pierron, der Stümper, übertrieben hat. Das weiß die Kommission mittlerweile. Dennoch wird sie ihre Untersuchungen bald einstellen, um keine peinlichen Enthüllungen machen zu müssen." Elisabeth Auguste schnaubte verächtlich. Dann fuhr sie fort:
„Geh Sie nach Amberg, ehe der Sommer vorbei ist. Der Hof in Mannheim ist ein elendiges Sodom und Gomorrha. Nimm Sie Ihren Musiker mit und halte Sie sich vom Hofe fern. Dann ist Glück möglich."
Sie suchte etwas in ihrem kostbaren Brokatbeutel und hielt es dann Johann hin. „Hier, nimm Sie das für den Anfang und als Dank für geleistete Dienste. Es ist ohnehin Ihres."
Johanna hatte mechanisch die Hand ausgestreckt und erkannte nun das Geldsäckchen, das einst Herzog Christian ihr in jener Schicksalsnacht hatte zustecken lassen. Dankbar und verlegen senkte sie den Kopf.
Die Kurfürstin erhob sich und Johanna versank wieder in einen tiefen Knicks. Als sie wieder aufstand, war Elisabeth Auguste verschwunden. Langsam stieg Johanna die Stufen hinauf und ging um den Tempel herum. Dort wartete bereits die junge Frau auf sie, um sie zur Kutsche zurückzubringen.
Kurze Zeit später befand sie sich auf der Rückfahrt nach Mannheim. Ein wenig ratlos drückte sie sich in das Polster der Kutsche. Die Kurfürstin hatte sie großzügig entlohnt – die Kreuzer des Herzogs waren von ihr in Gulden umgewandelt worden. Nur was wollte die Kurfürstin ihr sagen? Ganz sicher wollte sie eine Empfehlung geben: Nur wenn Johanna sich jetzt für eine Weile zurückzog, würde Gras über die Sache wachsen und sie hätte wieder eine Zukunft in der Stadt.

Aber wollte sie das überhaupt noch? Johanna zweifelte ernsthaft; das war sicherlich ein wichtiges Thema, das mit Clemens geklärt werden musste.
Und sonst? Was hatte sie sonst erfahren, was sie nicht schon wusste? Pierron war ein Betrüger, ein Dieb und ein Spion, das war zu erwarten. Und er hatte heimlich Briefe geöffnet, vielleicht auch ihre oder die ihres Vaters. Pierron hatte sicher auch die Briefe von Clemens geöffnet, die er mit seiner Nonna ausgetauscht hatte und vielleicht die Verschlüsselung geknackt. Das musste es sein, worauf Ihre Kurfürstlichen Hoheit sie hinweisen wollte. Es war eigentlich eine Warnung, genau genommen eine doppelte Warnung: zum einen, dass Pierron irgendetwas herausgefunden oder das zumindest geglaubt hatte – und zum zweiten, dass jegliche Unternehmungen bezüglich des Medici-Erbes in Zukunft zu unterlassen seien. Was Clemens wohl dazu sagen würde?
Doch Clemens hatte zunächst ganz andere Themen aus Weinheim mitgebracht. Er war am späteren Abend kurz nach Johanna wieder in Mannheim eingetroffen und sprudelte förmlich vor Neuigkeiten.
„Stellt euch vor“, begann er sofort, als sich Philipp, Sophia und Johanna im Speiseraum der Bechtlers eingefunden hatten, „der Pierron, dieser elende Hund, steckte hinter der Hochzeit Amalies!“
„Und damit hinter ihrem Tod“, ergänzte Johanna im Stillen – und an den Gesichtern der anderen sah sie, dass sie ähnliche Gedanken hatten.
Clemens berichtete ausführlich vom Besuch beim Fräulein Seyffert, die tatsächlich außergewöhnlich hübsch sei. Für Johannas Geschmack hielt er sich ein wenig zu lange bei ihrem Äußeren auf, doch es war nicht der rechte Zeitpunkt für eifersüchtige Gefühle. Clemens hatte in Weinheim einen guten Moment erwischt: Die junge Frau war allein im Haus und fühlte sich durch

den freundlichen Besuch eines so angesehenen Musikers der Mannheimer Schule äußerst geschmeichelt. Entsprechend leicht war es, sie ins Plaudern zu bringen, und es dauerte nicht lange und sie waren bei Franz Bechtlers Besuch. Maria Josepha Seyffert konnte sich noch gut erinnern, worüber sie mit dem freundlichen Hofmedicus geredet hatte, schließlich war er so interessiert gewesen und beeindruckt über ihre guten Verbindungen zum Hof. Was sie allerdings befremdlich fand, war die Tatsache, dass Johannas Vater offenbar gar nichts von der Vermittlung Pierrons bezüglich der Heirat Amalies wusste. Es war ja allgemein bekannt, so schnatterte sie aufgeregt, dass der Herr von Wadenfels zwar einen Titel, doch kein Vermögen besaß – und wenn er über Bares verfügte, dies in seine Trunksucht oder eine Spielleidenschaft steckte. Auf jeden Fall stand er irgendwie bei Pierron in der Schuld und sollte über die Hochzeit mit Amalie an das Geld der Familie, speziell das der von Rodensteins herankommen. Aber daraus war bekanntlich nichts geworden. Also war man über den Tod der Bechtlertochter nicht traurig, denn so konnte man wieder auf die Suche nach einer neuen Geldquelle gehen.

„Um Gottes Willen, Clemens, das hat die Seyffert meinem Vater erzählt?“ Johanna sackte entsetzt in sich zusammen und schlug die Hände vor ihr Gesicht. „Jetzt verstehe ich.“

Mehr brauchte Clemens in der Tat nicht zu erzählen – die Ursache für Franz Bechtlers unglaubliche Wut und Rachsucht, die einer solchen Tat vorausgehen musste, war nun gefunden. Für Johannas Vater hatte Pierron seine Tochter auf dem Gewissen – es ging gar nicht um die Geschichte mit de Winter.

Geahnt hatte Johanna einen Zusammenhang zwischen Pierron, von Wadenfels und der plötzlichen Hochzeit ja bereits, als ihr die Brosche, die Amalie von ihrem Bräutigam als Geschenk erhalten hatte, so bekannt vorgekommen war. Natürlich, für Pierron war dies eine Art Einstiegsinvestition gewesen, um später viel Geld aus der Beziehung zu ziehen. Und Maximilian von Wadenfels war damals mit Sicherheit froh gewesen, ein so prachtvolles Verlobungsgeschenk überreichen zu können. Es passte alles zusammen.

Nun erzählte Johanna von ihrem geheimnisvollen Zusammentreffen mit der Kurfürstin. Als die Sprache auf den Medici-Schatz kam, horchte Onkel Philipp auf.

„Das hat Franz also gemeint!" Und er zog ein Papier aus einer Schublade heraus, das er in der Mitte des Tisches ausbreitete. Es war das Testament Franz Bechtlers, das dieser offenbar noch in der Nacht vor dem Mord verfasst hatte:

Im Vollbesitz meiner geistigen Kräfte vermache ich, Franz Bechtler, geboren 1722, meinen gesamten Besitz meiner einzigen Tochter Johanna. Sie möge sich trotz ihres Kummers schon bald mit Clemens Santorini vermählen, um, wie ich selbst vor vielen Jahren, das wahre Glück der Liebe zu erleben. Meinen Segen dafür hat sie.

Alle Medikamente und medizinischen Gerätschaften gehen, soweit Johanna sie nicht benötigt, an meinen geliebten Bruder Philipp.

Außerdem möge sie die Stadt verlassen, um unbeschwert an einem anderen Ort zu leben; bei Hofe wird man den Skandal nie vergessen.

In ewiger Liebe und mit der Bitte um Verzeihung
Franz Bechtler
Mannheim im Juni 1764

Ein zweites, kleineres Papier war lose an das Testament geheftet und enthielt eine weitere Bitte ihres Vaters:

In gewissen Kreisen bei Hofe hat man von Clemens' Nachforschungen über den Verbleib des Medici-Schatzes gehört. Bitte seid vorsichtig und lasst die alten Geschichten lieber ruhen.

„So, Ihr beiden", Onkel Philipp sah Johanna und Clemens streng an, „was hat es mit diesem mysteriösen Schatz auf sich?"
Gemeinsam erzählten sie ihrem Onkel und der verblüfften Sophia von Clemens' Familiengeschichte, die in der Vergangenheit mit dem Medici-Erbe zu tun hatte, und der Überzeugung seiner Großmutter, dass dieser Schatz irgendwo in Schwetzingen versteckt sein müsse. Als sie von ihrem nächtlichen Abenteuer im Schlosspark, der unerwarteten Begegnung mit Pierron und dem Anblick des flüchtenden nackten Kurfürsten berichteten, wich auch bei Onkel Philipp alle Strenge aus dem Gesicht und es machte sich eine Mischung aus Belustigung und bassem Erstaunen breit.
„Ihr habt den Kurfürsten praktisch unbekleidet und ohne Perücke durch den Schlosspark laufen sehen?" Johannas Onkel fasste sich an den Kopf. „Ich glaube es einfach nicht!"
Dann schilderten sie ihren unfreiwilligen Spaziergang durch den geheimen Stollen und die Entdeckung der geheimnisvollen Bronzeplatte. Johanna staunte nicht schlecht, als sie bemerkte, dass sie damit sofort die Abenteuerlust ihres Onkels geweckt hatten.
„Da müsste man eigentlich noch einmal hin!", rief er aufgeregt, doch dann besann er sich: „Nein, Clemens, das werden wir nicht tun. Ich denke, zwei Warnungen von Menschen, die uns wohlgesinnt sind, sprechen für sich." Er dachte kurz nach und fuhr dann fort: „Was auch immer unter der Bronzeplatte liegt, wir sollten es ruhen lassen."

Mit gesenktem Kopf stimmte Clemens zu – und Johanna atmete erleichtert auf. Man sollte das Schicksal nicht zu oft herausfordern. Sollten sich eben andere auf die Suche nach dem Schatz machen.
Ende August, als Johanna bereits mit den ersten Reisevorbereitungen für den großen Umzug nach Amberg begonnen hatte, traf ein Brief von Casanova ein. Freudig ließ sich Johanna in der Morgensonne auf der Veranda nieder und begann zu lesen:

Verehrteste Freundin,
erst vor ein paar Tagen habe ich von dem großen Unheil erfahren, das über Eure Familie hereingebrochen ist. Ich selbst befinde mich gerade auf dem Weg zum Zarenhof nach Sankt Petersburg und habe unterwegs von einem Mitreisenden aus Schriesheim an der Bergstraße alles erzählt bekommen. Wie gerne wäre ich bei Euch, um Eure Trauer zu lindern!
Allerdings, und dies last Euch von einem gesagt sein, der es wissen muss, ist es um den Kammerdiener beileibe nicht schade. Er ist weit über die Grenzen der Kurpfalz hinaus für seine Intrigen und Erpressungen bekannt gewesen und wohl manches Opfer des Getöteten dürfte nun heimlich aufgeatmet haben.
Euer Vater soll übrigens als Gespenst sein Unwesen treiben – in jenem Wald, wo er seine letzte Ruhe gefunden hat. Das erfuhr ich von einem Soldaten, der dort in der Gegend stationiert gewesen ist. Angeblich sei sein Grab irgendwann leer gewesen und seither begegne man ihm des Nachts. Interessant, nicht wahr?
Man erzählt sich auch, dass Ihr, die einzige Tochter des Hofmedicus, nun die Kurpfalz verlassen werdet – recht habt Ihr! Ich hoffe, Euer italienischer Pianist wird dabei an Eurer Seite sein.
Wann auch immer ihr irgendwo auf dieser Welt angekommen seid, so lasst es mich wissen, denn die angenehme Korrespondenz mit Euch möchte ich auch in Zukunft nicht missen.

Sagt, habe ich richtig vernommen, dass Seine Kurfürstliche Hoheit nun eine blutjunge Schauspielerin an seiner Seite hat? Sie soll sehr schön sein, diese Maria Josepha, aber leider ziemlich dumm. Man sagt, ihr Vater, ein Gastwirt, habe im Rausch der neuen Privilegien aufgrund des allerhöchsten Beischlafes seiner Tochter einmal von seinem kurfürstlichen Schwiegersohn gesprochen – das ist ja köstlich.
Und noch ein Gerücht macht derzeit die Runde: Der lange verschollen geglaubte Medici-Schatz sei wieder aufgetaucht – und zwar am Busen Ihrer Kurfürstlichen Hoheit. Ein Schmuckstück demnach, doch dürfte dies wohl nur ein Bruchteil dessen sein, wonach seit vielen Jahres gesucht wird. Sagt, hatten die Vorfahren Eures Verlobten nicht irgendetwas damit zu tun? Da Foti und Santorini sind Namen, die mir im Ohr klingen. Nun ja, lassen wir die alten Geschichten ruhen.
Vor Euch, Johanna, steht sicherlich trotz allem eine schöne Zeit. Aufrichtige Menschen wie Ihr finden ihr Glück, glaubt einem alten und erfahrenen Kenner der Frauen.
Hochachtungsvoll und in tiefer Freundschaft
Euer Giacomo Casanova
Post Scriptum: Sollte ich irgendwann vom Zarenhof zurückkehren, werde ich mir erlauben, Euch endlich einen Besuch abzustatten.

Johanna lächelte. Dann eilte sie hinauf in ihre Stube, griff nach Papier und Feder und antwortete in aller Ausführlichkeit. Zunächst schilderte sie ihm, was sich tatsächlich zugetragen hatte – wer weiß, was Casanova darüber gehört hatte. Dann informierte sie ihn über ihre Zukunftspläne. Vielleicht war es am Zarenhof ja gar nicht so interessant – dann könne er ja über Amberg zurückreisen. Denn dort, und nicht in Mannheim, würde sie im Herbst des Jahres ihren Clemens heiraten, der dort eine Stellung als Musikdirektor in Aussicht

hatte. Gräfin Anna-Louise, die bereits ihr zweites Kind erwartete, freute sich schon auf ihre Ankunft.
Schnell versiegelte Johanna den Brief und entschloss sich spontan, ihn sofort zur Poststelle am Heidelberger Tor zu bringen. Ein wenig frische Luft würde ihr gut tun.
Als sie vorbei an Verschaffelts Atelier auf die Planken spazierte, fiel ihr auf, dass dies möglicherweise einer der letzten Gänge durch die Stadt sein würde. Sie entschied sich, dieses Mal ganz gemütlich durch die Quadrate zu schlendern, schließlich wusste sie nicht sicher, ob sie jemals zurückkehren würde.
Der Sommer, der in diesem Jahr ungewöhnlich heiß war, neigte sich bereits dem Ende zu und hatte die Blätter der Linden auf den Planken frühzeitig verfärbt. Nur wenige Menschen flanierten hier heute herum – der Hof war von der Sommerfrische noch nicht zurückgekehrt und das gehobene Bürgertum fiel in dieser Zeit in eine Art trägen Dornröschenschlaf.
Vorbei am Paradeplatz und den prachtvollen Häusern der reichen Mannheimer Bürger erreichte sie das Heidelberger Tor, wo sie ihren Brief aufgab. Dann machte sie sich gemütlich auf den Rückweg. Als sie die Breite Straße kreuzte, warf Johanna einen letzten langen Blick auf das kurfürstliche Schloss, das am Ende der Prachtstraße stand. Was hatte ihr Vater einmal warnend gesagt? „Nichts ist eine Kleinigkeit bei Hofe, mein Kind".
Wie gut, dass ihr dieses Ränkespiel in Zukunft erspart blieb.

Epilog

Eine Woche bevor der Hof nach Mannheim zurückkehrte, verließen Johanna und Clemens mit der treuen Sophia und zwei hoch beladenen Kutschen im Gefolge die Stadt durch das Heidelberger Tor in Richtung Amberg. Johanna, die sich nie hatte vorstellen können, Mannheim und ihr geliebtes Haus zu verlassen, ging mit einem Gefühl der Erleichterung nach Amberg. Sie wollte mit Clemens noch einmal ganz neu anfangen. Das Paar zog in ein geräumiges Stadtpalais, feierte im Beisein von Onkel Philipp und Tante Clara, Anton Verschaffelt, den von Rodensteins und den Grafen zu Eltz Hochzeit und genoss die Ruhe der beschaulichen Garnisonsstadt in der Provinz.
Johanna Bechtler erlangte in der Oberpfalz schnell Bekanntheit, da sie das gesamte Hebammen- und Geburtswesen mit unermüdlichem Einsatz reformierte. Zur Seite stand ihr dabei die treue Sophia. Einen Namen machte sie sich in der Region bei besonders schweren Geburten, da sie gemeinsam mit einem ortsansässigen Medicus die Unterwassergeburt einführte und erfolgreich Kaiserschnitte vornahm.
Clemens Santorini erhielt tatsächlich die Leitung eines neuen kurfürstlichen Orchesters für Kurfürst Maximilian III. Sah man einmal davon ab, dass Seine Kurfürstliche Hoheit nur selten in Amberg weilte, machte ihm die Arbeit mit dem ambitionierten Ensemble viel Freude.
Philipp Bechtler richtete im Haus seines Bruders eine weitere Hofapotheke ein, die er weitgehend einem treuen Gesellen überließ. Er blieb in Gnaden Seiner Kurfürstlichen Durchlaucht und pendelte fortan regelmäßig zwischen Heidelberg und Mannheim hin und her.
Sophia Klein fand in Amberg endlich auch ihr Glück in Form eines Kaufmannes, der mit dem Salzhandel

wohlhabend geworden war. Sie blieb ebenfalls in Amberg und war Johannas beste Freundin.
Anton von Mai setzte das mit Johanna begonnene Werk der Hebammenschule so erfolgreich fort, dass er kurze Zeit später Rektor der Universität Heidelberg wurde.
Giacomo Casanova konnte zwar nicht zur Hochzeit seiner einstigen Reisebekanntschaft kommen, besuchte die Santorinis jedoch im darauffolgenden Jahr auf dem Weg nach Frankreich. In Amberg machte er die Bekanntschaft einer verwitweten Frau zu Löwenthal, die dazu führte, dass er weit länger in der Oberpfalz blieb als geplant. Die Witwe hüllte sich über ihre galante Bekanntschaft zeit ihres Lebens in Schweigen.
Die Ehe von Elisabeth Auguste und Carl Theodor entwickelte sich immer mehr zu einem Fiasko. Nach dem Tod von Herzog Friedrich von Zweibrücken zog die Kurfürstin in dessen Schloss nach Oggersheim und besuchte Mannheim und Schwetzingen nur noch sporadisch. Auch folgte sie nicht ihrem Gatten nach München, der 1777 Bayern erbte. Nach Ihrem Tod 1784 heiratete Carl Theodor in zweiter Ehe Leopoldine von Este Modena die ihm, wie zur Strafe, die letzen Jahre zur Hölle werden ließ.
Herzog Christian von Zweibrücken gab später alle Erbansprüche auf den Pfälzer Thron auf. Er starb unter mysteriösen Umständen bei einem Jagdunfall.
Der Mordfall Bechtler-Pierron wurde von der Protokollkommission niemals aufgeklärt. Wie erwartet stellte man nach kurzer Zeit die Ermittlungen ein. Wundarzt de Winter trat allerdings wenige Jahre später tatsächlich die Nachfolge von Johannas Vater an.
Der Name Franz Bechtler tauchte einige Jahre später wie von Geisterhand neben dem seiner verstorbenen Frau Anna auf dem Familiengrab der von Rodensteins auf. Stillschweigend gedachte man seiner ausschließlich an der Darmstädter Grabstelle.

Nachwort

Die Idee für diesen Roman basiert auf einem bis heute ungeklärten Mordfall im Umfeld des Mannheimer Hofes des 18. Jahrhundert: Der sogenannte „Schwetzinger Doppelmord“ wird vom Freiherren von Stengel erwähnt und wurde in dessen *Denkwürdigkeiten,* einer Sammlung verschiedener Geschichten rund um den Mannheimer Hof, publiziert. Der Arzt Bechtler hat demnach tatsächlich an der Schwetzinger Marstalltafel den Lakaien Pierron erdolcht. Die Gründe für die Bluttat liegen allerdings vollständig im Dunkeln. Dieses Buch geht der Frage nach, wie es gewesen sein könnte – erzählt aus der Sicht der Tochter des Hofmedicus.

Der Mannheimer Hof zur Zeit Carl Theodors war nicht nur durch die Förderung von Wissenschaft, Musik und Künsten so bedeutend, sondern auch für seine vielen kleinen und großen Skandale rund um das Herrscherpaar bekannt. Allein die vielen Seitensprünge des Kurfürsten und seiner Frau Elisabeth Auguste sind Gegenstand zahlreicher Kommentare von Zeitgenossen. Daneben herrschte bei Hofe ein Kommen und Gehen berühmter Persönlichkeiten jener Epoche, die sich stets im Spannungsfeld zwischen kurfürstlichem Wohlwollen und Ungnade bewegten. Nicht umsonst heißt es bei Stengel: „Nichts ist eine Kleinigkeit bei Hofe“. Viele Erzählungen und Berichte rund um das sehr lebendige Hofleben belegen dies. Die meisten Personen sind daher auch historisch gesichert oder zumindest denkbar. Einen Hofmedicus Bechtler hat es ebenso gegeben wie seine Kollegen Anton von Mai, Heinrich de Winter und Algardi. Auch die Künstler, Wissenschaftler und Höflinge, die in dem Roman vorkommen, sind weitgehend mit ihren Werken oder Leistungen überliefert – ebenso wie ein Großteil der

Höflinge, der Kammerdiener Dominik Pierron sowie die Pfälzer Verwandtschaft des Kurfürstenpaares. Lediglich einige wenige Personen, so zum Beispiel die der Johanna Bechtler und ihres Verlobten, sind frei erfunden, jedoch inspiriert durch Quellen und Berichte, die das Leben in jenen Kreisen gut beschreiben. Sollten sich bei den erfundenen Figuren zufällig Ähnlichkeiten mit heute lebenden Personen ergeben, so ist dies nicht gewollt und rein zufällig.
Kenner der Geschichte der Kurpfalz werden leicht bemerken, wo wir uns an die historischen Tatsachen gehalten haben und wo wir aus verschiedenen Jahrzehnten interessante Geschichten um den Hof zusammengefasst haben.
So fanden beispielsweise die Gründungen einer Hebammenschule und einer chirurgischen Lehranstalt tatsächlich unter Carl Theodor statt – allerdings erst einige Jahre später. Ebenso lassen sich Besuche von Voltaire, Casanova und Mozart in Mannheim und Schwetzingen nachweisen. Mozart spielte zusammen mit Nannerl 1763 in Schwetzingen bei einer sogenannten Musikalischen Akademie vor. Da der junge Künstler mit seinem Vater viel auf Reisen war, haben wir uns die Freiheit genommen, ihn nach Würzburg fahren zu lassen, wo er niemals war. Ein Stück namens *Allegro für Cembalo C-Dur* hat er tatsächlich in diesen Jahren komponiert (KV 9a) – die Widmung „Für Johanna" findet sich dort allerdings nicht.
Casanova war auf seinen Reisen ebenfalls in Mannheim und hat sich dort (wie auch an vielen anderen europäischen Höfen) um eine Anstellung im diplomatischen Dienst bemüht. Seine Briefe und der enge persönliche Kontakt in die Kurpfalz sind allerdings frei erfunden.
Historisch gut dokumentiert ist die tragische Geburtsnacht im Schwetzinger Schloss: Die Kurfürstin Elisabeth

Auguste verlor tatsächlich bei einer unglücklich verlaufenden Entbindung 1761 ihr Kind und die Kurpfalz damit den designierten Thronfolger. Der Umstand gab verschiedentlich Anlass zu Verschwörungstheorien, die wir in unserem Roman verwendet haben.
Unmittelbar zuvor wurde der Venus-Transit öffentlich vor dem nördlichen Zirkelsaal im Schwetzinger Schlossgarten beobachtet. Durch Hofastronom Mayer existieren dazu zahlreiche Aufzeichnungen.
Die Ehe des Kurfürstenpaares war erwiesenermaßen schwierig und von zahlreichen Seitensprüngen überschattet. Nach dem Tod des Erbprinzen entfremdete sich das Paar – die meisten in diesem Roman nachgesagten außerehelichen Aktivitäten entsprechen den Tatsachen.
Nicht bekannt ist hingegen, was tatsächlich aus dem Schatz der Medici geworden ist. Es handelt sich dabei um das Erbe der Maria Luise de Medici, das sie nach dem Tod des Kurfürsten und ihrem Wunsch, in ihre italienische Heimat zurückzukehren, den Nachfolgern ihres verstorbenen Gatten Johann Wilhelm vermachte. Allerdings sind die damals berühmtesten Stücke des Schatzes, die legendären Tropfperlen, auf zahlreichen Porträts der Kurfürstin Elisabeth Auguste und ihren beiden Schwestern zu sehen. Sicher ist, dass Kurfürst Carl Theodor und Elisabeth Auguste ein beträchtliches Vermögen von jener Medici erbten. Carl Theodor nutzte es zu einem großen Teil dazu, den Schwetzinger Schlossgarten anzulegen. Hartnäckig hält sich jedoch seither das Gerücht, beim Bau von Schlossanbauten und Schlossgarten seien Teile des Schatzes versteckt worden.
Tatsächlich befinden sich unter dem Ehrenhof des Schwetzinger Schlosses zahlreiche begehbare Gänge. Es handelt sich dabei um sogenannte Dolen, in denen seinerzeit die Abwässer abgeleitet wurden. Auch im

Bereich des Seepferdchengartens hinter dem südlichen Zirkelsaal ist man bei Ausgrabungen auf einen großen historischen Keller gestoßen – was auch immer darin einst stattfand, gelagert oder verborgen wurde.
Bewiesen ist hingegen die herausragende Qualität der Mannheimer Schule, die eines der besten Orchester des 18. Jahrhunderts darstellte. Die Mannheimer Schule wurde vom Kurfürstenpaar aktiv gefördert. Sicherlich spielten dort auch ausländische Musiker mit.
Das Quadrate-Raster der Stadt Mannheim, für Ortsfremde oft ein großes Rätsel, wurde leider im Laufe der Geschichte mehrfach umgeordnet. Im Roman haben wir uns an die damals übliche Zählung von A bis I gehalten. Um das Leben unserer Romanfiguren in der Stadt und ihre Wege für den Leser nachvollziehbar zu machen, haben wir im Anhang den aktuellen und den historischen Stadtplan Mannheims aus dem 18. Jahrhundert angefügt.

Carola Kupfer und Wolfgang Schröck-Schmidt
Regensburg und Mannheim/Schwetzingen im Mai 2009

Die Autoren

Carola Kupfer, Jahrgang 1964, ist Kunsthistorikerin (M.A.) und arbeitet seit 20 Jahren als Texterin, Ghostwriterin und Autorin. Sie hat unter eigenem Namen bereits mehrere Ratgeber veröffentlicht. „Nichts ist eine Kleinigkeit bei Hofe" ist ihr erster historischer Roman. Carola Kupfer hat fast 20 Jahre in der Kurpfalz gelebt und wohnt heute in der Nähe von Regensburg.

Wolfgang Schröck-Schmidt, Jahrgang 1960, arbeitet seit 1991 als Kunsthistoriker (M.A.) bei den Staatlichen Schlössern und Gärten Baden-Württemberg am Schwetzinger Schloss und hat zahlreiche Schriften zur Geschichte der Kurpfalz publiziert. Als Reiseveranstalter bietet er kunsthistorische Reisen ins europäische Ausland an. „Nichts ist eine Kleinigkeit bei Hofe" ist sein erster historischer Roman. Wolfgang Schröck-Schmidt lebt und arbeitet in Oftersheim bei Schwetzingen.

Literaturauswahl

Baroggio; Jakob: Die Geschichte Mannheims, Mannheim (1861).

Finscher, Ludwig: Die Mannheimer Hofkapelle im Zeitalter Carl Theodors. Mannheim (1992).

Fuchs, Carl Ludwig u. Reisinger, Claus: Schloss und Garten zu Schwetzingen. Worms (2008).

Heber, Willtrud: Die Arbeiten des Nicolas de Pigage in den ehemals kurpfälzischen Residenzen Mannheim und Schwetzingen, Worms (1986).

Katalog: Der Pfälzer Apoll. Kurfürst Carl Theodor und die Antike an Rhein und Neckar. Mainz (2007).

Katalog: Lebenslust und Frömmigkeit. Kurfürst Carl Theodor (1724-1799) zwischen Barock und Aufklärung, München (1996), 2 Bde.

Martin Kurt: Die Kunstdenkmäler des Amtsbezirks Mannheim. „Stadt Schwetzingen" Karlsruhe (1933).

Mörz, Stefan: Aufgeklärter Absolutismus in der Kurpfalz während der Mannheim Regierungszeit des Kurfürsten Karl Theodor (1742-1777), Stuttgart (1991).

Richter, Susan: Giacomo Casanovas Aufenthalt in Schwetzingen. Eine Betrachtung zu seinem Todestag. In: Mannheimer Geschichtsblätter, Folge 5, Sigmaringen (1998) S. 91 ff.

Schröck-Schmidt, Wolfgang u. Birn, Marco: Historischer und kunsthistorischer Führer durch Schwetzingen, Hockenheim (2008).

Walter, Friedrich: Geschichte Mannheims von der ersten Anfängen bis zum Übergang an Baden, Mannheim (1907).

Wiese, Wolfgang: Barockschloss Mannheim. Geschichte und Ausstattung, Petersberg (2007).

Wiese, Wolfgang u. Wagner, Ralf u. Schröck-Schmidt, Wolfgang: Schloss Schwetzingen, Stuttgart (2009).

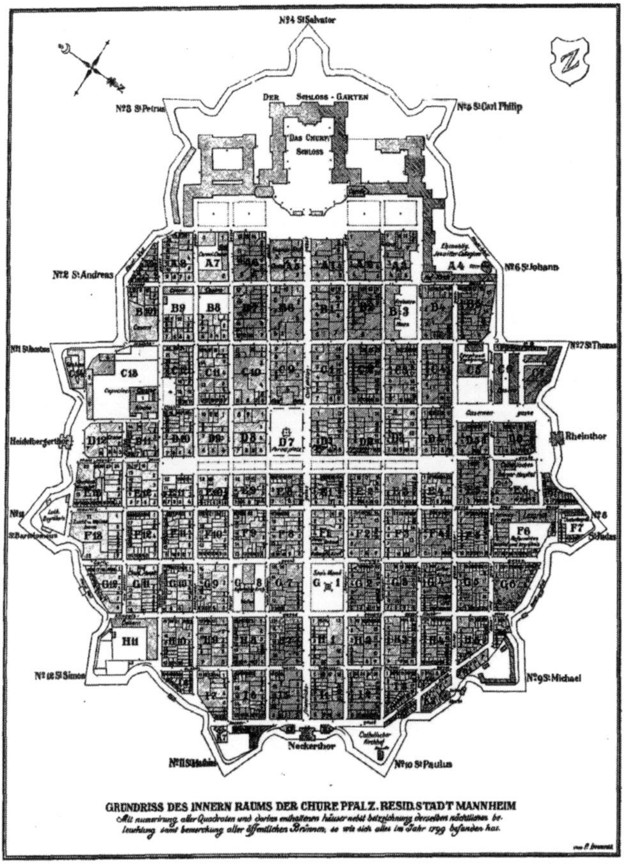

Mannheim zur Zeit des Kurfursten Karl Theodors
(Plan von 1799)

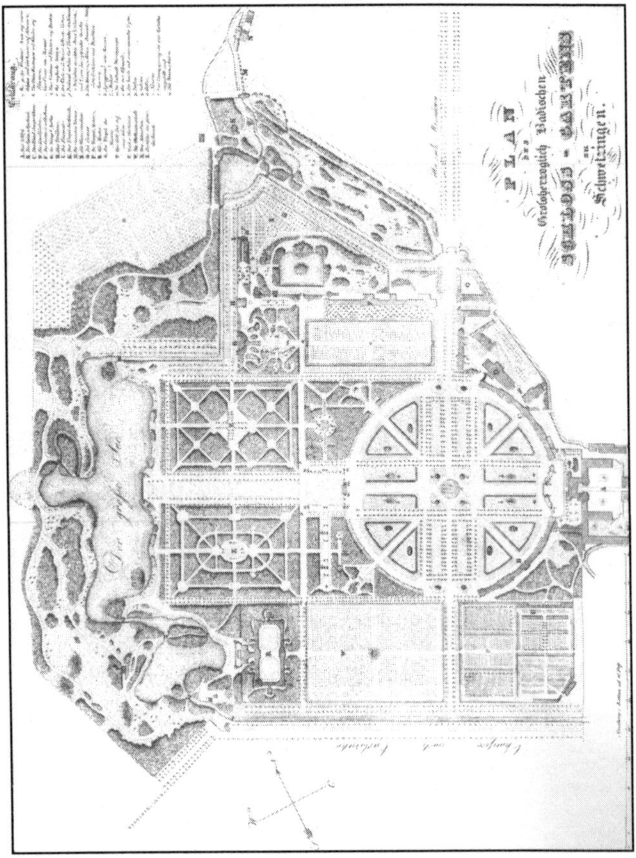
PLAN
des
Grossherzoglich Badischen
SCHLOSS - GARTENS
zu
Schwetzingen.